# CUÉNTAMELO TODO

**GRAN**TRAVESÍA

# CAMBRIA BROCKMAN

# cuéntamelo TODO

Traducción de
Marcelo Andrés Manuel Bellon

GRANTRAVESÍA

Cuéntamelo todo

Título original: *Tell Me Everything*

© 2019, Cambria Brockman
Todos los derechos reservados.

Traducción: Marcelo Andrés Manuel Bellon

Diseño de portada: Music for Chameleons / Jorge Garnica

D. R. © 2019, Editorial Océano de México, S.A. de C.V.
Homero 1500 - 402, Col. Polanco
Miguel Hidalgo, 11560, Ciudad de México
www.oceano.mx
www.grantravesia.com

Primera edición: 2019

ISBN: 978-607-557-013-6

IMPRESO EN MÉXICO / *PRINTED IN MEXICO*

*Para Lo*

# PRIMERA PARTE

# HAWTHORNE COLLEGE

# Día de los Graduados
## 29 de enero de 2011

Éste es nuestro fin.

Se escucha una voz en el fondo de mi mente.

*Salta.*

Inhalo, una respiración superficial, y mi pecho se eleva. La inminente tormenta de nieve se cierne sobre nosotros, el aire frío se siente en nuestros huesos. Debajo, el agua negra estancada susurra nuestros nombres, entusiasmada de filtrarse en nuestros poros. Jadeamos, pesados, y nuestro aliento caliente ondula en estrechas nubes sobre nuestras cabezas. Incluso si quisiéramos correr, no podríamos.

El canto se hace más sonoro. Los seis nos tomamos de las manos, torpes y ebrios, y unimos nuestros cuerpos semidesnudos. Hombro con hombro. Los vellos rubios de mis brazos se erizan, alcanzan las nubes. Gemma y Khaled exhalan, inhalan... nerviosos, aprensivos.

*Salta.*

Cierro los ojos, siento los delicados dedos de Ruby entrelazados con los míos. Max, al otro lado, aprieta mi mano para tranquilizarme.

John, alto y firme, comienza la cuenta regresiva. Engañándonos para que no pensemos que estamos a punto de inmolarnos dentro del lago congelado. Su confianza solidifica nuestro impulso. No hay vuelta atrás.

—Cuatro, tres...

Mantengo la calma, y la voz de papá irrumpe en mi cabeza. Con los ojos cerrados, el ruido del mundo exterior disminuye, y puedo verlo inclinarse para susurrar en mi oído. Él me está llevando a la universidad, despidiéndose de su única hija. Debe dejarla con algo de sabiduría, asegurarse de que los primeros pasos que ella tome sean los correctos. Veo a mi madre, borrosa, detrás de él. Ella mira con nostalgia a la multitud de estudiantes de primer año, con una línea triste dibujada en sus labios. Sé que se centrará particularmente en los chicos, los que tienen pecas y mechones de cabello rubio. Querrá ver el rostro de mi hermano en esa multitud, y luego me mirará y esa línea triste poco a poco llevará a una sonrisa forzada. Papá se acerca más, su mano toma mi brazo. Él tiene mi atención. Su agarre es firme, pero no me molesta. Dice una palabra y luego se retira, buscando leer mi rostro. Sé que está tratando de ver si ha causado algún tipo de impresión, así que asiento. Sigo su ejemplo, como una niña obediente.

Cuando mis padres caminan al estacionamiento y conducen al aeropuerto, cuando llegan al calor y la humedad del lugar donde nací, y cuando entran en su casa vacía, la palabra que susurró resuena en mis pensamientos. Liga cada uno de mis movimientos de los años por venir, establece el ritmo de mi pulso.

Siento un tirón en mi mano, y mis ojos se sobresaltan, ampliamente abiertos.

—Dos...

*Salta.*

La voz de John se hace presente y poderosa.

—¡Uno!

Nuestros cuerpos se mueven hacia delante, hacia arriba. Por un breve instante, nos encontramos suspendidos en el aire, y me gustaría que pudiéramos quedarnos allí. Mis amigos lanzan alaridos y se retuercen. Escucho la euforia en sus gritos. Han esperado su turno para saltar durante tanto tiempo. Después de cuatro años en los bosques de Maine, por fin estamos aquí. Esto es lo que cada estudiante de primer a tercer año observa a los de último hacer, invierno tras invierno.

Hace tres años, fuimos testigos del Salto por primera vez, apiñados en un comprimido grupo, mientras pasábamos una botella de vodka barato. El licor quemaba nuestras gargantas, pero recibíamos con agradecimiento su calor en nuestras entrañas. El Salto significaba que tu tiempo en Hawthorne College estaba llegando a su fin. Nuestra pintoresca educación en artes liberales estaba casi completa. El agujero en el hielo representaba un rito de pasaje, el comienzo del fin. Era imposible explicarlo a cualquier persona ajena: a los estudiantes de otras universidades, a los miembros de la familia que estaban en casa. Era nuestro, y protegíamos celosamente su extraña naturaleza.

Un trueno de aclamaciones y aplausos nos envuelve. Nuestros compañeros están mirando. Sé que están observando nuestros rostros, leyendo el terror y la alegría que se combinan a un tiempo con el agua helada. Soy muy consciente de que se supone que esta tradición debe disfrutarse, y suelto un chillido cuando mis talones desnudos se hunden a través del agujero negro.

El agua fría aguijonea mi piel y, mientras me hundo, mi cuerpo sufre una conmoción. Cierro los ojos en el agua turbia, las voces se apagan.

13

Siento cómo mis amigos patalean para salir del lago y volver al hielo, ansiosos por calentarse. El silencio invita. Tranquilo, pacífico. Aquí es donde pertenezco. Escucho la voz de Ruby gritando mi nombre. Se escucha tan lejana. Veo movimiento por encima de mí a través de la superficie. El rostro de Ruby se rompe en pixeles en la mancha acuosa. Sus brazos se aferran a su pecho y sus piernas se presionan juntas con firmeza, buscando contener el calor de su cuerpo.

—Malin —llama, su voz desafinada y ahogada en las burbujas. Obligo a mis piernas y brazos a moverse al unísono, y me impulso hacia arriba. Sólo cuando alcanzo la superficie y jadeo por aire mi respiración se reanuda. Nado hasta el borde áspero y coloco una de mis manos contra el hielo cincelado. Este invierno ha sido amargamente frío, pero casi no hay nieve, no todavía.

Ruby me jala para sacarme del agua, sus dientes fríos traquetean. Max está arrodillado detrás de ella, con una mano firme en su espalda y la otra estirada para alcanzar mi mano resbaladiza. Me alcanza y también me jala hacia arriba, sobre el borde irregular. Veo a los otros, John, Gemma, Khaled. Ya caminan al borde del lago para tomar sus toallas y chocolate caliente.

El aire está cargado de alcohol, marihuana y el revuelo de la tradición. Escucho risas y el rugido de las aclamaciones cuando completamos nuestro salto. Mi sangre trabaja a toda marcha para calentar mi cuerpo; las uñas de mis pies son de un azul profundo y mi cabello trenzado es hielo sólido. Quiero mis calcetines y mis botas, y paso la mirada por la orilla en busca del grupo de juncos donde los dejé, junto con el resto de mi ropa. Todos hablan y ríen entre dientes castañeantes y labios morados. Ruby me abraza, y nuestra piel de gallina se acopla, como un engranaje, en nuestros cuerpos desnudos. Sonrío, a ella, a los demás, mientras nos retiramos juntos. El agujero en el hielo queda detrás. Ruby me habla, pero su voz se desvanece cuando envuelvo una toalla alrededor de mi cuerpo y nos conduzco hacia la fogata. Me aseguro de parecer que estoy prestando atención. Tengo demasiado frío para hablar, pero sonrío, como siempre.

Algo inminente nos rodea, pero no tenemos idea de que está ahí. Mañana por la mañana nos sentaremos a desayunar en el comedor, como siempre, y nos daremos cuenta de que uno de nosotros se ha ido.

La policía llegará al campus. Las luces de la ambulancia destellarán a través de los bosques cubiertos de nieve. Observaremos cómo se llevan un cuerpo en una camilla, mientras la policía nos indica que permanezcamos atrás.

Nos harán preguntas, hablaremos sobre lo que pasó en la noche. Nuestros recuerdos serán confusos. Estábamos bebiendo, habíamos perdido la cabeza, como típicos universitarios. Nos mirarán y tratarán de descubrir si deberían creernos. O no.

Tendrán motivos para interrogarnos.

Todos guardamos secretos sobre este día, y nuestro grupo se disolverá incluso antes de la graduación. Con una pieza faltante en nuestro rompecabezas, nos desmoronaremos.

Ruby habla sobre el frío, el Salto, la adrenalina, pero lo único que oigo es la palabra que susurró papá a mi oído, golpeando en mi cabeza.

*Finge.*

# Primer año

Aquellas primeras semanas en Hawthorne aparecen en mi mente como libros en un estante, pulcros y ordenados, separados por género. Me pregunto si los demás lo recuerdan como yo. Trozos y piezas de recuerdos, momentos dispersos, cosas que dijimos, que hicimos. Las razones por las que llegamos a ser tan cercanos; todo se reduce a esos primeros días, en que las inseguridades y los nervios nos unifican.

Después de que mis padres llevaron mis pertenencias a mi habitación desnuda y me escoltaron al comedor, me encontré sola. No conocía a nadie, y vivía en una habitación individual en la residencia del campus. Me recordó mi primer día en el jardín de niños. Mi madre me había dejado ahí, y su olor todavía persistía en el aire después de que se hubo marchado. Ella usaba un perfume que definía partes de mi infancia, cada recuerdo se mezclaba con esa fragancia. Me senté en una de las mesas comunales en miniatura, en silencio y calma, mientras mis compañeros entraban en pánico, lloraban, gritaban y hacían rabietas. La universidad era similar, salvo por el espectáculo. Todos eran mayores ahora, capaces de ocultar su miedo, pero los huecos en sus estómagos los corroían, y pude ver el mismo pánico en sus ojos. Se preguntaban si harían amigos, si encontrarían un lugar donde pudieran encajar durante los próximos cuatro años de sus vidas. Levanté la vista hacia el nuevo y resplandeciente comedor, cuya construcción apenas se había terminado durante el último verano; sus paredes de cristal reflejaban una luz cálida en mis ojos. Los carteles pegados en el exterior promovían clubes universitarios y eventos deportivos. Pensé en mis padres, que estarían cruzando en ese momento la frontera entre Maine y Nueva Hampshire, conduciendo por debajo del límite de velocidad a través de la carretera interestatal 95, hacia el aeropuerto de Boston. Mi madre quizás estaría mirando por la ventana mientras papá conducía, observando los árboles pasar, preguntándose cuándo comenzarían a mudar sus hojas.

Al primero que conocí fue a John, antes de que nadie más entrara en mi vida en Hawthorne. Todos me consideraron la mejor amiga de Ruby, su compinche, desde el primer día. No afirmé lo contrario. Además, la gente se sentía atraída por Ruby, su coleta de cabello castaño y su sonrisa permanente atraían la atención, yo no. Todos querían estar cerca de ese tipo de perfección. La gente asumió que ella me había arrancado de entre la multitud de chicas dispuestas a ser sus amigas cuando, en realidad, fui yo quien la eligió.

El comedor estaba lleno de nuevos estudiantes, y algunos empujaban para abrirse paso hasta los asientos vacíos. Me quedé quieta, mirando mis opciones. Los estudiantes se estaban presentando, hablando de sus veranos. No necesitaba elegir un asiento todavía. La charla comenzaría en diez minutos. Podría beber un café del carrito de afuera. Giré sobre mis talones y me alejé; me sentí aliviada en el espacio abierto y el aire fresco.

17

—Café helado —dije a la barista que estaba detrás del carrito. Parecía mayor, tal vez éste era su trabajo en el campus. Tal vez estaría cursando el penúltimo año—. Negro por favor.

—Igual para mí —dijo una voz a mis espaldas. Miré por encima de mi hombro, y tuve que levantar todavía más la mirada, para ver el rostro que pertenecía a la voz. Era raro que me sintiera pequeña.

Unos ojos azules me miraron fijamente. Él sonrió, una de esas sonrisas a medias, encantadora y estrafalaria, y tenía un rostro atractivo; un grueso cabello rubio sobresalía por debajo de su sombrero. Miré de nuevo a la barista, tal vez un poco demasiado rápido. Ella también lo miró fijamente, hasta que él se aclaró la garganta y ella nos entregó ambas bebidas.

—Yo invito —dijo. Antes de que pudiera protestar, él ya había entregado más de cuatro dólares.

—Ehhh, mmmm —murmuré—. Gracias, no era necesario.

—No hay problema —dijo—. Mantén a tus amigos cerca, y a tus enemigos aún más cerca, ¿no es lo que dicen?

Lo miré confundida. Su boca se curvó en una sonrisa astuta.

—La calcomanía —dijo, señalando algo en mi mochila—. ¿Los Texanos? —señaló su sombrero de ala—. Yo le voy a los Gigantes.

Bajé la mirada a mi mochila. Papá le había pegado la calcomanía después de que los Texanos ganaran dos juegos al hilo el invierno anterior. Fue un gran acontecimiento porque lo usual es que pierdan, por mucho. Papá estaba tan emocionado que su rostro parecía el de un niño. No lo había visto así desde que yo era pequeña, así que no retiré la calcomanía, por temor a que su rostro cayera de regreso en su aflicción.

—Bueno, sí, arriba los Texanos —dije—. Aunque no creo que representemos una gran amenaza.

—Hey, nunca se sabe, con unos buenos fichajes —respondió con un guiño.

Hablaba de esa manera relajada, tipo adolescente. Boba y dulce. Sonreí un poco, esperando parecer agradecida y agradable. Aunque en realidad estaba molesta. Odiaba estar en deuda con la gente. Sobre todo con tipos como éste, quien yo sabía que me daría un nombre de mascota y chocaría su mano con la mía cada vez que me viera, o me ofrecería su puño para golpear el mío, dejándome adivinar cuál elegiría. Normalmente prefiero pagar mi café.

Abrió la puerta del comedor para mí, y me deslicé dentro, ansiosa por alejarme para no tener que seguir hablando.

—John —alguien llamó desde el camino exterior y John, el fanático de los Gigantes, soltó la puerta y la dejó cerrar entre nosotros, al tiempo que ya le estaba dando al otro chico un apretón de manos y una palmada en la espalda. Parecían atletas, por la manera en que sus cuerpos se movían con gracia y precisión, a pesar del ligero aire de indiferencia que ambos cargaban sobre sus hombros. Líneas bronceadas en sus espinillas. Futbol, supuse.

Me formé en la fila para recibir mi paquete de orientación y los observé a través del vidrio. Me pregunté si se acababan de conocer, si habrían jugado una pretemporada o si se conocían desde antes. Era curioso observar a las personas interactuar, verlas decidir qué decir, cómo actuar. Su primera impresión, la más importante. Noté su lenguaje corporal, los intentos por parecer despreocupados. Intenté entonces relajar mis hombros, pero fue inútil.

John y yo nos miramos fijamente y su boca se curvó en esa sonrisa sugestiva que vería mil veces. Me guiñó un ojo, y me volví rápido, fingiendo que no había visto. Prefería pasar desapercibida, pero había heredado la piel clara de porcelana y los ojos verdes de mi madre. Mis rasgos faciales eran simétricos y suaves, y sin importar cuánto comiera, mi cuerpo permanecía delgado. El sol de Texas tornaba mi cabello dorado, a pesar de mi necesidad de mostrarme discreta.

Volví la cabeza, pero aún podía sentir sus ojos en mí, estudiándome. Su risa retumbó cuando las puertas de cristal se abrieron y cerraron para otros estudiantes.

Había cierta familiaridad en él... en la forma en que sonreía, en cómo quería hacer algo agradable por mí, el color de su piel y su cabello. Tragué saliva y obligué a los recuerdos a que pasaran.

—Los amigos que hagas esta semana se convertirán en amigos de por vida.

Estaba escuchando a la chica que hablaba frente a nosotros, pero mis pies ansiaban moverse. Nunca lograba quedarme quieta durante mucho tiempo y ya estaba temiendo el resto de la orientación. No entendía por qué no podíamos simplemente leer un manual para Hawthorne y seguir nuestro camino. Mi apetito estaba ávido por las clases, los horarios, la rutina. Esperaba que no nos obligaran a hacer ejercicios de vinculación en equipo.

La chica a mi izquierda jugaba con sus uñas. La observé retirar la irritada piel de la cutícula de su pulgar con su dedo índice. Jalar, rascar, escarbar. Repitió esto hasta que la endurecida cutícula cayó al suelo.

—Básicamente, no se embriaguen demasiado, ¿de acuerdo, chicos? —dijo la chica frente a nosotros—. Nos gusta llamarlo *confortablemente aturdidos*.

Algunos de mis compañeros rieron. Me pregunté si la administración habría pensado que sería más conveniente traer a una estudiante de último año para tener una charla con nosotros sobre las drogas y el alcohol. Parecía estar funcionando.

Dirigí mi mirada hacia las copas de los pinos que contrastaban con el cielo nebuloso del verano, donde podía distinguir la punta del campanario de la capilla y la parte superior de los edificios académicos de ladrillo. Edleton, Maine, era un lugar idílico para una pequeña universidad de "artes liberales", ubicada entre bosques de arce, pino y roble. Cuando papá y yo la visitamos, en mi último año de bachillerato, el guía nos habló sobre el pequeño pueblo industrial, cómo los camiones de madera salpicaban las carreteras y llevaban la madera para transformarla en pulpa o *pallets* para calefacción. En ocasiones, tablas para pisos. Papá estaba más interesado en la tala que en Hawthorne e insistió en que fuéramos al pueblo después; tomó fotos de todos los viejos molinos de piedra y el deteriorado molino de agua del río que alguna vez los había impulsado.

Durante el recorrido escuché a otro posible estudiante susurrar acerca de cómo los habitantes del lugar odiaban a los estudiantes privilegiados. Un joven había sido apuñalado hacía unos años, cuando se había desatado una pelea en el bar local. No lo habían llevado al hospital a tiempo, y se había desangrado en la acera.

A mi lado, la chica de la cutícula me dio un codazo en el brazo, mientras miraba a un tipo frente a nosotras. Seguí su mirada. El cabello del chico era negro azabache, su piel oscura era un grato respiro en el mar blanco, sus brazos estaban flexionados mientras jugaba Tetris en su teléfono. Llevaba una sudadera con capucha y costosos jeans oscuros. Sus pies estaban plantados firmemente en el suelo, sus limpios zapatos deportivos nuevos se juntaban con las perneras de sus pantalones.

Un susurro en mi oído:

—Es un príncipe.

Miré a la chica, su rostro parecía a punto de explotar por la incontenible emoción. Sus ojos brillaban, bajo el maquillaje que formaba grumos en sus pestañas. Escudriñé el resto de su cuerpo con el rabillo del ojo. Sus facciones eran oscuras, justo lo opuesto a las mías. Tenía la piel bronceada, como si hubiera nacido con ella, y ojos oscuros y vellos oscuros en los brazos. Me pregunté si sería una de las estudiantes internacionales, quizá de India o Sri Lanka. Sus uñas estaban pintadas con un esmalte azul astillado, y su cabello negro, cortado en sedosas capas que rodeaban su rostro. Lo que me sorprendió fue el gran tamaño de sus senos, que sobresalían de su pequeño torso.

Se acercó más a mí.

—Estuve fisgoneando su perfil en el grupo de Facebook. Tiene como diez Lamborghini. Es de los Emiratos Árabes Unidos. Dubái, o Abu Dabi, o lo que sea... Abu Dabi, creo. Sí. Porque su papá es el ministro de finanzas allí. Pude haber enloquecido un poco y extendí la búsqueda a Google, pero no me juzgues —susurró, con cadencioso acento británico.

Nunca me ha impresionado la riqueza. Vengo de una familia sin problemas financieros, nada nos ha faltado, aunque tampoco es que compráramos artículos de lujo. Por supuesto que aspiro a amasar mi propia fortuna algún día, pero nunca sentí celos hacia aquellos que habían nacido con ella. Siempre parecía haber demasiadas ataduras en esos entornos.

—Deberíamos hacernos sus amigas —dijo mientras una sonrisa maniaca se asomaba a su rostro.

Su atrevimiento era sorprendente. Ya hablaba como si *nosotras* fuéramos amigas. Ni siquiera conocía su nombre. Lo único que compartíamos era el lugar donde nos habíamos sentado, en una larga mesa en un extremo del comedor. Dejó escapar un sonoro suspiro y se hundió en la silla, envolviendo sus sandalias alrededor de las patas de metal. La observé extraer algo de su bolso, goma de mascar, y me la ofreció.

—Entonces, ¿cómo te llamas? —susurró.

—Malin —dije—. ¿Y tú?

—Gemma —sonrió y apretó mi brazo—. Mi compañera de habitación y yo estamos organizando una fiesta, ya sabes, una especie de bienvenida. Será esta noche, deberías venir.

—Claro —respondí—. Entonces, ¿eres de Inglaterra? —me di una palmadita mental en el hombro por haber continuado semejante charla insustancial.

—Mamá estudió aquí en los años setenta. Ella es americana; papá, paquistaní. Es todo un tema. Siempre están compitiendo para mostrarme su cultura. Como sea. Estuvieron de acuerdo en que yo debería recibir una educación estadunidense adecuada para integrarme, lo que sea que eso signifique. Aunque creo que ya estoy bastante *integrada* —acarició su vientre suave y puso los ojos en blanco—. Pero en realidad no importa. Tienen chicos lindos aquí. Con mucha mejor higiene dental —se detuvo, como si estuviera considerando algo—. Bueno, no es que eso sea importante para mí.

Gemma sacó su teléfono vibrante de su bolso y derramó un paquete de cigarrillos en el suelo, junto a sus sandalias.

—Éste debe ser el novio —dijo, guiñando un ojo.

Unos minutos más tarde, me envió un mensaje de texto con su número y, sin más, ya éramos amigas.

El plato de papel se hundió en mi mano derecha y el jugo de langosta goteó sobre el cuidado césped. Aferré el tenedor y el cuchillo de plástico contra mi estómago. Alguien empujó mi hombro, y la langosta salió lanzada al frente, con sus garras extendidas al cielo. Una chica de cabello sedoso gritó: "¡Lo siento!" mientras pasaba junto a mí; su voz era alegre y genuina. La vi desaparecer en la fila de estudiantes en el buffet, sumándose al desfile por comida y bebida.

Me paré a la orilla de un mar de estudiantes sentados en pequeños grupos donde se presentaban y forjaban amistades. A lo lejos, vi una zona de jardín a la sombra de un gran árbol. El suelo estaría frío y no habría nadie que me hiciera preguntas, tratando de averiguar quién soy. Pero recordé el trato que había hecho con papá y me obligué a caminar en medio de las olas. Me quedé mirando la langosta, con sus ojos muertos como canicas negras.

Por mucho que hubiera creído que la universidad sería lo mismo que el bachillerato, me sentía sorprendida por la falta de agrupaciones cliché. No había deportistas, chicas de hermandades, góticos o cerebritos. A mis pies, todos vestían camisas a cuadros y pantalones de algodón. Mi madre me había sugerido que usara jeans y una blusa sencilla, y me di cuenta de su tendencia a tener razón en situaciones como éstas. Las chicas iban vestidas con ropa informal, con el cabello recogido en una cola de caballo o trenzado sobre los hombros. Era como si todos hubieran intentado lucir igual, escogiendo conscientemente un uniforme, ansiosos por encajar. Me abrí paso a través de los clones, un catálogo de amantes de la naturaleza con buen gusto: cada grupo había sido arrancado de sus páginas y colocado en el campus. Revisé mis opciones. No parecía haber un lugar para mí, y recibí un par de sonrisas misericordiosas mientras avanzaba con dificultad. Nadie estaba dispuesto a arriesgar su lugar para mí, o a causa de mí. Todas nuestras personalidades estaban herméticamente cerradas, con la esperanza de encontrar puntos en común con la persona a la que nos aferraríamos en ese primer día. Miré de nuevo el árbol. Tal vez podría posponer esto un poco más. Papá no tendría que enterarse.

—¡Hey! —una voz gritó detrás de mí. No pensé que estuviera dirigido a mí, así que seguí moviéndome.

—¡Hey! ¿Maaaa-liiiiinn? —un acento británico.

Miré por encima de mi hombro: Gemma me estaba saludando con una mano y con la otra daba palmaditas en el suelo, a su lado. Dudé. Esto era: si me sentaba, allí me quedaría. Miré a los que estaban con ella: dos chicos y una chica. Uno de los chicos quedaba de espaldas a mí, pero reconocí los anchos hombros y el cabello rubio. La otra chica era brillante y luminosa, con su grueso cabello enrollado en un moño sobre su cabeza. Elegante, relajada. Sus ojos me miraron, donde yo estaba parada mirando a su grupo, sonrió y me saludó junto con Gemma.

—Te veías tan perdida —dijo Gemma mientras me sentaba con las piernas cruzadas entre ella y la otra chica. Me di cuenta de que tenía un poco de maíz atascado en sus muelas, un brillante grano amarillo contra sus dientes. Sonreí a los demás, que me miraban fijamente, una intrusa en su círculo.

—Ésta es Malin —dijo Gemma.

Me volví y miré al chico rubio, con el que me había encontrado en el carrito de café. Me dedicó una sonrisa de complicidad y extendió su palma de inmediato, tomó la mía y la sacudió. Un fuerte apretón de manos.

—John —dijo, y luego asintió al chico a su lado—. Mi primo, Max.

—Hola —contesté, con una amplia sonrisa en el rostro.

Max y yo hicimos un breve contacto visual, pero permaneció callado, con mirada distraída y sombría. Era más pequeño que John, delgado y compacto; la partidura en su oscuro cabello había sido dibujada con esmero. Quizá se había peinado después de ducharse. Era atlético, pero no tan voluminoso y firme como John. Aunque estábamos sentados, yo era más alta que él… bueno, yo era más alta que la mayoría de las personas. Los primos tenían esos brillantes ojos azules, el único parecido físico que compartían. Gemma hizo un gesto con la mano hacia la otra chica, que todavía estaba sonriéndome.

—Mi fabulosa nueva amiga Malin, te presento a mi igualmente fabulosa compañera de habitación, Ruby —dijo Gemma, sonriendo en medio de ambas. Ella disfrutaba esto de unirnos a todos, como si tuviéramos que agradecerle por el emparejamiento.

La sonrisa de Ruby se hizo más amplia, con los dientes blancos y perfectos, y los labios llenos. Parecía tan joven que si la hubiera visto en la calle podría haberla confundido con una estudiante de bachillerato. En el fondo de mi mente, recordé que habíamos estado en el bachillerato hacía apenas cuatro meses, al borde de la graduación, en el torpe mudar de bebé a adulto.

—Hola —dijo Ruby, con una amplia sonrisa, sus ojos marrones claros y espontáneos.

Le devolví la sonrisa, sin estar segura de cómo responder a su feliz efecto. De cerca, podía ver las pecas dispersas en nariz y mejillas. Su rostro era ideal, una manifestación en la vida real de la proporción áurea. La naturaleza la había hecho perfecta, cada lado de su rostro reflejaba al otro con belleza.

—¿Así que tú debes ser la persona con la que se sentó Gemma a la hora de la orientación? —preguntó Ruby. Su voz era más suave que la de Gemma. Me sentí agradecida de que ella guiara la conversación, así no debía hacerlo yo.

—Sí, estuvimos mirando al príncipe un rato —contesté.

—Oh, Dios mío, *Gemma* —gimió Ruby, y luego se inclinó hacia mí—. ¿Le dijiste que lo dejara en paz? Lo juro, ella es una pequeña acosadora.

—¡Cállate! No lo soy —refutó Gemma. Luego sacó su teléfono y comenzó a enviar mensajes de texto. Sin levantar la vista, continuó—: Pero si nos hacemos sus amigas, me lo agradecerán.

Ruby se inclinó sobre el hombro de Gemma.

—¿A quién sigues enviando mensajes de texto? ¿Acaso es Liam? Déjame ver.

Gemma sonrió y protegió su teléfono de los ojos curiosos de Ruby.

—Sí… me extraña. Pobre tipo.

—¿Quién es Liam? —pregunté.

—Su nooovioooo —respondió Ruby.

Gemma sonrió y dejó su teléfono al lado de la cadena con su tarjeta de acceso.

—Le dije que debíamos romper antes de que yo viniera aquí, pero él insistió en que diéramos una oportunidad a la distancia.

Pensé en algo que decir.

—Entonces, ¿tienen una fiesta esta noche?

—Sí —respondió Ruby, tomando un poco de ensalada de papa con su tenedor—. Y tú tienes que estar ahí. Hawthorne College, sin padres, ¿cierto?

El lema *Hawthorne College, sin padres* había adornado el "Acerca de" en la página de Facebook de nuestra generación durante varios meses durante el verano. Imaginaba que se le habría ocurrido a algún sobreexcitado estudiante mientras se apresuraba en crear la página en cuanto había recibido su carta de bienvenida. La idea de una fiesta hizo que me doliera la cabeza, y miré la langosta en mi plato. La pinché con mi tenedor.

Los ojos de John estaban sobre mí.

—¿Nunca has comido langosta? —preguntó.

Todos me miraron, esperando respuesta.

—Mmm, no —contesté—. Soy primeriza.

—Es deliciosa —dijo Ruby, mojando un trozo de carne blanca en mantequilla.

—¿De dónde eres? Incluso la reina de Inglaterra por aquí sabía lo que estaba haciendo —preguntó John, inclinando ligeramente la cabeza hacia Gemma.

Gemma se estremeció, como si ser buena para comer la hiciera sentirse cohibida. Sumió el estómago y se enderezó un poco. Para su mala suerte, esto sólo hizo que su generoso pecho sobresaliera más.

—Houston —dije—. Mamá es alérgica a los mariscos, así que no los comemos.

—Ah —dijo John, acercándose a mí. Olía a desodorante y jabón. Miré detrás de él, a Max, que todavía no había hablado conmigo, aunque nos miraba mientras comía.

John se acercó a la langosta en mi plato, e hice una mueca cuando la antena se tambaleó en sus manos.

—Comienza con la cola —dijo, deslizando el cuerpo entre sus manos con facilidad.

Se escuchó un repentino chasquido cuando sacó la carne blanca de la cola. Tomó la cáscara en su puño y la estrelló de golpe contra el plato, con lo que los fluidos corporales salieron volando y salpicaron a Ruby y Gemma. Una mancha de sustancia acuosa cayó en mi muñeca. Gemma chilló de disgusto y golpeó el grueso brazo de John. Él la ignoró mientras usaba su pulgar para soltar la carne. Ruby, más reservada, tomó una servilleta para limpiar en silencio el líquido de su calzado.

—Luego las pinzas —continuó, cavando la púa plateada en las tenazas curvas.

Sacó unas pinzas metálicas de su bolsillo trasero y apretó la tenaza entre ellas, con lo que mandó más jugo a mi plato ya empapado. Entonces me miró con una sonrisa satisfecha.

—Bienvenida a Maine —dijo.

Lo miré y luego a los ojos de la langosta, que ahora estaban bocabajo, indefensos en su oscura mirada. Me di cuenta de que John quería que agradeciera su ayuda, así que esbocé una sonrisa.

—Genial, gracias —dije.

Señaló una pasta verde que había comenzado a exudar del cuerpo.

—También puedes comer eso. Es un manjar.

—No —dijo Ruby—. Eso es la…

—Mierda —interrumpió Gemma—. Mierda, literal. Sólo te está jodiendo.

John se acomodó en su lugar, donde la hierba había comenzado a recuperar su forma erguida. Se recostó sobre sus palmas y sonrió.

—Es la mejor parte. Y no es mierda, es el hígado.

—Qué asco —Gemma lanzó una tenaza a su pecho, que rebotó y cayó al suelo, donde aterrizó al lado de los pantalones color salmón de John. Él le dirigió una sonrisa, y las mejillas de Gemma se sonrojaron. Parecía inapropiado que alguien que tenía un novio estuviera coqueteando con otro hombre, pero ¿qué sabía yo de las relaciones románticas? Nunca había tenido novio. Gemma sacó un cigarrillo de su bolso y lo encendió, sin molestarse en apartarse del grupo. El humo se desplegó en mi nariz, y tuve que resistir la tentación de toser. Esperaba que Ruby no fuera fumadora.

—¿Cómo es que se conocen todos ustedes? —pregunté, confundida por su aparente cercanía.

—Oh —dijo Gemma, ansiosa por responder—. Literalmente nos acabamos de conocer. Hoy —miró a John—. Bueno, supongo que él ya conocía a Max, obvio, dado que son primos, y Ruby estuvo con ellos aquí para la pretemporada. Los tres juegan futbol. Y yo soy la compañera de habitación de Ruby. Suena demasiado complicado cuando lo explico.

—Y estuvimos platicando por Facebook durante el verano —señaló Ruby.

—Cierto. Así que es como si ya nos conociéramos —dijo Gemma, metiendo un pedazo de maíz en su boca.

Vi el cadáver de la langosta y mi hambre se disipó. Los otros comenzaron a hablar sobre sus clases de primer año, y sus voces se tornaron cada vez más lejanas. Tomé un trozo de carne fría y gomosa y lo sumergí en el vaso de plástico con mantequilla. Pensé en los restos de langosta que nos rodeaban, en cómo hacía tan sólo unos días habían estado felices en el fondo del mar, sin saber que sus vidas llegarían a un abrupto final en un elitista jardín universitario. Y nuestro jardín ni siquiera era la élite de la élite. Éramos el equipo mini-Ivy. Los que no habíamos conseguido un lugar en Princeton, Harvard o el MIT, los rechazados de la Liga Ivy. Me pregunté si en el campus de Harvard tendrían mejores langostas. Vi a Ruby presionar su rodilla contra la de John en la forma familiar en que lo haría una novia. Era íntimo, un momento que había interrumpido al atestiguarlo. Los demás reían de algo, pero no les presté atención, mientras observaba los ojos de John moviéndose desde la rodilla de Ruby hacia mí. Sabía que estaba tratando de conocerme, de encontrar una manera de agradarme. Tal vez se estaba preguntando por qué no estaba babeando por él como las otras dos. Aparté la vista antes de que Ruby notara nuestro contacto visual, esperando que la reunión llegara a su fin más pronto que tarde.

# CAPÍTULO DOS

# Día de los Graduados

Para todos los demás en la generación, hoy, Día de los Graduados, es un día de tradición. Es un sábado en pleno invierno, y Hawthorne se siente somnoliento y acogedor por la mañana. Todavía no entiendo por qué no puede ser en primavera, cuando habrá buen clima y habremos terminado con los finales. Mi conjetura es que a quien se le haya ocurrido el Día de los Graduados estaba aburrido en medio del invierno y quería una excusa para beber y celebrar un fin de semana.

Al mediodía nos alineamos afuera del comedor, donde nos reunimos para dar inicio al recorrido de las casas, lo que nos llevará a algunas de las casas fuera del campus, cada una decorada con su propio tema. El recorrido terminará con un salto en el lago congelado. Las otras generaciones nos observan al margen, bebiendo algún alcohol fuerte en botellas de plástico.

Por la noche, asistiremos al Baile de la Última Oportunidad en el viejo gimnasio, llamado la Jaula. El baile es sólo para los estudiantes del último año, pero por lo general un puñado de excitados alumnos de primer año encuentra la manera de colarse. Todo este día, esta tradición, de alguna manera está autorizada e incluso organizada por la administración. Los hace parecer geniales ante los futuros estudiantes, y tienen que mantenernos entretenidos de alguna manera, ya que vivimos en el medio de la nada.

No me importa la tradición. Me importa lo que ha estado pasando bajo el techo de la casa que comparto con mis cinco amigos. Las cosas han comenzado a desmoronarse. Deberíamos estar más apegados que nunca, sin brechas en nuestras filas. En cambio, hemos revelado grandes agujeros. Las cosas necesitan volver a ser como antes, cuando estábamos siempre juntos, y era fácil. Hemos estado cerca durante tres años, no voy a dejar que todo se desmorone en los últimos meses. Necesito a este grupo, dependo de ellos. Y en este momento, lo único que importa es encontrar una solución a mi problema.

A primera hora de la mañana me senté en el suelo y me recargué en la cama de Ruby mientras nos preparabamos para el Día de los Graduados, nuestro gran día. Su habitación está en un extremo de la casa y comparte una delgada pared con la mía. Gemma está en el otro extremo, con vista al campus. Khaled, "el príncipe", como solíamos referirnos a él, es el propietario de la casa. Gemma es quien hizo que formara parte de nuestro grupo de amigos desde el primer año. Le gusta pensar que vivimos en esta casa gracias a ella, y nos recuerda ese hecho no tan sutilmente.

Khaled vive en la habitación más grande de la planta baja, y John y Max en dos habitaciones más pequeñas en el lado opuesto de la cocina. Los chicos rara vez suben, por respeto a nuestro "espacio de chicas". A excepción de John. En los últimos tiempos, he escuchado demasiado su voz, apenas amortiguada por la pared. Todos en nuestra generación comentan

siempre lo afortunados que somos: tener una casa reforma-
da, vivir juntos. La llamamos el Palacio. Es nuestra, y sólo
nuestra. La mayoría vive en las pequeñas residencias para
estudiantes del último año, o alquila alguna casa vieja en las
afueras del campus. Somos afortunados, soy consciente, pero
no me siento así.

Esta mañana, Gemma y Ruby pusieron más empeño en
su vestimenta, que consistió en la licra más ajustada y colorida que pudieron encontrar. Yo me había puesto mis pantalones cortos para correr y la sudadera de Hawthorne, temiendo
de antemano la oleada de frío contra mis piernas desnudas.

Observé a Gemma arreglar sus uñas con prisa, dejando
manchas alrededor de sus cutículas crudas y escamosas. Su
cabello estaba teñido de azul, por aquello del "espíritu de la
escuela", explicó. Ni Ruby ni yo dijimos palabra, pero hicimos
contacto visual, mientras el mismo pensamiento pasaba por
nuestras mentes: otro grito pidiendo atención.

El toque final de Ruby fue un tutú, un tutú negro y elegante que había sido parte de nuestro grupo desde el baile
de los ochenta, en primer año. Ruby lo había sacado de un
contenedor en Goodwill, y desde entonces había encontrado
una manera de incorporarlo en otras tradiciones Hawthorne.
Me estremecí, pensando en todas las sudorosas pistas de baile
que el tutú había visto, y en las travesías nocturnas al Grill.
Incluso en alguna ocasión había sido cubierto por el vómito
de Gemma. Ese tutú había seguido a Ruby de evento en evento a través de nuestro paso por Hawthorne, un tótem que
representaba su naturaleza alguna vez juguetona.

Si alguien nos hubiera observado a través de la helada
ventana del segundo piso esta mañana, habría pensado en
lo pintorescas que nos veíamos las tres. Las mejores de las

amigas, preparándose para el pináculo de nuestra carrera universitaria: el Día de los Graduados. Y, en pocos meses, la graduación. Emocionadas por estar un paso más cerca de convertirnos en adultas. Enfocadas en exprimir las últimas gotas de amistad, saboreando cada precioso momento. Si alguien nos hubiera observado entonces estaría celoso de nosotras, de nuestra juventud y cercanía, de nuestra felicidad.

Estaría celoso de una mentira.

Gemma permanece en el borde de la fogata, con un cigarrillo en una mano y chocolate caliente en la otra, y habla con algunos de sus amigos de teatro. Está usando sus holgados pantalones de deportes de Hawthorne y sus abultadas botas de invierno; tiene una toalla envuelta alrededor del torso. Busco a Ruby, pero se fue con John y otros en busca de más chocolate caliente para aderezar con *whisky*. Ésta es mi oportunidad.

—Hey —digo, deslizándome a un lado de Gemma. El calor del fuego muerde mi nariz y mis mejillas. Ella me mira y sonríe mientras arroja su cigarrillo a la fogata. Sabe que aborrezco el humo.

—¿Puedo hablar contigo? —pregunto, asegurándome de sonar preocupada, convirtiendo el momento en algo importante, personal.

—Claro —dice ella con voz casual, despreocupada.

—He querido mencionarlo por un tiempo... —arrastro mis palabras, intento cambiar mi cuerpo a una postura insegura, preocupada, algo con lo que ella podría relacionarse.

Gemma luce confundida, con sus ojos negros entrecerrados.

—¿Todo bien?

—Supongo —hago una pausa para acentuar el efecto, pateo un trozo de tierra congelada—. Estoy preocupada por Ruby.

Gemma adora el drama; es una estudiante de teatro, después de todo. Una defensora de lo dramático, dentro y fuera del escenario.

—Ha estado actuando tan extraño —comienzo, elijo mis palabras con cuidado—. No me gusta tirar mierda, pero ella ha estado un poco maliciosa recientemente, ¿sabes a qué me refiero?

Hay un destello de comprensión en sus ojos. Sé que entiende de lo que estoy hablando. Ruby la regañó la semana pasada cuando nos dirigíamos a Butternut para esquiar. Terminamos conduciendo veinte minutos en la dirección equivocada cuando el GPS no pudo encontrar señal. Gemma estuvo diciéndonos que nos habíamos pasado una vuelta, pero Ruby se negaba a regresar. Yo guardé silencio, plenamente consciente del error. Gemma tenía razón. Cuando el navegador comenzó a trabajar de nuevo y nos ordenó dar la vuelta, Gemma se ofreció para ayudar a Ruby a conducir. La voz de Ruby se volvió desagradable y fría. "Dios, lo siento. Si tú conoces tan bien el camino, puedes llevarnos directo a casa." Pero no sonaba arrepentida. Después de eso, encendimos la radio y finalmente encontramos el camino a la montaña.

Ahora me concentro en Gemma, esperando poder marcar los puntos correctos.

—Tengo la sensación de que John va a romper con ella. Ella ha estado tan distante y coqueta recientemente. Con otros chicos. Y él se está dando cuenta. Me siento mal por él.

Los ojos de Gemma se ensanchan casi imperceptiblemente.

—Como sea —digo—, si se separan, ella se sentirá miserable hasta la graduación, todos en nuestro grupo tomarán partido, y será muy incómodo. Me refiero a los seis de nosotros: vivimos juntos, estamos demasiado cerca.

—Sí, sí —dice Gemma. Mira sus manos y comienza a examinar sus uñas mordidas, con la toalla envuelta con firmeza en sus puños.

El viento cambia, las cenizas se arremolinan a nuestro alrededor y azotan nuestras toallas.

—No lo sé —continúo—. No creo que él la engañe o algo así, pero si sucediera, tal vez sería hoy. Quiero decir, él no puede soportar tanto, ¿sabes? Puedo verlo, totalmente ebrio, haciendo algo estúpido. ¿Qué opinas? Tú y John todavía son muy cercanos, ¿cierto? Estaba pensando que tal vez podrías decirle algo. Asegurarte de que esté bien, ver si necesita hablar con alguien. Y yo hablaré con Ruby sobre lo que sea que esté pasando con ella.

—¿Yo? —dice Gemma con voz inquieta. Pero puedo sentir la emoción. Está ahí, debajo de su preocupación por Ruby—. ¿Crees que soy la persona indicada para hablar con él?

—Sí, quiero decir, él siempre dice que eres su mejor amiga —digo. Una pequeña mentira—. Pensé que era obvio.

Las mejillas de Gemma se ruborizan. Las comisuras de su boca se contraen. Se siente especial. Es especial, al menos para este trabajo.

—De acuerdo —dice—, hablaré con él. No hay problema, corazón. Yo me encargo.

Los otros se acercan por un costado de la fogata y se dirigen hacia nosotras. Miro a Ruby con cuidado. Hace todo lo posible por parecer feliz, pero la conozco bien. El tutú cuelga flácido de su mano, goteando agua del lago. Ella y Max llevan tazas humeantes de chocolate caliente, mientras que John y Khaled comparten un porro entre ellos, sin dejar de estar atentos a los profesores.

—Guarda el secreto —le susurro a Gemma.

Asiente con tranquilidad. Tan seria y sincera, agradecida de que haya compartido algo con ella. Sé que se siente más cerca de mí que nunca. Es gracioso que haya terminado siendo una pieza tan esencial. Después de todos estos años en los que nunca la necesité para nada. Siempre está tan dispuesta a complacer, desesperada por ser querida. Y sé la verdad sobre Liam, por eso estoy segura de que hará lo que sea necesario para acercarse a John. Sé que debería sentirme mal por ella. Y si las cosas fueran diferentes, así sería. Pero recuerdo por qué estoy haciendo esto, y ese pensamiento se evapora.

—Hey, chicos —dice Khaled con su amplia sonrisa, siempre presente. Sostiene una muñeca inflable; en su rostro congelado se ve esa expresión perenne y sorprendida—. Denise lo hizo muy bien.

—Creo que Denise necesita un descanso —dice Gemma—. La has montado bastante duro hoy.

Ríen juntos. Organizamos una fiesta de Halloween en nuestra casa durante el tercer año, y alguien dejó allí la muñeca. Nadie sabía de dónde salió, pero Khaled decidió que necesitábamos conservarla. La llamó Denise, y pasó sus días apoyada en la ventana de la sala, viéndonos ir y venir. La foto de perfil de Facebook de Khaled era él con su brazo alrededor de los hombros plásticos de Denise, ambos mirando a la cámara con la misma mirada estupefacta.

Gemma toma el porro que él trae, y comienzan a conversar. Ella me mira y sus ojos están llenos de comprensión: sabe que debe guardar este secreto para mí.

Siento que John roza mi brazo, llenando el hueco en nuestro círculo. Él me mira y hacemos contacto visual. Nos hemos estado evitando durante semanas. Él necesita actuar en consecuencia hoy o mi plan no funcionará.

Mi teléfono vibra en mi palma. Le doy la vuelta y me quedo mirando la pantalla. Un nuevo mensaje de H. Despliego el texto.

**Necesitamos hablar. Deja de fingir que estás bien. Déjame ayudarte.**

Apago la pantalla del teléfono y lo aprieto con fuerza contra mi pecho.

Tuve que mentirle a Gemma. El problema, esa cosa espesa y pesada que estoy cargando, es algo mucho peor. No se trata de la condición social de Ruby o de nuestro futuro como grupo. Es un problema mucho más serio, pero con algo así, no se puede confiar en alguien como Gemma.

# CAPÍTULO TRES

# Primer año

La humedad se aferraba a mi camisa mientras caminaba por el campus. Prefería el frío, el viento cortante se sentía como un reconfortante alivio. En Texas todavía hacía calor durante esta época del año, no como en Maine. Maine. Mi nuevo hogar. Usaba jeans negros y un top de seda sostenido por finos y delicados tirantes. Los jeans eran ajustados y mis hombros estaban expuestos a la luz azul del atardecer.

Gemma y Ruby vivían en una de las residencias estudiantiles más grandes del campus. La hiedra se abrazaba a sus paredes de ladrillo y la música se escuchaba desde las ventanas abiertas. Afuera, las canciones competían por la mayor atención. Era desagradable de una manera cómoda. Esto era la universidad en realidad, ir a una fiesta en una noche entre semana, reunirse con los amigos. *Gemma, Ruby, John, Max.* Repetí sus nombres, los dejé rodar sobre mi lengua. No podía creer que los hubiera conocido tan pronto. Necesitaba ser una buena amiga para ellos, para que me mantuvieran cerca. Me recordé que debía ser divertida, relajada; que debería interesarme en sus vidas, ser una buena confidente. Debía ser genial, no aburrida, y entender cómo funcionaba cada uno de ellos, de manera que pudiera ayudarlos si lo necesitaban. Puse una marca mental en la casilla correspondiente a *amigos*.

Un grupo de chicos estaban sentados en los escalones del frente y me miraron de reojo cuando pasé a su lado. El humo flotaba en el aire y un olor asqueroso llenó mis fosas nasales y pulmones. En el primer peldaño hice contacto visual con uno de ellos. El príncipe. Me dedicó una amplia sonrisa y saltó para abrir la puerta.

—Gracias —dije mientras entraba en el pasillo fresco.

El príncipe sonrió. Era lindo, tenía un rostro suave y ojos amables. Era servicial. Tal vez así trataba de compensar el hecho de *ser un príncipe*. Al acercarme me di cuenta de que apestaba a colonia.

—¿Vas a la habitación de Gemma? —preguntó, poniendo su pie delante de la puerta para evitar que se cerrara.

Gemma ya debía haber encontrado la manera de conocerlo; tal vez ella llegaría a pasear incluso en uno de sus Lamborghini.

—Sí —contesté.

Nos quedamos allí, evaluándonos el uno al otro por un momento hasta que uno de los otros chicos levantó un brazo con algo entre los dedos. El príncipe miró al otro chico y luego a mí de nuevo.

—¿Quieres un poco? —preguntó, con una mirada pícara en los ojos, desafiándome a unirme a ellos. Sabía muy bien que no debía ser la única chica en un grupo de chicos. Sabía el estigma asociado a *ese tipo* de chicas, y eso no era lo que yo estaba buscando.

—No, gracias —dije.

—Como quieras. Nos vemos arriba —respondió el príncipe, y saltó de nuevo a la parte superior de la escalera.

La puerta se cerró de golpe a mis espaldas. Comencé a subir los peldaños de azulejos; mis pasos hacían eco en el antiguo edificio.

—¡Oh, Dios mío, hola! —chilló Gemma cuando aparecí en la entrada de su habitación. Su aliento era afrutado y alcohólico. El líquido en su vaso rojo desechable se salió del borde y se derramó en el suelo. No pareció importarle.

La puerta estaba atrancada para permanecer abierta al largo pasillo, el aire caliente y espeso que emanaba de la ropa manchada de sudor. La música estaba tan alta que casi no pude escuchar el saludo de Gemma. El bajo de la canción vibraba a través del piso y en mis piernas, lo suficientemente fuerte para alcanzar la totalidad de la sala, que estaba repleta de estudiantes de primer año. Había llegado tarde a propósito, ansiosa por evitar las conversaciones superficiales antes de que la fiesta empezara. Me sentí aliviada de que la mayoría de los estudiantes ya estuvieran bastante ebrios; una pareja incluso se estaba besando en el otro extremo, y él tenía la mano bajo la blusa de ella.

Le entregué a Gemma un paquete de cervezas.

—Traigo regalos.

—¿Cómo conseguiste esto? —preguntó—. Nosotras tuvimos que pagarle a un estudiante del último año para que nos comprara una botella hoy. Absolutamente absurdo. Creo que su comisión fue más costosa que el vodka.

—Papá, antes de que se fuera —dije. Se mostró sorprendida y le expliqué—: Él prefiere que lo obtenga legalmente.

—¡Qué genial es tu papá! —dijo Gemma, empujándome a través de la estrecha multitud—. Con suerte, pronto me entregarán una identificación falsa. Todo esto es una mierda… en Londres puedo comprar alcohol sin ningún problema, pero aquí no. *La tierra de la libertad*, mi trasero —gritó sobre su hombro. Cuando llegamos a la esquina de la habitación, tomó las cervezas y las metió en un refrigerador miniatura, cuyo contenido era enteramente alcohol y bebidas energéticas.

La habitación de Gemma y Ruby era pequeña, y el único alivio se encontraba en su techo alto. Había carteles colgados en las paredes, y cajas y maletas sin desempacar arrinconadas. Los estudiantes se habían sentado sobre ellas, piel contra piel, con latas de cerveza y vasos de vodka y ginebra en sus manos sudadas. Nos abrimos paso hacia el muro del fondo, donde una gran ventana presumía su vista al jardín. Las antiguas farolas iluminaban los senderos, y los estudiantes caminaban en grupos de un lado a otro por los adoquines.

Ruby estaba posada en el alféizar de la ventana, riendo con John. La brillante cabeza rubia del chico se inclinó hacia la de ella, el yin y el yang, tan cerca que se podían tocar. Él le susurró algo al oído antes de alejarse; era sin duda la persona más alta en el lugar mientras caminaba entre la multitud. Todos lo miraron al pasar, las chicas ansiosas por estar cerca de su encanto, los chicos ajustando sus posturas.

Miré a Gemma, cuya sonrisa se había desvanecido ante la escena en la ventana.

—Así que ése es John, ¿cierto? —dije—. Todavía estoy tratando de recordar los nombres.

Gemma asintió mientras me lanzaba una mirada, como si acabara de recordar que yo estaba a su lado.

—Y su primo es Max, el más bajo y oscuro. Superlindo, pero demasiado bajo para mí —respondió ella, su voz se fue apagando mientras miraba alrededor de la habitación y en el pasillo. No pude saber si estaba bromeando. Ella no medía más de metro y medio de altura.

—Bueno —continuó—, él todavía no está por aquí. Es raro, él y John no parecen ser tan cercanos, pero Ruby dice que siempre están juntos. John es como un cachorro de golden retriever emocionado, y Max es... Bueno, Max es Max. Nada, absolutamente nada me viene a la mente. Es un poco aburrido, supongo. No puedo explicarlo. Ya lo verás.

—Me dio esa impresión durante el almuerzo de langostas —dije, recordando que Max ni siquiera había hablado con nosotras.

—¡Malin! —gritó Ruby, saludando con la mano desde el otro lado de la habitación. Cuando nos acercamos, me miró de arriba abajo y luego me dio un abrazo. Estaba empezando a darme cuenta de que los abrazos en la universidad eran algo a lo que tendría que acostumbrarme.

—Me encanta tu atuendo, es tan chic —Ruby tocó la seda entre sus dedos, su voz era amable. Estaba acostumbrada a los cumplidos de doble filo de las chicas. Mi bachillerato estaba lleno de eso, todas se felicitaban unas a otras y luego ponían los ojos en blanco al volver la espalda. Pero Ruby era diferente. Lo decía con honestidad.

Rio después de un segundo.

—Lo siento, ¿es raro que te esté tocando?

Negué con la cabeza, con una sonrisa vacilante.

—Me encantaría poder usar algo así, tal vez si perdiera algo de peso —dijo Gemma, riendo nerviosamente entre palabra y palabra.

No me atreví a disipar las inseguridades de Gemma, así que miré por la ventana. Esperaba que pareciera que no había escuchado su comentario, como si éste hubiera salido flotando por la ventana y desaparecido por los senderos bien iluminados.

Ruby fue quien rompió el silencio.

—Oh, Gems, eres hermosa, y lo sabes.

—Gracias, cariño —dijo Gemma. Sonrió y jaló su blusa para revelar más su escote.

El repertorio entre ellas era ya tan familiar que parecían haber sido amigas durante años. Cuando papá me entregó el cuestionario de alojamiento, al inicio del verano, solicité una habitación individual, pensando que de esa manera podría estudiar mejor. Nunca imaginé que una amistad podría surgir de eso, o al menos no como la que tenía en ese momento frente a mí. De lo único que había estado segura era que no quería quedar atrapada con alguien que no me agradara. Y dicho pensamiento era tan firme que superó la expectativa de una amiga instantánea.

—Entonces, ¿cómo fue que llegaste de Texas a Maine? —me preguntó Ruby. Abrió una cerveza con sus uñas rosadas y me entregó la sudada lata.

No estaba segura de por qué Ruby quería hablar conmigo. En el bachillerato había conseguido ser una persona solitaria. Sabía que era lo suficientemente bonita, definitivamente más inteligente que cualquier otra, y aunque los chicos dejaron de intentar salir conmigo a mediados del segundo año, podría haber sido parte del grupo más popular. Pero no quise intentarlo. Forzar una conversación me resultaba extenuante, y yo no tenía nada en común con el resto de los estudiantes. Me gustaba estar sola, disfrutaba leer. Sabía que eso mantenía a mis padres despiertos por las noches. "Ella necesita amigos", los imaginaba susurrando entre sí en la oscuridad. Había pasado tanto tiempo desde la última vez que había hablado con gente de mi edad, que había supuesto que todos preferirían actuar como si yo no existiera. Pero ahora, justo frente a mí, había dos chicas reales dispuestas a ser mis amigas.

Antes de que pudiera responder, Gemma interrumpió:

—Sí, eh, ni siquiera yo lo sé todavía. Ya sabes, te ves *tan* Nueva York. Como esas tonalidades en blanco y negro, me encanta, y tu cabello es tan lacio y rubio, de ese color platino que siempre he querido. Pero ¿Texas? Ni siquiera tienes acento, ni siquiera hablas como texana, ¿puedes hablar como texana? —su acento era rápido y cantarino, apenas podía seguirle el ritmo. Le gustaba ser el centro de atención, la líder de la manada.

Sonreí.

—Me encanta Nueva York —dije, decidiendo qué pregunta responder primero. Ambas miradas estaban fijas en mí—. Solíamos visitar mucho Nueva Inglaterra, cuando era más joven. Mis padres son originarios de Massachusetts, así que aquí estoy… un pequeño cambio de escenario. Pasando el rato con ustedes —dije la última frase con acento texano.

Ambas rieron. No mencioné la verdad porque no tenía sentido. No era algo que pudiera explicarse con una cerveza justo después de conocer a alguien. Pasé la siguiente hora con esas chicas. Hablamos de nuestras especialidades: Ruby estaba en Historia del Arte y Gemma en Teatro. Me preguntaron si ya había decidido (ya lo había hecho): Inglés, para después estudiar Derecho. Platicamos sobre cómo nos gustaba lo acogedor que era el campus en el otoño, y luego Ruby me preguntó si quería ir con ellas a un huerto de manzanos ese fin de semana. Sentí una ligera vacilación de Gemma, pero ignoré su pequeño puchero.

—Me encantaría —dije.

Las cosas se tornaron imprecisas cuando terminé la tercera cerveza. Recuerdo que analicé a Gemma y Ruby, preguntándome si serían buenas amigas. Estaba sorprendida por lo simple que había resultado conseguir agradarles. Me centré en ser *normal* y amable. Podía ser agradable todo el tiempo: elogiarlas, reír en los momentos correctos, decir lo que se tenía que decir. No quería ser demasiado extrema en ninguna dirección, pero tampoco aburrida, así que hice mi mejor esfuerzo para seguir el plan.

Gemma salía demasiado de los esquemas, su drama resultaba agotador, pero Ruby era perfecta. Ella mantenía las conversaciones fluyendo y se mostraba interesada en cada pequeña cosa que tuvieras que decir. Me agradaba, y yo le agradaría. Sabía que tendría que ser más sociable, más extrovertida, más parecida a ella, si quería que la amistad perdurara.

No fui la única en percatarme de su efervescencia. Todos la amaron desde el principio. Se deslizaba por la habitación dando la bienvenida y presentándose con los nuevos rostros. Llevaba bebidas a la gente y se aseguraba de que estuvieran contentas: la anfitriona perfecta.

Estaba claro que todos en la habitación querían estar cerca de Ruby, atraídos por la diversión y la luz que se filtraba por su piel tersa. Cuando los chicos no le estaban lanzando miradas interesadas, las chicas la estaban evaluando, determinando qué sería más conveniente: ser amigas o rivales. Al final todos llegaban a la misma conclusión: ser su amigo era la jugada más inteligente.

Más tarde esa noche, Ruby y yo nos acurrucamos sobre una caja sin desempacar, bebiendo entre risitas, vodka de una botella de plástico. Nuestros traseros se hundieron en el cartón, y nuestros hombros se inclinaron juntos cuando nos apoyamos contra la pared. Nunca antes había estado realmente ebria, pero tenía la sensación de que en ese momento lo estaba. El sudor cubría nuestra piel y anhelaba el omnipresente aire acondicionado al que estaba acostumbrada en casa.

La habitación se había vaciado un poco; sólo quedaba un puñado de estudiantes en pie. Por el rabillo del ojo, podía ver a Gemma hablando con otras chicas, lanzándonos miradas de vez en vez. Estaba molesta: me había invitado a su fiesta, y allí estaba yo, como uña y mugre con su compañera de habitación durante toda la noche. La gente ya se estaba refiriendo a nosotras como "inseparables" y nos preguntaban si nos conocíamos desde "antes". Así era Ruby al principio. Un libro abierto. Una vez que la conocías, *en verdad* la conocías. No me importaba pasar tiempo con ella, ser su mejor amiga.

—Hey —dijo una voz al otro lado. Vi a Ruby mirar a mis espaldas y sonreír.

—Hey —respondió ella, su voz era más dulce de lo que había sido un segundo antes.

Me volví para encontrar a John parado ante nosotras, con una pelota de ping-pong en la mano.

—¿Se apuntan? —preguntó, extendiendo la pelota.

—Vas a perder —respondió ella. Me jaló para levantarme mientras se ponía en pie.

Seguimos a John al pasillo. Max estaba apoyado contra la pared con una botella de cerveza, y el príncipe estaba en el extremo opuesto de una mesa plegable. Dos triángulos de vasos rojos estaban en cada extremo de la mesa, y cada vaso estaba lleno hasta la mitad con cerveza. El suelo estaba cubierto de una sustancia pegajosa y el aire olía a levadura.

El príncipe se inclinó sobre la mesa hacia nosotras.

—Soy Khaled, por cierto —dijo, extendiendo la mano—. Creo que nos conocimos hace rato.

—Malin —contesté, estrechando su mano, cálida y resbaladiza por el sudor.

—¿El príncipe? —preguntó Ruby, causando que todos miráramos fijamente a Khaled; el alcohol enmascaraba cualquier forma de cortesía que pudiéramos haber guardado antes.

Las mejillas de Ruby se tornaron rosadas.

—Lo siento, no quise...

Khaled suspiró.

—No te preocupes. Papá es el importante, como sea.

Ruby sonrió agradecida.

—¿Qué te trae a Hawthorne?

—Bueno —intentó explicar él—, quiero ser cirujano. Estoy en el curso preparatorio a la escuela de medicina —se detuvo, miró a Max—. Igual que Max, aquí presente. Mis padres habrían preferido que me quedara en Abu Dabi y que obtuviera un trabajo en el gobierno, pero me dijeron que podía venir aquí, a Estados Unidos; a Maine, Minnesota o Alaska. Sólo los estados más fríos. Estoy bastante seguro de que piensan que me voy a rendir después de un semestre y regresaré a casa en cuanto empiece a nevar. Soy un hombre de clima cálido.

—Eso es genial —dijo Ruby—. Nunca he salido del país. Espero que no te moleste que te lo pregunte, pero te ves tan...

—¿Del Medio Oriente? —preguntó Khaled.

—Sí —dijo Ruby.

—Asistí a la ASL por un tiempo, donde cursé la secundaria. Papá fue asignado allí por unos años, de manera que ahí crecí también —explicó.

Ruby levantó su vaso y la cerveza se movió de lado a lado.

—Bueno, por la esperanza de que te quedes con nosotros y no tengas que regresar pronto a casa.

Khaled sonrió y levantó su vaso hacia el de ella.

—Salud.

John pasó junto a mí y me entregó la pelota.

—Las damas primero —dijo.

Miré la pelota de ping-pong sin estar muy segura de qué se suponía que debía hacer con ella. Levanté la mirada hacia Ruby, en busca de ayuda.

—Es cerveza-pong —susurró. Debo haber parecido aún más confundida, porque agregó en voz baja—: Debes lanzarla a uno de sus vasos, si cae dentro, ellos beben, y viceversa.

Resulté bastante buena en eso de lanzar pelotas en los vasos. A los cinco minutos, Ruby y yo estábamos ganando, y John y Khaled habían bebido alrededor de cinco vasos cada uno. Estaban eructando profusamente y sus movimientos eran cada vez más descuidados. John se mantenía pasando una mano mojada por su cabello, que ya estaba erizado, y sus mechones rubios saltaban en diferentes direcciones.

—Ustedes nos están aplastando —dijo Khaled, sacudiendo la cabeza con una sonrisa. No parecía importarle que estuvieran perdiendo.

Khaled se comportaba de manera casual, lanzando sonrisas y chocando puños con quienes pasaban cerca de la mesa. Su felicidad era embriagadora. Me pregunté cuáles serían sus demonios, si es que tenía alguno. Sentía curiosidad por personas como él, que nada cargaban sobre sus hombros.

Ruby y yo nos miramos y sonreímos, disfrutando de nuestra victoria, cuando sentí que alguien me abrazaba por detrás.

—Ahí estás —una voz pastosa. Gemma.

—Hey, niña —le dijo Ruby—. ¿Quieres jugar?

—Dios, no, estoy demasiado ebria —Gemma se movió entre nosotras y envolvió sus brazos alrededor de nuestras cinturas. John miró a Max, que nos estaba observando. Todavía no había hablado con nosotras, y su silencio resultaba intrigante e irritante en partes iguales. No estaba segura de si era tímido o se pensaba superior a nosotras. John y Max comenzaron a hablar sobre algo, futbol americano, supuse. John lanzó un vago insulto a un jugador, y Max murmuró de acuerdo, apoyado contra la pared.

—¿Alguien quiere hablar de críquet? ¿Algún interesado? —dijo Khaled.

—¿De qué están hablando? —pregunté a Ruby. Ella comenzó a arreglar los vasos rojos de nuevo, vertiendo tres centímetros de cerveza en cada uno.

—Futbol americano. Los Gigantes jugarán contra los 49 mañana.

—¿Eres fanática? —preguntó John.

Khaled fue el primero en golpear y hundió la pelota en uno de los vasos de Ruby.

—Patriota hasta que muera —respondió Ruby, tomando el vaso.

—Oh —dijo John—, ya no sé si podremos ser amigos.

Ruby se llevó la cerveza a los labios, ocultando una suave sonrisa.

—Déjame adivinar. Eres de los suburbios pintorescos de Connecticut, usas ropa J. Crew y Patagonia, y te estás especializando en Economía. ¿Fanático de los Gigantes?

John le ofreció una sonrisa torcida.

—Olvidaste la casa en el viñedo.

Ruby tiró la pelota y la hundió en su vaso. Puso una mano en su cadera.

—Por supuesto. Ahora bebe.

—¿Críquet? ¿Alguien? Podría hablar de estadísticas todo el día —dijo Khaled.

—¡Ohh, críquet! Mi papá ve… —comenzó a decir Gemma antes de que John la interrumpiera, como si ni siquiera hubiera notado que ella estaba hablando. Gemma desvió la mirada, obligada a tragarse su abatimiento.

—Hey, amigo, ahora estás en América, ya termina con esa plática de críquet —dijo John, con tono ligero, burlándose.

Khaled se encogió de hombros.

—Como sea, hombre. Es el mejor deporte.

Gemma observó a John y Ruby interactuando, sus bromas de ida y vuelta. Parecía ansiosa por agregar algo sobre futbol americano, atormentando su cerebro para que formulara algún comentario. Esperé que no lo hiciera.

—¿Así que tú debes ser una fanática de Brady? —le preguntó John a Ruby.

—¿Es el tipo *sexy*? —preguntó Gemma. Apenas podía mantener los ojos abiertos.

—Sí. Y lo es incluso más en persona, y un buen tipo, además —dijo Ruby—. Fue a Dartmouth el año pasado para saludar al equipo de futbol americano. ¿Y adivina quién se escabulló para estrechar su mano?

Tanto John como Max miraron a Ruby, impresionados con la chica que podía hablar de deportes.

Futbol americano. No lo entendía. Pero seguí sonriendo, era importante que pareciera que me importaba, al menos un poco. Tomé un largo sorbo de la cerveza tibia. El alcohol hizo que sintiera un hormigueo en mi garganta.

—Es un *pitcher*, ¿cierto? —dijo Gemma. Tenía la cabeza apoyada contra mi pecho derecho, y sus ojos revoloteaban entre abiertos y cerrados. Estaba bastante ebria.

—*Quarterback*, mariscal de campo —le respondió Ruby rápidamente.

Luego miró a Gemma y me lanzó una mirada de preocupación, como si tuviéramos que recostarla. Intentamos cargarla hasta su cama, con sus pies arrastrando detrás, y la colocamos de lado.

—En caso de que vomite —dijo Ruby.

Tomó un cesto de basura y lo puso en el suelo, junto a la cabeza de Gemma.

—¿Así que estuviste en Dartmouth antes de venir aquí? —pregunté, confundida por su comentario anterior.

Ruby le retiró las sandalias a Gemma y las arrojó al armario.

—Oh, no —dijo—. Papá trabaja allí. Crecí en el campus.

Acomodé la almohada bajo el cuello de Gemma.

—¿A qué se dedica? —pregunté.

Habíamos empezado a hablar en voz baja, esperando que Gemma se durmiera, pero creo que ella habría perdido el conocimiento aunque hubiera estado en medio de la función de circo. Comenzó a roncar mientras recogíamos latas de cerveza vacías del suelo y las apilábamos en nuestros brazos.

El rostro de Ruby se tensó. No quería hacerla sentir incómoda, así que cambié el tema:

—Le di un vistazo a Dartmouth. Es hermoso. Nuestro guía no usaba zapatos.

Se relajó un poco, aliviada.

—Sí —dijo—, son un montón de *hippies*. *Hippies* realmente inteligentes.

Recuperó la compostura, en paz nuevamente. Pensé en mi hogar y en cómo a mí tampoco me gustaba pensar en él. Lo entendía, así que no pregunté más. Ya estaba temiendo las vacaciones escolares, pensando en pretextos para quedarme en Maine.

Ruby se volvió hacia Gemma, con la cabeza inclinada a un lado.

—Supongo que las compañeras de habitación son algo así como la familia. No puedes elegirlas, y siempre están ahí —dijo—. Y las amas a pesar de sus defectos.

Estuvimos en silencio por un momento.

—¿Eres hija única? —pregunté.

Rio.

—¿Cómo lo supiste? ¿Por mi visión idealizada de los hermanos?

Le dediqué una breve sonrisa.

—¿Tú tienes hermanos o hermanas? —preguntó.

—Sí, algo así —dije. No me habían hecho esa pregunta en mucho tiempo. Todos en casa sabían lo que había sucedido, así que no había necesidad de preguntar. Se convirtió en un tema a evitar: era demasiado incómodo hablar de eso—. Tenía un hermano mayor, pero murió.

—Oh —dijo Ruby, colocando una mano en mi brazo, con sus ojos brillantes, abiertos y sinceros—, lo siento.

—Está bien. Fue hace mucho tiempo.

—¿Tienes una relación cercana con tus padres? —preguntó.

Consideré mi respuesta.

—Más con papá —dije.

—¿Con tu mamá no?

—No en realidad. Ella se aisló después de que mi hermano murió.

—Eso debe haber sido difícil —dijo Ruby en voz baja—. Mamá se marchó cuando yo era una bebé. Papá me crio.

La miré mientras metía las sábanas alrededor de los brazos y las piernas de Gemma, asegurándose de que no pasara frío. Nos quedamos juntas un tiempo, mirando a Gemma inhalar y exhalar, y luego apagamos las luces y cerramos la puerta detrás de nosotras.

El tiempo se distorsionó mientras seguíamos bebiendo. Observé cómo Ruby y John caminaban hacia las escaleras, al final del callado pasillo, con la mano de él presionada contra la parte baja de la espalda de ella. Reían y susurraban, pero estaban demasiado lejos para alcanzar a escuchar lo que decían. John había preguntado si Ruby quería salir a dar un paseo. Sus ojos se habían iluminado y ella había aceptado, dejando que su cuerpo se alineara a su lado.

Khaled se acercó. Su colonia era apenas un poco menos intensa que al inicio de la noche. Ahora se había mezclado con humo de hierba y alcohol. Puso un brazo flojo alrededor de mis hombros y se paró a mi lado para que ambos miráramos al pasillo. Por lo general, me habría encogido por su cercanía, pero lo supuse inofensivo. Inocente. Ingenuo. Y suelo tener razón sobre la gente.

—Linda pareja —dijo—. ¿Crees que tendrán una verdadera cita romántica, o sólo sexo?

—Mmm —rumié. No estaba segura de qué responder—. No lo sé.

El sexo era algo que tendría que enfrentar en algún momento. Sabía que era un "tema" en la universidad, algo que las personas hacían y sobre lo cual hablaban. Pero no estaba del todo lista para unirme al club de los sexualmente activos, todavía no. El pasillo estaba vacío, y crucé mis brazos, sintiendo una brisa helada que rozaba mi piel. Khaled suspiró felizmente, disfrutando de nuestro momento de tranquilidad.

—Entonces —dijo, volviéndose hacia mí—, ¿quieres que nos besuqueemos?

Lo miré: sus ojos enrojecidos por fumar hierba, su sonrisa desaliñada y juguetona. Su aliento caliente, mezclado con ginebra. Contuve una carcajada.

—Paso, gracias.

Khaled sonrió.

—Sí, asumí que dirías eso. Pero valía la pena intentarlo.

—¿Amigos? —pregunté.

—Claro, claro —respondió—. ¿Quieres que te acompañe a casa para que estés más segura?

Negué con la cabeza. Podía cuidarme sola. Khaled me dio un beso flojo en la mejilla y caminó por el pasillo; cuando comenzó a bajar las escaleras dejó escapar un sonoro eructo.

Me pregunté adónde irían Ruby y John, qué harían. ¿Sería una cita romántica? O *sólo sexo*, como Khaled lo había sugerido. Pensé en esa mirada que John me había dedicado esta mañana, ese guiño, esos ojos juguetones. Vi a mi hermano, una versión más joven de John, e imaginé qué aspecto habría tenido si se le hubiera concedido la oportunidad de madurar. Entonces me sentí enferma y corrí al baño. Expulsé toda la cerveza que horas antes había bebido con singular entusiasmo.

# CAPÍTULO CUATRO

# TEXAS, 1993

En uno de mis primeros recuerdos tengo cuatro años. Todo se presenta en blanco y negro. Estamos en un lago, y estoy cómodamente envuelta por un chaleco salvavidas. El viento es cálido y reconfortante. Levanto mi mano al cielo, dejo que el aire se cuele entre mis dedos. Estamos en el norte de Texas, en un barco alquilado. Papá está navegando, en pie detrás del timón, sonriendo mientras ganamos velocidad. Su cabello está oculto bajo su gorra de beisbol. Se ve tan alto. Todos parecen tan altos. Y yo soy diminuta, un pequeño insecto en comparación con mis padres y mi hermano.

A medida que comenzamos a avanzar más y más rápido, mi madre ríe y me sostiene cerca de su pecho. Su abrazo es firme y lleno de amor. Me adora en este momento. Estoy entre sus piernas, ambas de cara al viento. Bo también está allí; es todavía un cachorro. Está metido entre mi cuerpo y el costado del bote, y sus peludas orejas aletean hacia atrás. Su lengua está fuera y su saliva gotea sobre mi blusa. Mi hermano está al otro lado de nosotras, bien sujeto a una manija metálica. Tiene seis años, ya es un niño grande.

*Fum. Fum. Fum.* Navegamos a toda marcha sobre las olas de otro barco y doblamos la esquina hacia nuestra cabaña de verano. El viento es más fuerte aquí, y siento que no puedo hacer que el aire entre en mi boca para respirar. La gorra de papá vuela de su cabeza, sale disparada muy por detrás de nosotras y aterriza en el agua. Él hace un gesto gracioso, y mi madre está riendo de nuevo. Miro a mi hermano. Levi. También está riendo.

Todos ríen, ríen, ríen. Yo también río, porque quiero ser como ellos.

Éste es mi único recuerdo feliz de nosotros. Se desdibuja más y más con cada año que transcurre. Lo que antes estaba lleno de colores, ahora es gris. Una menguante instantánea de cómo podrían haber sido las cosas antes de que todo cambiara.

# CAPÍTULO CINCO

# Día de los Graduados

Ruby, Gemma y yo estamos recogiendo el resto de nuestras cosas al borde del lago, con el olor a humo todavía fresco en nuestro cabello, cuando escuchamos un silencio extraño y fuera de lugar. Se extiende desde el agujero en el hielo y a lo largo de la costa. La multitud de estudiantes de último año está en silencio, una quietud cubre el lago congelado como una manta. Nos detenemos y damos vueltas buscando la razón.

Una voz rompe el silencio. Amanda.

Hay cuatrocientos estudiantes en nuestra generación, de manera que es difícil encontrarme con un rostro que no haya visto antes: camino a las clases, en el comedor o en las fiestas. Los brazos esqueléticos de Amanda están cruzados sobre su pecho, y se inclina sobre el agujero en el hielo. Lleva un top deportivo y unos *shorts* negros de licra, su cabello rojo está sujeto en una coleta húmeda. El rojo y el negro resultan desagradables contra el gris paisaje invernal, y los vellos de mis brazos se erizan otra vez.

La intensidad de Amanda no es inusual: sus obstinados rumores, la mayoría sobre otros estudiantes, han resonado en el campus durante cuatro años. Además, es una persona ruidosa, y el alcohol sólo sirve para aumentar el volumen.

Estoy a punto de darle la espalda y olvidarme de la escena, pero noto la cadencia en su voz, insegura al principio, casi acusadora, y luego presa del pánico. Grita de nuevo con el cuerpo inclinado sobre la cornisa helada, un nombre escapa de sus labios en medio de jadeos: *Becca*.

Todos se reúnen a su alrededor, más apiñados de lo normal, con una curiosidad creciente que magnetiza sus cuerpos en una unidad. Una bandera ondea sobre la multitud silenciosa. Las gruesas letras blancas se ondulan a través de la tela azul rey: *Día de los Graduados 2011*. Me pregunto si éste será el año en que la administración haga desaparecer el Salto, la ansiedad por los universitarios alcoholizados que saltan en el agua helada cobrando su precio. Es sorprendente que incluso lo autoricen, para empezar. Los ebrios estudiantes de último año que saltan a un agujero en el lago congelado no gritan "la seguridad es primero".

Siento una ligera brisa sobre mi brazo cuando John pasa junto a nosotras y desciende por la pendiente hasta el lago. Se desliza sobre el hielo, y su figura alta y sólida toma el control. Lo vemos empujar a través de la multitud y saltar al agua helada. La mano de Ruby está apretada en mi muñeca, y nos mantenemos inmóviles, esperando una señal.

—¿Qué demonios? —dice Gemma, rompiendo nuestro trance.

Gemma se detiene antes de pronunciar en voz alta la pregunta que todos estamos pensando. Nadie ha muerto en el Salto, nunca. Se supone que debe ser un evento feliz. Un rito de paso para todos los estudiantes de último año en Hawthorne.

Los segundos se sienten horas. El agua está en calma, salvo por unas pocas olas que golpean el hielo cortado tras el salto de John. Gemma se presiona contra mí, el alcohol mantiene su calidez. Está asustada, tal vez por Becca. Definitivamente por John. Pero no puede estarlo, no allí, en pie junto a Ruby. Miro a Ruby. Mi mejor amiga. Un recuerdo de lo que solía ser, que se fue debilitando durante el año anterior; su personalidad, alguna vez enérgica, languideció y fue reemplazada por una versión disminuida de su antiguo yo. La miro ahora. Su expresión es severa.

No me agrada. No me agrada la inquietud que la abruma. Sus brazos están laxos, y me doy cuenta de cuánto ha adelgazado. Tiene la mandíbula apretada, los ojos muy abiertos. Es miedo. Miedo de que su novio de cuatro años muera atrapado bajo el hielo. Me pregunto cómo es estar asustada, con el corazón palpitando, el estómago contraído, las palmas de las manos sudando.

Sólo han transcurrido unos pocos segundos desde que John se sumergió en el agua fría. La peor parte es el silencio. Los cuatrocientos que formamos la generación de último año retenemos la respiración, a la espera. Esperamos a que John y Becca salgan a la superficie, se pongan en pie, sacudan la cabeza y nos envuelvan en sus brazos.

Creo que soy la primera en detectarlo, porque respiro antes que los demás. Hay movimiento en la superficie del agua, como si algo, o alguien, estuviera a punto de surgir. Ruby libera su agarre de mi brazo y deja una huella blanca en mi piel púrpura.

Antes de que pueda decirle algo, Ruby ya está corriendo por la pendiente hacia el agujero en el hielo. Empuja a través de la multitud, que le abre camino: saben quién es y por qué se apresura. Es rápida, su cabello oscuro y su piel de porcelana se vuelven borrosas contra el resbaladizo hielo translúcido. Gemma y yo la seguimos, abriéndonos paso a través del cerrado grupo de estudiantes. Todos hablan al unísono.

John Wright, nuestro héroe supremo.

Hercúleo emerge del agua, cuando empuja a Becca hacia la superficie del hielo. Ella es insignificante en comparación con su divinidad masculina. Los huesos de Becca semejan pájaros, débiles y quebradizos. Jadea por aire, rápida y sucinta, como si no fuera capaz de mantener el oxígeno dentro, sin aliento. La temperatura del agua es tan baja que debe haber encendido en su pequeño cuerpo el Modo Pánico. Becca, el pequeño y frágil conejito que percibe el peligro y se detiene, incapaz de moverse. Hay alivio en sus ojos oscuros.

Amanda se desliza por el extremo del agujero donde John ayuda a Becca a salir, y se arrodilla, inclinándose sobre el agua. Los surcos en el hielo cortan la piel de Amanda y gotas de su sangre empapan la superficie resbaladiza. Siempre me sorprende su tesón como amiga. Ella demuestra su devoción a los suyos, una madre gallina cargada de protector coraje.

Algunos chicos del equipo de remo sacan a Becca del agua mientras John la sostiene desde abajo. Él se aferra con un brazo al hielo y coloca el otro en la espalda de Becca. La mantiene a salvo, habla con ella, se asegura de que esté bien con voz baja y alentadora. Amanda sujeta a Becca y la acerca, y enseguida la aleja de nuevo, mientras mira fijamente el rostro de su amiga. Le está preguntando cómo se encuentra. Becca succiona aire para llenar sus pulmones. Se ve desorientada. Avergonzada.

Amanda envuelve a Becca en una toalla y frota sus brazos, intentando transmitirle calor. El decano de estudiantes, quizás el más aliviado de todos nosotros, se apresura para llegar hasta ellas y pone un brazo firme alrededor de Becca. El trío se dirige al Centro de Salud, balanceándose sobre el hielo hasta que alcanzan la orilla de arena.

Ruby se inclina hacia John y posa una mano en su hombro. Los músculos de John se tensan y se retuerce para sentarse en el hielo, mientras sonríe a Ruby.

John ya era amado por todos, pero ahora es un héroe. La multitud celebra y algunos escupen risas incómodas, con el alivio de no haber atestiguado una tragedia. John se levanta, rodea con un brazo a Ruby y le planta un beso en la cabeza. Ruby lo abraza de lado, su tibia sonrisa apenas se percibe. Todos los miran, piensan en lo perfectos que lucen juntos. Soy la única que percibe vacilación en Ruby.

Veo a Becca desvanecerse a lo lejos, en dirección al estacionamiento. Amanda camina a su lado, y sus delgadas figuras son espejos una de la otra.

Khaled y Max aparecen a mi lado. Max está callado, pero Khaled anima a John, como todos los demás. Max deja que sus brazos cuelguen a sus costados, pero sus puños están firmemente cerrados. Pongo una mano en su brazo —siento la tela de su camisa rígida por el frío—, exhortándolo a que mantenga la calma. Éste no es el lugar para una confrontación, pero puedo sentir que Max está perdiendo la paciencia.

La toalla de Gemma está envuelta alrededor de su cuerpo. Su respiración se acelera, presa de un ataque de desesperación. Se siente abrumada por su adoración a John y su feroz enamoramiento se fusiona con un renovado apetito. Me sorprende observándola y desvía la mirada, pero sé cómo obró hace apenas unas horas. La observé en la casa del equipo de natación, su rostro iluminado por las luces estroboscópicas, con pintura azul salpicada en sus mejillas. Esa mirada en sus ojos.

Conozco sus secretos.

# CAPÍTULO SEIS

# Primer año

La amistad con Ruby se consolidó durante la segunda semana en Hawthorne. Tal vez tendría que agradecérselo a Amanda. La situación fue fortuita pero muy oportuna, y la aproveché. Después de eso, Ruby me definió como su *mejor amiga*. Confió en mí, se apoyó en mí.

Estaba esperando a Ruby en la entrada del comedor, escuchando el pitido de las tarjetas de los estudiantes que llegaban a almorzar. Me apoyé contra la pared y saqué el teléfono para revisar mi correo electrónico. Me molestaba que ella no hubiera llegado a tiempo. Yo siempre era puntual. No encontré correos nuevos en mi bandeja de entrada, más allá de un mensaje no leído de papá. Tomé aire y lo leí.

Hola, Malin,
Espero que la escuela vaya bien, tu madre y yo pensamos en ti todos los días y te extrañamos en casa. La otra noche fuimos a cenar a Antonio's y pensé en ti... pedí el pollo a la parmesana, estoy seguro de que no te sorprenderá. No escribiré demasiado porque debes estar muy ocupada. Quería ver cómo van tus clases, si te has unido a algún club. Y, por supuesto, me encantaría

saber sobre los nuevos amigos que has hecho. También averigüé un poco sobre el centro de salud en Hawthorne, y creo que el centro de asesoramiento podría darte algunos consejos útiles para manejar el estrés que podrías estar sintiendo... No olvides pedir ayuda si la necesitas. Las cosas se pondrán peor si no las enfrentas. También estoy aquí en caso de que necesites pedir algún consejo, no lo olvides.

Te amo,
Papá

Escribí una respuesta rápida.

Sí, he hecho amigos. Los clubes no son para mí. Todo está bien. Te amo.

Ignoré la parte sobre el asesoramiento. Él siempre había sido un gran defensor de buscar ayuda, pero yo podía cuidarme sola.


Ruby, John y yo vacilamos frente a la barra de pizzas en el comedor, mientras repasábamos la multitud de opciones.

—Voy a subir más de diez kilos con esto —dijo Ruby, deslizando un trozo de pizza con champiñones y salchicha en su plato—. Pero bueno, como sea, ¿no se supone que así debe ser cuando eres un estudiante de primer año?

En realidad, ella trabajaba demasiado como para ganar peso. Sus prácticas de futbol siempre duraban dos horas, por lo menos, y comenzaba sus días con una carrera de treinta minutos alrededor del campus. En ocasiones me unía a ella, y corríamos en silencio mientras nuestros zapatos deportivos golpeaban el pavimento, el único sonido en medio de la niebla matutina.

—Estoy harto de la pizza —dijo John.

Le dio a Ruby una ostentosa sonrisa y desapareció en las profundidades de la barra de ensaladas. Hawthorne tenía una de las cafeterías universitarias más sanas del país, algo que a la administración le gustaba recordarnos. Teníamos suerte de comer su pizza con costra de trigo, aunque su textura fuera de cartón y no tuviera suficiente salsa.

Ruby se irguió a mi lado mientras yo seleccionaba un trozo de *pepperoni*. Siempre hacíamos juntas nuestra ronda por el comedor, se había convertido en algo nuestro. Cazar y recolectar. Teníamos un sistema: la barra de pizza primero y, si parecía aburrida, pasábamos a las torres de cereales y examinábamos la barra de buffet al final.

Mientras daba media vuelta con mi plato, una delgada muñeca surgió frente a mí, enrollada en el brazo de Ruby.

—¿Ruby?

La chica nos inmovilizó contra la barra de pizza. Tenía el cabello rojo, del color de una torneada hoja de arce. Dos chicas se encontraban detrás de ella, sosteniendo yogures, ambas con cabello largo y oscuro. Estudié sus rostros. Delgados, huesudos. Hambrientos. Noté que una bajaba la mirada a nuestras pizzas y luego la subía de regreso a nuestros rostros, juzgando.

La chica miró a Ruby, con una mirada confundida en el rostro.

—¿Qué estás haciendo aquí? —preguntó.

—Amanda —respondió Ruby, con un ligero, casi imperceptible, temblor en su voz—. No tenía idea de que vendrías aquí.

Eché un vistazo a la expresión de las otras dos chicas. Parecían aburridas y molestas. Todos en Hawthorne eran tan amigables, que resultaba extraño interactuar con zombis como ellas.

—Fui admitida en la primera ronda —dijo Amanda, con tono petulante—. No tenía idea de que *tú* estarías aquí. Aunque escuché que tienen un fantástico programa de ayuda financiera. Tu padre debe estar tan orgulloso.

—Sip. Beca de futbol —dijo Ruby, ruborizada. No mencionó que ella también había entrado en la primera ronda. Quise mencionarlo por ella, pero guardé silencio, insegura de la dinámica que estaba teniendo lugar frente a mí.

Amanda miró la vestimenta de Ruby, pasando lentamente sus ojos de arriba abajo.

—Y te ves tan diferente. Casi no te reconozco.

—Gracias —dijo Ruby. Movió sus caderas y su pizza se deslizó por el plato.

Perseguí las miradas entre ambas. ¿Ruby no había lucido siempre tan bien? Se veía impecable, con su cabello brillante y suelto cayendo por su espalda, el maquillaje ligero y unos jeans ajustados.

—¿Cómo *está* tu papá? —preguntó Amanda, con una amplia sonrisa en su rostro. No confié en esa sonrisa.

Ruby nunca hablaba de su vida familiar. Sus fosas nasales se ensancharon, sólo un poco, y la sangre llegó a sus mejillas.

—Está bien —dijo Ruby, casi enojada. Asintió hacia mí—. Ella es Malin.

Amanda me miró de arriba abajo.

—Ah. Hola.

Su tono me hizo querer meterle un calcetín sucio en la boca. O una hogaza de pan.

—Soy Amanda —me dijo, haciendo énfasis en su nombre, y forcé una sonrisa. Pasaría la mayor parte de mi tiempo en Hawthorne evitando a esta chica para demostrar a Ruby que, como mejor amiga, también era su aliada—. Y éstas son Becca y Abigail —dijo, señalando a las chicas a su espalda.

Amanda puso una mano en su cadera y miró a Ruby, como si estuviera considerando algo.

—¿Estabas hablando con John Wright?

Los ojos de Ruby se suavizaron.

—¿John? ¿Sí, por qué?

—¿Así que lo conoces o algo? —preguntó Amanda.

—Somos amigos —me miró—. Todos nosotros.

—Es tan divertido que ustedes ya sean tan cercanos —dijo Amanda, con la mano apretando el envase de yogur. Sus ojos se habían desorbitado, como un caballo encabritado contra las riendas—. ¿Sabes?, escuché que es una especie de prostituto —añadió, con una risa falsa—, pero tal vez ya lo sabías.

Los ojos de Ruby se entrecerraron.

—No me había dado cuenta. Iremos a comer. Me alegro de verte —dijo, exagerando los gestos formales.

Ruby se alejó de nosotros y desapareció entre la multitud. Se había ido tan rápido que no tuve tiempo de desenredarme de las zombis.

—Mmm —murmuré—, fue un placer conocerlas —no quería hablar con esta chica por más tiempo del necesario.

Comencé a seguir a Ruby, pero Amanda me tomó del brazo.

—Debes tener cuidado con ésa —dijo, mirándome a los ojos, asegurándose de que la hubiera escuchado. Me apresuré a liberar mi brazo de sus garras.

Becca sonrió débilmente, como si se sintiera mal, como si estuviera lamentando haber quedado atascada en esta pandilla. Era la más pequeña de las tres; casi podía ver sus venas a través de su delgada piel. Acunó el yogur entre sus manos, y me pregunté si ella sería capaz de terminárselo. Las tres me miraron, esperando una respuesta.

Los ojos de Amanda refulgieron, listos para diseccionar a Ruby, despedazarla justo delante de mí, exhortándome a estar de su lado. Sabía esto de las chicas. Sabía cómo se alimentaban de la debilidad de las otras, cómo se hundían entre sí y podían ser muy crueles y doble cara. Querían que me uniera al banquete. Pero yo no era como las otras chicas.

—¿Qué fue eso? —pregunté cuando Ruby y yo nos sentamos a la mesa. John todavía no había regresado de su cacería de comida.

—¿Oh, Amanda? —dijo Ruby en voz baja—. Dios. Me odia. Somos del mismo pueblo, pero ella siempre asistió a una escuela privada, así que sólo convivimos una vez, en un campamento de verano —Ruby dejó escapar un fuerte suspiro y apartó la bandeja de comida.

—¿Fueron amigas o algo así?

Ruby permaneció en silencio, decidiendo si debería compartir ese tema conmigo.

*Dime*, quería decir. *Puedes confiar en mí.*

—Más o menos. Es una larga historia.

No iba a conseguirlo ahora. Si la presionaba demasiado, terminaría por alejarla por completo.

Ruby me miró, tratando de averiguar si le creía.

—Ella simplemente me odia, y no estoy segura de por qué.

Ésta era mi oportunidad de demostrar que yo tenía madera para ser mejor amiga.

—Sabes que está celosa de ti, ¿cierto?

Sabía que ésta era la clásica muletilla que las chicas se decían entre sí para hacerse sentir mejor. Pero en este escenario podría ser cierto. Era obvio que Amanda estaba loca por John.

—A Amanda le gusta John y está celosa porque tú le gustas a John. Se siente amenazada por ti —continué.

Los ojos de Ruby brillaron. Le gustó lo que había dicho.

—No lo sé. Ella es rica, inteligente y bonita. ¿Por qué se sentiría amenazada por mí?

—Porque tú les agradas a todos —respondí—, todo el mundo quiere ser tu amigo. Y apenas estamos en la tercera semana de clases. ¿Has visto a alguien tratando de ser su amiga? No. Quiero decir, además de esas zombis que trae como mascotas.

Ruby rio un poco.

—¿Podemos seguir llamándolas así?

—Son sólo chicas pesadas siendo pesadas, lo cual es un poco raro, porque ya estamos en la universidad, así que ¿a quién le importa? Ya estamos demasiado viejas para esa mierda. No puedes dejar que eso te deprima o que ellas te ganen —recordé haberla visto con John y añadí—: Y creo que le gustas a John.

Ruby sonrió un poco ante la mención de John.

—Me siento mal. Ahora somos nosotras las que estamos siendo pesadas. Esto no nos hace mejores.

—Como sea —recordé entonces un cartel que había visto en la oficina de admisiones—: "Todos están librando su propia batalla" —cité—. Ahí tienes, podemos otorgarle un poco de perdón.

—Excepto que su única batalla es ser una perra —dijo.

Reí.

—¿Te sientes mejor?

—Sí —sonrió. Consideré preguntar sobre su padre, pero decidí no hacerlo. No quería alejarla, no cuando ya la tenía tan cerca.

La mirada de Ruby se movió hacia mis manos. Me preguntaba cuándo sucedería, cuándo notaría las cicatrices. Capté su mirada.

—¿Qué pasó? —preguntó.

Miré mis palmas, atravesadas por suaves líneas.

—Caí sobre una mesa de vidrio cuando era pequeña.

Era una mentira necesaria. Miré mis manos. Recordé a los policías mirándome fijamente, con ojos compasivos.

Nos mantuvimos en silencio por un momento, masticando la pizza mientras el comedor zumbaba a nuestro alrededor.

—No le digas a nadie —dijo Ruby—. Sobre John. Que me gusta, más que como amigo.

—No lo haré —dije—. Puedo guardar un secreto —eso era cierto.

—¿Crees que él sea una especie de prostituto? ¿Como dijo Amanda? —preguntó.

—Creo que muchas chicas están enamoradas de él —dije—, y él es agradable, así que coquetea bastante. Eso no significa nada.

Ruby suspiró, masticando lentamente.

—Todavía no hemos llegado a algo físico. Tal vez él no está interesado en mí.

—No —fui firme, había decidido que ella necesitaba un impulso en su confianza—. Tú le gustas. Sé paciente.

Guardó silencio por un momento.

—Siempre estás tan segura de todo —dijo, apretando mi mano sobre la mesa—. Estoy tan contenta de haberte conocido.

—Yo también —respondí, deseando que no me hubiera tocado. Ignoré la inmediata repulsión que sentí—. Y en serio, si necesitas que golpee a alguien en la cara, sólo dímelo.

Ruby rio y su risa llenó nuestro espacio en el comedor de calidez y alegría. Sus rosadas mejillas arrugaron sus ojos, y el sonido que produjo sacudió mi memoria. Era un sonido que no había escuchado en mucho tiempo, y entonces supe a quién evocaba: a mi madre.

## CAPÍTULO SIETE

# TEXAS, 1995

Tenía seis años cuando descubrí que Levi era un problema. Mis padres siempre le habían prestado mucha atención, pero yo había pensado que era porque se trataba del mayor, y porque él era niño. El primogénito, el niño de sus ojos.

Mis padres parecían cansados ese día en particular. El cabello rubio y alguna vez espeso de mi madre estaba recogido en una coleta desaliñada. Papá tenía nuevas líneas en su rostro. Hablaban en voz baja en la sala. Mi madre me dijo que fuera a jugar, pero no quería hacerlo, así que me senté en el suelo de mi habitación a leer un libro.

Levi se había encerrado en su habitación. Presioné mi oreja contra la pared que compartíamos y no escuché ruidos. Bo lamió los dedos de mis pies, y reí.

—Shhh —dije—, tenemos que estar callados.

Bo agitó su cola y presionó su nariz húmeda contra mi pecho. Metí mis pequeñas uñas en la alfombra azul cuando me empujó e intentó lamer mis orejas. Bo siempre hacía que todo fuera mejor.

Escuché las voces de mis padres, llanas y bajas, pero de todas formas las escuché.

Primero la de papá, suplicante, desesperada. No me gustaba escucharlo así, se suponía que él era fuerte.

—Celia, trató de lastimarla. Viste lo que pasó.

—Él no quiso hacerlo, es sólo un niño —mi madre sonaba débil—. Eso es lo que hacen los hermanos, pelean.

Las lamidas de Bo ahogaron sus voces.

Se suponía que celebraríamos el octavo cumpleaños de Levi al día siguiente. Una piñata de burro estaba en la esquina de mi habitación, metida detrás de una mecedora. Mi madre y yo habíamos ido juntas de compras al principio del día. "Vamos a esconder las cosas para la fiesta en tu habitación, corazón, ¡y entonces le daremos la sorpresa!" Cajas envueltas para regalo se apilaban contra la pared.

Quería decirles a mis padres que Levi no me había hecho daño, que me sentía bien. Ni siquiera estaba enojada con él. No me *sentía* herida. No tenía miedo.

Quería que todo volviera a la normalidad. Quería que papá terminara de cortar el césped y que mi madre se acurrucara en su silla con un libro, viéndonos jugar.

No podía dejar de pensar en la mirada en los ojos de papá. Después de que me sacó de la piscina y me apretó demasiado fuerte entre sus brazos, me miró como si yo fuera algo aterrador. No me gustó. Después de que pude respirar normalmente otra vez, y dejé de toser, le dije que estaba bien. "¿Viste cuánto tiempo aguanté la respiración, papi?".

Había ignorado mis palabras, mirando fijamente a Levi, que todavía estaba flotando en el agua de la piscina. Se quedaron así hasta que mi madre salió corriendo con el teléfono en la mano. Estaba tan blanca, sus manos temblaban y lágrimas corrían por sus mejillas.

"Ella está bien", había dicho papá. Sonaba tranquilo mientras hablaba, pero algo parecía ir mal. Llevé la mirada de uno a otra. No sabía por qué estaban actuando tan extraño.

Eso fue antes de que nos enviaran a nuestras habitaciones. Apoyé la cabeza en la alfombra, que olía a productos de limpieza. Bo se acurrucó en el hueco de mi regazo, así que estábamos nariz contra nariz, y pasé mis dedos en su pelaje, mientras percibía su olor cálido y confortante. Lo abracé con fuerza hasta que nos quedamos dormidos, nuestra respiración se sincronizó, uniforme y ligera.

Levi y yo nos encorvamos sobre el pequeño pájaro desnudo; el sol calentaba nuestras cabezas doradas. Levanté la mirada y descubrí el nido de pájaros, un cuenco tejido de ramitas y hojas. La mamá pájaro no estaba a la vista, tal vez habría salido en busca de comida para sus bebés. Me pregunté si se sentiría triste cuando se diera cuenta de que uno de sus polluelos había caído del nido.

Estábamos en el borde exterior del jardín trasero, bajo las fuertes ramas que sostenían nuestra casa del árbol. La primavera había llegado prematura a Texas, y con ella venían los pequeños pájaros que caían de los árboles y cubrían las calles y las aceras. Después de unos días, las aves desaparecerían, sus cuerpos frágiles parecerían esfumarse de la noche a la mañana. Me pregunté quién los recogía, adónde iban. Le pregunté a papá, y él me dijo que volaban al cielo de las aves, pero yo sabía que eso era mentira. No existía cosa tal como el cielo. Supuse que se los habrían comido los coyotes o el gato de nuestro vecino, que a menudo veía con ratones inertes colgando de su boca.

—Allá arriba —dije.

Levi siguió mi mirada. Tomó un palo puntiagudo y picó al recién nacido. El ave se sacudió por un segundo y luego se detuvo. Su pecho agitado subía y bajaba.

—¿Está muerto? —pregunté.

Levi lo picó más fuerte con el palo, ya estaba a punto de rasgar su frágil piel rosada.

—Detente —dije, retirando su mano—. Mami es doctora. Tal vez ella pueda curarlo.

Levi apartó mi mano y continuó pinchándolo.

—No, boba, los animales van al veterinario.

—Oh, claro. Bueno, deberíamos llevarlo al veterinario.

Levi empujó el extremo puntiagudo del palo en la parte más suave del ave bebé. El pecho del pájaro dejó de moverse.

—Levi, basta —repetí.

—Está bien. Largo de aquí —dijo.

Suspiré, me levanté y sacudí la tierra de mis rodillas. Acomodé mis manos en las correas de mi overol para que colgaran en su lugar. Bo corrió hacia mí y lamió las yemas de mis dedos, jadeando en el calor.

Recordé que nuestra madre me había dado un botiquín para mi cumpleaños. Tal vez allí encontraría algo que pudiera ayudar al pequeño pájaro.

—Voy a conseguir ayuda —dije.

Levi me ignoró. Lo dejé y caminé hacia la casa. Sentí el aire acondicionado frío contra mi piel mientras me dirigía a mi recámara y salía de regreso al cálido jardín trasero.

Caminé a través de la hierba, con el botiquín rojo en la mano y Bo a mis pies. Me detuve cuando vi a Levi recoger el pájaro. Sostuvo el pájaro en su mano, delicadamente al principio, examinándolo. Pensé que tal vez lo besaría, así de cerca estaba de su rostro.

Pero entonces apretó con fuerza, su puño se cerró en un nudo, y sentí que una mano invisible me estrangulaba y sacaba el aire de mis pulmones. Levi se puso en pie, con los ojos muy abiertos. Parecía aliviado, casi. Como si un peso hubiera sido retirado de sus hombros. Mi mente viajó a lo que había sucedido en la piscina, sus dedos retorciéndose en mi cabello. El sonido de la cortadora de césped se escuchaba amortiguado bajo el agua. No luché. Se suponía que él me amaba, me protegía. Pensé que se trataba de un juego. Cuando finalmente lo soltó, mi cuerpo subió a la superficie y jadeé por aire. El cloro quemaba mis ojos. Fue entonces cuando papá intervino y me sacó de la piscina.

Levi y yo nos miramos, pero no hablamos. Arrojó al pájaro en la hierba y pasó atropelladamente a mi lado. Estuvo a punto arrollar a Bo cuando desapareció en la casa.

No busqué el pájaro. No quería ver su cuerpo rosado y destrozado. Me quedé quieta por unos minutos y experimenté algo similar al luto, no por el ave, sino por la persona que creía que era mi hermano. Ese sentimiento fue reemplazado rápidamente por algo más. Mi piel picaba con el calor. Ahora que sabía que Levi podía, *había querido*, lastimarme, supe que necesitaba encontrar una manera de sobrevivir.

# CAPÍTULO OCHO

# Día de los Graduados

Después de que el caos de Becca a punto de ahogarse se asienta y nuestros estómagos están llenos de galletas y sidra caliente, nos reunimos junto a la fogata a la orilla del lago. Algunos rezagados todavía se están alineando para saltar, con rostros temblorosos y aprensivos. Tomo una respiración, inhalo el olor de la fogata humeante. Imagino a mi familia asando malvaviscos, Levi con chocolate derretido alrededor de la boca. Quiero abrir los ojos y empezar desde el principio, pero cuando los abro, estoy con Khaled, Gemma y John. Se están riendo de algo, así que sonrío y finjo que estoy participando. Pero mi mente está con mi familia, cuando era ingenua, cuando no entendía nada. Era demasiado joven para apreciar esos tiempos, para saber que podían terminar.

—¿Están listos para una ducha? —Khaled nos pregunta a los tres.

—Diablos, sí —dice Gemma—. Me estoy congelando.

Ducharse juntos es el siguiente paso en el día de la tradición. No completamente desnudos, sino en ropa interior. Todo el mundo parece entusiasmado con esto, así que actúo como si yo también lo estuviera. La voz en mi cabeza me dice que siga a la multitud, *finge finge finge*. John argumenta que Parker, una tranquila residencia, estará menos llena.

Cuando estamos a medio camino de la empinada colina, jadeantes, doy la vuelta para observar alrededor.

—Espera, ¿dónde están Ruby y Max? —pregunto, mirando a Khaled. Advierto que no los he visto en un tiempo. Denise cuelga detrás de Khaled, y su piel plástica se arrastra contra el suelo.

Khaled y yo nos giramos y examinamos la colina. Pequeños grupos de nuestros compañeros comienzan a dispersarse en todas direcciones, ansiosos por una ducha de agua caliente. Desde donde estamos, podemos ver la mitad de nuestro pequeño campus. A pesar del desnudo invierno, sigue siendo hermoso y pintoresco con sus edificios de ladrillo y sus amplios senderos, su pendiente de tierra ondulante y en calma. Una parte de mí quiere escapar dentro de un libro en la biblioteca, abandonar el resto del Día de los Graduados.

Khaled me da un codazo.

—Por allí —murmura, para que sólo yo pueda escuchar.

Veo lo que me señala. Ruby y Max, solos, al borde de la fogata menguante, en lo que parece ser una acalorada discusión. Vuelvo a mirar a John y Gemma, que se están riendo juntos, tratando de no resbalar en un gran charco de barro. Gemma se cuelga del brazo de John, preguntándole qué se siente ser un héroe. Necesito mantener el rumbo.

—Sigamos —digo—, ya nos encontrarán.

Gemma y John no entienden mi comentario y continúan remontando la colina en la euforia de su ebriedad. Están demasiado alcoholizados para cuestionarse algo.

Khaled llama mi atención y sacudo la cabeza para que guarde silencio. Nada dice; la camisa a cuadros cuelga de su hombro, el alcohol lo mantiene caliente.

Sé que no hablará, al menos por ahora.

>>>

Cuando entramos a la residencia, me dirijo al baño de mujeres mientras todos los demás avanzan hacia el de hombres.

El baño huele ferozmente a orina. Los universitarios son unos cerdos asquerosos. Hay un rollo de papel higiénico sin usar esparcido por el piso, enrollado por debajo de las casillas. Parte del rollo está mojado y rasgado, y paso por encima de él hacia el retrete más limpio (siempre el primero, nadie elige el primero).

Me siento y orino, descansando mi barbilla en la palma de la mano. Una luz turbia se filtra a través de la ventana. Beber de día es deprimente, la luz del sol subraya nuestro comportamiento inapropiado y hace que todo parezca sucio y barato.

Cuando asistes a la universidad en Edleton, Maine, te vuelves creativo. Edleton es una de las ciudades más hermosas de Estados Unidos, pero también la más aburrida, si eres un estudiante universitario de veinte años. Hace décadas, los hombres de Hawthorne College (porque fue exclusivamente para varones hasta 1964) decidieron actuar ante la carencia de bares y restaurantes, de manera que crearon el recorrido de las casas para comenzar con estruendo el Día de los Graduados. Una vez al año, cinco casas fuera del campus servirían como esos codiciados abrevaderos. Los estudiantes de último año que estuvieran viviendo allí elegirían un tema y adornarían la casa. Podría ser la Mansión Playboy o un bar clandestino, o incluso podías traer en autobús algunas nudistas desde Portland y transformar tu sala en un club nocturno, lo que fuera. Además decidieron convertir la iniciativa en competencia. Todos tenían que correr de casa en casa y detenerse sólo para socializar y beber. Quien terminara primero en el agujero del lago congelado sería el ganador. No es que hubiera un trofeo ni algo parecido. Se trataba de sentir orgullo por tu *alma máter*, y de embriagarse.

Era tan aburrido.

Tiro la cadena del inodoro y abro el grifo para lavarme las manos. Me veo en el espejo: mis mejillas rojas y mi cabello rubio-platinado congelado, goteando carámbanos en el suelo. Mientras que Gemma y Ruby intentaron lucir bonitas hoy (fácil para Ruby, que siempre se ha visto inmaculada), yo me veo como siempre: sin maquillaje y mi cabello al lacio natural. No me gusta disfrazarme.

La voz de mi madre se escucha en mi cabeza: "¿Estás saliendo con alguien, cariño?".

Podría decir la verdad: sí, estoy saliendo con alguien, o algo así. ¿Eso era salir con alguien? ¿Qué estábamos haciendo? No queríamos hacerlo público, al menos no hasta la graduación, para la que sólo faltaban unos cuantos meses más.

Aprieto los dientes, mis pómulos altos se endurecen. Me alejo del espejo, prefiero secar mis manos sacudiéndolas en lugar de usar la toalla empapada que cayó detrás del basurero.

Pienso en lo que sucedió hace un momento con Gemma, en una de las paradas del recorrido de las casas. La oscura sala estaba repleta de estudiantes de último año. Láminas de plástico cubrían las paredes y los muebles. A través del brillo de las luces estroboscópicas, todo estaba teñido de azul, el color de Hawthorne. El equipo de natación había protegido todas sus pertenencias con láminas de plástico y luego había llenado el lugar con globos de agua con pintura azul. Los estudiantes los lanzaban a través de la sala, unos a otros y a las paredes. Vi cómo Khaled estrellaba un globo sobre la cabeza de Ruby. Ella gritó y retrocedió mientras la pintura se filtraba en las capas de tul del tutú. Otro destello de la antigua Ruby. La extraño. No de una manera nostálgica y emocional, sino de la forma en que se desea que un aparato descompuesto vuelva a funcionar. Max, vacilante, le entregó un globo y ella lo arrojó contra el pecho de Khaled. El globo explotó al instante en su camisa y la pintura azul se derramó hasta el suelo.

Max y Ruby. No los había visto así desde el primer año. Se llevaban bien, eran felices. De alguna manera, la algarabía del Día de los Graduados los hizo olvidar lo que sea que haya estado pasando entre ellos.

Busqué a Gemma entre la multitud, su cabello azul. Mis ojos surcaron sobre los rostros de mis compañeros. Los reconocía a todos, aunque la mayoría seguían siendo extraños, incluso después de todos estos años juntos.

Y entonces encontré a John y Gemma, en un rincón oscuro, detrás de una puerta abierta, envueltos en un espacio privado. Asumí que estarían coqueteando, como hacían siempre que bebían demasiado. Al menos sabían esconderse. Ellos no me vieron, pero yo sí los vi. La luz estroboscópica latía al estruendoso ritmo de la música. Miré de nuevo a Ruby. Estaba distraída. Su atención estaba fija en Max, en la pintura azul. Los dos seguían mirándose a los ojos, sin molestarse en reprimir sus sonrisas. Sus cabellos oscuros estaban cubiertos de pintura azul, y luego empapados, cuando Khaled lanzó un globo por encima de ellos como si fuera muérdago.

Gemma presionó la parte baja de su cuerpo contra John. Se inclinó y tomó un globo de una canasta en el alféizar de la ventana. Su pelvis estaba presionada contra la de él. John se echó hacia atrás, pero estaba ebrio y sus movimientos eran juguetones y torpes. Ni siquiera buscó a Ruby. Tal vez ni siquiera pensó en las consecuencias morales de su actuar: coquetear con una de las mejores amigas de su novia.

Gemma sonrió y le ofreció esa mirada sensual que solía practicar frente al espejo cuando estábamos en primer año. Nos habíamos reído de ella, sin darnos cuenta de que lo hacía en serio. Gemma apretó el globo en su mano y la pintura se derramó sobre su pecho, con el cuello en V estirado hacia abajo para exponer la cresta de sus senos.

Dio un pequeño paso hacia él. Se puso de puntillas y pasó un dedo azul de la nariz a los labios de John, riendo.

John la miró, con los párpados revoloteando y las fosas nasales dilatadas. Yo ya había visto esa expresión antes.

Miré de nuevo a Ruby. Estaba demasiado distraída. ¿Por qué no lo estaba mirando? Pensé en acercarme a ella y advertirle, pero lo pensé mejor. Sólo tenía que esperar.


Ahora, en el húmedo baño de la residencia, escucho la estridente risa de Gemma desde el pasillo. Mi plan ya se encuentra en marcha. Depende de ella ponerlo en acción.

# CAPÍTULO NUEVE

# Primer año

El profesor Clarke se paró frente al grupo durante nuestra tercera semana de clases. Era alto, responsable, seguro de sí, un hombre atlético de cincuenta años que parecía de cuarenta, y estaba al lado de alguien que yo no conocía. Un tipo, quizás unos cuantos años mayor que nosotros. Era más bajo que el profesor Clarke, fornido y robusto.

Mi teléfono vibró contra mi pie. Miré alrededor del salón. Nadie se había dado cuenta.

—Éste es Hale —dijo el profesor Clarke—. Será su asistente educativo durante este semestre. Acaba de comenzar el programa de posgrado aquí y asistió a Hawthorne cuando era estudiante.

El profesor Clarke le dio a Hale una ligera palmada paternal en la espalda. Hale dio un paso al frente y nos dedicó una amplia sonrisa.

—Hola, chicos —sonaba más como un compañero que como asistente de profesor.

Debía estar en la mitad de sus veinte, pero vestía como si todavía estuviera en la universidad, con la camisa metida desordenadamente alrededor de sus pantalones y unos Birkenstocks en sus pies. Hawthorne tenía un destacado Departamento de

Inglés que ofrecía un programa de posgrado muy selecto. Sólo cincuenta estudiantes eran admitidos cada año. Hale debía ser uno de ellos. No parecía lo suficientemente pulcro para dar clases.

Mi teléfono vibró de nuevo. Lo miré, molesta, y me incliné para ponerlo en mi regazo.

Un mensaje de Ruby.

**Tenemos otro problema con Gemma.**

Levanté la mirada. El profesor Clarke había abandonado el aula, y Hale estaba sacando cosas de su mochila, preguntándonos si habíamos disfrutado la lectura. No podía verme. Me sentaba hasta atrás, en el lugar más cercano a la puerta.

—Después del poema que leyeron la semana pasada, estaba pensando que hoy podríamos continuar con algo más ligero. No es que la cultura rusa sea siempre ligera —dijo Hale.

Miré alrededor. Se escucharon algunos murmullos de agradecimiento.

Escribí rápidamente una respuesta a Ruby:

**¿Y ahora qué?**

Mi teléfono vibró. Cambié el ajuste al modo silencioso.

Ruby:

**No para de hablar de lo lindo que es ese chico, Grant, el que vive en tu residencia. ¿Qué se supone que debo decirle? Él es el peor. ¡¡Y ella tiene novio!! ¡Siento que al menos debería romper con él antes de salir con otro!**

Ruby tenía razón con respecto a Grant. Él vivía a unas pocas puertas de mi habitación. Cada vez que pasaba a su lado por el pasillo después de sus duchas (lo cual era raro, por lo que nuestro supervisor tenía que recordarle que se aseara), me guiñaba un ojo y preguntaba: "¿Qué hay?". Según los rumores, a veces se aseaba sólo con toallitas húmedas.

Respondí:

Ella no lo va a engañar. Está obsesionada con Liam. Y Grant ya está saliendo con Becca.

Ruby:

¿En verdad crees que eso la detendrá?

Otra vez, tenía razón. A pesar de que Gemma mantenía una relación con Liam, coqueteaba con todos los chicos de la universidad. Me pregunté cuánto duraría aquella relación.

Era jueves, lo que significaba que, en cuanto terminara la clase, nos iríamos en el automóvil de John al Walmart que estaba a un par de pueblos de aquí. Khaled ya tenía una identificación falsa incluso antes de que pisara territorio estadunidense y siempre se aseguraba de que estuviéramos preparados para las fiestas. Nadie hacía más fiestas que Khaled, y aun así, de alguna manera ya era conocido como el estudiante de primer año más prometedor para ingresar en el programa de medicina. A Max no parecía importarle la competencia, y los dos se daban ánimos con las evaluaciones y los ejercicios de laboratorio. Khaled siempre decía: "Trabaja duro, vive intensamente".

Mi teléfono se encendió. Ruby otra vez:

Como sea, sólo le seguiré recordando que tiene NOVIO.

—Malin —la voz de Hale resonó en mi dirección.

Miré alrededor confundida, ¿cómo sabía mi nombre?

Hale me sonrió, y enseguida al resto del grupo.

—Oh, sí, conozco todos sus nombres. Estudié la página de Facebook de su generación y leí todos sus trabajos de la semana pasada. Espeluznante, lo sé.

Se escucharon algunas risas.

—¿Malin? —Hale me miró directamente.

—Sí, lo siento —murmuré, empujando el teléfono a la parte inferior de mi mochila.

—Conoces las reglas sobre el uso del teléfono —dijo Hale en pie, apoyado en el escritorio.

Los otros estudiantes me miraron, con los ojos muy abiertos por el alivio de que ellos no hubieran sido atrapados. Todos enviaban mensajes de texto durante las clases. Nuestro trabajo era cubrirnos los unos a los otros, pero estar sentada en la esquina de atrás lo hacía más difícil. Hale sacó un libro de tapa dura de su mochila y lo puso frente a mí. Me quedé mirando el libro, la pintura en tonos sepia de un joven con la mirada perdida en la lejanía.

—Elige uno —dijo. Olía a humo de leña y desodorante Old Spice.

El salón permaneció en silencio mientras recorría unas pocas páginas, revisando la lista de títulos de poemas. Cuando encontré el adecuado, me aparté de mi escritorio y caminé al frente del salón.

Me aclaré la garganta y comencé:

—"¿Qué es la amistad? La división de la resaca, / libre conversación del ultraje" —eché un vistazo a Hale. Sus brazos estaban cruzados sobre su pecho mientras se apoyaba contra la pared posterior, con expresión alentadora—. "Intercambio de vanidades y omisiones, / o de la amarga vergüenza de los auspicios".

Terminé de leer y cerré de golpe el libro entre mis manos. Observé cómo caían las hojas crujientes de un árbol rojo fuego del otro lado de la ventana. El olor a sidra y canela permanecía en el aire, y cada día se hacía más frío con la promesa del invierno. Todo era mejor cuando hacía frío. Café caliente, una larga carrera, una ducha caliente.

—Un poema corto, pero una gran elección —dijo Hale, interrumpiendo mis pensamientos—. Un tema conveniente para que discutamos en clase de primer año.

Se deslizó a través de los escritorios con paso relajado, sus Birkenstocks se arrastraron y los tablones de madera crujieron bajo su peso.

—Puedes sentarte —me dijo mientras caminaba. Sus ojos se encontraron con los míos.

Cuando llegó al frente del salón, escribió en la pizarra "AMIS-TAD", ALEKSANDR PUSHKIN, con letra gruesa y pulcra.

—¿Quién quiere decirme algo sobre estos versos? —preguntó al grupo—. Shannon —dijo en respuesta a la chica que sostenía la mano en alto, ansiosa y desesperada—, adelante.

Shannon era siempre la primera en levantar la mano. Me daba gusto que a ella le gustara hablar, así no tenía que hacerlo yo.

—Creo que está tratando de decir que la amistad es superficial —Shannon hizo una pausa—. También parece negativo al respecto.

—¿Por qué superficial? —preguntó Hale.

—Bien… —Shannon hizo una pausa de nuevo, mirando hacia su derecha. Siempre hacía eso cuando estaba pensando en voz alta—. Está cuestionando la *idea* de amistad al inicio del poema. La compara con una resaca, indeseable consecuencia de una increíble noche de juerga.

Hubo algunas risas, y Hale continuó:

—¿Algo más?

—Mmm, sí, parece aducir que la amistad no es tan buena como parece. Cómo después de enloquecer y pasar un buen rato, lo único que permanece es un dolor de cabeza. Parecía que lo estabas pasando muy bien porque habías estado bebiendo, cuando lo cierto es que el alcohol estaba engañando tu percepción de la realidad. Un amigo puede parecer genial al principio, pero luego, ¿lo será al día siguiente?

Shannon parecía confundida mientras volvía a sentarse en su silla.

—Piensas que Pushkin compara la amistad con una resaca. Bien, entiendo lo que dices, pero ¿qué pasa con el resto del poema? ¿Crees que renuncia por completo a la idea de amistad? ¿Tiene algún sentido tener amigos?

Hale paseó la mirada por el grupo, en busca de iniciativa.

—Es una visión tan pesimista. Parece frustrado —dijo alguien al frente.

—Sí, es como si pensara que toda amistad resulta falsa y sin sentido —respondió otra voz, una que reconocí.

Amanda. Ella debía haberse cambiado a esta clase justo antes de la fecha límite de admisiones. Hicimos contacto visual, pero no me reconoció.

—Eso haría las cosas deprimentes, ¿no lo crees? —preguntó Hale.

Amanda sonrió, complacida consigo misma por haber hecho un comentario significativo.

Unas cuantas risas y el salón volvió a sumirse en el silencio. Hale me vio e hizo una pausa, nuestras miradas se encontraron. Sentí que una pizca de adrenalina aceleraba mi sangre. Apreté los dientes y sostuve su mirada, esperando que él rompiera el contacto visual primero.

—Malin —dijo, sonriéndome, animándome—. ¿Qué piensas? Tú elegiste el poema, escuchemos ahora tu opinión de los versos.

Mi opinión era que no me gustaba hablar en clase.

Después de un largo momento, con todos los ojos fijos en mí, comencé:

—Pushkin parece asegurar que la mayoría de las amistades son superficiales. Cree en la genuina amistad sin embargo, aunque en escasas ocasiones se presente. Es en ésas en las que te mantienes, en las que resistes, y haces frente a la carga del otro. Si encuentras a esa persona, debes ser leal a ella, entonces ella será leal en respuesta. Ésa es la verdadera amistad.

Shannon se levantó de su asiento y su palma golpeó con fuerza sobre su escritorio.

—Claro —dijo, como si algo hubiera encajado en su cerebro—. Un verdadero amigo estará allí para ti en el peor de los momentos, y así es como sabes que es auténtico. Y todos los demás, como esas personas que están al margen de tu vida, no importan al final.

Hale asintió en acuerdo, emocionado de haber motivado tan lejos nuestro análisis.

—Mantengan esa idea en mente mientras navegan por la vida aquí en Hawthorne. Un verdadero amigo es un regalo. Esperemos que lo reconozcan cuando lo encuentren.

Pensé en Ruby y en cómo había empezado a llamarme su *mejor amiga*. Nadie me había llamado así antes.

Eché un vistazo a mi reloj. Odiaba quedarme en clase más allá del tiempo asignado. Algunos estudiantes empezaron a acomodar sus papeles y a cerrar las computadoras portátiles cuando, por el rabillo del ojo, vi una mano dispararse hacia arriba. Era Edison. Siempre era Edison. Tenía el estresante hábito de hacer una elaborada pregunta justo antes de que terminara la clase, lo que nos obligaba a mantenernos sentados, agobiados por la ansiedad, durante cinco minutos después del plazo, a veces diez. Luché contra el impulso de caminar hacia él y bajar su mano. Odiaba cuando las cosas se retrasaban. Me gustaba seguir un itinerario, que las cosas tuvieran un principio y un final definidos.

—¿Edison? —preguntó Hale.

Se escuchó un suspiro colectivo mientras toda la clase, y todas las chicas en específico, le lanzaban a Edison una mirada enfurecida. Vi algo, tal vez diversión, cruzar el rostro de Hale.

—Entonces —comenzó Edison—, ¿éste es un tema común en la poesía rusa? ¿Hay otros poetas que discutan sobre la amistad y, si es así, no va esto en contra de los anticuados motivos tradicionales de la poesía rusa?

Cuando la clase realmente terminó, diez minutos más tarde, nos habíamos dividido en equipos de tres con la instrucción de que nos reuniéramos durante el fin de semana para responder algunos puntos adicionales de discusión. Me horrorizaba el trabajo en equipo.

Hale fue conformando en voz alta los equipos de estudio: Malin, Shannon, Amanda. *Amanda*. Uff. La había evitado tan efectivamente hasta ahora. Ambas dejamos que Shannon parloteara sobre una reunión en los sillones de la biblioteca, y acepté, impaciente por salir del aula.

Empaqué mis libros y mi computadora portátil en el reducido espacio de mi mochila. Sentí a alguien parado frente a mí, y levanté la mirada para encontrarme con Hale. De cerca, noté sus suaves rasgos faciales, el ligero bulto de su cuerpo. No era obeso, pero sí robusto. Tenía estatura media y un espeso cabello ondulado, con raya en el centro. Usaba una camisa verde a cuadros, con los puños enrollados descuidadamente alrededor de sus antebrazos.

—¿En qué estás pensando especializarte? —preguntó sonriente. ¿En algún momento dejaba de sonreír?

No respondí de inmediato, y tomé mi tiempo para cerrar mi mochila. Cuanto más tiempo permanecía callada, más incómoda hacía sentir a la gente, lo que me condenaba al ostracismo.

—Inglés —respondí—, previo a Derecho.

—¿Quieres ser abogada?

—Sip —mi voz sonó confiada, tal vez un poco molesta.

Levantó las cejas. En la batalla entre los pensadores liberales y las codiciosas corporaciones estadunidenses, estaba eligiendo estas últimas. No quería darle una oportunidad de salvar mi alma y de llevarme en la otra dirección. Miré al pasillo, dándole a entender que debía marcharme.

—Bueno —suspiró. Evité el contacto visual y me aseguré de mantener mi atención en mi mochila—. Leí tu primer ensayo sobre Tolstoi. Fue bueno, en verdad. E hiciste un buen trabajo hoy. ¿Habías leído a Pushkin antes?

Negué con la cabeza.

—Vaya, realmente diste en el clavo con ese análisis.

—Gracias —dije, moviéndome en mi lugar, mirando hacia la puerta. Me di cuenta de que él quería seguir hablando, pero yo tenía cosas que hacer, como reunirme con mis amigos para obtener alcohol de forma ilegal.

—Debo ir —añadí.

—Bien —dijo—, sal de aquí. Ve a disfrutar de la tarde.

Finalmente lo miré. Sus ojos eran de un azul puro y profundo, empapados de una empatía que no quería y no necesitaba.

Dejé a Hale en el salón. Me observó mientras me marchaba, tratando de descifrarme, tal vez preguntándose si yo sería una desgraciada o sólo una persona tímida. Eso es lo que la gente suele pensar, o al menos así era en el bachillerato. Pero no le daría más, y su curiosidad terminaría por desaparecer. Pronto se olvidaría de mí. Me gustaba vivir en las sombras, lejos de los elogios de los profesores y docentes. El centro de atención no era un lugar donde quisiera estar.

Cuando empujé las puertas dobles hacia el intenso aire otoñal, saqué mi teléfono de la mochila. Cinco mensajes nuevos. Siempre sabía cuando era Ruby la que me estaba enviando mensajes porque mi teléfono vibraría cinco veces consecutivas, recordatorios rápidos y concisos de su presencia:

Sabes que es una mala señal cuando no te quedan bien los jeans. No más comida. No más cerveza. Sólo alcohol destilado, y sin diluir. Esa puta barra de pizza.

Rollos y llantas, literal, en todas partes.

Luego, después de un intervalo de diez minutos:

Dios mío. ¿¡¡¡¡¡¡Mal!!!!!!?

¿Por qué no me respondes?

Tengo que decirte algo, ¡RESPÓNDEME!

John le había pedido a Ruby una cita. Una verdadera cita, y no una caminata al final de la noche, en un restaurante en Portland. Y esto era un asunto crucial en Hawthorne. Por lo general, los estudiantes salían por un fin de semana y decidían, o no, mantener la exclusividad. Tener citas significaba ser pareja. La primera en proclamar tal título en nuestra generación.

Ruby y yo nos separamos de los chicos al entrar en Walmart y nos dirigimos al interminable pasillo de comida instantánea.

—Creo que vamos a ir al lugar de comida tailandesa —dijo Ruby, sacando una caja de sopa ramen de un estante—. He estado con antojo de unos fideos borrachos. Y es el mejor restaurante de Portland en este momento.

Tomé el contenedor de sopa ramen de sus brazos y lo añadí a la pila que ya estaba en los míos. Había empezado a darme cuenta de las burdas inclinaciones de Ruby al dinero. El dinero de John, en concreto. La forma en que él hablaba de su casa en el viñedo, y el rostro de Ruby se iluminaba a pesar de que nunca había estado allí. O cómo ella comprobaba las etiquetas de la ropa de John, como si estuviera aprobando su gusto en guardarropa, aliviada de comprobar qué tan rico era él en realidad.

—¿Esto significa que ya es tu novio? —pregunté.

Ruby continuó por el pasillo, escudriñando las estanterías, sonriendo para sí.

—Supongo.

—¿Estás segura de que estás bien con eso? ¿De restringirte tan pronto?

Rio.

—Sí, Mal. Eso es lo que significa tener una cita. No hay nadie más con quien yo quiera salir. Y definitivamente, tampoco quiero verlo a él con alguien más. Así que, sí, definitivamente estoy bien con eso.

Había observado de cerca a John y Ruby durante semanas. La forma en que gravitaba el uno hacia la otra. Como imanes. No sabía cómo era ese sentimiento. Nunca lo había experimentado. Observaba con atención la emoción que sentían, la forma en que se tomaban de las manos, con suavidad, de manera protectora. Me pregunté si alguna vez yo tendría algo así.

—Entonces, ¿estás enamorada? —pregunté.

Ruby me miró con curiosidad. Yo sabía que debía dejar de hacer preguntas, pero no entendía por qué ella querría ser la novia de alguien, especialmente cuando apenas estaba comenzando el semestre.

—Tal vez —dijo—. ¿Qué pasa con todas esas preguntas?

—Oh —respondí—, nada. Sólo quiero que seas feliz.

—Bueno —dijo, sonando un poco a la defensiva—, lo soy.

—Genial —dije—. Eso es lo único que importa.

La observé alejarse y tomar unas cuantas cajas de macarrones de microondas que apretó contra su pecho. Parecían una buena pareja. Ya tenían bromas privadas y eran bastante cariñosos. John también era amable conmigo. Cada vez que le llevaba un trago a Ruby en una fiesta, preguntaba también si yo algo quería. De alguna manera, yo estaba incluida en su relación, era un complemento de Ruby. Pero no podía evitar la extraña sensación que tenía sobre él. Sabía que tenía que ver con Levi y que debía ignorarlo. John no era Levi.

—Oh, Dios mío, Mal —chilló Ruby desde el final del pasillo, sosteniendo una colorida caja en su mano—. ¡Caramelos Gushers! Mi infancia en una caja.


Esperamos a los chicos en el estacionamiento. Era mejor si nos separábamos mientras Khaled compraba el alcohol con su identificación falsa. Ruby y yo nos sentamos en la defensa trasera del auto de John, un BMW que alguna vez había pertenecido a su madre. Tanto John como Max conducían los autos viejos de sus padres, vehículos de lujo con interiores anticuados.

Había descubierto que la madre de John y Max eran hermanas. Parecía que el padre de John ya no estaba, y asumí que había muerto, dejando a la familia con mucho dinero. Más que el de la familia de Max. John nunca hablaba sobre su padre, y yo no lo presionaría para obtener detalles.

A diferencia del resto de nosotros, Max a veces parecía extrañar su hogar. Todo el tiempo estaba enviando mensajes a sus padres y su hermana menor. Sonreía con sus respuestas y luego su rostro adoptaba un gesto de resignación, como si estuviera en otro lugar. Tal vez deseaba estar con ellos, y no con nosotros. Algo que yo no entendía. Tal vez mi familia podría haber sido así, si Levi hubiera sido diferente.

El teléfono de Ruby vibró.

—Es Gemma —murmuró Ruby, sacando su teléfono—. Reportándose.

Gemma odiaba quedarse al margen, pero su clase de Teatro estaba realizando una producción ese fin de semana y estaba sepultada entre ensayo y ensayo. Se quejaba de que la dejábamos fuera, y Ruby trabajaba horas extras para que se sintiera parte del grupo. Le escribió una respuesta. El viento aumentó y el aire frío se coló bajo mi suéter.

Nos quedamos en silencio. Estábamos en el punto de nuestra amistad donde el silencio ya no era incómodo, y casi se había vuelto pacífico, mientras el ritmo de nuestras interacciones era cada vez más orgánico.

Ruby se estremeció y se frotó los brazos para generar calor.

—Hey —dijo, recordando algo—, ¿sabías que Max padece ansiedad?

—¿Qué quieres decir? ¿Ansiedad a algo específico? —pregunté.

Ruby y yo a menudo hablábamos de los otros en nuestros momentos de privacidad. Analizábamos la personalidad de cada uno, buscando sentido a qué había hecho quién y por qué. Khaled odiaba estar solo. Él siempre tenía que estar con alguno de nosotros, si no era con todos. Cuando Max y John entrenaban, Khaled nos escribía a Ruby, a Gemma o a mí para averiguar dónde estábamos. Incluso si íbamos a un concierto a capela, un ejercicio típicamente orientado hacia las mujeres, Khaled estaba a nuestro lado. Cuando estudiaba en la biblioteca, se sentaba en la sección más concurrida, buscando el flujo constante de la interacción humana. Era como si temiera estar solo, o el silencio que venía con eso. No lo entendía. A mí, en cambio, me gustaba la soledad, me daba claridad y la oportunidad de recargar fuerzas.

—¿Sabes que tomamos una clase juntos? ¿Biología? —preguntó Ruby, enrollando la sudadera entre sus manos y apretando los extremos en un firme nudo. Cruzó los brazos sobre su pecho.

Era gracioso pensar en Ruby, la estudiante de Historia del Arte, en una clase de Biología. Así era Hawthorne: la educación en artes liberales. Todos estábamos obligados a tomar diversas asignaturas.

—Nos quedamos en el laboratorio hasta muy tarde la otra noche, y terminamos por charlar sobre, bueno, sobre todo —continuó Ruby—. Y le estaba contando cómo me pongo tan nerviosa antes de los partidos de futbol, como si todos me estuvieran viendo y esas cosas, y él dijo que le pasa lo mismo. Pero a él le dan ataques de pánico. Dijo que los ha tenido desde que estaba en secundaria.

—¿Sabe por qué? —pregunté. Max era callado, pero nunca había percibido la vibra ansiosa en él. Había creído que simplemente no le agradábamos. Por otra parte, no habíamos hablado mucho. Nunca cara a cara.

—No quise parecer una entrometida —dijo—. Pero parece que algo sucedió cuando era un niño, porque dijo que era como si "se hubiera activado un interruptor". Un día estaba bien, feliz, y al siguiente ya no era así.

Yo sabía acerca de interruptores activados. A pesar del aire frío, sentí la humedad del calor de hogar contra mi garganta.

—Eso apesta —dije.

—Sí, parece horrible —dijo—. ¿Recuerdas cuando estuvimos en esa fiesta hace unas semanas, la del equipo de futbol de los chicos?

La recordaba. Algunos de ellos habían intentado ligar conmigo, sin éxito. No podía tomarlos en serio, no cuando estaban tan desaliñados y ebrios, cuando sus ojos miraban en diferentes direcciones mientras intentaban hablar conmigo. Tan sudorosos y empapados de cerveza derramada.

—Sí —dije.

—¿Recuerdas cómo Max... no sé... desapareció así, sin más?

También recordaba eso. Cuando estábamos por irnos, no logramos encontrarlo. John se encogió de hombros y dijo que Max se había ido a casa. "Quizá sea alguien aburrido, sólo la gente aburrida se aburre, ¿cierto, Malin?" Me dio un codazo en el brazo, como si fuéramos buenos amigos.

—Bueno —continuó Ruby—, supongo que se fue temprano. Porque sentía que no podía respirar. Y sus manos se habían entumido. Así que salió *a correr*. Hasta las dos de la mañana.

Yo nunca había experimentado ansiedad o ataques de pánico. Papá alguna vez me comentó que mi madre había desarrollado ansiedad después del accidente, pero no entendí lo que eso significaba. Estaba distraída todo el tiempo, pero más allá de eso, no actuaba como si estuviera molesta ni algo parecido. Con el tiempo, ella fue a terapia. Recuerdo el término *trastorno de estrés postraumático* arrojado por ahí en susurros, tras puertas cerradas.

Traté de recordar aquella noche. Los seis habíamos estado juntos hasta las once, más o menos. Estaba tan lleno que nunca pasamos de la entrada de la casa. El recuerdo estaba borroso; todas las fiestas se habían mezclado en una larga cadena de juergas. Una imagen de Max saliendo destelló en mi mente. Él nunca parecía estar cómodo en las fiestas, como si estuviera contando los minutos para irse. Pero esa noche había permanecido junto a Ruby, y en realidad parecía contento. Ellos continuaban riéndose de algo. Tal vez de Gemma, que estaba completamente ebria, como de costumbre.

Pero Ruby tenía razón, recordé que él se había marchado sin mediar palabra. Y había algo más. John le había dicho algo a Max, en voz lo suficientemente baja para que nadie más escuchara. Después de eso, no tengo otro recuerdo de Max en aquella noche.

—¿Crees que esté yendo a terapia? ¿Para controlar su ansiedad? —pregunté.

Sacudió la cabeza.

—No, no, definitivamente no —resolló, todos estábamos sobrellevando el mismo resfriado—. Y me pidió no contarlo.

Su voz hizo una inflexión al final, como si hubiera sido una pregunta.

—Entendido —dije. Entendía. Podía guardar secretos.

Los chicos salieron apresuradamente del edificio, con sonrisas traviesas y pesadas bolsas en las manos.

—¿Todo un éxito? —preguntó Ruby mientras se acercaban.

—Oh, sí —respondió Khaled, colocando algunas bolsas en la cajuela. Las botellas de vidrio traquetearon entre sí.

—Santa mierda. ¿Ya vieron ese auto? —preguntó John. Bajó sus bolsas con cerveza, mientras observaba un sedán verde descolorido que estaba estacionado junto al nuestro. La defensa colgaba de un lado y los costados del auto estaban cubiertos de abolladuras.

Nos reunimos alrededor de John, y me di cuenta de qué estaba hablando. El auto estaba lleno de contenedores de comida rápida, bolsas de plástico, basura sobre todo. Había una botella de agua en la guantera, llena de colillas de cigarrillos. No se podían ver los asientos: el lado del conductor estaba cubierto de papel, lo que debían ser envoltorios de comida viejos.

—Vaya animal —dijo John. Dio marcha atrás y echó sus bolsas en la cajuela del BMW.

—¿Quién permite que las cosas lleguen a este punto? —preguntó Khaled. Parecía horrorizado. No estoy segura de que haya crecido presenciando este nivel de pobreza.

Ruby, Max y yo rodeamos el auto.

—Oh, no —nos dijo Ruby. Seguí su mirada hasta el asiento trasero del coche—. Es tan triste. ¿Te imaginas cómo debe ser la casa si éste es el auto?

—La gente toma sus propias decisiones, Rubs —dijo John. Cerró la cajuela y se dirigió al lado del conductor de su auto.

En voz baja, Max susurró en voz baja para que sólo nosotras pudiéramos escucharlo:

—Menos mal que *tomaste* la decisión correcta de nacer adinerado.

Ruby y yo lo miramos y, cuando él se dio cuenta, su expresión pareció casi avergonzada. Ruby se aclaró la garganta. Yo sabía que ella odiaba los momentos incómodos, sentía como si tuviera que llenar los huecos de silencio. Oí pasos detrás de nosotros y encontré a un hombre mirándonos.

—¿Puedo ayudarles? —preguntó.

Tenía alrededor de treinta y cinco años, y el largo y grasiento cabello recogido en una cola de caballo. Parecía tan exhausto. Miré la bolsa de la compra en sus manos con sopa ramen, del mismo sabor que Ruby había elegido. En la otra mano llevaba un fajo de billetes de lotería.

Todos lo miramos, sin saber qué decir, pero John lo ignoró y se subió al auto. Oí cuando le dijo a Khaled:

—Oh, vaya, basura pueblerina comportándose como tal.

Miré los boletos de lotería y la expresión del hombre, que no había cambiado. Me sentí aliviada de que no hubiera escuchado a John. No escuché la respuesta de Khaled, y me pregunté cómo estaba lidiando con el comentario. Me imaginé que estaba pasando por algún tipo de dilema interno acerca de aplacar a John pero sin querer ser un idiota.

—Oh —Ruby se sobresaltó—. Lo siento, ya nos íbamos.

Sabía que ella estaba tratando de insinuar que no habíamos estado mirando su auto, y que sólo estábamos intentando entrar en el nuestro. Pero era obvio lo que habíamos estado haciendo. Max mantuvo la puerta abierta mientras ella subía al asiento trasero, y yo subí del otro lado.

El hombre nos observó, caminando lentamente, vacilante, hacia la puerta de su auto. El BMW arrancó con un fuerte rugido del motor. Antes de alejarnos, John soltó una carcajada.

—Mierda, que alguien lleve ese perro al peluquero.

Giré la cabeza, sabiendo que la ventana estaba abierta. Tenía la esperanza de que el hombre no hubiera escuchado a John, pero por la expresión de su rostro mientras nos alejábamos, supe que no había manera de que se lo hubiera perdido. Nadie encontró la "broma" de John graciosa. Si Gemma hubiera estado allí, tal vez lo habría hecho. Ruby evitó el contacto visual conmigo y miró por la ventana hasta que regresamos al campus. Su mente estaba dando vueltas, ¿alrededor de qué?, no estaba segura.

Ya había oscurecido cuando llegamos al campus y caminamos desde el estacionamiento para estudiantes de primer año. Nunca antes había sido un problema para nosotros introducir cerveza y varios licores de alta concentración alcohólica.

Un guardia del campus nos detuvo a unos metros de la entrada de la residencia. La charla que habíamos continuado desde el auto de John llegó a un abrupto final mientras nos internábamos en la oscuridad.

—¡Hey! ¡Chicos! —gritó el oficial.

Ni siquiera lo vimos acercarse. No hubo advertencia alguna, nada de destellos azules y blancos de su vehículo, o una tos vacilante para anunciar su presencia. Apreté mi agarre en las dos bolsas en mis manos. Una contenía un paquete de seis cervezas; la otra, dos botellas de ginebra. Llevé el destilado detrás de mi muslo, esperando ocultarlo de la vista. Las pesadas botas del oficial se arrastraron por el camino de asfalto mientras se dirigía hacia nosotros.

—Mierda —dijo Khaled en voz baja.

John y Max se detuvieron e intercambiaron una mirada. Sabía que les preocupaba registrar una falta: si los descubrían pasarían el resto de la temporada en la banca. Y también Ruby. Vi que Max daba un paso frente a ella, como si así la protegiera del oficial.

Nos pusimos rígidos cuando el oficial de seguridad se acercó.

—¿Estudiantes de primer año? —nos preguntó, con las manos en sus gruesas caderas, un pliegue de piel que lucía como la cobertura de un panecillo sobre su ajustado uniforme.

—Sí, señor —respondió John. Nuestro portavoz no-oficial.

El guardia se aclaró la garganta y gruñó un poco. Pude distinguir su garrote en la oscuridad, no es que alguna vez fuera a necesitar usarla o que tuviera una razón para hacerlo. Señaló la bolsa de plástico.

—Ábrela —le dijo a John, con el grueso y pesado acento de Maine.

John le ofreció su sonrisa más cálida, rebosante de encanto, manteniendo la bolsa cerrada. La cerveza era legal en el campus. Tenía un paquete de doce latas. Incluso si el oficial lo veía, no estaríamos en problemas. Ruby, Max y yo éramos los únicos con bebidas prohibidas en las manos.

—Sólo un poco de cerveza. ¿Quiere una? —dijo. Su encanto se fundió en el aire frío de la noche.

—Muy gracioso, ¿eh? —dijo el oficial. Infló su pecho, validando su importancia como guardia del campus.

Mientras rebuscaba en la bolsa, John le lanzó a Max otra mirada de advertencia. El oficial le devolvió la bolsa, gruñendo en aprobación. Miró a Ruby, detrás de Max.

—Señorita —la llamó, y ella caminó al frente, con ojos seguros y alertas.

John miró a Ruby, con los ojos entrecerrados con escepticismo. Supe lo que estaba pensando: ella era incapaz de mentir. Todos lo sabíamos. Era demasiado buena.

—Lo siento si estamos haciendo algo malo —dijo ella, en un tono elegante y respetuoso—. Mi papá estaba en la ciudad y nos ofreció un viaje al supermercado. No pretendíamos causar problemas.

Ante la mención de su padre, el oficial entornó los ojos, como si la supervisión parental superara su propia posición y él lo supiera. De alguna manera, el juego de poder de Ruby funcionó, y el oficial gruñó de nueva cuenta, esta vez con indiferencia y aceptación. Las palabras dulces y almibaradas de Ruby, junto con sus grandes ojos, habían obrado su cándida magia femenina. El oficial le lanzó una breve sonrisa y se irguió un poco más derecho.

—No hagan algo estúpido —dijo, todavía centrándose en Ruby—. Este semestre la administración ha estado sobre nosotros.

—Entendido —dijo ella—. Gracias por informarnos, en verdad lo apreciamos.

El oficial soltó un gruñido final de satisfacción y se alejó; su voluminoso cuerpo desapareció por el camino oscuro.

Cuando estuvo fuera del alcance del oído, por fin pudimos respirar de nuevo. Nos echamos a reír con alivio mientras nos dirigíamos hacia la residencia.

—Ésa es mi chica —dijo John, inclinándose para darle un beso en la mejilla.

Ruby sonrió. Ignoraba que él había dudado de ella durante ese pequeño segundo, no había visto la mirada crítica que le había dirigido cuando se acercó al oficial.

Su valentía me sorprendió. Enfrentar la autoridad de esa manera y mentir con semejante descaro no era propio de la Ruby que yo conocía. Observé lo feliz que se sentía de habernos evitado un problema y supuse que su audacia había obrado para impresionar a John. Me sentí como si la estuviera viendo desnuda y me rezagué, incapaz de soportar su aparente disposición a complacer.

Ruby abrió la puerta y comenzó a subir las escaleras, con Khaled justo detrás de ella. Hice una pausa para acomodar las botellas de alcohol en mis brazos, y creo que John consideró que me encontraba lo suficientemente lejos, porque lo vi girarse hacia Max, hasta quedar frente a frente, y poner una mano en el hombro de su primo.

—Buen trabajo al dejar fuera todo tu rollo moralista, casi estaba seguro de que lo ibas a joder todo.

No vi la reacción de Max. Me detuve al pie de la escalera y seguí acomodando las pesadas bolsas, para que pareciera que no estaba escuchando. Por el rabillo del ojo pude sentir que Max me miraba, preguntándose si yo había escuchado aquello.

—¿Puedes sostener la puerta? —llamé, para aumentar la simulación, todavía sin levantar la mirada.

John ya había entrado y subía los escalones de dos en dos.

—Claro —dijo Max en voz baja.

Subimos las escaleras juntos, reflejando el silencio del otro. Me pregunté por qué no se había defendido. Tal vez era una cuestión de primos, una parte de su relación que yo aún no entendía.

Culpé al temor en el comentario de John, el miedo a ser atrapado, a la sinapsis disparando los nervios. La gente actuaba distinta y decía cosas extrañas cuando se sentía asustada. Tal vez él estaba de mal humor ese día. Tal vez había obtenido una mala nota en una prueba y estaba desquitándose con las personas que lo rodeaban. Me convencí de que había sido un episodio aislado. No necesitaba involucrarme en ello. Mi deber era ser la sociable y relajada Malin. *Ser relajada*, habría dicho Khaled. Sacar buenas notas. Tener amigos. Ser una universitaria normal. No iba a tomar el otro camino.


Dejé el rastro de mis pasos en la hierba húmeda cuando atravesé el jardín a la mañana siguiente. Shannon quería reunirse antes del fin de semana para evitar trabajar en medio de una resaca. Amanda y yo habíamos aceptado de mala gana. De cualquier manera, era un buen plan para evitar que Ruby descubriera que yo estaba pasando tiempo con alguien que la odiaba.

Mi cabeza zumbaba desde la noche anterior. Habíamos estado bebiendo hasta altas horas de la noche, riéndonos de nuestro encuentro con el guardia de seguridad y aliviados de haber evitado los problemas. Incluso Max esbozó una sonrisa hacia el final, cuando Ruby se burló de él porque había parecido un ciervo encandilado. Gemma se había mostrado un poco apagada, celosa por no haber sido ella quien salvara el día, luego de hacer uso de sus habilidades dramáticas. Intentaba disimular las miradas que disparaba entre Ruby y John, pero yo las noté. Ruby pasó el resto de la noche pegada al brazo de John, procurándole su bebida hasta que nos fuimos a dormir.

Di vuelta en la esquina del camino a la biblioteca y escuché mi nombre a lo lejos. Vi a Max, que me saludaba con un movimiento de mano debajo de un árbol; las hojas llameaban en tonos amarillos y anaranjados. Cuando me acerqué, vi un libro balanceado en su regazo y un termo con café humeante en la mano enguantada.

—¿Qué estás haciendo? —mis dientes castañeteaban—. Está helando.

—No me molesta el frío —dijo—. Y está más tranquilo aquí afuera.

Miré el jardín vacío alrededor, completamente desprovisto de estudiantes a esa hora, cuando todavía faltaba tanto para las clases.

—Estoy estudiando —continuó Max—. ¿Quieres unirte?

—Mmm, no, tengo que hacer algo en equipo —dije.

Era la primera vez que estábamos solos, y no sabía qué decirle. Miré por encima del hombro a la biblioteca.

—Puedes irte —dijo, con una sonrisa burlona—. No es necesario que tengamos una conversación trivial.

Ajusté mi mochila en el hombro.

—Qué gracioso.

Vi una cámara que asomaba de su mochila.

—¿Estás tomando fotos?

Max miró hacia abajo.

—Mmm, sí. Para la optativa de arte.

—¿Algo interesante?

Max tomó un sorbo de su café, considerando si quería seguir hablando.

—La casa de retiro.

—¿Te refieres al edificio, o...?

Rio.

—A la gente dentro del edificio. Hago retratos. Y algunos paisajes. Sin embargo, parece que a mi profesor le gustan más los paisajes, así que supongo que me decantaré por ellos.

—¿Así que tomas fotos de la gente en ese lugar?

—Sí, todo comenzó porque necesitaban un voluntario que se encargara de las fotos para su tablero de anuncios. Una especie de quién es quién para los que viven allí.

—Eso está bien —dije.

—Sí. Es muy triste verlos viviendo allí. La residencia no es muy agradable. ¿Sabías que la manera en que Estados Unidos trata a sus ancianos es bastante terrible en comparación con las políticas de otros países?

—No —admití.

No lo sabía.

—Es muy deprimente. Lo siento. Soy un aguafiestas, lo sé.

—No, es bueno que te importe. Apuesto a que ellos te aman.

Se encogió de hombros.

—No lo sé. Creo que sólo disfrutan hablar con alguien diferente.

No sabía qué más decir. Atender a la gente era tan agotador. Y entonces empezaron a sonar las campanas.

—Me tengo que ir —dije, subiendo más mi mochila en mi hombro.

—Disfruta de ese trabajo en equipo —gritó cuando volví al camino. Su voz era juguetona, burlona.

Volteé para verlo otra vez, su ligero cuerpo abultado con la chaqueta hinchada, la cabeza encogida por el gorro de lana. Recordé mi conversación con Ruby y me pregunté si se sentía ansioso en este momento. Parecía más relajado de lo que jamás lo había visto.

Había algo entrañable en él, sentado allí solo. Me resultaba familiar leer en silencio. Una parte de mí quería regresar y sentarme junto a Max, pero me dirigí a la biblioteca.


Empujé las puertas de la biblioteca y el metal arañó el suelo de baldosas. La biblioteca se sentía fuera de lugar en el campus, su arquitectura de principios de los noventa contrastaba con los edificios de ladrillo y las paredes de piedra. El vestíbulo se abría a una gran área común con computadoras y escritorios. Encontré a Shannon en el rincón más alejado, junto a una ventana, acurrucada en uno de los sofás. Amanda estaba sentada a su lado, con las piernas bajo el trasero, fijando su cabello en un gran moño sobre la parte más alta de su cabeza.

—Hola —dije mientras me acercaba. Dejé caer mi mochila en el suelo y me desplomé en el sofá junto a Shannon.

—Buenos días, Malin —cantó Shannon, brillante y alegre. Odiaba cuando la gente era demasiado ruidosa por la mañana.

—Lindo suéter —dijo Amanda con una sonrisa. Mi suéter era viejo, gris, aburrido, como la biblioteca.

—Gracias —contesté—. Deberíamos…

Amanda me interrumpió con una palma plana frente a mi rostro.

—Antes de que comencemos… —dijo, arrastrando las palabras para crear más suspenso—, anoche escuché el rumor más escandaloso sobre nuestro asistente.

—¿Qué cosa? —preguntó Shannon.

—¿Sabes que él está saliendo con esa otra estudiante de posgrado? ¿La que siempre usa faldas largas, un poco *hippy*?

—¿Sí? —respondió Shannon.

Sabía de quién hablaba. Había visto a Hale con una chica en el comedor la noche anterior, separando su mano de las de ella mientras se dirigían a la barra caliente.

—Al parecer —dijo Amanda—, ella fue sorprendida *tonteando* con un profesor.

—¿En serio? —preguntó Shannon.

Por eso odiaba los trabajos en equipo. La ineficiencia era frustrante y fastidiosa.

—La atraparon con uno de los profesores de Inglés —continuó Amanda.

Pronunció el final de la oración a toda prisa, como si su cuerpo ya no tolerara mantener la información dentro.

—Qué mal —dijo Shannon—. Muy, muy mal.

—Lo sé. Estaba terminando un trabajo en el Invernadero anoche y escuché a algunos de los otros profesores hablar sobre el asunto. Y... —e hizo una pausa para aumentar la tensión del momento; bajó la voz hasta convertirla en un murmullo—: el profesor es casado.

El "Invernadero" era uno de los edificios académicos nuevos, financiado por exalumnos ricos. Centrado en un diseño de distribución abierto de sofás y chimeneas, proporcionaba un cómodo respiro de la biblioteca. Era común que los profesores y los estudiantes se sentaran en el mismo espacio, lo que supuestamente facilitaba un ambiente abierto para discusiones académicas.

—Oh —dijo Shannon, con los ojos muy abiertos—, pobre Hale.

—¡Ya sé!, ¿cierto? ¿Quién puede engañar así? Quiero decir, obviamente es un cerebrito, pero parece lindo. Aunque demasiado *bueno* para mí. Tan... íntegro. Estoy segura de que eso demerita en una cita.

—¿Así que te gustan los idiotas cretinos? —bromeó Shannon.

Amanda puso los ojos en blanco.

—Calla, sabes a qué me refiero.

—¿Y van a expulsarla? —pregunté, tratando de sonar interesada.

—Oh, no lo sé. ¿A quién le importa? Semejante escándalo... Además, no creo que te echen por algo así. Siento que el programa de posgrado es diferente al de licenciatura. En todo caso, el profesor podría ser despedido. La gente puede acostarse con quien sea, quiero decir, siempre y cuando sea consensuado, obviamente —dijo Amanda.

Apoyé la frente en la palma de mi mano. Las tres nos quedamos en silencio por un momento.

—¿Sabes? —dijo Amanda, mirándome fijamente—. Parece que tú le gustas a Hale, Malin.

No respondí.

—¿Qué fue lo que te dijo, después de clase? —insistió.

Estaba celosa de que no se hubiera acercado a ella. Yo habría preferido que hubiera sido así. Mejor para mí si prestaba atención a los otros estudiantes. Entonces podría pasar desapercibida.

—Quería hablar de mi especialidad —dije.

—Bueno —se burló Amanda—. Puedes decir que lo impresionaste, o lo que sea. Tal vez le gustan las del tipo *peculiar* y tranquilo.

Ignoré el descarado insulto contra mi carácter, aunque ella no estaba equivocada en su evaluación.

—Y ahora que está soltero… —continuó con una ceja levantada hacia mí. La insinuación era clara.

Los ojos de Shannon se abrieron ampliamente.

—Pero es nuestro asesor.

—Como si esa mierda importara… —dijo Amanda, todavía esperando mi respuesta—. Además, se graduó apenas el año pasado. No es como si hubiera una diferencia de edad considerable.

—Igual siguen siendo cinco años —protestó Shannon. Enseguida me miró, midiendo mi interés. Las dos deseaban que me permitiera disfrutar la fantasía.

Permití que el momento llegara hasta un territorio incómodo, y lo abandoné allí, molesto y apestoso.

Amanda se espabiló, como si de pronto hubiera pensado en algo más interesante.

—¿O tienes tu corazón puesto en John Wright, como todas en la generación?

—Sabes que está saliendo con Ruby, ¿cierto? —pregunté, sacando mis libros de la mochila y apilándolos sobre la mesa.

Abrí mi computadora portátil y la pantalla se iluminó en la temprana luz de la mañana.

Amanda puso los ojos en blanco.

—Ella no se lo merece.

Como antes, en el comedor, estuve segura de que ella deseaba continuar por ese cauce la conversación. Pero no lo hice. Era satisfactorio molestarla con mi indiferencia, y me hacía sentir más cerca de Ruby. Shannon miró de ida y vuelta entre las dos, un gato persiguiendo la luz.

—Entonces —dije, después de regodearme en lo incómodo del momento—. ¿Podemos...? —tomé el libro esperando a que siguieran mi ejemplo, pero ambas me miraron como si hubiera perdido la razón.

Suspiré. Trabajo en equipo, lo peor.

# CAPÍTULO DIEZ

# Día de los Graduados

Soy un fraude, un impostor. Si supieran mis secretos, no querrían ser mis amigos.

Para empezar, odio embriagarme. Emborracharme, alcoholizarme, aturdirme, embrutecerme. Lo simulo, y soy bastante buena en ello. Mantenerme sobria durante la universidad significaría quedarme sin amigos. Cero. Todo el mundo habría pensado que yo era un bicho raro. En Hawthorne, ir a fiestas y beber es lo único que hacemos los fines de semana. Incluso los chicos más tranquilos de la residencia se embriagan de vez en cuando. Y cuando lo hacen, es entretenido verlos perder el control.

Perder el control. Ésa es la parte que no puedo tolerar. Una vez que el ardor del alcohol se instala en mi garganta, trato de luchar contra la inhibición. Incluso puedo sentir mi cuerpo hacerse más lento, relajarse. Pensamientos y comentarios aleatorios son expulsados de mi boca, balas perdidas de información personal. Hay demasiadas cosas, recuerdos inquietantes y pesados. Cosas que necesito mantener dentro.

Durante el invierno del primer año estuve a punto de contarle todo a Ruby. Habíamos pasado horas jugando naipes con una tormenta de nieve azotando afuera. Alrededor de las tres de la mañana, Ruby preguntó por mi familia.

La habitación dio vueltas y me recosté sobre la cama de Ruby. Los otros estaban viendo una película de Disney al otro lado de la habitación. John estaba circulando otro porro mientras Gemma y Khaled reían como hienas frente a la pantalla. Max nos miró de reojo a Ruby y a mí. Había estado acunando la misma cerveza entre sus rodillas durante horas y seguía bostezando, pero siempre se quedaba despierto hasta que Ruby se despedía.

Mi cuerpo estaba lánguido, agotado. Mis muros cuidadosamente construidos estaban indefensos. Tanto que habían dejado de importar. Estaba siendo impertinente, todos mis prejuicios sobre nuestros compañeros de clase fluían libremente de mis labios. Ruby estaba riendo a mi lado, incitándome, y me dolían los músculos abdominales por tanto reír.

—Háblame de tu familia —dijo Ruby.

Y casi lo hice. Por fortuna, vomité.

Cinco minutos después, estábamos en el baño y Ruby me estaba echando el cabello hacia atrás mientras me acariciaba la espalda.

—Está bien —dijo con voz tranquilizadora—, pronto te sentirás mejor.

Vomité en el inodoro. Por la forma en que me abrazaba, pensé en mi madre atando mi cabello en una cola de caballo cuando estaba enferma, *"Está bien, corazón, déjalo salir"*.

Después de eso, compré un termo. Todavía lo tengo. Plata y resistente, como una bala. Expliqué mi negativa a compartirlo con los otros por el temor a los gérmenes. Max entendió. Su ansiedad estaba acompañada con una fobia a la enfermedad. Tenía mi propio termo en las fiestas, y no iba a ser compartido. Anuncié que había desarrollado una alergia al gluten, así que también tendría que mantenerme alejada de la cerveza, aunque eso significó que debía sacar a hurtadillas la pizza del comedor y comer en la privacidad de mi habitación. Khaled se burlaba de mí por el termo, pero para cuando llegó el segundo año, la gente sabía que era lo mío, y de alguna manera eso me hacía verme genial.

Éstas son las cosas en las que pienso cuando vamos de regreso a la casa después de las duchas. Khaled y yo caminamos rápido por la avenida principal del campus, con la piel apuntalada contra el aire del invierno. Sus piernas están bronceadas y cubiertas por vello oscuro; las mías, completamente blancas. Llevamos las toallas envueltas alrededor de nuestros hombros y la ropa húmeda en nuestras manos, teñida para siempre de una sombra profunda de azul rey, resultado de nuestro paso por la casa del equipo de natación.

Dejamos a Gemma y John en el baño de la residencia de primer año. Khaled no pareció creer que fuera un problema dejarlos solos, pero yo tenía más información. Dudé en la puerta, observando a Gemma desvestirse y saltar en la ducha humeante con John. Estuvo a punto de resbalar, pero él la atrapó por el brazo y me gritó: "No te preocupes, Mal, la cuidaré bien". Las risas de los dos nos siguieron a Khaled y a mí por el pasillo y hasta el frío de afuera.

Un grupo grita desde el otro lado de la calle, y observamos a nuestros compañeros de último año entrar a una residencia. Sólo un evento más, el Baile de la Última Oportunidad. El Día de los Graduados ya va a la mitad.

Damos vuelta en una esquina, y el Palacio queda a la vista. Detrás, el sol ilumina el cielo oscuro en tono rosa anaranjado, un descanso en las nubes antes de la tormenta. Aceleramos el ritmo, ansiosos por estar de vuelta en el calor de la casa. Aprieto mi termo contra mi pecho, y el metal frío se presiona con fuerza contra la toalla áspera. A lo lejos, las nubes de nieve se abren paso a través de las colinas de Maine. El frío viene por nosotros, la baja temperatura corta a través de nuestra piel. Este invierno ha sido deprimente, opaco y feo, y estoy felizmente preparada para el manto blanco de la nieve. Escuché que sería una gran nevada, un metro cúbico al menos. El tipo de tormenta que puede inmovilizar a un pueblo del tamaño del nuestro.

Sé que Khaled quiere hablar sobre Ruby y Max, y aquella discusión, pero no quiero que toque el tema. No quiero que él se convierta en parte de esto. La situación ya es demasiado complicada.

A Khaled le gusta saber todo sobre todos. Le resulta emocionante hablar con y sobre la gente. Creo que también anhela ayudar a los demás, y tal vez por eso aspira a convertirse en cirujano. Sé que haría cualquier cosa por nosotros, y ésa es precisamente la razón por la que no debe enterarse de esto.

Es extraño pensar en Khaled en el contexto de la amistad. A pesar de que hemos estado viviendo juntos durante años, nunca hemos estado muy conectados. Somos compañeros de vivienda, eso es todo. Estuve concentrada en Ruby, y en John, así que no hice mucho tiempo para alguien más. Todos piensan que nuestro grupo es muy unido, que somos los mejores amigos. Nadie duda de mi inclusión en ello. Quizá porque soy buena para mantener las apariencias.

—¿Crees que Max y Ruby estén bien? —dice Khaled. Sus palabras cortan el silencio. Me doy cuenta de que sostiene a Denise por el espacio entre sus piernas.

—¿Podrías no cargarla de esa manera?

—¿De qué manera?

—Sujetándola de *su agujero*.

Khaled ríe y acomoda a Denise bajo su axila.

—De acuerdo, pero en serio, ¿qué está pasando?

Sabía que no sería capaz de ignorarlo. Su curiosidad, su deseo de ayudar se filtran por sus poros. En ocasiones me gustaría que actuara como un niño rico y mimado, como se supone que tendría que ser.

—Estoy segura de que no es nada —respondo.

—¿De qué crees que estaban hablando?

—No lo sé —digo—. Estaban ebrios —*Déjalo así.*

—Parecía intenso. Ruby se veía enojada —Khaled me mira, esperando que suelte algo—. Nunca la había visto así antes.

No respondo. Esto siempre molesta a Khaled. Requiere validación y respuesta, su cerebro es incapaz de procesar el hecho de que puede ser ignorado.

—Como sea —dice, molesto conmigo.

—Sabes cómo se comporta Max cuando cede a sus emociones —digo, esperando ofrecer suficiente por ahora.

—Va a reventar un día, carajo —responde Khaled—. Necesita ayuda profesional.

Su voz es baja y seria. Su marcado acento siempre añade un cierto peso a sus palabras.

—¿Recuerdas aquella vez en primer año? ¿Cuándo estábamos en el hospital? ¿Y él estalló conmigo por lo que estaba pasando con Shannon? Pensé que terminaría por golpearme. Y él ni siquiera estaba involucrado. Nada tenía que ver con él.

—Eso estuvo fuera de lugar. Cuando lleguemos al Baile de la Última Oportunidad, todo volverá a su cauce —digo.

Khaled nada agrega, pero me dirige una mirada escéptica. Ambos sabemos que estoy mintiendo.

Necesito cambiar el tema.

—Hablemos de otra cosa —digo.

Se sorprende. Por lo general, no entablo conversaciones con él.

—¿Como de qué?

—Como... ¿Tienes algún problema en estos días?

Me estaba empezando a sentir como si fuera la loquera de todos, pero era la forma más fácil de distraer a la gente.

Khaled me mira, sonriendo.

—¿Ahora te interesas en alguien que no sea Ruby?

Lo fulmino con una mirada.

—Es mi mejor amiga.

—Me parece bien —dice—. Mmmmmm. ¿Problemas míos?

—Sí —digo. Ya estoy contando los días para que volvamos a casa y podamos ir por caminos separados.

—Bueno —dice con voz solemne. Lo miro, sus ojos están enfocados en la acera. Esto es intrigante. Nunca había escuchado este tono de Khaled.

—Bien —dice—. No creas que estoy loco. Porque no lo estoy.

—Claro —digo—. No te preocupes. Dime.

—Sé que esto va a sonar como si yo fuera un niño mimado. Quiero decir, seamos honestos, soy un niño mimado. Así que dejemos esa consideración a un lado.

Hago un gesto de fastidio.

—De acuerdo, adelante.

—Mi *problema* es que no tengo problema alguno. Mira, como dije, suena loco. Pero amo mi vida. Amo a mi familia. Los amo a ustedes, chicos. Me encanta la universidad. Y adoro la fiesta. Soy muy feliz.

—Vas a tener que explicar esto un poco más —digo.

—Bien... Resulta que constantemente me descubro preocupado de que algo pueda pasar. Algo malo. Como si algo terrible e inevitable estuviera por suceder en cualquier momento, y llevar todo a la mierda.

Interesante.

—Así que últimamente, tal vez desde que comenzamos el último año, me quedo despierto por las noches y no puedo dormir porque temo que mis padres mueran. O mi hermana pequeña muera. Ella es tan inocente, ¿sabes? Y a veces me preocupa que una plaga nos extermine o que alguien nos asesine.

Estoy callada. Todas éstas son cosas que escapan a su control. Entiendo lo que es preocuparse por lo que está fuera de tu control.

—Como sea —continúa—, siento que esta sensación de que algo malo va a pasar se cierne amenazante sobre mí.

—Lo entiendo —digo. Sé que ésta es la parte de nuestra conversación en la que necesito ofrecer consejos—. Pero tal vez deberías disfrutar tu vida mientras sea buena. Porque tienes razón, tarde o temprano algo malo va a pasar. Así es como funciona la vida.

—¡Vaya! ¡Gracias, Malin! Eso resulta un gran consuelo —bromea.

—Eso no es lo que quise decir. Creo que deberías intentar enfocarte en todas estas cosas buenas que tienes. Disfrutarlas. No hay nada de malo en ello. Y cuando algo terrible suceda, *entonces* podrás estar despierto por la noche y estresarte. Pero no puedes desperdiciar tu vida preocupándote por todas las cosas que no puedes controlar. ¿Qué sentido tiene?

Tan pronto como lo digo, sé que es un consejo que también funcionaría para mí. Pero no lo haré. Yo no funciono así.

—De acuerdo. Tienes razón.

Llegamos al Palacio y subimos rápidamente las escaleras del cobertizo hasta la puerta principal. Me encanta esta casa. Es vieja y huele a vacaciones de la infancia en casa de mi abuela.

Khaled se quita los zapatos en la entrada y se dirige a su habitación.

—Nos vemos más tarde, pesimista.

Le lanzo una mirada. Hago una pausa para quitarme un zapato con la ayuda del otro pie, con un brazo apoyado contra la pared de paneles de madera.

—Sólo bromeo —dice, arrojando a Denise en el sofá—. Todos te necesitamos. Todos somos unos imbéciles egocéntricos, excepto tú. A veces creo que eres la única que escucha.

Me sonríe y luego desaparece en su habitación.

Sí escucho. Los escucho a todos, y ahora conozco cosas que desearía no haber escuchado.

Pienso en Ruby y Max. Me siento más tranquila ahora que Khaled parece haberlos olvidado. La imagen de ellos discutiendo después del Salto se reproduce en mi mente. Max sujetando la muñeca de Ruby, acercándola a él, con esa mirada tensa en su rostro. Cómo Ruby retrocede. La forma en que sacudió su mano. Era casi violenta la manera en que ella se movía, tan veloz, tan asustada. ¿Por qué estaba tan asustada?

Todo se está cayendo en pedazos. Necesito actuar.

Uso mi pie para abrir la puerta de mi habitación y dejo caer la ropa mojada en un cesto. Es conveniente que todos tengamos habitaciones privadas, donde podamos guarecer nuestros secretos y ocultarlos detrás de puertas cerradas.

Abro mi termo y bebo un sorbo de agua antes de arrojar el cilindro sobre la pulcra cama.

# CAPÍTULO ONCE

# Primer año

Fin de semana de padres.

Todo el campus estalló en banderas azules y parafernalia de Hawthorne. Todos nos vestimos un poco mejor, ocultamos las botellas de vodka en la parte trasera de nuestros armarios, escondimos los *bongs* debajo de las camas y arreglamos nuestras habitaciones. Yo no tenía que preocuparme… nada tenía por esconder.

Mis padres participarían en un seminario en el Departamento de Biología; mi madre conocía a uno de los profesores, y quería ponerse al día con él ya que habían sido amigos en la universidad. Mi madre tendría que explicar por qué no seguía ejerciendo, por qué había renunciado a su carrera. Tal vez mentiría y explicaría con una sonrisa que había querido centrarse en criarme, en lugar de pasar su tiempo en el trabajo. Me pregunté si sería extraño para ella que su hija siguiera los pasos de su esposo y no los suyos.

Habían pasado algunas semanas desde que los perturbadores rumores sobre la novia de Hale y su aventura con un profesor se habían extendido por el Departamento de Inglés como si fueran un virus de gripe. Shannon y yo fuimos algunas de las primeras estudiantes en saberlo, pero gracias a Amanda, todos se habían enterado.

Mi reunión con Hale estaba programada para las tres de la tarde, pero yo había llegado temprano. Todos en esa clase tenían que programar una cita con él, una parte de la orientación que parecía no tener fin. La administración quería asegurarse de que nos hubiéramos ajustado a los métodos de Hawthorne, de que estuviéramos establecidos, felices... y evitar cualquier potencial problema. Los padres eran bienvenidos, pero yo no los quería allí. Todavía no estaba lista para que los mundos colisionaran. Prefería la separación: todo en su propia categoría, ordenado.

Me senté en la banca fuera de la sala de Asesoría Educativa y miré al tablero de anuncios que estaba al otro lado del pasillo. Había un folleto pegado que anunciaba el juego de futbol de Ruby, e incluso una foto destacada de ella, adelante y al centro. Se había convertido en una especie de mascota, la preciada posesión del equipo femenino de futbol. Su nuevo y resplandeciente juguete que las había sacado de años de fracasos a la victoria. La patada de inicio sería en poco más de una hora. Había dicho a mis padres que los encontraría allí para ver el juego juntos.

La puerta se abrió, y mi cabeza se levantó.

—Malin —dijo Hale, sorprendido—. Llegaste temprano.

Me puse en pie y alisé mi blusa sobre los jeans. Él no sonrió, pero abrió la puerta un poco para mí y retrocedió al interior.

Se sentó ante la gran mesa circular en el centro de la sala. Parecía distraído. Escuché el clic de la puerta al cerrar y deseé no haber venido.

—Y entonces —dijo—, ¿cómo van las cosas?

—Bien —contesté. Podría dedicar mi tiempo a hacer cosas más útiles, en lugar de reunirme aquí para hablar sobre mis sentimientos o sobre lo que fuera el propósito de esta reunión.

—¿Has estado durmiendo lo suficiente? —preguntó.

—Sí —no dormía mucho, tal vez cuatro horas por noche, pero eso era todo lo que necesitaba. El resto del tiempo, cuando el campus estaba tranquilo, estudiaba y escribía mis ensayos. Necesitaba ser la número uno de mi generación, no había tiempo para dormir.

—Bien, bien —dijo, distraído. Buscó entre los papeles que tenía en la mesa y separó mis trabajos para ponerlos en la parte superior de la pila.

—¿Debería volver en otro momento? —pregunté.

—No —se aclaró la garganta—. Tus ensayos han sido geniales.

Hojeó mis trabajos. Nota perfecta en todos.

—Hablemos de tus metas —dijo—. ¿Todavía quieres ser abogada?

Sabía adónde se dirigía y no quería seguirle el juego. Era una pérdida de tiempo.

—¿Estás segura de que no puedo convencerte de que te concentres únicamente en lengua inglesa en lugar de Derecho? —continuó.

—Quiero ser abogada —contesté.

Apoyó la cabeza contra un puño y la inclinó en ángulo.

—¿Por qué?

—Bueno, trabajo duro y puedo manejar el estrés. Y me gusta ser desafiada.

—Suenas como yo —dijo.

—Y quiero hacer dinero —agregué.

—Auch —reculó, inexpresivo. La esquina de su boca se crispó. Casi una sonrisa.

—Te digo todo esto porque eres muy talentosa. Tal vez serás aceptada en el programa de posgrado aquí —continuó.

—Mi padre es abogado —dije—. Eso es lo que sé. Seré buena en ello.

—Esto es muy... seguro. Una decisión segura. Recorrer el camino que conoces, lo entiendo —respondió.

Me estaba irritando. Él no me conocía.

—Mantén las opciones abiertas, es lo único que te sugiero —dijo—. No tienes que seguir mi consejo, pero estoy aquí para alentarte a explorar. Es ese espíritu de las artes liberales, y no me lo puedo sacudir.

Odiaba la forma en que pensaba que tenía razón al tratar de convencerme de que eligiera un camino diferente. Esa expresión alentadora en su rostro me molestaba. No le había pedido consejo y no lo necesitaba. Quería cambiar el tema.

—Lo siento por tu novia —dije. Sus ojos se encontraron con los míos. Casi me sentí mal por estar usando su vida personal para mi beneficio.

—¿Supongo que todo el mundo lo sabe? —preguntó.

—Sí.

Se sentó encorvado, mirando a la mesa. Era tan maleable. Las rupturas ocurrían por una razón. ¿No debería la gente sentirse aliviada de deshacerse de una persona que no era adecuada para ellos?

—Al menos ahora lo sabes —dije, tratando de sonar positiva—. Quiero decir, ¿qué pasa si te comprometes, tienes hijos y *luego* te engaña?

Me miró, desconcertado, como la mayoría de las personas solían hacer en el bachillerato cuando yo era franca y honesta.

—Bueno, eso es cierto, supongo —dijo, sentándose un poco más erecto.

¿Nadie le había dicho eso todavía? La gente por lo general era demasiado compasiva con situaciones como éstas.

—Fue un buen intento para evitar el tema —continuó—. Veo lo que hiciste. Regresemos a ti.

—Todavía voy a ir a la escuela de leyes.

—Está bien, está bien —dijo, riendo—. Cuéntame sobre lo que te gustaría ver en clase, lo que no te gustaría, ese tipo de cosas.

Hablamos por unos minutos más; la actitud positiva ya había regresado a su sitio. El buen tipo, el tipo normal, el feliz y afortunado. Mi opuesto absoluto.

Casi me sentía mareada tras haber sido capaz de cambiarlo así. Él había respondido de manera positiva a mi franqueza. Era como si alguien hubiera visto un destello de quien soy en realidad, y no fuera algo malo... él no estaba enojado o asqueado. Estaba contento.

Me sentí relajada, a gusto. Mis hombros se desplomaron cuando me hundí más en mi asiento. Me miré bajando la guardia y no luché contra eso.

Cuando salí, me encontré con Shannon, que venía de un salón de clases. Perdió el equilibrio y trastabilló por un segundo. Hizo un severo gesto hacia sus zapatos, como si los estuviera regañando. Siempre parecía que estaba por desmoronarse: mochila, ropa, cabello.

—¡Hey! —dijo ella, deslizándose a mi lado, con los libros de texto apretados contra su pecho. Su cabello cobrizo estaba recogido en un moño desaliñado. Miró de nuevo hacia la puerta de la oficina de Asistencia Educativa que se cerró lentamente detrás de mí.

—¿Cómo te fue? —preguntó.

—Bien, supongo —contesté, y luego recordé ser educada—. ¿A ti?

—Bien —dijo, y empezamos a caminar lado a lado por el pasillo—. Él es tan agradable.

Seguimos caminando.

—Hey, entonces… —dijo Shannon, bajando su voz una octava, como hacía la gente cuando estaba a punto de revelar un secreto— tu amigo Khaled.

—¿Sí? —pregunté.

—¿Tiene novia o algo así? —sus mejillas se tiñeron de un rojo intenso, encendiendo sus pecas en fuego.

—No que yo sepa —contesté. Consideré decirle que tal vez Khaled se besuquearía con cualquiera, pero decidí que eso no obraría en su beneficio.

—Oh, genial. Estamos juntos en el laboratorio de química. Es tan lindo, es el único que habla conmigo. Ya sabes, soy un poco tímida cuando estoy en medio de grupos. Y en el laboratorio todo es trabajo en equipo. Pero sí, él es bastante relajado.

Vi lo nerviosa que estaba. Quería decirle que no necesitaba actuar de una manera en particular, parecer genial o usar palabras para encajar que nunca antes había pronunciado. Yo no la juzgaría. Me pregunté si esto se debía a que yo tenía un grupo de amigos y ella no. Shannon siempre estaba con su compañera de dormitorio, otra chica tranquila. Así debía haber sido percibida yo en el bachillerato. La chica tranquila.

—Hablaré bien de ti —dije, llenando el silencio.

—Eres la mejor, gracias —Shannon sonrió y nos despedimos cuando llegamos al paso de peatones. Su cabello se deslizaba lentamente de su lazo.

Revisé la hora, ajusté mi mochila sobre el hombro y me dirigí a la cancha de futbol.

—Hola, cariño —dijo mi madre mientras me atrapaba en un abrazo. Sus huesos se encajaron entre mi ropa y piel. Ella había retomado el ejercicio y no comía lo suficiente.

Papá se aclaró la garganta.

—¿Tu amiga jugará hoy? —preguntó—. ¿Ruby?

—La número cinco —dije, señalando el campo.

Las jugadoras se alinearon en sus posiciones, preparándose para el arranque del juego. Papá se centró en el campo, con las manos cruzadas al frente. También parecía más delgado. Quizá mi partida había tenido un efecto más grande en ellos de lo que había imaginado.

—¿Cómo te has sentido? —preguntó él. Sabía lo que realmente quería preguntar, y ésta era su manera de formularlo.

—Bien —dije—. Sin problemas.

Mi brusca respuesta tal vez fue grosera, pero papá ya había dejado en claro su opinión antes de que me fuera a la universidad. Ahora quería que me dejaran sola, defenderme sola. Quería que él dejara de preocuparse tanto.

Se aclaró la garganta.

—Vamos a visitar a tu abuela en Deerfield mañana. ¿Te gustaría unirte?

Mi madre se tensó. Odiaba ir allí. Culpaba a la familia de papá por la muerte de Levi. No sé por qué mi abuela todavía vivía allí, después de todo lo que había sucedido. Aunque había pasado hacía años, nuestro nombre seguía manchado en ese pueblo.

—Papá, ese viaje sería como de cinco horas para mí, de ida y vuelta.

—Está bien, tenía que preguntar —añadió papá, decepcionado.

—Estamos tan contentos de que hayas hecho amigos tan maravillosos —dijo mi madre en su voz tan baja, casi un susurro. Quería pedirle que hablara más alto; quería que ella fuera segura, divertida y ruidosa de nuevo. Quería infundir valor en ella. Pero mi madre no había sido así en años, y había sido mi culpa, así que mantuve la boca cerrada. La dejé tomar mi mano, sentí su piel delgada como el papel.

Eché un vistazo a la multitud en las gradas. Vi a John, que sobresalía por encima de todos. Khaled y Gemma estaban sentados en medio de John y Max. Mi madre siguió mi mirada.

—¿Son ellos? —preguntó—. Señálamelos.

—El más bajo, con cabello oscuro, es Max —dije. Enseguida, señalé a Khaled—, y Khaled está a su lado.

—¿El príncipe? —preguntó ella.

—Sí, el príncipe.

Ahora era simplemente Khaled, todo eso del "príncipe" se había quedado atrás hacía un tiempo. Todos queríamos conocer a sus padres, pero estaban demasiado ocupados para permitirse el viaje.

—Junto a él está Gemma —dije.

—Ella es linda, como un pequeño y firme pony —dijo mi madre.

—Tal vez será mejor que no le digas eso —contesté. Mi madre hizo una mueca, un destello de su humor había brillado por un instante.

Continué:

—De acuerdo, y luego al final, está John.

Vi a mi madre trazar el rostro de John, mientras hacía las pequeñas comparaciones en su cabeza.

—¿El novio de Ruby? —preguntó.

—Sip.

—John —dijo lentamente, como si estuviera probando la comodidad del nombre.

Esperaba que no estableciera la conexión, pero sus sinapsis ya se estaban disparando. Ella estaba evaluando su grueso cabello rubio, su piel bronceada. Su encantadora sonrisa. Sentí que mis dientes se apretaban y mis mejillas se endurecían.

—Él es lindo, parece agradable —dijo ella, apartando la mirada, pero yo sabía en lo que estaba pensando.

Me lanzó una mirada, como si estuviera interrumpiendo sus pensamientos. Un indicio de arrepentimiento, rabia, y luego la mirada desapareció y fue reemplazada por su suavidad natural. Volvió a mirar el partido de futbol, pero sus ojos estaban vacíos y su mente ya se había marchado a otra parte. Observó a las jugadoras patear la pelota de un lado a otro, tragando saliva discretamente, fingiendo preocuparse por lo que estaba sucediendo en el campo, y el momento se disipó en el aire fresco de la tarde.

El árbitro soltó un agudo silbido y la multitud enmudeció expectante. Yo estaba aplastada entre Max y Khaled, con Gemma y John del lado de Khaled. Había dejado a mis padres en la orilla. Estaban entusiasmados porque quisiera ver el final del juego con mis amigos; las miradas ansiosas que intercambiaban entre ellos eran irritantes.

Era un saque de banda para Hawthorne. El juego estaba empatado y quedaba sólo un minuto. Ruby corrió a un lado del campo y tomó la pelota.

—Parece que es otra persona cuando está jugando —dijo Max. Se sentó en las gradas y se inclinó hacia delante, con los codos sobre las rodillas.

—Sí, tan seria —añadió Khaled, bromeando y frunciendo el ceño—. ¿Ella va a hacer esa cosa de la acrobacia? Espero que no se rompa el cuello.

—¿Puedes dejar de bromear con eso? —dijo Gemma, golpeando a Khaled en el brazo. Tomó un trago de ginebra y devolvió el frasco a su escondite en el hueco de su brazo.

Ruby necesitaba lanzar el balón a través de todo el campo si Hawthorne quería conseguir una anotación. Cruzó una mirada con Bri, su compañera de equipo. Ruby hizo un coordinado salto hacia atrás, lejos de la línea blanca en la cancha, sosteniendo el balón por encima de su cabeza.

—Ya lo tienes, bebé —gritó John.

Aplaudió y el sonido tronó sobre mi cabeza. Ruby estaba concentrada. Una guerrera en la cancha. Atado en una cola de caballo, su grueso cabello castaño se movía en sincronía con su cuerpo. Cada paso o movimiento estaba marcado por su cabellera, que azotaba a sus espaldas. Miré las gradas, de arriba abajo, en busca de algún rostro conocido. Se suponía que su padre la visitaría hoy, y tenía curiosidad por conocer al hombre que la había criado.

—Oh, mierda —dijo Khaled. Cubrió su rostro con las manos—. No puedo ver.

Gemma lo miró.

—En serio, para.

Ruby llevó la pelota hacia atrás un par de centímetros y levantó su pie derecho, flexionándolo, lista para correr.

—Oh, no —dijo Gemma con voz temblorosa—. Es como ver un accidente automovilístico. No puedo.

Se agazapó detrás del hombro de Khaled.

—¿Qué pasó con ser un apoyo? —preguntó Khaled.

—Vete a la mierda —siseó Gemma.

Entrecerré los ojos, leyendo el rostro de Ruby. Max tenía razón. Ella *era* diferente. Confiada, feroz. Siempre estaba tratando de complacer a todos, pero ahora, podía ver qué había en ella. Me pregunté por qué se contenía fuera del campo.

Ruby envolvió su cuerpo en un ajustado misil y se lanzó al frente. Corrió a toda velocidad hacia la línea blanca. Todos nos quedamos sin aliento.

—Oh, Dios, oh, Dios, oh, Dios —dijo Gemma en voz baja, asomándose un poco para observar la acrobacia.

Ruby se adelantó sosteniendo el balón con fuerza entre las manos. Su cuerpo se preparó para el impacto. Lanzándose hacia el frente, posó la pelota en el suelo y arrojó hacia arriba su cuerpo buscando completar el giro para dotar con gran fuerza al servicio.

Todos vitoreamos y aplaudimos mientras Bri recibía la pelota suavemente entre su pecho y sus muslos, y la giraba delicadamente en dirección a la portería. Ruby voló de regreso a la cancha, en una veloz carrera hacia la red. Su uniforme azul y blanco era un borrón mientras esquivaba a las otras jugadoras.

Bri se encontró cara a cara con una contrincante que parecía una montaña en comparación a ella. Aseguró el balón detrás de su cuerpo, y Ruby gritó desde el otro lado de la cancha. Había una pequeña brecha delante de Ruby, frente a la portería. Bri pateó la pelota y la envió hacia Ruby, quien la bajó con el interior de su pie para justo después empujarla contra la red.

La multitud azul y blanca estalló en un feliz caos. Un silbido chilló a través del aire otoñal. Las compañeras de equipo de Ruby se apresuraron para abrazarla en un círculo grupal. Hawthorne había ganado el encuentro.

—Buena jugada —dijo Max en voz baja—. No me sorprendería que se convirtiera en capitana el próximo año.

Gemma y Khaled se unieron en un salto casi de abrazo. El alivio en sus rostros era palpable. John se dirigió a la línea lateral, atento a no pisar la barrera de tiza. Comenzó a gritar el nombre de Ruby una y otra vez. Parecía tan orgulloso, tan contento de que le perteneciera.

Después del juego, esperamos a Ruby al margen de la cancha. Gemma prácticamente la derribó mientras corría hacia nosotros a través del campo.

—¡Eso fue fantástico, amor! —dijo Gemma, después de haber convertido en espectáculo el estrachar a Ruby entre sus brazos.

—Sí, muy entretenido, ya sabes, para ser un deporte de chicas —dijo Khaled. Antes de que cualquiera de las tres pudiéramos abofetearlo, añadió un rápido—: Sólo bromeo, chicos. Quiero decir, chicas. Me harías pedazos en la cancha, seamos honestos.

—Lo haría —respondió Ruby.

John posó un brazo alrededor de Ruby y la atrajo hacia sí.

—Te dije que podías hacer esa acrobacia. Pero la próxima vez, presta atención a tu pie derecho cuando regreses a tierra porque parecía un poco flojo. Hay que ajustar eso. Lo conseguirás.

Ruby le dirigió una pálida sonrisa y le soltó la mano, haciendo que pareciera que estaba intentando alcanzar su botella de agua. Pero yo sabía que él la había irritado con esa crítica.

John, Khaled y Gemma comenzaron a caminar hacia la carretera, en dirección a la barbacoa del Club de Excursiones.

Cuando estaban fuera del alcance del oído, Max se acercó a Ruby.

—Jugaste muy bien. Eres la mejor del equipo —dijo él.

Ella lo miró, bajando la tapa de su botella de agua.

—Gracias —dijo con una sonrisa.

—¿Quieres que lleve algo de eso? —preguntó, mirando sus maletas deportivas, donde cargaba espinilleras y cinta adhesiva. Sabía que ella ya había metido su ropa sudada en una bolsa de lavandería, avergonzada de que pudiéramos considerar su apariencia menos que perfecta.

—Estoy bien, vamos a comer —dijo, y los tres caminamos para alcanzar a los demás.

Cuando llegamos a la parte principal del campus, mi estómago comenzó a rugir ante la promesa de una hamburguesa y una salchicha. Tal vez dos. Había comenzado a hacer frío y el viento había remontado. Subí la capucha a mi cabeza para protegerme. El viento sacudió el follaje otoñal y las hojas cayeron a nuestro alrededor. Se había organizado un coctel para los padres de primer año, así que se encontrarían después con nosotros, en el Club de Excursiones. Papá estaba particularmente interesado en su vasta colección de canoas y kayaks.

John posó un brazo alrededor de los hombros de Ruby y besó la parte superior de su cabeza. Ella lo miró, destilando adoración; su mano se balanceaba al lado de su cadera, de donde colgaban sus desgastadas zapatillas de futbol atadas por los cordones.

A mi lado, Max enmudeció; la versión de él que habíamos visto en el juego de futbol ya había sido enterrada en su interior. Lo observé lanzar algunas miradas de reojo a Ruby cuando no estaba observando el suelo delante de nosotros. Sus hombros permanecían flácidos.

—Entonces —dije—, ¿estás emocionado de ver a tu familia?

El trance de Max se rompió, y sonrió ligeramente.

—Sí, mi hermana también está aquí. No la he visto desde que se fue al campamento de verano.

—Eso es genial —contesté, y me dirigí a mi pregunta real—. Sin embargo, debe ser agradable estar aquí con John, dado que también es tu familia y todo.

Su sonrisa se desvaneció, y se mordió el labio.

—Por supuesto —respondió.

Fue entonces cuando confirmé que no veía a Ruby sólo como una amiga. Deseaba ser él quien posara el brazo alrededor de sus hombros, quien la besara y celebrara sus victorias. Esto sería un gran problema.

El césped fuera del Club de Excursiones estaba ocupado por padres y estudiantes. Me paré en un semicírculo con Khaled, Ruby y Gemma.

—Quizás haya sido mejor que mis padres no pudieran venir. No creo que puedan lidiar con mi embriaguez —dijo Khaled, dándose palmaditas en el vientre y sosteniendo su cuarta cerveza. Dejó escapar un fuerte eructo—. Aunque no es que no me hayan visto así antes.

—No puedo creer que la mía no haya venido —murmuró Gemma—. Viajar en avión no es tan malo.

—¿No vendrán? —preguntó Ruby.

Gemma puso los ojos en blanco.

—A mi madre le dan pánico los aviones —levantó el teléfono y lo balanceó adelante y atrás junto a su rostro—. Pero me ha estado enviando mensajes de texto todo el día, dice que está aquí en espíritu. Está preguntando dónde estamos para poder tener una imagen.

—Hey, ¿dónde está tu papá? —pregunté a Ruby—. No he podido conocerlo.

Ruby jugueteaba con la botella de agua en su mano.

—No pudo venir. Algo surgió en el último minuto.

—Qué mal —dije.

Ella estaba mintiendo. Usaba un tono particular cuando mentía, su voz sonaba una octava ligeramente más alta.

—Al menos lo *intentó* —respondió Gemma con sarcasmo, mientras le enviaba un mensaje de texto a su madre. El teléfono se tambaleó en sus manos, amenazando con salir volando en cualquier momento. Gemma vibraba con energía, haciendo que su cuerpo se sacudiera con movimientos extraños—. Mi madre *estudió* aquí, por el amor de Dios. Ella es la razón por la que yo vine. Al menos podría subir a un avión y visitarme.

El padre de Ruby aún era un misterio, mi única pista de su existencia era el hecho de que vivía en Hanover. Su madre los había dejado cuando Ruby era pequeña. Eso no parecía molestarla. Era sólo una parte de ella, como el pequeño bulto en la pendiente de su nariz.

—Bueno, como sea, podemos estar todos juntos sin preocuparnos de que nuestros padres juzguen nuestras habitaciones o nuestros hábitos de consumo de alcohol —dijo Ruby con una sonrisa forzada.

—Por supuesto —dije. No quería presionarla.

En el incómodo silencio, Khaled se enderezó un poco e infló su pecho. Se aclaró la garganta, como si apelara a nuestra atención.

—¿Qué? —preguntó Gemma, entrecerrando los ojos con gesto escéptico—. ¿Por qué te comportas tan extraño?

—Tengo un anuncio que hacer —dijo. Bebió un trago de su cerveza.

Estaba alargando esto, disfrutando del suspenso que había creado.

—Bueno, pues deja de actuar como un idiota y cuéntanos de qué se trata —exigió Gemma.

—Pensé que ésta sería una buena oportunidad para decirles, ya que es fin de semana de los padres y todo eso...

—Oh, por Dios, Khaled, ya dinos —dijo Ruby.

—Bien —dijo, mirando hacia fuera—. Los chicos ya lo saben —asintió con la cabeza hacia John y Max—, y están dentro. Así que ustedes tres son el último martillazo en el ataúd... ¿o es el último clavo en el ataúd?

Khaled siempre intentaba incluir expresiones locales en su discurso, pero a menudo las confundía.

—¡¿De qué se trata?! —Gemma casi le gritó, captando la atención de los padres y estudiantes cercanos.

—Bien, bien —dijo—: mis padres compraron una casa.

—¿Qué? —dijo Gemma, con un acento particularmente más autóctono que de costumbre.

—¿Una casa? —preguntó Ruby.

Comprar una casa era algo serio. ¿En verdad Khaled tenía tanto dinero? Definitivamente, mis padres no me comprarían una casa, especialmente una que potencialmente podría ser maltratada por estudiantes universitarios. Recordé que Khaled era un príncipe. Seguía olvidando eso.

—¿Han visto esa vieja casa púrpura en la avenida principal del campus? —preguntó—. ¿Saben que la están remodelando ahora mismo?

Caminábamos frente a la casa todos los días. Estaba ubicada en el corazón de nuestro campus, una hermosa construcción victoriana sobre una colina. Siempre la había admirado, preguntándome por qué estaba vacía. Había llegado a la conclusión que debía ser por su alto precio.

—Mis padres la compraron. Para mí. Y mis nuevos amigos —dijo Khaled, remarcando la última frase, mirándonos, levantando las cejas.

—¡No! —dijo Gemma lentamente—. ¿En verdad? —de pronto su voz sonaba muy chillona.

Khaled contuvo una sonrisa.

—¿Nosotros? —pregunté.

—Sí, ustedes tres. Y los chicos.

—Esto es una puta locura —dijo Gemma, aturdida ante la idea.

—¿Cuánto nos costará el alquiler? —preguntó Ruby.

—No habrá alquiler —respondió Khaled—. Bueno, dividiremos el pago de servicios, pero eso es todo.

—Mierda —dijo Gemma—. Sí, mil veces, sí, quiero vivir en tu maldita casa de lujo.

Gemma saltó sobre Khaled, lo que hizo que tropezara hacia atrás. Él se estaba riendo, y también Ruby. Qué afortunados éramos, pensamos todos. Una casa. Para nosotros. Una casa para vivir con nuestros mejores amigos.

—¿Cómo es posible…? ¿Cuándo nos mudamos? Es un gesto tan generoso de tus padres —dijo Ruby. Yo también quería saber por qué sus padres habían comprado una casa en Edleton, Maine.

Y me di cuenta de que esto significaba que Ruby estaría viviendo con su novio. No estaba segura de si eso era extraño o no, pero nadie lo mencionó.

—El próximo otoño. Pensé que podíamos acomodarnos las chicas arriba y los chicos abajo. Todos tendrán su propia habitación. Aunque, por supuesto, no será obligatorio que la usen —dijo Khaled, guiñándole un ojo a Ruby—. Creo que a mis padres les gusta saber que estoy viviendo en un lugar agradable. Es posible que no estén de acuerdo con que yo esté aquí, pero sigo siendo el hijo favorito, lo que te confiere gran influencia en el lugar donde nací.

—¿No eres hijo único? —preguntó Gemma.

Khaled sonrió.

—Bueno, esto es algo muy lindo de su parte. Y yo también estoy dentro —respondió Ruby. No pareció importarle la opinión de John.

—Hey, entonces —dije mirando a Khaled—, ¿qué te parece esa chica, Shannon? Creo que está en tu laboratorio de química.

—¿Shannon? Es genial.

Gemma llevó la mirada de mí a Khaled.

—¿Alguien está enamorada de Khaled?

Él se encogió de hombros:

—¿Alguien no lo está?

—Oh, Dios mío, estás tan lleno de ti —dijo Gemma, poniendo los ojos en blanco.

—Ella es muy linda —agregué—. Si te gusta… tal vez podrías pasar un rato con ella fuera del laboratorio.

Khaled bebió un trago de cerveza. No parecía emocionado, pero yo sabía que me haría ese favor.

—Claro, sí. ¿Por qué no?

—Oh, mierda —susurró Ruby, empujando la botella de agua en mi mano—. Dios, ojalá me hubiera bañado, ¿cómo me veo? —se lamió una palma y alisó sus cabellos sueltos.

Formamos un grupo compacto, siguiendo la mirada de Ruby hasta descubrir a una mujer alta, ya madura. La madre de alguien, supuse. Lucía como si alguna vez hubiera sido modelo: cabello rubio platinado, cuerpo delgado, músculos definidos en sus brazos. Una de esas mamás superricas que hacían ejercicio todo el tiempo y comían ensaladas preparadas con frescos vegetales de huerta.

Revisé a Ruby de arriba abajo, y contesté:

—¿Honestamente? Te ves como si acabaras de jugar un partido de futbol, ¿por qué?

—Es la mamá de John —dijo en voz baja, arreglando su cabello y alisando su uniforme.

La mujer se dirigió a la entrada del edificio, donde se encontraba John con un grupo de chicos de su equipo. Llegó primero con Max y lo jaló para darle un abrazo. Su sobrino, por supuesto. Detrás de ella, apareció otra mujer, más baja, pero también con el cabello rubio y los mismos ojos azul claro. A su lado, se erguía un hombre como Max, y una adolescente. Max abrazó a los tres. Parecía aliviado de tenerlos allí.

—Qué lindo —dijo Gemma—, una reunión familiar.

—Siempre olvido que son primos —dijo Khaled—. Es extraño. ¿Ustedes también piensan que eso es raro?

No respondimos, seguimos observando las interacciones. Sí, era extraño, pensé. Max y John no tenían una relación cercana, pero estaban cerca uno del otro todo el tiempo. Max siempre se volvía distante cuando estaba John. Vi a Ruby sonreír a los dos primos. La sonrisa de Max casi se fragmentó, la vacilación lo contuvo.

Ruby respiró hondo y se dirigió hacia John y su madre, con esa dulce sonrisa extrovertida colgada en su rostro.

>>>

Cuando ya había comenzado a atardecer, me despedí de mis padres y les indiqué la mejor ruta hacia la autopista. Mi madre dudó antes de subir al auto y me preguntó una vez más si podía conocer a Ruby. No estaba lista para eso; tal vez nunca lo estaría. Necesitaba que mis dos mundos permanecieran separados. No podía dejar que Ruby se acercara demasiado a mi pasado. Miré a papá, y él entendió. "Vamos, Celia, no insistas", le dijo, dando unos golpecitos en el capote del auto de alquiler, luego entraron y se marcharon.

Nuestro grupo se dirigía a una fiesta del equipo de futbol esa noche. Charlie estaría allí, un estudiante de segundo año. Ruby pensaba que podríamos llevarnos bien, y quizás incluso comenzar a salir, dijo. Su entusiasmo era palpable. Quería que tuviera un novio para entrar en la dinámica de las citas dobles. Yo sabía que se sentía mal cuando tenía planes con John y yo simplemente regresaba a mi habitación. Ella ignoraba cuánto necesitaba yo tiempo a solas. Más de lo que necesitaba un novio.

Charlie era bastante lindo, y alto, con el cabello negro y rizado. Y una vez, *una*, le había mencionado a Ruby que él me parecía atractivo, sólo para quitármela de encima con el asunto de los chicos. Ahora ella no soltaría la idea de nosotros, Charlie y yo, como si bastara un encuentro para enamorarnos.

—Una disculpa por el desastre —dijo Ruby mientras me sentaba en la cama de Gemma. Miré alrededor. Su lado de la habitación estaba limpio, era Gemma quien tenía zapatos y ropa esparcidos por el piso. Había una línea marcada y definitiva entre el lado de Gemma y el de Ruby. Gemma tenía

140

fotos de su familia y sus amigos pegadas a la pared, pero el lado de Ruby estaba casi vacío. Ni siquiera tenía un retrato de su padre. Unos cuantos carteles asegurados con chinchetas se alineaban en el muro de Ruby, en su mayoría de imágenes arquitectónicas, y una foto que parecía el sudeste asiático. La puerta de su armario estaba bien cerrada, y sabía que su ropa estaba colgada o doblada dentro. La puerta de Gemma no podría haberse cerrado incluso si lo hubiera intentado: semanas de ropa sucia se desplegaban desde una montaña aún más grande en el interior.

—¿Dónde está Gemma? —pregunté.

—Con sus amigas de Teatro. Están haciendo gelatina con alcohol, creo —hizo una pausa—. Supongo que el próximo año prepararemos las bebidas en *nuestra* cocina.

Tenía razón. Los seis estaríamos viviendo juntos. Se sentía como si estuviéramos fingiendo ser adultos, viviendo en una comedia de veinteañeros que intentan triunfar en la gran ciudad. Salvo porque éramos estudiantes de apenas dieciocho, viviendo en un pequeño pueblo industrial en Maine.

—Hablando de Gemma —dije—, ¿se ha calmado algo con los chicos?

Ruby me miró por el rabillo del ojo, deteniendo su mano en el aire mientras cepillaba su largo cabello.

—Oh, algo así. Me pregunto cuándo conoceremos a Liam.

—¿Crees que vendrá de visita?

—¡No lo sé! Quiero conocerlo. Intenté hablar con él cuando estaban platicando por teléfono el otro día, pero Gems enfureció y salió al pasillo.

—¿Qué aspecto tiene? —pregunté—. ¿Has visto alguna foto de él?

Ruby asintió con la cabeza.

—Sí, me mostró una de ellos juntos este verano. Se veía bien…

—¿Pero?

—No lo sé. No quiero ser mala.

—Dime —insistí.

—Está bien, pero no se lo digas.

—Obviamente.

—Es sólo que hay algo en él. No sabría decirte exactamente de qué se trata.

—Mmmm, extraño —hice una nota mental para buscar a Gemma y Liam en Facebook más tarde.

—Por cierto, buen trabajo hoy, eres una estrella resplandeciente —dije, burlándome de su nueva gloria.

Ruby se trenzó el cabello sobre la cabeza, mientras seguía con el pie el ritmo de la música en su computadora portátil.

—Gracias —dijo, sonrojándose. Hizo un movimiento emocionado y abrió el cajón de su escritorio—. ¿Quieres ver lo que me dio John?

Sacó una caja rectangular y me la entregó. Sostuve el suave terciopelo y abrí el broche de oro. Un delicado brazalete reflejó tonos plateados bajo la iluminación fluorescente.

—¿Ésos son diamantes? —pregunté.

—Sí. Está loco. Ni siquiera podría usarlo. ¿Qué pasa si lo pierdo? —Ruby estaba tratando de quitarle importancia, pero había un brillo febril en sus mejillas.

Pasé mi dedo por la hilera de destellos y cerré la caja. John era mucho más rico de lo que había imaginado. Y también Max. Sus madres provenían de una familia muy rica y, al parecer, la abundancia no había dejado de crecer. Parecía que esos dos iban tomados de la mano en Hawthorne. Los hijos de la riqueza. Académicos entre los ricos. Mis padres tenían una posición financiera cómoda, pero no provenían de antiguas familias adineradas. Mi madre había sido pediatra, antes de abandonar la práctica, y papá era abogado corporativo. Habían hecho un buen trabajo forjando un patrimonio, pero la colmada riqueza de mis compañeros oriundos de Nueva Inglaterra era nueva para mí.

Suponía que Ruby era la menos favorecida de todos nosotros, pero no estaba muy segura de qué tan bien parado estaba su padre en el rubro financiero. No es del todo socialmente aceptable preguntar al respecto: "Hey, ¿cuánto dinero tiene TU familia?".

—¿Cómo fue conocer a su mamá? —pregunté.

Ruby vaciló por un momento.

—Estuvo bien, creo. Ella fue muy agradable. No lo sé... la verdad es que no conseguí descifrarla. No estoy segura de si es el tipo de madre que empareja a su hijo con alguien de su misma posición social. Lo cual es algo un poco... insultante. Pero, como sea. Ella no es una bruja ni algo parecido. John dijo que había hecho un buen trabajo en nuestro encuentro con ella, así que eso es un alivio.

Imaginé a John dándole palmaditas en la espalda. *"Buen trabajo, chica, conociendo a mi madre, lo lograste"*. Era incómodo. El que ella tuviera que complacerlo y, a su familia también.

—¿Dónde estaba su papá? —pregunté.

—Oh, él ya no está por aquí. A John no le gusta hablar de eso —respondió Ruby. Hizo una pausa—. Y me pidió que guardara esa información para mí, así que...

—No te preocupes —dije, notando una fisura definitiva entre nosotras. Hablé casualmente, como si no fuera gran cosa—. Bueno, estoy segura de que ella te amó.

Ruby se sonrojó, sonriendo, y me dijo que iría al baño. Necesitaba la luz brillante para maquillarse. Cuando la puerta se cerró tras ella, me levanté de la cama y coloqué mis manos contra el respaldo de su silla. Su escritorio era un desastre de artículos impresos sobre el arte del Renacimiento italiano y envolturas de barras energéticas. Luché contra el impulso de ordenar sus papeles. Ella lo notaría. Escuché en el pasillo. Silencio. Había tiempo. Abrí el cajón más cercano al suelo y extraje una pequeña libreta negra.

No planeaba leer el diario de Ruby. Pero una vez que empecé, no pude parar. La había visto escribir en él unos días antes, y cómo lo metía en el cajón mientras me acercaba a su puerta. Era la más conveniente mirada a su vida. Conocería todos sus secretos sin tener que preguntarle sobre ellos. Sabría cómo lidiar con ella, cómo mantenerla feliz.

Cómo ser su mejor amiga.

14 de octubre

Me encanta estar aquí. No quiero regresar a casa. Es bueno tener amigos verdaderos, personas en las que puedo confiar y personas a las que les agrado. Ya siento que los amigos que tengo aquí son mucho mejores que los del bachillerato. De cualquier manera, nunca tuve tiempo para los amigos en casa, sobre todo por lo duro que trabajé para obtener la beca deportiva. Pero aquí, los veo todo el tiempo. Es impresionante.

Bueno. Desearía que Amanda no estuviera aquí. Siento que siempre está a punto de contarle a Malin algo sobre lo que pasó. Sé que ambas son estudiantes de Inglés, así que pasan tiempo juntas. No sé por qué Amanda diría algo; lo que sucedió entre nosotras tampoco habla muy bien de ella. Honestamente, creo que le gusta torturarme, ver cómo me retuerzo. Gracias a Dios coincidimos.

Anoche John y yo nos besamos por horas. No le he dicho que aún soy virgen. Debería haber tenido relaciones sexuales en el bachillerato y así habría terminado con esto. John realmente quería hacerlo anoche. Estaba siendo tan dulce que me sentí culpable. Creo que se está impacientando, y claro que lo entiendo. Quiero decir, tendré que hacerlo en algún momento. Quiero hacerlo. En verdad. Pero cada vez que pienso en el sexo... bueno. Ya sabes. Él dijo que podíamos esperar hasta que yo estuviera lista. No sé.

En otras noticias, obtuve una nota sobresaliente en mi ensayo sobre antigüedades. Y envié solicitud para el programa del Museo de Bellas Artes de Boston este verano. Si lo consigo, mis gastos de vivienda estarán cubiertos, lo que sería un gran alivio. Y John estará en su viñedo, así que podría visitarlo los fines de semana. Cruzo los dedos.

De acuerdo, confieso que estoy estresada por la visita de papá. Creo que podría llamarlo y decirle que no venga. Desde que llegué a Hawthorne, no he pensado en todo eso, y me gustaría que siguiera así. No creo que poner algo de distancia con él sea tan malo. Sólo estoy abrazando mi independencia. Estoy segura de que lo entenderá. Todavía lo amo, o lo que sea.

Escuché la puerta del baño abrirse y cerrarse, y los pasos de Ruby atravesar el pasillo. Cerré el diario y volví a colocarlo en su cajón. Me dejé caer sobre su cama, jugueteando con mi teléfono, como si hubiera estado haciéndolo todo ese tiempo.

# CAPÍTULO DOCE

# TEXAS, 1997

Cuando tenía ocho años evitaba cualquier compañía en la escuela. Leía en una esquina del patio durante el receso. Sabía que eso me clasificaba como solitaria, y tal vez como perdedora, pero no me importaba. Mis compañeros no eran desagradables, pero no me apetecía jugar con ellos. No entendía el concepto de los juegos inventados al momento, los atrapados o las escondidas. Me gustaba practicar deportes y nadar en la piscina, pero lo que más me gustaba era leer, así que eso hacía.

Algunas de las niñas de mi grupo estaban cantando dando vueltas en círculos. Parecíamos demasiado grandes para eso, pero, de nuevo, la gente de mi edad siempre me sorprendía. No las entendía. Observé atentamente mientras las chicas reían, se tomaban de la mano, cantaban y se dejaban caer sobre el asfalto caliente. Más risas.

Cada vez que alguien me invitaba a una fiesta de cumpleaños, mis padres me obligaban a asistir. Yo quería hacerlos felices, así que ponía buena cara y entregaba el regalo; después, cuando nadie estaba prestando atención, me colaba en el baño y husmeaba en sus botiquines. Ya conocía todas las afecciones médicas de los padres de mis compañeros y de algunos de sus hermanos.

Me gustaba estar sola, observar desde lejos. No se lo decía a nadie, porque me habrían mirado como si fuera un bicho raro. Como si estuviera rota.

Incluso mi maestra, la señora Little, dejó de preocuparse por incluirme en las actividades. Dejó de preguntarme si quería unirme a los demás, y yo me contenté en ser ignorada. Además, estábamos a punto de salir por las vacaciones de verano.

Balanceé el libro sobre mis rodillas dobladas. *Caminar dos lunas*, de Sharon Creech. Ella era mi escritora favorita. Ésta era la quinta vez que leía sus ya familiares páginas. Los bordes del papel estaban desgastados y arrugados en algunas partes por haber leído en la piscina. Había algo en el personaje principal, Sal, que me reconfortaba, la forma en que buscaba a su madre, a pesar de que estaba muerta. A veces sentía que yo también estaba buscando a mi madre, aun cuando ella se encontraba justo delante de mí, obsesionada con Levi y todas sus *circunstancias*.

A la sombra, la brisa era un alivio de la humedad. En el patio de recreo, el aire sobre el asfalto negro ondeaba como tocino cocinándose. Hacía tanto calor que casi podía oler el asfalto. Miré por encima de mi libro y observé a mis compañeros. Era como ver televisión, excepto que los personajes eran reales. Observé una figura desconectada de la multitud. Levi. Nuestros grados, tercero y quinto, respectivamente, compartían la hora del receso. Se suponía que debería estar jugando futbol, pero noté que su delgado cuerpo se alejaba del partido, hacia un costado. En la esquina del patio, se encorvó donde se juntaban las cercas de madera. Nadie más lo estaba mirando.

Las chicas se levantaron de un salto, se tomaron de las manos y comenzaron de nuevo su canción.

Levi era un estudiante popular. A simple vista, éramos completamente opuestos. Yo era la hermana extraña y silenciosa, y Levi era sociable y amigable. Todos los estudiantes lo amaban, su felicidad era contagiosa. Sabía cómo halagar, cómo hacer que las chicas se sonrojaran y que los niños quisieran ser sus amigos. Lo había estado observando durante tanto tiempo. Estaba acostumbrada a su juego. Era una persona diferente en casa. Él era capaz de engañar a mis padres, durante un tiempo también a mí, pero ya no. Yo sabía que estaba podrido, y hacía mucho tiempo había perdido la esperanza de que "volviera a la normalidad". Mis padres, por otro lado, todavía pensaban que sólo estaba atravesando una "etapa" y que la superaría eventualmente. Odiaban cualquier reacción exagerada al respecto. Así que todos fingíamos que Levi era normal.

Escuché a las niñas girar y cantar.

Forcé mis ojos para ver lo que Levi estaba haciendo. Había una mochila, no, un bolso. El bolso de la señora Little. Ella debía haberla dejado allí cuando llegó, tarde, ese día, antes de reunirse con nosotros y con el profesor sustituto en el patio de recreo. A lo lejos, su bolso parecía voluminoso, y Levi hurgaba en su interior, en busca de algo. Esto despertó mi interés. Levi, el estudiante perfecto, estaba *robando*. Finalmente. Éste era el Levi que yo conocía.

Lo que sea que intentara, no lo estaba haciendo lo suficientemente rápido, y vi a la señora Little inspeccionar el patio de recreo, y descubrir a Levi en cuestión de segundos. Sus pasos fueron amplios y rápidos. Ella siempre me había parecido como una gigante. Tan alta y fuerte. Sabía que tenía veintisiete años, porque nos lo había dicho el primer día de clases. Todavía era joven, pero parecía muy vieja a mis infantiles ojos.

Las niñas seguían cantando.

—Levi —comenzó la señora Little mientras se acercaba a él. Él se puso en pie y sostuvo algo detrás de su espalda. Su billetera.

—Levi —dijo ella de nuevo. Cuando lo alcanzó, lo tomó del brazo. Su agarre era ligero, y parecía confundida. Todos los profesores amaban a Levi—. ¿Qué estás haciendo?

Levi estaba callado. La señora Little giró suavemente su cuerpo hacia un lado para ver lo que él había escondido.

—Levi —repitió, esta vez sonó más severa.

Se miraron el uno a la otra por un momento. Levi la estaba evaluando, como si fuera una comida que estaba a punto de devorar. Parecía emocionado, casi ansioso. A veces se ponía así en casa. Una noche antes nuestra madre nos había preguntado qué queríamos para cenar. Levi había pedido camarones. Mi madre había mirado fijamente a mi padre. Como queriendo decir: "No lo dice en serio", pero definitivamente lo decía en serio. Él sabía que ella era alérgica a los mariscos. No entendía por qué a él le gustaba tanto verla sufrir.

Vi a Levi arrojar la cartera de nuevo en el bolso. La señora Little le dirigió una mirada extraña y puso una mano en su hombro, como si estuviera tratando de averiguar qué estaba pasando. Y entonces Levi se abofeteó solo, con fuerza. El área en su mejilla se marcó rápidamente, una acuarela carmesí que se extendía por su rostro. Empezó a gritar.

Los otros profesores en servicio corrieron hacia él. Ahora tenía la atención de todos en el patio.

Los profesores, y algunos estudiantes interesados, formaron una U alrededor de Levi y la señora Little.

La señora Little dejó caer la mano de su hombro como si fuera fuego. Abrió la boca como si fuera a decir algo, pero nada salió; tenía una expresión conmocionada y confundida. Sus cejas parecían querer salir de su rostro y su boca se mantenía en una pequeña y apretada O.

Levi corrió hacia otra maestra, la señora Day, y presionó su rostro contra su estómago, sollozando.

—¿Qué está pasando? —preguntó la señora Day, con voz dulce y preocupada—. ¿Todo está bien?

—¡Me abofeteó! —gritó Levi, las lágrimas ya salpicaban sus mejillas y su voz se anudaba por la ansiedad—. Duele mucho —lloró.

—Yo no lo abofeteé —dijo la señora Little, tratando de mantener la calma.

Los otros profesores llevaban los ojos de ella a Levi, y de regreso a ella otra vez. La enrojecida marca se había encendido en el rostro de Levi.

Creo que la señora Little estaba demasiado sorprendida para añadir algo más. Los otros profesores se miraron unos a otros, sin estar seguros de qué hacer.

Por supuesto que no creyeron que él se hubiera abofeteado. Era un *gran* niño. "No es algo que habría hecho Levi", se habrían dicho, a puerta cerrada, en reuniones con el director. Estoy segura de que mis padres lo respaldaron, tal vez mi madre incluso exigió que la señora Little fuera despedida.

Logró engañarlos.

A mí no.


Al día siguiente, la señorita Little no se presentó. El profesor sustituto habitual tomó su lugar, fue como si ella nunca hubiera existido.

No volvimos a verla.

# CAPÍTULO TRECE

# Día de los Graduados

Cuando llego a ese punto entre la vigilia y el sueño, escucho gritos. Gritos familiares. Son ruidosos y distantes. Justo en mis oídos, iluminando mis células cerebrales. Mi memoria atormenta con violentos sollozos. Duermo en medio de los gritos y, cuando despierto, ya se han ido.

Mi cuerpo se sacude, los ojos abiertos. Miro alrededor de la oscura habitación. Nuestra casa está tranquila. Miro mi teléfono. Estuve dormida durante cuarenta y cinco minutos. No puedo creer que me haya quedado dormida. Me alegro de que así haya sido. Tengo una larga noche por delante.

Todos deberían haber regresado ya. El Baile de la Última Oportunidad comienza en pocas horas. Gemma y Ruby se estarán arreglando, el olor a cabello quemado debería ya rondar el aire. Olfateo. Nada.

La casa está callada. A veces me pregunto si las paredes se han cansado de absorber nuestros secretos, y un día se derrumbará, llevándonos con ella. Me levanto y deambulo por el pasillo. Las puertas de las habitaciones de Ruby y Gemma están abiertas, vacías. Escucho que la puerta de entrada se abre abajo. Alguien ha regresado, y sólo se escucha el sonido de la sal y la arena que chocan contra los pisos de madera.

Echo un vistazo por la escalera. Un cuerpo delgado llena la entrada, con una mano apoyada en la pared mientras se descalza las botas de invierno. Max.

—Hey —digo, mi voz suena ronca cuando acabo de despertar.

Me mira con expresión sombría. Nos comunicamos sin hablar. Algo malo ha pasado.

# CAPÍTULO CATORCE

# Primer año

—¡Hey, Malin, espera! La voz de Khaled resonó en el jardín cuando él y John avanzaron a través del césped. Sus zapatos dejaron huellas húmedas, y acerqué mi termo más a mi cuerpo, robando su calor.

—Carajo, es temprano —dijo John cuando se acercaron, con la voz adormecida.

—A mí no me importa que sean las ocho de la mañana, en realidad —respondió Khaled—. Eso te libera de las clases por el resto del día.

Los tres compartíamos grupo en una clase de Microeconomía. No tenía que ver con mi especialidad, pero pensé que sería útil aprender sobre la vida posterior a la universidad, y las matemáticas eran sencillas. El profesor Roy tenía alrededor de treinta años, y era uno de los profesores invitados. Era bastante aburrido y algo extraño, pero me gustaban las lecturas que había asignado. Era exigente, cosa que la mayoría de mis compañeros odiaban. A mí eso no me molestaba, ya que había presentado mi ensayo y obtenido una buena nota. La mayoría de mis compañeros de clase no parecía darse cuenta de que si se estudiaba y leía, era posible obtener buenas notas.

Por lo general, disfrutaba caminar sola a mis clases, en medio del silencio vigorizante. Pero John y Khaled se habían levantado temprano; tal vez no habían retrasado sus alarmas cinco veces ese día. Aunque rara vez llegaban a tiempo a esta clase, de alguna manera siempre estaban puntuales en el gimnasio, a las siete de la mañana, los días que tenían clases por la tarde. Les gustaba pasear por el comedor a la hora del almuerzo, exhibiendo sus músculos torneados.

Los estudiantes salían poco a poco de las residencias y cruzaban los caminos hacia los edificios académicos. El campus estaba en silencio, excepto por las aves que cantaban por encima de nuestras cabezas y que quizá despertaban horas antes, con el primer brillo de sol.

—¿Terminaste de leer el capítulo? —me preguntó Khaled.

—Sí —dije—. ¿Tú?

—Casi… Yo, ehh, me distraje anoche —respondió, guiñando un ojo.

John rio en medio de un bostezo.

—Quieres decir que tu entrepierna se distrajo. Sobre Kelly Lee.

Miré hacia otro lado, ignorando la evocación a los genitales de Khaled.

—¿Y *tú* qué estabas haciendo? No, lo siento, ¿con *quién* lo estabas haciendo? —respondió Khaled.

—Yo estaba con Rubes —respondió John, tratando de mantener un tono inocente.

—Mmmmmm. Estudiando, estoy seguro —dijo Khaled.

John golpeó a Khaled ligeramente en el hombro. Bromearon durante un rato, hasta que llegamos al Departamento de Economía. Era uno de los edificios más antiguos del campus, con muros de ladrillo y tres plantas de altura.

—Bueno, Malin, chica, entonces tienes que resumirnos la lectura —dijo Khaled, jadeando, mientras subíamos las escaleras.

Me abstuve de añadir que ya había terminado todo el libro, y que en realidad era bueno. Sabía que me verían como una perdedora, así que reservé esa información para mí.

—Sólo tienen que evitar actuar como un par de idiotas, y el profesor no los hará hablar —dije—. Léanlo después.

Khaled suspiró, apoyado en la barandilla.

—La Pequeña Señorita Perfecta, que nunca revela sus secretos.

—¿En verdad pensaste que lo haría? —preguntó John, arrastrando sus botas y los cordones desatados.

Sabía que debía recuperarlos de alguna manera, para congraciarme con ellos.

—Oh, Dios mío, bien —dije—. Si él los hace hablar, sólo digan algo sobre la causalidad en los problemas sociales, y cómo esto afecta a la economía. Cómo después de la tragedia del 11 de septiembre, las personas comenzaron a robar menos porque se sentían más empáticas y patrióticas. Y luego ofrezcan un ejemplo similar, como… si se viralizaran imágenes de un vagabundo siendo golpeado, quizá se registraría un aumento en las donaciones a refugios al día siguiente. O algo así.

—Te amo, gracias —dijo Khaled.

—Mal, saliendo adelante por sus mejores amigos —concluyó John, con un suspiro de alivio. Odiaba que él me dijera "Mal", así me decía Ruby.

El aula estaba vacía. La computadora portátil del profesor Roy estaba abierta sobre el escritorio al frente, con su maleta descansando con descuido en el suelo.

—Somos los primeros en llegar, punto para nosotros —dijo Khaled, acomodándose en uno de los escritorios individuales. El metal crujió bajo su peso.

Elegí el asiento más cerca de la puerta; me gustaba poder salir primero para evitar el parloteo posterior a la clase. El asiento se sintió frío a través de mis jeans, y tomé un trago de café negro, todavía caliente dentro del termo.

John dejó su mochila en el escritorio junto a Khaled y dio vueltas alrededor del aula hasta terminar frente a la computadora portátil del profesor Roy.

—Hey, ¿qué estás haciendo? —preguntó Khaled.

—Sólo veo si hay algo interesante aquí —respondió John, colocando un dedo en el panel táctil—. Las respuestas a los exámenes parciales o algo así… nunca se sabe.

Miré hacia la puerta. John levantó los ojos y siguió mi mirada.

—Malin puede vigilar, ¿cierto, Mal? —dijo John. Era más una declaración que una pregunta.

Quería decirle que se fuera a la mierda, *no*, no actuaría como su vigilante, pero le devolví una sonrisa.

—Seguro —dije, tratando de sonar indiferente. Él me ofreció una sonrisita astuta, y llevó su mirada de regreso a la pantalla deslumbrante.

Hizo clic un par de veces; su dedo apenas tocaba el panel táctil. Khaled soltó un largo eructo y me miró, avergonzado. Su eructo resonó en el aula vacía.

—Oh, mierda —dijo John, su rostro se agrietó en una sonrisa—. Chicos, miren esto.

Khaled se levantó de un salto y se unió a John al frente del aula.

—Mal, tienes que ver esto —dijo John.

—Estoy vigilando, ¿recuerdas?

Me ignoraron mientras reían de lo desplegado en pantalla.

Los miré. John se mantenía cerca del computador, mientras Khaled permanecía detrás, mirando sobre su hombro. Khaled seguía volteando hacia la puerta mientras fingía interés en la computadora portátil. Burlarse de la gente no era lo suyo, pero se sentía incómodo de no complacer a John, así que se unió a los comentarios.

—Lamentable —dijo John—. Mal, estaba viendo su página en Evalúa a tus Profesores, pero sólo tiene un comentario. Dos estrellas. "Evita esta clase a toda costa. Si terminas ahí, siéntate en la esquina de atrás y toma una siesta. Ni siquiera se dará cuenta. Las dos estrellas son para las lecturas, que es la única parte ligeramente interesante de su clase."

—Maldición —dijo Khaled. Su voz siempre sonaba alegre y positiva—. Quiero decir, no están equivocados. Pero aun así, ¡me siento mal por él!

—¿Te sientes mal? Para nada, hombre. Es la verdad. El sujeto es exigente con los deberes, y su clase es aburrida a rabiar… ¿Qué más tenemos aquí? ¿Deberíamos encontrarle alguien en un sitio de citas? Tal vez si consigue acostarse con alguien, eso le ayudaría a relajarse.

—Chicos —hablé—, dejen de meterse con sus cosas.

John me ignoró. Khaled y yo hicimos contacto visual, pero él nada dijo.

—Él ya tiene un perfil en Match.com. Sin mensajes nuevos. Me pregunto cuántas veces al día actualiza esta página —dijo John.

—Tal vez deberíamos darle una revisión de cuatro estrellas, ya sabes, en el sitio de profesores, para mejorar su promedio —dijo Khaled, tratando sin éxito de participar en la broma.

Lo intenté de nuevo:

—En serio. John. Basta.

Oí pasos en el pasillo. Una parte de mí esperaba que fuera el profesor Roy, pero el andar era lento, cansado, como el de un estudiante.

John suspiró y cerró la página.

—Bueno, bueno, ya relájate. Es su culpa, por dejar la computadora portátil abierta así, sin más.

Khaled guardó silencio. Me miró, pero lo ignoré y abrí mi libreta de apuntes. Un estudiante entró al salón y Khaled saltó para alejarse de la computadora. En cambio, John se mantuvo tranquilo. Asintió relajadamente hacia el estudiante, ese tipo de gestos que sólo funcionan entre compinches, y luego volvió a su asiento. Me guiñó un ojo mientras pasaba a mi lado.

Cuando el profesor Roy entró, el salón ya estaba repleto de estudiantes, todos callados, algunos bebiendo largos sorbos de sus tazas de café. John miró a Khaled y levantó las cejas, me di cuenta de que quería que se riera, pero Khaled fingió hojear *Freakonomics*.

Me senté más erguida, sintiéndome al borde mientras mis paredes defensivas se hacían cada vez más altas. El profesor Roy ajustó su computadora portátil y algunos libros apilados en su escritorio y se aclaró la garganta. Hizo una pausa, aunque sólo fuera por un pequeño segundo, para mirar la pantalla de su computadora portátil. Me pregunté si John había recordado dejarla como la había encontrado. Lo miré, pero él no parecía preocupado, y cuando captó mi mirada me dedicó una petulante sonrisa de satisfacción.

>>>

Me desplacé distraídamente a través de Facebook y vi una foto en la que Ruby me había etiquetado, del fin de semana. La imagen era oscura, el destello del flash sólo iluminaba nuestros rostros sudorosos, al fondo podía verse la banda que estaba tocando en el viejo gimnasio. Continué mirando mi muro y el nombre de Gemma aparecía destacado, había sido etiquetada en un mensaje de Liam: Te extraño, nena, no puedo esperar para estar contigo todos los días de este verano. #yoinvitolosprimerostragos.

Hice clic en Liam Weld, pero su página estaba configurada como privada, sólo para amigos. En su foto de perfil estaba con Gemma, en algún escenario, tal vez del bachillerato o de un programa teatral de verano. Me pregunté si allí se habrían conocido, a causa de la actuación. Debería haberle preguntado más sobre él, pero no parecía importante entonces.

Observé cómo Ruby y Max se apresuraban para entrar al Invernadero, con las caras enrojecidas por el frío y las chamarras cubiertas de nieve. Se sonreía el uno a la otra e iban charlando; sus alturas igualaban sus pasos, el esbelto cuerpo de ella combinaba con la discreta complexión atlética de él.

Volví la mirada hacia las ventanas que daban al lago. Un trío de esquiadores de fondo estaba cruzando el lago congelado y sus bastones se movían en sincronía.

Los tres estábamos estudiando en el Invernadero y las lámparas doradas iluminaban nuestra sesión de estudio previa a los finales. Los días cortos y las temperaturas frías nos mantenían atrapados dentro, con nuestros cerebros fritos con los apuntes y diversas teorías sobre esto o aquello. Un día más de exámenes y ensayos, y luego estaríamos en casa para pasar las vacaciones de invierno. Ya lo estaba temiendo. Ruby y

Max habían salido para conseguir algo de chocolate caliente, y ahora regresaban con las mejillas rosadas por el frío exterior. Cuando se acercaron a los sillones donde me encontraba sentada, puse mis audífonos en silencio. Ignoré su presencia y fingí que seguía leyendo.

—¿Color favorito? —preguntó Ruby.

Max hizo una pausa.

—Azul —dijo. Luego pensó por un momento—. ¿Programa de televisión favorito?

Ruby frunció el ceño mientras consideraba su respuesta. Parecía avergonzada antes de responder:

—*Las Kardashian*.

—Bueno —dijo Max—, ya no podemos ser amigos.

Ruby rio mientras sacaba un libro de su mochila. *Historia del tatuaje*. Noté que la portada era una foto del pecho de un hombre cubierto de tinta negra. Le lancé un vistazo al libro en mi regazo, *Introducción al derecho penal*.

Se sentaron uno al lado del otro en el sofá, Ruby con las piernas cruzadas y la espalda erguida. Su gorra rosa con pompones enmarcaba su rostro en forma de corazón, con su oscuro cabello cayendo detrás. Max la había estado mirando un poco más en estos días.

John no necesitaba estudiar. Tenía memoria fotográfica, o eso afirmaba. Él y Khaled quizás estaban jugando videojuegos en la residencia. Gemma estaría estudiando junto a ellos, alegando que no podía concentrarse en el Invernadero e inconscientemente intentando coquetear con John. Me pregunté cómo se sentiría Liam si la viera hacerlo. Pensé en Ruby, pero a ella no parecía importarle. No creo que la considerara una amenaza.

—¿Siguiente pregunta? —la animó Max.

Ruby se instaló profundamente en el sofá, con los cojines acurrucados alrededor de su cuerpo.

—¿Qué es lo que te hace sentir más agradecido? —preguntó.

—Estas preguntas se están poniendo profundas —respondió Max.

Ruby sonrió.

—Es cuando empieza lo bueno.

Max acunó el chocolate caliente en sus manos.

—Mis padres.

El rostro de Ruby se arrugó por un momento, pero se recompuso antes de que Max se diera cuenta.

—Vaya —dijo Ruby, con voz burlona—, qué dulce.

—Tú preguntaste.

—Bien, tu turno.

Recorrí las páginas de mi libro, subrayando términos como *intención dolosa* y *retribución*.

—¿Dónde quieres vivir después de la universidad? —preguntó Max.

La energía salvaje se estaba deslizando hacia algo más íntimo. Fingí estar profundamente interesada en mi libro.

Ruby se mordió el labio. Hacía eso cada vez que se concentraba. Le quedaría rosa e irritado más tarde, hinchado, incluso.

—Cualquier ciudad grande, en realidad. Tal vez Boston o Nueva York, o Los Ángeles —miró por la ventana—. No sé cómo terminé en medio de la nada, y por cuatro años más.

—Me alegro de que hayas venido aquí —dijo Max.

Se miraron hasta que las mejillas de Ruby adoptaron un rojo intenso, momento en el que bajó la mirada a su libro y continuó hojeando fotos de arte tribal y tatuajes modernos. Si pasaba con más fuerza las páginas, conseguiría arrancarlas.

Ruby se aclaró la garganta.

—Si no buscaras estudiar medicina, ¿qué otra profesión te interesaría? —preguntó.

—Fotografía —dijo Max sin pensarlo un instante.

—¿Qué? ¡Nunca te he visto con una cámara! ¿Traes alguna foto contigo?

Ruby se inclinó un poco hacia delante, interesada, su rubor se evaporó. Ésta era su área de interés, el arte. Toda pieza de arte lucía bien para mí, pero eso era lo más lejos que podía llegar en mis apreciaciones. Doblé una esquina de la página en los procedimientos judiciales.

—Todas están en el estudio —replicó Max.

—Quiero verlas —protestó Ruby.

—No, no quieres. No soy bueno —dijo.

Sentí que Ruby me miraba, asegurándose de que no les estaba prestando atención. Como si quisiera mantener esta parte de su relación en secreto. Demasiado tarde.

—¿Qué tipo de cosas fotografías? —preguntó ella.

—Paisajes y gente, cosas aburridas.

Ruby rio.

—Basta de modestia. ¡No puedo creer que no supiera esto de ti!

Max se llevó una mano a la nuca y se movió en su asiento.

—Sí, no es que lo presuma. Es sólo algo que me gusta hacer.

—¿Cómo te has sentido, por cierto? —preguntó Ruby, en voz baja.

Max tragó saliva.

—¿Con el asunto de la ansiedad?

—Sí.

Max aguardó un momento.

—No lo sé. justo cuando pienso que está mejorando, un ataque sucede de la nada. Mi madre cree que debería tomar medicamentos, pero no quiero hacerlo.

—¿Por qué no?

—Porque… es admitir que existe. Y preferiría ignorarlo.

Ruby se quedó pensativa, preocupada.

—¿Sabes por qué te pones ansioso? Quiero decir, ¿hay algo que lo dispare? Una de mis amigas en el bachillerato solía sufrir ataques de pánico durante la temporada de resfriados porque era hipocondriaca.

La disposición de Max cambió cuando Ruby dijo esto, una expresión en sus ojos, como si estuviera haciendo algo mal. Miró fijamente su computadora portátil, considerando algo, y luego finalmente respondió:

—No, tiene que ver con quien soy. Con mi cableado interno, por decirlo de un modo.

—En verdad, no puedo esperar a ver tu trabajo —dijo ella, cambiando el tema de nuevo a la fotografía—. Voy a conseguirlo, no podrás evitarlo.

—Bien, pero no te enfades cuando te sientas decepcionada —trató de bromear y aligerar el ambiente. Era una de esas personas a las que no les gustaban las situaciones incómodas. Pero algo había sucedido, entonces Max cerró su computadora portátil y tomó su mochila—. Debo irme —sentenció.

Ruby colocó sus dedos cerca de los suyos, tan cerca que estaban a punto de tocarse. Los ojos de Max se posaron en su mano, y pensé que podría colocar la suya sobre la de ella, pero no lo hizo. En cambio, se apartó y cerró su mochila. Me centré en mi libro, pero podía sentir la mirada de Ruby sobre mí.

—¿Malin? —me llamó.

Fingí no escuchar.

—Malin —insistió, empujándome con el pie esta vez.

—¿Sí? —pregunté, retirando los auriculares de mis orejas.

—¿Puedes oírnos? —preguntó.

Los miré expectante, como si hubiera estado en profunda concentración y me hubieran interrumpido.

—¿Qué?

De vuelta en la residencia de Ruby, pasamos por el edificio de arte. Había una luz en el interior que captó su atención.

—Entremos —dijo, haciendo una pausa delante de la puerta—. Tal vez podamos ver algo del trabajo de Max.

—¿A qué te refieres? —pregunté, haciéndome la tonta.

Por supuesto, yo sabía esto sobre Max, de nuestro encuentro en el jardín durante el otoño. Pero es algo que no había comentado con Ruby, y tampoco quería que pensara que había estado escuchando su conversación.

—Es fotógrafo, al parecer.

Ruby abrió la puerta y entramos en el vestíbulo; una puerta a la derecha estaba marcada como "Estudio". Había fotografías colgadas en el largo salón abierto, y caminamos lentamente a través de él.

—Nop —suspiró Ruby. Se movió a la siguiente foto—. Nop. Dime cuando lo encuentres.

Eché un vistazo a cada fotografía. Había una de un lago. Era aburrida, monótona. No había algo espectacular en ella, ni el amanecer ni el atardecer, y la línea del lago no estaba ni siquiera recta contra el horizonte. Me irritó, y seguí adelante.

La siguiente fotografía era del equipo masculino de *lacrosse*. Ésta era más interesante que la anterior; claramente, se había tomado durante una tormenta, por lo que los tonos eran oscuros y emocionales. Reconocí a algunos de los borrosos jugadores como rostros que veíamos en las fiestas habituales a las que asistíamos.

Ruby gritó de emoción en el extremo opuesto del pasillo. Cuando me acerqué, estaba saltando de puntillas y me jaló para que me acercara a ella.

—Mira —susurró.

La fotografía había sido tomada en la cima de una montaña, con los árboles en el culmen de su follaje, de tonos rojizos, anaranjados y amarillos. El cielo era de un brumoso azul pastel, y la escena parecía extenderse por kilómetros en la lejanía. Un pequeño promontorio de rocas en la parte inferior derecha resultaba ser el punto más bello de la imagen. Una distante figura se erguía negra en la cima de las rocas, una persona que miraba el paisaje. Casi podía sentir el viento en mi rostro. Debajo de la fotografía había una etiqueta blanca con el nombre de Max escrito en ella.

Ruby se movió hacia la siguiente imagen de la serie. Otro paisaje. Esta vez, un faro y un océano, con una persona diminuta, el contraste entre la tierra y el humano era sutil y majestuoso al mismo tiempo.

La última foto de Max estaba expuesta en el centro del muro de la galería. A diferencia de los paisajes, ésta reflejaba un rostro. Líneas profundas marcaban la piel de la mujer, sus labios se extendían en una estrecha línea y el cabello platinado se estiraba en un moño. Uno de los ancianos de la casa de retiro.

—Hermosa —murmuró Ruby.

Lo era. No podía dejar de mirar aquellos ojos, tímidos, nerviosos, pero al borde de la risa.

—Es bueno —susurró Ruby—. Sus fotos son las mejores en toda la galería, por mucho.

Vi cómo se suavizaba su rostro y sus ojos se iluminaban de esa manera que a menudo lo hacían. Para cuando alcanzáramos el último año, esa chispa habría desaparecido. Esta versión de Ruby sería cosa del pasado.

Cuando salimos del edificio, se volvió hacia mí con el rostro repentinamente tenso.

—No le digamos que vimos su trabajo, ¿te parece?

—Seguro —dije.

—No quiero... darle una idea equivocada, ¿sabes? Sólo somos amigos —continuó, leyendo mis pensamientos.

—No te preocupes, será nuestro secreto.

Ruby guardó silencio el resto de nuestro paseo, perdida en sus pensamientos.

# CAPÍTULO QUINCE

# Día de los Graduados

Doy un paso hacia Max y el suelo de madera cruje bajo mi peso. Está ansioso, sus movimientos son pesados, su rostro se ve pálido, tiene una expresión distraída, como si no estuviera enteramente aquí.

—Voy a preparar chocolate caliente. ¿Quieres un poco? —pregunto.

Bajo las escaleras rápidamente y me deslizo en la cocina. Mis sandalias golpean contra las baldosas pegajosas. Cerveza. Renuncié a limpiar durante nuestro segundo año. Chicos sucios, asquerosos, descuidados. La cocina nunca permanecía limpia durante mucho tiempo, no en el Palacio. No puedo esperar a graduarme y vivir por mi cuenta. Max me sigue a la cocina.

Pongo el hervidor bajo el grifo y dejó que el sonido del agua corriendo llene la habitación. El fregadero está lleno de vasos desechables vacíos, el hedor de la cerveza añeja inunda mi nariz. Contengo la respiración mientras lavo dos tazas manchadas de café.

Max se acomoda en un taburete y mira fijamente las barras de mármol. Somos los únicos estudiantes en el campus que viven con tanto lujo, gracias a Khaled. Estoy agradecida por el buen gusto de su madre. Ella convirtió la antigua construcción en una elegante y moderna villa familiar. El hogar de nuestra familia. Me pregunto quién vivirá aquí una vez que nos graduemos.

Pienso en lo que Khaled y yo vimos. Cómo Max y Ruby estaban discutiendo, y la forma en que él se aferraba a su muñeca mientras ella pretendía alejarse.

—¿Tú y Ruby terminaron en Parker? ¿Para ducharse? —pregunto.

Enciendo el quemador, la llama explota debajo del hervidor.

—En realidad, no —dice Max con voz baja. Se frota las cejas. Hace eso cuando está cansado—. Todavía necesito ducharme.

Me percato de su ropa húmeda y me pregunto cómo es posible que no tiemble de frío.

—¿Dónde está Ruby? —pregunto, esperando que ella entre a la casa en cualquier momento.

Max no levanta la mirada, su cerebro está consumido por alguna especie de agitada energía. Abro uno de los gabinetes y husmeo en la parte de atrás, en busca de la pequeña caja que mantengo escondida detrás de los platos desiguales. Nadie se molesta en usarlos, para evitar tener que lavarlos después. Incluso si alguien encontrara las pastillas aplastadas, no tendría ningún problema en decir que fue por mi ansiedad. Una simple mentira.

—Tuvimos una pelea, supongo. O una discusión acalorada. Como quieras llamarla —dice. Él luce mucho menos atractivo cuando está agotado, con su rostro pálido y oscuros círculos bajo sus ojos—. Pero eso no es lo peor.

—¿Una pelea? —pregunto—. Ustedes nunca pelean.

Max endereza la espalda. Siempre hace lo mismo cuando está a punto de confesar algo vergonzoso. Como si eso compensara su debilidad interna, el desequilibrio en su cerebro.

—Le dije que la amo —dice—. Fue estúpido. Las cosas parecían volver a la normalidad. Pensé que era el momento adecuado. No lo fue.

Sabía que esto sucedería, tarde o temprano. No sabía cuándo. Estaban tan entrelazados, y sin embargo distantes. Era un tema no hablado entre todos nosotros.

—¿Qué dijo ella? —pregunto.

Max me mira pero no responde. Su silencio habla. El hervidor de té comienza a silbar, y apago el quemador. Seco las dos tazas y las coloco junto al lavabo, de espaldas a Max. Una taza es de cerámica roja, la otra es azul, más grande. Deslizo el polvo blanco en la taza roja, sin que él lo note.

Le entrego la taza roja, y él deja escapar un suspiro frustrado mientras bebe un sorbo.

—Estoy bastante seguro de que ahora me odia —dice, mirando el mostrador—. Antes, ya estaba molesta conmigo. Pero por la manera en que me miró hoy… fue terrible. Como si yo fuera un extraño.

Pienso en cómo Max solía hacer reír a Ruby, la relajaba y hacía encontrarse con su verdadero yo. En cómo él es el peso que ella necesita en su péndulo de estabilidad.

—No creo que te odie. Sólo está confundida —digo, aunque no tengo idea de lo que Ruby esté pensando. Todavía no sé qué sucedió la primavera pasada, qué causó su separación.

Veo a Max tomar otro sorbo de su taza y su expresión de pronto parece más seria, más concentrada. Pero pronto se relajará, sus hombros caerán y su expresión se asentará, mientras su pulso retorna a su ritmo normal.

—No te he dicho la peor parte —dice Max, y finalmente me mira.

—¿Qué? —pregunto. ¿... *sucedió?*

—Bueno —continúa Max—, le dije que ella merecía algo mejor que John. Fue entonces cuando se alejó corriendo. Ni siquiera había terminado de hablar. Sabíamos que ustedes irían a tomar una ducha, así que corrió colina arriba hacia Parker. Dijo que necesitaba encontrar a John. La seguí, quería que entendiera lo que estaba tratando de decirle, por qué había dicho lo que dije.

Max mira fijamente la taza y otra vez evita el contacto visual. Hace eso cuando está ansioso.

—Cuando llegué a Parker, abrí la puerta, ya sabes, la que conduce al baño del sótano —dice Max.

Sé cuál. Es donde dejamos a John y Gemma, quienes se lanzaban agua entre las estrechas cabinas del sucio baño de estudiantes de primer año. Estaban ebrios, fuera de control.

Max se aclara la garganta.

—Ruby estaba parada afuera del baño, en el pasillo. Estaba parada justo frente a la puerta. Ni siquiera me miró. Cuando me asomé al baño, John y Gemma estaban... juntos.

—¿Juntos, cómo "juntos"? —pregunté.

—Bueno, estaban desnudos en la ducha, y no podría asegurarte si... ya sabes.

—¿Los vio Ruby?

Si ella vio a John y Gemma juntos, tendría que romper con él. No había otra opción.

—Sí.

Nos quedamos callados. Max termina su chocolate caliente. Me mira, como si yo fuera a arreglar todo. Él quiere dejar esta carga atrás.

—¿Y entonces qué pasó? —pregunto.

—Ella se fue corriendo. Fui a buscarla. Sin éxito, obviamente.

Max empuja la taza vacía a través del mostrador. Como si estuviera llena de la repugnante imagen de John y Gemma, y él ya no soportara tenerla cerca.

—No pareces sorprendida —añade.

No lo estoy. Pero no puedo decirle por qué.

—Lo estoy —miento—. Es sólo que... estoy conmocionada, eso es todo.

Si Ruby vio a John y Gemma, ¿dónde está ahora? ¿Estará rompiendo con John?

—Es un imbécil —dice Max, con expresión seria y demacrada—. Él la trata como basura. Por lo general, es conmigo con quien desahoga toda su mierda. Y puedo manejarlo, así ha sido durante años. Pero él no puede hacerle esto a ella y pensar que es normal.

—¿Qué quieres decir con "por lo general es conmigo"? —pregunto.

Sé a qué se refiere. La actitud condescendiente, el acoso. Pero quiero escuchar lo que piensa Max al respecto.

—No te hagas la tonta, Malin —me mira con ojos agudos—. Escuchas lo que me dice. Me ha odiado desde que éramos niños.

Guardo silencio.

—Lo he hablado con mis padres —continúa—. No es que yo lo ignorara. Creemos que está celoso de nuestra familia, por lo que sucedió con su padre, entonces se desahoga conmigo. Nunca pensé que se extendería a otras personas, como Ruby. Me da asco. Debería haberle hecho frente hace mucho tiempo. En realidad, me sentía mal por él, así que decidí dejar las cosas como siempre habían sido.

—Estás molesto —digo—. Es comprensible.

—Recuerdo lo que pasó aquella vez, en una fiesta de futbol de primer año. Estuve con Ruby toda la noche. Sólo nos estábamos divirtiendo. John se puso furioso. Me dijo que si no dejaba de hablar con ella, le diría que yo estaba obsesionado, que yo era un maldito acosador o alguna mierda así. No creo que Ruby le hubiera creído, pero entendí el mensaje. Tal vez ésa sea otra razón por la que ella me odia, porque a veces simplemente la ignoro.

Miro afuera, a las nubes grises que se están formando en el cielo.

—¿Por qué no tomas una siesta antes del baile? —sugiero—. Va a ser una noche larga. Yo encontraré a Ruby, no te preocupes. Todo estará bien.

Necesito que Max tome un descanso. Se está poniendo nervioso y no estoy segura de lo que es capaz de hacer. Considero lo que dijo Khaled sobre lo que sucedió en el hospital, cuando estábamos en primer año. Lo afectado que actuó Max, tan emocional. Necesito que se tranquilice. No puedo permitir que interfiera con mi plan.

—Sí, está bien —Max se levanta, como si hubiera decidido algo aquí en la cocina. Al menos la ansiedad se ha ido. Odio verlo así, su cuerpo tenso con cada pulso de adrenalina.

—Estaré en mi habitación —dice—. Avísame cuando Ruby regrese, quiero saber que está bien.

Me apoyo en la barra cuando él abandona la cocina. Escucho su puerta abrir y cerrarse, y el crujido de su cama cuando se derrumba en ella.

Pienso en lo que me dijo durante los finales de nuestro primer año. ¿Cómo pude haberlo olvidado? Yo había estado distraída por los exámenes, agotada. Enferma de todos.

Ansiando estar sola. Debería haber escuchado. Tal vez podríamos haber resuelto este problema hace mucho. Tal vez John podría haber recibido ayuda, o uno de nosotros podría haberle dicho que dejara de ser tan cretino. A la tenue luz de la cocina, me doy cuenta de lo que me había estado perdiendo de Max. Por mucho tiempo pensé que era sólo ansiedad. Un diagnóstico que había escuchado de Ruby. Algo con lo que había nacido, algo que no era su culpa. Seguía sin ser su culpa, pero ahora había alguien a quien culpar. Alguien en concreto. John.

Mi teléfono se enciende en el mostrador.

H: Registrándome. Todavía preocupado. Escríbeme.

Pienso por un momento, luego contesto:

Todo bien. Preparándome para la última oportunidad. Te veo esta noche?

Mi teléfono vuelve a sonar de inmediato.

H: Suena bien. Ya hablaremos. De acuerdo.

No respondo. Mientras lavo las tazas en el fregadero de la cocina, oigo que la puerta principal se abre. Alguien tropieza con el montón de zapatos a la entrada y resopla, esperando evitar ser detectado. Estoy segura de que es una chica, y por la forma en que los zapatos golpean torpemente contra la pared, sé que es Gemma. Ella es torpe, a diferencia de Ruby, alguien delicada, atlética, tranquila.

Echo un vistazo al reloj del horno. Son las cinco y media de la tarde. Tres horas para que inicie el Baile de la Última Oportunidad.

# CAPÍTULO DIECISÉIS

# Primer año

El comedor vibraba con el estrés y la ansiedad de la semana de finales. Los seis nos sentamos juntos en la mesa que elegíamos siempre, justo en el centro del pasillo, donde podíamos ver todo. Los domingos por la mañana, observábamos el desfile de las vergüenzas pasar por la barra de desayuno. Nos encontrábamos en el ojo de la tormenta, una vista de la estratosfera social de Hawthorne desde todos los ángulos.

Yo leía mis notas para mi examen final de derecho penal. Gemma se sentó del otro lado de la mesa con los ojos cerrados, visualizando un monólogo para su clase de Teatro. Sus labios se movían en silencio, por una vez desprovistos de sonido. El rostro de Ruby estaba concentrado en la pantalla de su computadora portátil, donde destellaban imágenes de pinturas al óleo. A mí todas me parecían iguales, pero ella podía recitar cuándo y dónde habían sido creadas, y por qué artista. Khaled se inclinaba sobre un libro de anatomía, con la barbilla sobre la palma de su mano.

John revisaba correos electrónicos en su teléfono, con un gesto tenso. Tomó su vaso de agua y dejó escapar un grave suspiro.

—¿Cuándo creen que vayan a conseguir algunos vasos más grandes por aquí? Un hombre necesita más agua que esto.

Levantó el vaso de plástico entre pulgar e índice. Era cómicamente pequeño.

Ruby se levantó de un salto y tomó el vaso.

—Voy a conseguirte un poco más, cariño —apretó el hombro de John y luego desapareció en la cafetería.

Gemma me miró e hizo un gesto de fastidio. En las últimas semanas, Ruby había aumentado su adoración por John. Complacía todas sus necesidades. Yo sabía que eso molestaba a Gemma, esta idea de atender a tu novio de esa manera, pero también sabía que si ella fuera la que estuviera saliendo con él, haría lo mismo.

Nos concentramos en los preparativos de los exámenes, silenciosos, pero el resto del lugar estallaba en estresadas charlas. Estudiantes entraban y salían corriendo, después de tomar tazas de café y puñados de cereal. No había tiempo para comer esta semana, e hice una nota mental para guardarme unos cuantos plátanos antes de salir.

John golpeó con un puño sobre la mesa y rompió nuestra concentración.

—Carajo —gritó en voz tan alta que algunos de los estudiantes que estaban alrededor nos miraron, con los ojos muy abiertos e inyectados en sangre. Se quedaron mirando un momento y luego volvieron a sus libros y sus computadoras, sin inmutarse más por semejante perturbación.

Todos miramos a John, y él bajó la voz.

—Estoy jodido.

—¿Qué pasa? —preguntó Khaled.

Ruby regresó y le entregó el agua a John. Nos vio a todos mirando a su novio, y puso una mano en su hombro.

—¿Qué pasa? —preguntó.

John miró a Khaled, ignorando a Ruby, sin agradecerle siquiera el favor.

—El profesor Roy. Me está reprobando.

Khaled y yo intercambiamos una mirada. Si el karma existía, se estaba manifestando.

—Me está advirtiendo acerca de mi nota final… Dice que mi desempeño fue muy pobre en el examen final —dijo John con la mandíbula apretada, sus músculos se estrecharon bajo su piel—. Tal vez odia que yo tenga éxito financiero cuando él sigue atrapado en esta pequeña ciudad de Maine, dándonos clases sobre algo que él nunca podrá hacer. Mierda. Va a hundir mi promedio. ¿Y si la junta académica pone en duda mi permanencia? ¿Y si no me dejan jugar el próximo año?

—Estarás bien —dijo Ruby con voz calmada y maternal—. Sólo asegúrate de obtener muy buenas notas el próximo semestre —se sentó a su lado y acercó la silla aún más a él.

—Espera, ¿por qué este tipo es tan malo? —preguntó Gemma.

John se recostó en su silla.

—Porque quiere ser como nosotros. Y no consigue atraer a las chicas.

—De acuerdo —continuó Gemma, girando los ojos—. Pero en serio…

—Él es muy estricto con las notas —respondió Khaled—. Nadie en la clase obtiene calificación perfecta, entonces nos hunde en conjunto. Creo que Malin ha obtenido la nota más alta hasta ahora, ¿cierto, Malin?

Mastiqué lentamente, moviendo mis ojos entre Khaled y John. No estaba segura de cómo responder, no quería que el humor de John empeorara.

—Creo que sí, tal vez —contesté.

Ruby comenzó a frotar la espalda de John:

—¿Por qué no vas a hablar con él? Eso siempre ayuda. Así no podrá reprobarte. Si tú eres amable con él, se sentirá mal y por lo menos te aprobará.

—Bebé, no puedo. No pienso arrodillarme —dijo John, alejándose de sus cariños—. Estoy bien. No importa.

Deseé que dejaran de decirse "bebé".

Ruby desvió su mirada y regresó a estudiar sus notas en la computadora portátil. Si estaba molesta, no dio muestra alguna de ello. Max permaneció en silencio. Estaba concentrado en sus notas, como si no estuviera escuchando.

—Entonces —dijo Khaled—, ¿qué vas a hacer?

John miró intensamente los restos de sándwich que había en su plato.

—Tengo una idea —miró a Ruby—, y eso no implica hacerle oral.

Gemma hizo una mueca.

—¿Demasiado burdo?

—¿Por qué obtuviste tan mala nota? —pregunté, y todos los demás miraron en mi dirección, cuestionándome—. ¿Qué? Debes haberla obtenido por una razón. No es que los profesores simplemente odien a los estudiantes y los reprueben.

Yo sabía que John no había estudiado por ir a una fiesta del equipo de futbol la noche anterior.

Él me sonrió.

—A diferencia de ti, tengo vida social y más que un par de amigos.

No me inmuté. La sangre latía en mis venas, emocionada por el desafío. El encantador, el amigable, el dulce John. Nadie

177

era tan perfecto. Él amaba ser venerado, fingiendo ser buen chico, pero yo sabía que había más. Y por fin estaba saliendo a la superficie. Ahora los demás también podrían verlo.

Ruby y Gemma me miraron con ojos afilados e intensos, a la espera de ver qué haría, cómo reaccionaría. El comentario de John se tambaleó al borde de un acantilado. Imaginé a Ruby entrando en pánico, sin saber cómo actuar ante la elección entre John y yo. ¿A quién elegiría? No estaba segura de la respuesta.

Tomé una respiración rápida y conciliatoria, sabiendo que necesitaba hacer algo para volver a la normalidad. Por el bien del grupo, no debería haberlo desafiado, no debería haber empezado esto.

*Finge.*

—No todos tenemos tiempo para brillar en sociedad —respondí, burlándome.

Las mejillas de John tiraron de su boca, y esbozó una sonrisa enjaulada. La intensidad disminuyó tan rápido como había emergido.

—Si me está dando una nota de mierda, entonces yo le voy a dar una lección —dijo, con un brillo en sus ojos.

—No hagas algo estúpido —dijo Ruby, exhalando lentamente—. Preferiría que no te echaran de la escuela.

—No te preocupes, bebé —dijo John.

Deslizó un brazo alrededor de los hombros de Ruby y le dio un beso en la mejilla. A pesar de que ella se alejó de él y se limpió la saliva, estaba sonriendo.

Miré a Max, cuya cabeza se mantenía todavía inclinada sobre sus notas. Ni siquiera había levantado la mirada con los últimos comentarios. Era como si viviera en su propio mundo, y no le importáramos.

Al día siguiente, salí de la biblioteca y corrí lo más rápido que pude a través de la lluvia helada al Departamento de Inglés. Afilados copos de hielo vidrioso arañaban mi rostro y hacían brillar mi abrigo y mis botas. Subí las escaleras de dos en dos y me dirigí a la sala de Asesoría Educativa.

Llamé dos veces a la puerta.

—Sip —gritó Hale, y entré.

—Hey —dije—. Sólo vine a dejar mi trabajo final.

—Entregando antes de tiempo, bien —dijo.

—Sí, me voy antes, así que… —revisé mi mochila llena de notas y libros, *lo encontré*. Saqué el ensayo, alisé los bordes de las hojas—. Aquí está.

Hale tomó el trabajo de mis manos. Las puntas de los dedos de nuestras manos se tocaron por un breve instante.

—Gracias —dijo, sonriendo—. Hiciste un buen trabajo este semestre.

Sonreí y ajusté la gorra de invierno en mi cabeza. Sí, había hecho un buen trabajo. Di la vuelta para salir cuando me detuvo.

—Malin —me llamó—, mmm, ¿puedo preguntarte algo?

—Por supuesto —dije, tratando de sonar relajada. Puse una mano en el marco de la puerta y me volví hacia él. No tenía tiempo para esto. Sabía que no sería una pregunta sobre mis logros académicos. Había obtenido una nota sobresaliente en el último ensayo, lo mismo que en el ensayo anterior. Y ciento por ciento de aciertos en el examen parcial.

—¿Sabes algo de lo que se escribió sobre el profesor Roy?

*Mierda.*

—Mmm, no, ¿de qué se trata?

—Es tu profesor, ¿cierto?

—Sí, ¿por qué?

—Estoy seguro de que has oído hablar del sitio Evalúa a tus Profesores...

*Qué mierda, John.*

—Sí.

—Alguien escribió sobre él. Es bastante serio. Sólo quiero asegurarme de que no hayas experimentado algo parecido con él. Ya sabes, inapropiado.

Regresé a la sala y mantuve la calma.

—¿Qué quieres decir? —pregunté—. Lo siento, no estoy segura de entender de qué estás hablando.

Hale suspiró.

—Bueno, alguien, una estudiante, una chica, escribió que el profesor había coqueteado con ella y le había insinuado que si... tenían actividades sexuales, él la favorecería en las notas finales.

No sabía qué decir. Sabía que eso no era cierto. Pensé en el arrebato de John el día anterior. La sonrisa que se había extendido por su rostro.

Hale continuó, llenando el silencio:

—No creo que la administración lo haya visto todavía. En ocasiones, suceden cosas como ésa, es una situación de "él dijo una cosa, ella dijo otra", y no hay mucho que ellos puedan hacer, pero aun así resulta muy penoso. Adam, el profesor Roy, es amigo mío. No creo que haya hecho algo así, pero nunca se sabe, supongo —hizo una pausa, luego me miró—. Sólo quiero asegurarme de que no te haya insinuado algo parecido.

Negué con la cabeza, tragué saliva.

—No, nunca. Él es un buen profesor.

—Bueno, siempre puedes hablar conmigo, si alguna vez hay algo… Si oyes algo… Ya sabes, los estudiantes hablan. Si sabes que no es verdad, por favor, dímelo a mí, o a alguien. En este punto, no estoy seguro de que él pueda regresar siquiera el próximo semestre.

—Te lo haré saber —dije.

No me demoré y salí del edificio en cuanto supe que la conversación había terminado. No pensé que Hale sospechara que yo sabía algo al respecto, pero estaba molesta de que me lo hubiera preguntado, para empezar. No quería mentirle.

*Estúpido, idiota, maldito John.* Bajé las escaleras heladas y me dirigí al comedor.


Caminé hacia nuestra mesa con furia, la mochila golpeaba contra mi cadera y mis botas mojadas rechinaban contra el suelo. Todos reían, excepto Max, quien tenía la cara metida en un libro.

—John —dije con voz severa.

Todos me miraron.

—Relájate. Todo está bien —dijo, sonriendo a los demás.

Ruby fingió una sonrisa, ocultando su decepción. Ella no iba a estar de mi lado. Yo iba a estar sola en esto. Incluso Khaled parecía débil, y sonreía con la mirada baja.

Me incliné para que las otras mesas no pudieran oír y susurré:

—Mi asistente me preguntó por el profesor Roy.

—Ohhh, profesor Royyyy —dijo Gemma, fingiendo un desmayo—. Todo el mundo está hablando de él. Que patán.

Khaled dejó escapar una pequeña risa; él siempre se reía con lo que decía Gemma.

—Él no es un patán —dije.

Gemma guiñó un ojo.

—Nosotros lo sabemos, pero nadie más.

Miré alrededor del comedor, todos estaban inclinados sobre sus teléfonos. Estaba segura de que la noticia ya se había extendido.

—No puedes hacer esta mierda, podrías arruinar su carrera —argumenté.

—Relájate —respondió John—, es algo inofensivo. Sólo rumores. Se lo merecía.

—Él no hizo nada malo. Tú sí.

John puso una mano en su pecho, tan orgulloso, tan maliciosamente vengativo.

—Calma, nunca sabrán que fui yo.

—No quiero meterme en problemas por tu culpa —la ira se enlazaba entre mis palabras.

John me miró a través de ojos entrecerrados, con una amplia sonrisa. Podía darse cuenta de que estaba enojada. Ni siquiera estaba tratando de ocultarlo. Bajó su rostro, muy ligeramente.

—Mira, Mal, lo siento —dijo John, su voz ahora igualaba mi tono, los demás nos miraban en silencio—. No pretendía meterte en problemas ni algo parecido, es sólo una estúpida broma. No es que haya matado a alguien.

Sabía que debía seguir con el juego. Encontrarlo divertido. Pero no era el caso. Quería decirle a John lo que pensaba en realidad. Quería decirle que era cruel e inmaduro. Pero sabía que los demás lo interpretarían como si yo fuera seria y aburrida, cuadrada. Nadie quería el drama. Nadie quería lidiar con una fisura en el círculo. No podía arriesgarme a perderlos, así que traté de relajarme, de aflojar los músculos que estaban tan tensos.

Miré a Ruby. Ella no aprobaba esto. No podía encontrar esto admirable.

Finalmente, habló cuando me atrapó mirándola.

—Está bien, Mal. En serio, no estarás en problemas —dijo. Con una mirada que rogaba paz.

Estaba del lado de John y, por un breve momento, quise sacudirla. Ella siempre lo defendería, y nunca lo cuestionaba. Al igual que mi madre con Levi. Leales y débiles.


Después del almuerzo, mientras todos se arropaban con sus abrigos y bufandas, y se dirigían a sus últimos exámenes del semestre, Max y yo nos quedamos solos a la mesa.

—Max —dije.

Me miró y dirigí la vista a la silla en la que John había estado sentado.

—No es mi problema —respondió.

—Él hace que sea nuestro problema. Somos culpables por asociación —dije, sorprendida por su indiferencia. Además de tener un grupo de amigos, mis notas eran lo más importante en mi vida en Hawthorne. Sabía que Max sentía lo mismo.

Max giró la cabeza hacia los ventanales que daban al jardín y miró a los estudiantes que se apresuraban por los senderos. No valía la pena el esfuerzo. Era claro que no se preocupaba por mí, y ciertamente no iba a pasar mi tiempo discutiendo sobre las malas decisiones de John. Empecé a empacar mis cosas. Sabía que el Invernadero estaría lleno de gente, pero al menos podría escapar de John y de todos los demás. Metí mis notas en mi mochila. Max me miró.

—Me hizo eso una vez —dijo.

—¿Te hizo qué? —pregunté, a punto de perder la paciencia.

—Bueno, fue un poco diferente. Cuando estábamos en la secundaria, en un campamento de futbol. Durante la última semana, tuvimos un torneo. Sólo uno de los campistas podía ser capitán. John quería serlo, en serio quería. A mí no me importaba. Yo no quería. Pero se hizo una votación y gané.

No podía imaginarlo en un papel de liderazgo. Nada tenía que ver con la versión reservada y tranquila que conocía de él.

—Regresé a mi cabaña esa noche —continuó— y descubrí que alguien se había cagado en mi cama. Había mierda hasta debajo de las sábanas, por todas partes. Al día siguiente, alguien me llamó Capitán Cagón. Nadie usó mi verdadero nombre el resto del verano.

Repugnante. Los chicos eran asquerosos. No sabía qué decir. Esperé a que él continuara.

Max miró a los estudiantes que corrían afuera, con los brazos cruzados sobre el pecho, protegiéndose del frío.

—En ese momento no supe quién lo había hecho. No pensé que fuera así, tan... rencoroso. Supongo que no me sorprende lo de ahora.

Me volví a sentar, recordando algo.

—¿Qué le pasó al papá de John? —pregunté.

—No conozco todos los detalles —dijo Max—. Las cosas se pusieron mal en nuestra familia por un tiempo a causa a él. Lo atraparon por tráfico de información privilegiada y fue a la cárcel. Luego se divorció de mi tía. Fue todo un lío. Creo que ahora vive en Boston. Nueva esposa, nuevos hijos. Nunca lo vemos.

—Entonces, ¿crees que eso justifica lo que John hizo?

—No, no lo justifica. Pero ya ni siquiera habla con su papá. Eso jodería a cualquiera, ¿no crees?

No respondí.

Max tomó su pluma, su mandíbula se apretó en una línea firme y dura.

—He aprendido a dejar que haga lo que quiera. No te metas en su camino. Lo digo en serio.

Ignoré a Max y vi a Ruby en el vestíbulo del comedor. Si salía ahora, todavía podría alcanzarla de camino al Invernadero.

—Bien, como sea —sentencié.

Lancé la mochila por encima de mi hombro y dejé a Max solo ante la mesa.


—Ruby —llamé, dejando la burbuja de calor del comedor.

Ella siguió caminando, y creí ver que incluso aceleraba el paso.

—*Ruby* —grité de nuevo, más fuerte, corriendo para alcanzarla. Tiré de su brazo para que volteara.

Se detuvo en la acera. Los copos de nieve se fundían en su gorra rosa. No habló, sólo me miró con ojos defensivos.

—¿Qué? —preguntó molesta.

—Ruby, ¿qué está pasando? ¿No estás enojada con él?

Ruby suspiró y ajustó la mochila más arriba en su hombro. Cruzó los brazos y miró por encima del jardín.

—Sí, lo estoy.

—Entonces, ¿por qué no le dices algo? Probablemente te escuche. Eres su novia. ¿Y si el profesor Roy es despedido a causa de esto?

—Lo que John hace depende de John. Él es el único responsable.

—¿En serio?

—¿Qué?

—Eso es una estupidez.

—¿Qué quieres que diga? No soy su madre. ¿Estoy enojada? Sí, por supuesto que estoy enfadada. Pero ni siquiera es por lo que piensas. Hay cosas que no sabes acerca de mí. Hay cosas que ignoras sobre John. Crees que lo sabes todo, pero no es así. Sólo olvídalo. ¿De acuerdo?

Nunca la había escuchado hablar así antes. Ésta no era la dulce y divertida Ruby que yo conocía. Había algo más allí, otra chica, enterrada en algún lugar de su interior. Una joven enojada, una chica que escondía algo.

—Bien —dije, tratando de relajarme, dándome cuenta de que también se estaba enojando conmigo. Sabía que no podía perderla como amiga. Ella era mi conexión fuerte con el grupo. La necesitaba, así que debía arreglar esto—. Estoy aquí. Si quieres hablar.

Ruby puso una mano en mi brazo, con una mirada más comprensiva.

—Gracias, Mal, pero no estoy lista para hablar de eso. Te amo por entender.

La odié por decir eso, pero sonreí y entrelacé nuestros brazos mientras nos dirigíamos al Invernadero. Cambié el tema a lo ridícula que Gemma se veía en sus botas Moon Boot. Necesitaba aligerar el ambiente.

Odiaba cómo Ruby me ocultaba las cosas, cómo incluso aludía a su existencia y luego retrocedía, como si estuviera burlándose de mí, lanzando un anzuelo para después retirarlo, risueña. Cómo lograba acercarme para luego mantenerme lejos. Su método especial de control.

# CAPÍTULO DIECISIETE

# TEXAS, 1997

El verano ni siquiera había comenzado oficialmente, pero Texas ya estaba tan calurosa como una cazuela al fuego. Mientras Levi y yo comíamos *waffles* una mañana, escuchamos un noticiero que advertía a los padres sobre las altas temperaturas que alcanzaban los autos en su interior y el peligro de dejar a los hijos desatendidos dentro. Mi madre murmuró algo por lo bajo, algo sobre el calor, lo abrumadoramente pronto que había llegado este año.

Levi y yo pasábamos nuestras mañanas en un programa de aprendizaje acelerado y nuestras tardes en la práctica del equipo de natación. Mis padres me preguntaban todo el tiempo si me había hecho amiga de alguna de las otras niñas del equipo. Mentía y decía que sí. Levi iba a visitar a un doctor dos veces por semana, o al menos eso era lo que mi madre me decía. Él siempre regresaba de mal humor.

Durante ese tiempo, en las horas que pasaba sola con nuestra niñera, Lane, salía con Bo en busca de aventuras a nuestro jardín trasero. Bo era lo suficientemente pequeño para poder engancharlo en mi cadera y subirlo hasta nuestra casa del árbol, donde nos sentábamos por horas. No estaba permitido que subiera conmigo, pero si no lo hacía, Bo chillaba en la parte inferior del árbol. Lane ignoraba esta regla, o tal vez la había olvidado, así que me salía con la mía. Ella tenía dieciséis años, pero parecía de treinta y cinco. Tan mayor, tan madura. Nos dejaba hacer lo que queríamos, y me agradaba por eso. Cada cierto tiempo gritaba nuestros nombres, y nosotros teníamos que gritar en respuesta para hacerle saber que estábamos vivos.

En la casa del árbol leía historias u observaba a los vecinos mientras Bo se sentaba a mi lado, jadeando por el calor. Cuando ya no soportaba la humedad, saltábamos a la piscina y nos refrescamos juntos en el agua tibia. A Bo le gustaba dar vueltas adelante y atrás, mientras refrescaba su pelo oscuro en el agua. Cuando estaba cansado, se aferraba a mí, bufando, con las patas clavadas en mis hombros. Me gustaba abrazarlo y hacerlo sentir seguro, protegido.

Bo y yo estábamos en la casa del árbol una tarde cuando Levi corrió al jardín trasero, gritando y pateando la hierba. Pensé que se había marchado para su visita al doctor hacía diez minutos. Llegarían tarde si no salían pronto.

Era tan ruidoso, y gritaba como si alguien lo estuviera golpeando. Estaba en uno de sus momentos de mal humor. Gritaba mucho. Yo nunca lo hacía, yo era la que se comportaba. Mi madre lo siguió, suplicándole que se calmara. Ella todavía estaba con su vestimenta de trabajo debido a que había llegado a casa temprano para llevar a Levi a su consulta. Pensé que parecía un pijama, con la parte superior y la inferior del mismo tono azul. Fui al borde de la casa del árbol, donde había una pequeña abertura para la escalera. A mamá siempre le preocupaba que no hubiera una puerta o algún tipo de barrera, pero papá nos había enseñado a ser cuidadosos. Además, tanto Levi como yo éramos atléticos y bien coordinados. Me arrastré hasta el hueco y observé la escena.

188

Oí cómo Levi le gritaba a mi madre. Estaba bastante segura de que eran maldiciones, todas esas palabras que no teníamos permitido usar. La forma en que él las pronunciaba las hacía sonar aún peor.

Mamá le rogaba que volviera con ella. Lo repetía una y otra vez. "Regresa conmigo, bebé."

Nuestra madre era siempre muy amable, con todos. En las fiestas, la gente solía terminar alrededor de ella, riéndose de sus historias. También era muy bonita. Yo deseaba ser más como mamá. A veces practicaba sonreír como ella en el espejo, pero nunca se sentía natural. En cambio, era como papá, que siempre se hacía a un lado, evitando a las personas. No creía que él supiera que lo había notado, pero así era. A él también le gustaba pasear y ofrecer bebidas a la gente para no tener que hablar con nadie por demasiado tiempo. Pero siempre era amable. Y también sonreía mucho.

No sé por qué a Levi nunca le agradó nuestra madre. Le jugaba malas pasadas y actuaba molesto incluso cuando no lo estaba. Y entonces, cada vez que mi madre intentaba ser más cariñosa, él se enojaba aún más con ella. Él tenía suerte. Nuestra madre nunca intentó ser cariñosa conmigo.

Mamá se acercó más a Levi, pero él retrocedió. Ahora estaban directamente debajo de mí. Quería llamarla, pero no quería meterme en problemas por tener a Bo conmigo. Sus párpados caninos se agitaron con sueño, pero sus ojos cálidos se enfocaron en mí, como siempre.

No sentí miedo, pero apreté a Bo bajo mi brazo y él me lamió la cara. Sus pequeñas patas estaban en el borde de la saliente, y lo sostuve con fuerza para que no se escapara accidentalmente.

—Levi, cariño, te amo, por favor cálmate.

—No voy a ir —siseó él.

Gritó de nuevo. Mamá se adelantó e intentó sujetarlo, llevarlo hacia ella. Yo sabía que quería abrazarlo. Siempre lo hacía cuando estábamos molestos. Era raro que Levi nunca actuara así con nuestro padre. No creo que nuestro padre hubiera permitido un comportamiento semejante, y Levi lo sabía. Nuestro padre no podía ser molestado, no como nuestra madre. Ella era demasiado amable.

—Le diré al doctor que eres mala —dijo y luego volvió a gritar, como si quisiera atraer la atención de los vecinos.

Incliné la cabeza hacia un lado. Nuestra madre *no* era una mala madre. ¿Nos alejarían de ella? Había visto que algo así sucedía en un episodio de *La Ley y el Orden*. La madre era calificada como "incompetente" y la separaban de sus hijos.

Entonces Levi hizo algo que ya lo había visto hacer.

Comenzó a llorar, como lo había hecho en el patio de recreo. Se quejaba entre gemidos sobre cómo nuestra madre lo odiaba.

—Tú me odias, tú me odias, tú me odias, no me obligues a ir —dijo una y otra vez.

El rostro de mamá se contrajo, y lo acercó a sus brazos. Mi madre se dejó caer al suelo y lo acunó durante largo tiempo. Ella también estaba llorando.

—Lo siento, está bien, lo siento, no tenemos que ir —dijo mientras su cuerpo se mecía de un lado a otro.

Algo dentro de mí se fracturó. Al principio apenas lo noté. El sentimiento era desconocido y extraño. Quería decirle a mi madre que él la estaba engañando, que no necesitaba sentirse mal, que no era su culpa. Quería abrazarla y decirle que no se preocupara, pero sólo permanecí inmóvil y hundí mi rostro en el pelaje de Bo, tratando de ahogar sus voces, esperando que mamá no se diera cuenta que estábamos ahí.

# CAPÍTULO DIECIOCHO

# Día de los Graduados

La gente me cuenta cosas. Aprendí esa útil lección desde el primer año. Supongo que soy digna de confianza, no me preocupo por los rumores, no siento la necesidad de divulgar secretos para llamar la atención. Tal vez soy tan buena enmascarando mis juicios y mis opiniones que los demás se sienten cómodos vomitando sus pensamientos más íntimos ante mí. Nunca les digo lo que pienso en realidad. Tal vez no les gustaría escucharlo. Solía encontrar molesto todo aquello, las opiniones y los sentimientos ajenos eran un peso que yo no quería cargar. Ahora resulta útil. Soy la guardiana de los secretos de nuestro pequeño grupo.

Camino de puntillas hacia la puerta de la cocina y echo un vistazo al pasillo. Gemma está en la entrada, con su redondo rostro enrojecido por el clima de afuera. Su cabello está atado otra vez en un moño azul en la base de su cráneo. La observo moverse con cuidado, o con tanto cuidado como su inconsciencia alcohólica lo permite. Se tropieza con un par de zapatos y se arrastra por la esquina para asegurarse de que la puerta de Khaled esté cerrada. No quiere ser vista, no en ese estado.

—¿Gems? —doy un paso a la luz. Necesito saber qué ha pasado. Intento sonar preocupada.

Levanta la cabeza. Ha sido atrapada.

*Gemma y John*. Las palabras de Max golpean dentro mi cabeza y rebotan en mi cráneo como bolas de billar.

Ésta no es la primera vez que atrapo a Gemma. Ella no lo recuerda, pero yo sí.

# CAPÍTULO DIECINUEVE

# Primer año

—Bien, elige una mano —dijo Ruby, enderezándose en su silla y poniendo los dos puños delante de mí.

Estábamos sentadas en el comedor, con nuestros platos del desayuno vacíos todavía frente a nosotras. Era martes, y ninguna tenía clase por la mañana. El resplandor del sol de invierno centellaba a través del cristal de las ventanas. La baja temperatura del día nos hacía acurrucarnos adentro. Desde el incidente con John durante los finales, la broma que había hecho, las cosas estaban tranquilas. Eso es lo que pasa durante el invierno en Maine. *Nada.*

Después de mi último examen, había volado de regreso a Texas. Ése fue el inicio de mi tranquilo invierno. Nuestra moderna casa de mediados de siglo se asentaba plana y sosa contra la humedad menguante. Sólo había estado ausente durante cuatro meses, pero mis padres ya parecían más viejos. Después de lo sucedido con Levi, habían envejecido prematuramente; la alegría les fue succionada como si hubieran pasado por un hoyo negro. Eso había sido hacía años, pero todavía lo llevaban en ellos. Ambos despertaban con el amanecer, con los ojos hundidos y cansados. Todas las mañanas ponía mi alarma para tomar café con papá antes de que saliera a trabajar. Él hacía preguntas sobre Hawthorne, mis amigos, mis clases. Las sesiones terminaban siempre con sus memorias sobre los días de universidad. Cada historia era un recordatorio de lo que alguna vez había sido mi madre: tenaz, alegre, ingeniosa.

Me recosté en mi silla y puse los ojos en blanco. Ruby se veía tan emocionada mientras sostenía ambas manos frente a mí.

—No es así como la gente toma decisiones —dije.

—Así es como yo tomo decisiones —argumentó—. Así es como decidí solicitar anticipadamente un lugar en Hawthorne, ¿no te lo había contado? No podía decidir entre la Universidad de Vermont, el Boston College o Hawthorne, así que saqué el nombre de un sombrero. Decisión tomada.

—Eso es ridículo.

—Como sea. Elige de una maldita vez. Con una, vamos a Portland; con la otra, nos quedamos a aburrirnos en clases. Yo sé cuál es cuál. Así que ahora tú decides.

—De acuerdo, la derecha —concedí.

Ruby volteó la mano y abrió su palma.

—¡Ja! Gané. Portland ganó. Vamos.

—Pero tengo clase a la una. No puedo. En serio —respondí.

Yo nunca faltaba a mis clases, pero Ruby estaba en uno de esos estados de ánimo en los que necesitaba *hacer* algo. Y había una exposición en una galería en Portland. Un fotógrafo que le encantaba.

—Vamos. Sé más *divertida*, Mal.

Apreté la mandíbula. *Finge. Finge. Finge.* Tal vez si me lo decía un par de veces más, cambiaría de opinión con respecto a Portland. Aunque hasta ese momento no estaba funcionando.

195

—Podemos comprar unos *lattes* en alguna galería —continuó ella—. Bueno, tal vez *latte light*. Me siento tan obesa.

No le dije que *no estaba obesa*, a pesar de que en verdad no lo estaba. Pero ya me había cansado de decírselo. En secreto, había comenzado a contar cuántas veces ella y Gemma hacían la declaración "Estoy obesa" desde que había comenzado el segundo semestre. Gemma estaba a la cabeza por cuatro menciones.

—¿Cómo sé que no ibas a decir lo mismo sin importar qué mano eligiera? —pregunté.

—No puedes saberlo —dijo ella, se puso en pie con su bandeja y me guiñó un ojo.


Llegamos a Portland al mediodía. Tomamos un autobús en Edleton y bajamos en la calle Commercial, desde donde corrimos a la cafetería más cercana. Era uno de esos días en los que tu nariz se congelaba si no entrabas a algún lugar, el que fuera, lo suficientemente rápido. Incluso el coro habitual de gaviotas graznando se había sometido, y cada criatura evitaba el amargo frío.

Me gustaba pasar tiempo a solas con Ruby. Sin John y sin Gemma. La tenía para mí. Sabía que era egoísta, pero ella parecía más relajada conmigo, como si pudiera decir y hacer lo que quisiera. John no estaba allí para distraerla, y Gemma no exigiría toda su atención. Sin nadie para impresionar o a quien complacer, Ruby podía respirar tranquila. En el fondo de mi mente, sabía que ella había insistido tanto en salir conmigo porque John tenía una charla para su especialidad en Economía a la que era obligatorio asistir. Quizá yo había sido su segunda opción. Intenté no pensar en ello.

—Está bien —dijo, tomando un sorbo de su *latte*—. Vamos a ir a Stafford's primero, y luego a Brooke Water, ¿de acuerdo?

—Suena bien, como tú quieras —dije.

—Gracias, Mal —dijo, entrelazando mi brazo mientras caminábamos por los adoquines—. John nunca va a las galerías conmigo. Eres la mejor.

Odiaba faltar a clase, pero lo consideré como un "día de amigas". Un punto en la categoría social de mi vida. Estaba cumpliendo con mi trabajo al ser una buena compañía. Consumía casi tanto tiempo como el trabajo escolar. Papá se sentiría orgulloso. Y sabía lo feliz que hacía a Ruby perderse entre pinturas o fotografías. A veces sentía que ella lo necesitaba para escapar. ¿De qué?, no estaba segura.

Subimos los escalones de granito que conducían a Stafford's, y la galería nos recibió con sus gigantes puertas de cristal. Vi nuestro reflejo, a juego con nuestros gorros de punto, la pequeña figura de Ruby junto a la mía. El interior del edificio era cálido y limpio. Había dos personas charlando en un rincón, pero sus voces no eran más que un murmullo. Algo que podía apreciar de las galerías era lo minimalistas y silenciosas que eran. Odiaba el desorden. Y el ruido.

—¿Ruby? —una voz gritó desde el otro lado de salón—. ¿Malin?

Ambas nos giramos para encontrar a Max, con una cámara Polaroid colgando de su cuello, parado frente a una de las fotografías de gran formato.

—¿Qué están haciendo aquí? —preguntó. Dudó por un momento, mirando hacia atrás, hacia la puerta—. ¿John está con ustedes?

—¿Lo preguntas en serio? No lo arrastrarían ni muerto a una galería —dijo Ruby, bajando la cremallera de su chamarra—. Estamos aquí para ver la exhibición de Atwood. ¿Qué estás haciendo *tú* aquí?

—Oh, bueno, lo mismo —dijo, dejando escapar una sonrisa.

Ruby miraba intrigada y luego fascinada. Se dirigió saltando hacia él y lo tomó por el brazo.

—¿Ya viste *Tres por el mar*?

Hablaron con entusiasmo sobre este tipo, Atwood, el famoso fotógrafo, y su imagen de tres llamas en un desierto (¿*Tres llamas en un desierto*? No lo entendía. Tomé nota mental de hacer una investigación sobre cómo apreciar el arte cuando regresara al campus), y me dirigí hacia la parte trasera de la galería. Ellos estaban felices, parados frente a las llamas. Escuché a Max reír de un comentario de Ruby. Parecían tan cómodos juntos que no quería molestarlos. Me recordaron a mis padres, a los de mis primeras memorias, cuando los veía juntos en la cocina, preparando la cena y compartiendo una cerveza o una copa de vino.

Después de unos minutos de observar fotografías, encontré un sofá en el muro más alejado de la galería, así que saqué un libro de mi bolso y me acomodé sobre su suave cuero. Max y Ruby se quedaron juntos, dando vueltas por el salón. Cuando ella se movía, él se movía, y cuando ella hablaba, él la miraba como si fuera lo mejor que hubiera visto. Estaba segura de que nadie me había mirado de esa manera.

Había un hilo invisible entre los dos. No podían verlo todavía, pero yo sí. Se hacía más notorio cuanto más estaban juntos, se enrollaba con fuerza día con día.

>>>

Max se ofreció a llevarnos de regreso al campus en su auto para que no tuviéramos que tomar el autobús y aceptamos felices. Los tres vagamos por Portland durante unas horas, con Ruby y Max liderando el camino de galería en galería. Me sentí aliviada de que Max estuviera allí: se hizo cargo de la charla la mayor parte del tiempo. Y parecía sacar el lado más feliz de Ruby.

Max y yo estábamos en la parte delantera del auto, medio escuchando la radio nacional. Las voces de los locutores eran una dulce canción de cuna para nuestro silencio conversacional. Ruby se había quedado dormida en la parte trasera, con la boca abierta.

Max miró por el espejo retrovisor.

—Deberías probar a lanzar algo allí —dijo.

—Se moriría si supiera que estaba durmiendo de esa manera —contesté.

—No te preocupes. Será nuestro secreto.

Me sorprendió lo cómodo que parecía. Max era tan encantador cuando estaba con nosotras, pero callado y torpe con el resto del grupo. Los otros eran demasiado impredecibles, con sus altibajos emocionales y su energía descontrolada y salvaje. La incertidumbre de sus estados de ánimo era estresante. Pero con los tres, todo era tan normal. Casi sentía que podía hablar con él, contarle cosas, aunque claro que nunca lo haría.

—Entooonces —dijo, alargando la palabra—, ¿cómo te sientes de haber faltado a clases?

Sonreí.

—Lo odio. Me sentiré mejor cuando las repase en línea.

—Y ésa es la razón por la que eres la mejor de nuestra clase —dijo Max.

—Supongo —contesté—. Pero está bien. Estaba tan emocionada por ese tipo, Atwood, que no pude decirle que no.

—Es bastante buena para salirse con la suya, ¿eh?

No estaba segura de si lo había dicho bromeando.

—No es algo malo —continuó, leyendo la mirada en mi rostro—. Desearía ser así.

—¿No crees que eres bueno para conseguir lo que quieres? —pregunté.

Desde el accidente, me había asegurado de trabajar duro para conseguir lo que quería. Por supuesto, fallé al no conseguir entrar en Yale, Princeton o Harvard. Por eso tenía que dar lo mejor en Hawthorne, si aún deseaba un lugar en una buena escuela de leyes.

Max estaba callado, sus ojos parpadearon en dirección a Ruby.

—No todo. Pero así es la vida, supongo.

Mi mente se apresuró a encontrar una pregunta para él. A la gente le encantaba responder preguntas sobre ellos mismos. Era una forma rápida de evitar la atención en mí o en otras cosas sobre las que no quería discutir.

—¿Cuándo empezaste a tomar fotos? —pregunté.

—Oh, mmm —respondió Max—, mamá me compró una cámara cuando tenía diez años. Creo que pensó en la utilidad de una actividad creativa. Algo adicional al deporte.

—¿Por qué necesitarías de algo más?

Max se aclaró la garganta.

—Porque estaba empezando a ponerme un poco ansioso, supongo. Comencé a tener miedo de ir a la escuela, y otras cosas al azar. Mi madre padece bastante de ansiedad y siempre estuvo preocupada de que yo la heredara. Como sea... ella es fotógrafa, es su afición, y eso le ayuda a calmarse.

Pensé en mi propia madre. Su ansiedad. La forma en que ella se callaría ante la simple mención de mi hermano, o el momento en que fuimos al hospital porque pensó que estaba teniendo un ataque al corazón. No era así. Todo estaba en su mente.

—¿Y te gusta? ¿La fotografía? —pregunté.

—Sí, me encanta. Cuando estoy en el cuarto oscuro o retocando, me relajo. Me olvido de todo lo que está sucediendo y me alejo por horas. Y ya sabes, el hecho de tomar fotos, también me gusta eso. Siento que tengo el control.

—Entiendo —digo—. Por eso me gusta correr.

—Mamá estaría muy orgullosa de escucharme hablar así —bromeó.

—¿Y qué hay de esta cámara vieja? —pregunté, levantando la voluminosa Polaroid de la guantera.

—Es dulce, ¿no te parece? La encontré en Goodwill, las tiendas de beneficencia, y pensé que sería divertido usarla.

—Bueno, tus fotos son realmente buenas —dije.

—¿Las has visto? —preguntó.

*Ups.*

—Mmm, sí —miré en el asiento trasero para asegurarme de que Ruby no estuviera despierta—. Pasamos por el edificio de arte hace un tiempo.

—¿Ruby también las vio?

—Sí, pero debo aclarar que dimos un paseo muy rápido —mentí.

—Oh —dijo. No quería decepcionarlo, pero tampoco quería decirle lo impresionada que estaba Ruby. Había prometido no hablar al respecto.

Cuando regresamos al campus, Max estacionó el auto afuera de la residencia de Ruby.

—Hey —susurró, girándose hacia mí con una sonrisa y levantando la Polaroid—, pasa a la parte trasera con ella y les tomaré una foto.

—Eres un mal amigo —dije.

—¡Vamos!

—Bien, bien —susurré.

Me acerqué a su lado, tanto que podía escuchar su débil ronquido. No estaba segura de lo que suponía que debía hacer. Odiaba las fotografías. Posar siempre se sentía tan forzado. Recordé la imagen de uno de los álbumes más antiguos de mis padres: mamá y papá en la universidad, ella inclinada para darle un beso en el aire. Me moví para hacer lo mismo con Ruby, y me detuve a sólo centímetros de su mejilla.

Max presionó un botón y la foto comenzó a imprimirse de inmediato. El fuerte y mecánico *clic* causó que Ruby se agitara.

—Quédatela —susurró Max, entregándome la instantánea.

Observé cómo los colores se arremolinaban en la superficie y nuestros rostros aparecían lentamente. Miré la foto. Un momento divertido entre mejores amigas. Pero ésa no era yo, por supuesto. Ésa era la que fingía ser.

—Iuu —dijo Ruby, con voz somnolienta, limpiando la baba de su rostro—. ¿Estaba babeando? ¿Me dejaron babear?

Reímos.

—No te preocupes, fue lindo —dijo Max.

Los observé mientras hacían contacto visual. Ruby se ruborizó. Yo era ajena a lo que fuera que compartían en esas miradas.

Ruby enderezó su espalda y miró hacia otro lado como si el momento no hubiera sucedido.

—Uff —dijo, ajustándose el gorro—, tuve un sueño estresante: había olvidado entregar mi ensayo. ¿Alguien sabe qué día es hoy?

Miré la fecha en mi teléfono.

—29 de enero —contesté.

—¡Vaya! —suspiró ella con la voz todavía adormilada—. Todavía tengo una semana.

29 de enero. Era una fecha sin significado en ese momento, pero no lo sería tres años después. Era la fecha de la muerte. La conmemoración antes del aniversario.


Todavía no había salido con ningún chico en Hawthorne. Técnicamente, me habían manoseado en una pista de baile, y un chico de mi clase de Ética había intentado meter su lengua en mi garganta durante una fiesta. Pero no había participado en ningún afecto mutuo. La gente empezaba a notarlo y me miraba con cautela, como si fuera un fenómeno de circo. Sabía que se estaban preguntando qué estaba mal conmigo, por qué no quería ser parte de todo aquello. Era demasiado atractiva para no querer tener sexo. ¿Cómo podrían desperdiciarse un rostro y un cuerpo como los míos? Sabía que eso era lo que todos estaban pensando.

Ruby, Max y yo pasábamos la mayor parte de nuestro tiempo en el Invernadero. Un flanco entero del edificio estaba hecho de vidrio, un atrio que se extendía tres plantas hacia arriba, lo que nos permitía soñar despiertos frente a las ventanas, viendo cómo el agua se congelaba en el lago.

Había caído metro y medio de nieve después de las vacaciones, y nuestras piernas se hundieron en ella cuando fuimos a la orilla del lago para observar el ritual del Salto. "Un día seremos nosotros", había dicho Ruby, con una expresión de asombro en su rostro. Sabía que quería que yo también me sintiera emocionada, así que la dejé apretar mi mano y le ofrecí mi mejor sonrisa.

Nuestras semanas tranquilas y estudiosas estaban marcadas por los fines de semana, llenos de bebida y desvelos. Pero cada vez me preocupaba menos por asistir a las fiestas. Prefería el confinamiento de mi habitación. No estaba acostumbrada al invierno, a su oscuridad, y eso me daba una feliz excusa para retirarme a mi cueva a menudo sin que nadie hiciera preguntas al respecto. De alguna manera, incluso había logrado agradarles más a mis amigos. Me rogaban que saliera con ellos y que jugáramos en las madrugadas entre tragos y cervezas. Declinaba sus invitaciones a menudo, y percibí que eso me hacía más deseable. De alguna manera, me había vuelto más genial haciendo mis escasas apariciones en su vida nocturna.

Una tarde de febrero estaba terminando un ensayo en mi cama cuando Ruby entró y dejó que la puerta azotara a sus espaldas. Se sentó a mi lado, con una pierna en la cama mientras estiraba la otra.

Era "sábado", afirmó con voz firme y decidida.

—Vamos, no me hagas ir sola —dijo, tirando de mi muñeca—. Eres más divertida que todos los demás; siempre es aburrido sin ti. Y ríes de todos mis comentarios estúpidos.

Estaba recostada en cama con la computadora portátil abierta sobre mi vientre. Estaba nevando (otra vez), y lo último que quería era abandonar mi capullo para arreglarme. Y salir a la helada. E ir a una fiesta.

—Ésta será divertida, lo juro —dijo Ruby—. Gemma ya está allí. Y también Max.

La última fiesta a la que había ido con Ruby no había sido en absoluto divertida. Los seis nos salimos temprano y nos fuimos al Grill para cenar dedos de mozzarella y papas fritas. En el camino, Khaled nos estuvo empujando a Ruby y a mí hacia los altos montículos de nieve que flanqueaban la acera. Nosotras gritábamos de júbilo cada vez que nos derribaba y nos enviaba de costado sobre los polvorientos almohadones de nieve. Tenía que admitir que me había divertido esa noche, pero no en la fiesta. No me gustaban las fiestas. Por suerte, la muletilla "soy de Texas y hace demasiado frío afuera" funcionaba bastante bien entre mi grupo de amigos.

Oí a John y Khaled reír en el pasillo. Tal vez ya estaban ebrios.

—Bueno, es claro que no irás sola, así que no me necesitas —sentencié, rodando mis ojos hacia los chillidos infantiles.

Ruby sonrió.

—En realidad, tengo que decirte algo —soltó mi muñeca y avanzó hacia mí, lo más cerca posible de mi cara. No me gustaba la gente que se acercaba tanto para hablar, pero era un hábito alcohólico de Ruby que había llegado a tolerar.

—John y yo nos acostamos anoche —dijo, susurrando las palabras en mi oído. Luego se echó hacia atrás, con los ojos muy abiertos y excitados. Sabía que deseaba verme tan emocionada como ella, así que me incorporé y esbocé mi sonrisa más grande, jalándola para fundirnos en un abrazo.

Me preguntaba qué hacían los chicos en esta situación. ¿Tal vez chocaban los puños? ¿O se daban una palmada en la espalda? Todo el proceso parecía tan incómodo.

—¿Cómo fue? —pregunté.

—La cosa más perfecta de la vida.

Ruby seguía fingiendo disfrutar del sexo. Contaba historias como si supiera sobre el tema, y todos le creían. ¿Y por qué no tendrían que creerle? Parecía ser la clase de chica que podía saber sobre sexo si quisiera. Yo era la única que conocía la verdad, aunque no porque me la hubiera contado.

—Estoy feliz por ti —dije—. Supongo que podría salir esta noche. Si en verdad quieres que vaya.

Esto condujo a una serie de chillidos mientras se zambullía en mi armario, cavando al azar entre mi limpio y ordenado vestuario. Levantó una camisa suelta a cuadros con botones al frente. La inspeccionó y la sostuvo sobre su delgado cuerpo.

—¿Me la puedes prestar? —preguntó, casual.

—Mmm. Por supuesto. Aunque en realidad no es material para una salida.

—Está bien —dijo ella. Levanté una ceja hacia ella—. A John no le gusta la que traigo.

Miré su camisa y su corte bajo, la forma en que la tela abrazaba sus curvas, el escote pronunciado. Se llevó una mano al pecho y rascó la piel expuesta con sus uñas.

—Sabes lo protector que es —dijo, evitando el contacto visual. A la defensiva—. Pero me encanta tu camisa. Oh, bien.

Nada dije cuando ella se retorció para cambiarse, cuidando de abotonarla hasta arriba.

—La lavaré, lo prometo.

—Está bien —dije—. Es toda tuya.

La camisa estaba contaminada ahora. No la quería de regreso. Tragué un sabor amargo en mi boca.

—Toma —dijo, sonriendo—, ponte la mía. Se verá *tan* bien en ti.

Sostuve la camisa en mis manos y pasé mis dedos por el detalle de encaje.

—Pijamas abajo, jeans arriba —exigió—. Creo que Charlie estará allí —agregó, mirándome por el rabillo del ojo, midiendo las aguas con cautela.

Charlie. Ella había estado tratando de conseguir que me enganchara con él durante meses. La última vez que había tratado de reunirnos, lo había evitado exitosamente durante toda la noche: yo salía de la habitación cada vez que él entraba. Podía mantener ese juego durante horas.

—Podríamos tener citas dobles —dijo Ruby, ajustando su cabello en el espejo, acomodándolo a un lado de su rostro, dándole volumen con sus dedos.

Hice una mueca.

—Oh, sí, porque la escena de citas en Hawthorne es muy candente en este momento. Lo más crudo del invierno. Inscríbeme, por favor.

—Deja de ser tan deprimente.

Cuando estuve lista para irnos, me miró de arriba abajo.

—Eres *tan* bonita. Incluso cuando no lo intentas. Es increíblemente injusto —dijo.

Suspiré y elegí no comentar al respecto. Abrió la puerta y me llevó bajo la luz fluorescente del pasillo, donde John y Khaled estaban sentados contra la pared, con los ojos hundidos e inyectados en sangre.

—Y ahí está ella —dijo John, con voz pausada y tensa. Me lanzó esa sonrisa furtiva y pasó sus ojos de arriba abajo por todo mi cuerpo. Sus ojos se detuvieron en la blusa de Ruby. Abroché la chamarra hasta el cuello para evitar su mirada. Ruby ignoró el acto.

—Mis reinas —dijo Khaled, poniéndose de pie en un salto—. Vuestro carruaje os espera.

$$\blacktriangleright\blacktriangleright\blacktriangleright$$

No había carruaje.

En cambio nos esperaba una caminata de veinte minutos hasta el extremo opuesto del campus. Nos mantuvimos cerca de los bancos de nieve. Los autos pasaban a nuestro lado lentamente. Las calles estaban resbaladizas, húmedas por la nieve. Ruby caminaba suelta, con los brazos extendidos y moviendo las caderas, las palmas abiertas para recibir los copos de nieve. Cuando un camión de madera retumbó a nuestro lado —el ruido del metal contra el metal y el movimiento de los troncos de los árboles resonó en mis oídos—, tuve que jalarla hacia atrás por la capucha de su chamarra para evitar que la golpeara. Ella chilló en un ebrio deleite cuando fragmentos de nieve nos golpearon las espinillas.

—Me salvaste —dijo, sonriéndome por encima del hombro.

No le dije que podría haber muerto. El conductor ni siquiera la hubiera notado de haberla golpeado, con semejante camión, tan ruidoso y fuera de control. Cada cambio y sacudida de un tronco podría haber tendido un cuerpo bajo sus ruedas. Estaba enojada con ella por comportarse de manera tan irresponsable.

Khaled le ofreció a Ruby una pequeña botella de las cuarenta que llevaba consigo. Ruby comenzó a beber, y John se la arrebató de los labios.

—Ya es suficiente, bebé, ¿no te parece? —preguntó.

Ella se balanceó en la acera, envolvió su cuerpo alrededor de él, acercó sus labios a los suyos, sus dedos desabrocharon su chamarra y encontraron el camino hacia su calor.

Él odiaba que ella bebiera demasiado. Se volvía coqueta por la desinhibición. A él le gustaba reservarla toda para sí.

—Hey, suéltense un poco, chicos —dijo Khaled, sin dejar de deambular por la acera.

John me miró a través del beso, sus ojos brillaron en el frío aire de la noche.

A medida que nos acercábamos a la casa de los estudiantes de último año, casi pude ver el revestimiento de las tablas vibrando con la música tecno a todo volumen.

—Esto luce prometedor —anunció Khaled mientras subíamos los escalones de dos en dos. Seguí a los demás, todavía estaba considerando un último intento desesperado para salir huyendo de ahí. Algunos estudiantes estaban fumando en el cobertizo. Nos ignoraron. Los reconocí, eran mayores, tal vez estarían en tercer o cuarto año.

—¿Cómo te enteraste de esto? —le pregunté a Ruby.

Se estaba poniendo brillo labial y frunció los labios juntos antes de guardar el tubo en su bolsillo trasero. Abrió la puerta y la música se hizo más presente.

—Por una de las chicas de mi equipo. Es una fiesta del equipo de *lacrosse*, creo —dijo.

A Ruby siempre la invitaban a las fiestas de los estudiantes de los grados superiores. Era amiga de todos. Yo no sabía cómo conseguía recordar tanto: sus nombres, sus historias, sus problemas. Era tan popular que resultaba agotador sólo verla. Sin embargo, sabía que yo era la que más le agradaba, porque me lo decía a menudo, por lo general después de una pesada noche de juerga. "Tú eres mi favorita, Mal, porque eres la más real... no como las chicas falsas... tú eres la amiga más genuina, la más auténtica de todas. No soportas la mierda. Eso me encanta de ti."

En cuanto entramos en la casa, quise huir. Llevé la mirada de John a Khaled y a Ruby, y los tres tenían esa misma expresión en sus rostros: desesperación por pertenecer. Alguien me apretó por detrás.

—Tú, ven acáaaaaaa —cantó una voz, y supe a quién pertenecía. Tal vez Gemma me amaba todavía más que Ruby. Se sentía atraída por lo no disponible.

—Hola, amor —dije, girándome para abrazarla, a pesar de que nos habíamos visto unas horas antes, en la cena. Pero se trataba de la Gemma ebria, y ella necesitaba la validación y la atención que la Gemma sobria nunca admitiría que ansiaba.

Estaba acostumbrándome poco a poco a Gemma. Mientras que había adoptado a Ruby de inmediato, Gemma era más de combustión lenta. Había algo en ella, en medio de su inseguridad, que resultaba encantador, y real. La había observado en los últimos meses, había visto destellos de la verdadera Gemma de cuando en cuando. Le encantaba representar escenas y cantar, y ser ruidosa y molesta de una manera que se había vuelto un tanto entrañable. Un día fuimos las únicas que aparecimos a la hora del almuerzo, todos los demás estaban ocupados con reuniones y clases. Me contó entonces sobre la estricta escuela privada a la que había asistido en Londres, sobre los irritantes uniformes que debía vestir y cómo al salir regresaba caminando a casa por Abbey Road, más allá del "muro de los Beatles" en el que todos escribían. Me explicó que lo pintaban cada dos meses para borrar todos los mensajes de los fanáticos de un solo brochazo. Y entonces adoptó el objetivo de ser la primera persona en escribir en la pizarra limpia, cada vez. Me habló sobre sus viajes en los autobuses de dos pisos por la calle Oxford en Navidad y sus salidas a los *pubs* con sus amigos del bachillerato. Había aprendido más sobre Gemma en una hora que en todo el tiempo que llevaba de conocerla. No solía hablar de su vida en casa, como si pensara que eso pudiera aburrirnos. Yo deseaba que ella tratara menos de ser alguien que no era.

Vi a Max al otro lado de la estancia, sonriendo con una chica de mi clase de Filosofía. Su cabello era oscuro y largo, similar al de Ruby, de hecho, y sus labios formaban el puchero perfecto. Parecía una princesa de Disney, iluminada por el resto de los comunes mortales a su alrededor. Max se inclinó hacia ella y sus cabezas se unieron en un ángulo íntimo.

—¿Quién es ésa? —preguntó Ruby, apretando mi brazo con fuerza. Un poco demasiado fuerte.

—Greta —dije, mirando a Ruby—. Toma nuestra clase de Filosofía. Es mayor. Creo que va en segundo año.

Una mirada de disgusto cruzó el rostro de Ruby. Estaba acostumbrada a monopolizar la atención de Max.

—Han estado juntos toda la noche —dijo Gemma, empinando un trago de algún misterioso líquido desde un pequeño vaso que parecía salido del consultorio de un dentista—. Es *sexy*, ¿no les parece?

Ante la mención de la palabra *"sexy"*, la cabeza de John giró hacia Max y Greta.

—Oh, sí, un poco de acción —dijo Khaled, golpeando su puño contra su palma.

Khaled y John rieron como un par de adolescentes.

—Ustedes dos son unos idiotas —dijo Gemma, y tomó mi mano y me llevó hacia la multitud sofocante.

Ruby tenía su mano en mi hombro, y seguimos a Gemma, navegando a través de la muchedumbre. Percibí el sudor y el olor corporal, y la flatulencia que alguien debía haber dejado escapar en la libertad que confiere la embriaguez. Sentí náuseas y empujé para que avanzáramos más aprisa.

Lancé una mirada hacia atrás y vi a Ruby mirando por encima del hombro en dirección a Max y Greta. Los labios de él estaban cerca de los de ella, inclinados entre los mechones oscuros del cabello de Greta; la mano de él estaba en la espalda de ella. Greta *debería* salir con él. Y entonces tal vez Max dejaría de suspirar por Ruby. Tal vez podría ser feliz.

Una voz retumbó detrás de mí.

—¡Malin Ahlberg!

Gemma, Ruby y yo dimos la media vuelta. Ahí estaba Hale, con un grupo de estudiantes de último año, parados alrededor de una mesa abatible. Avanzó hacia nosotras y nos saludó, con las manos en las caderas y una capucha de béisbol sobre sus rizos desordenados.

—¿Quieren unirse a nosotros? —preguntó.

Gemma y Ruby me miraron; sabía que querían que las presentara. Estaban emocionadas de haber sido invitadas. Un estudiante de posgrado con un grupo de estudiantes de último año que querían pasar el rato con *nosotras* me ubicaba en una posición preponderante dentro de la escala social.

—Seguro —admití.

Hale me jaló para que quedara a su lado y puso una mano en mi hombro. Esperaba sentir que el muro se alzaba, el que siempre se apoderaba de mí cuando alguien me tocaba. Pero esta vez no ocurrió.

—¿Saben qué hacer? —nos preguntó.

—¡Obvio! —dijo Gemma, ya con una mano en su vaso. Ruby estaba parada al otro lado de ella y las tres formábamos una hilera.

Todos llevamos nuestros vasos a la línea de los estudiantes de tercero, al otro lado de la mesa.

—¡Arriba, abajo, al centro y adentro! —gritaron todos en sincronía.

Observé cómo las dos líneas del duelo bebían sus cervezas, una a la vez, como la ola en un juego de béisbol. Después de que Hale engulló su cerveza de un solo trago, llevé el vaso a mis labios y el líquido caliente se deslizó por mi garganta. Hice una nota mental para rehidratarme inmediatamente después del juego.

—¡Al ataque, chica! —gritó Hale en mi oído. Aplaudió cuando puse el vaso bocabajo sobre la mesa y lo hice girar en el primer intento.

Gemma ya estaba bebiendo cuando la miré. Se limpió la boca con el dorso de la mano después de que el turno pasó a Ruby.

Observaba de reojo a Hale a mi derecha, puse atención a sus movimientos, lo escuché interactuar con los demás. Era el capitán del equipo y nos llevó a la victoria. Sabía el nombre de todos, e incluso llamaba a algunos por sus apodos. Las chicas se acercaban a él, jugando con sus cabellos y lanzándole sus frases más ingeniosas. Él respondía a cada una de ellas, hacía contacto visual, las hacía sentir especiales. Pero era respetuoso al mismo tiempo, de alguna manera. Dejaba claro que no estaba interesado en ellas.

Me pregunté si su ruptura, tan pública, lo había hecho más atractivo para las chicas de tercer y cuarto años, o si era esa molesta energía positiva que zumbaba a su alrededor y lo seguía como una bruma.


Después de unas cuantas rondas de vaciar el vaso, las tres quisimos orinar, así que nos metimos en uno de los apretados baños. Hale nos agradeció por habernos unido a ellos y así mejorar su equipo.

—Él es muy divertido —dijo Gemma, jadeando y empujándonos a través de la multitud.

Ruby rio.

—Él es *tan* increíble.

Puse los ojos en blanco.

—Nadie es así de bueno. Es extraño. ¿Y por qué bebe con sus estudiantes?

—Ayyy, mi vieja gruñona —dijo Ruby, apretando sus brazos alrededor de mi torso y clavando mis brazos a mis costados—. ¿Tal vez porque Edleton es aburrido a rabiar y sólo quiere divertirse?

Me encogí de hombros, jugueteando con mi termo y rehidratándome. Estaba un poco mareada por la cerveza y traté de concentrarme en mi reflejo en el espejo. Me sentí aliviada de que nadie hubiera cuestionado mi "alergia al gluten" tras haber ingerido semejante cantidad de cerveza. Tal vez ya estaban demasiado ebrias para recordarlo.

—Hey, ¿cómo está Liam? —preguntó Ruby. Se sentó en el inodoro, siempre delicada, con la espalda erguida. Aparté la mirada, me enfoqué en mi imagen en el espejo y alisé mi cabello.

Gemma no respondió por un momento y su rostro se tensó, como si la sola mención de Liam hubiera arruinado un buen momento. Se apoyó contra la puerta del baño, ignorando los golpes y los gritos de "Carajo, dense prisa, novatas" de las chicas de afuera.

—Él es genial —dijo Gemma—. Me extraña, como siempre. Quiere venir a visitarme.

—¿En serio? ¡Vamos a enviarle un mensaje de texto ahora mismo! —dijo Ruby, demasiado emocionada. Se puso en pie y tiró de la cadena, su orina era clara. El alcohol podía engañarte de esa manera. Hidratarte hasta que de pronto hace lo contrario.

—Definitivamente no, estará dormido a esta hora —respondió Gemma con firmeza.

—Oh, vamos, a quién le importa, estoy seguro de que le encantará que lo despiertes —protestó Ruby. Le arrebató el teléfono a Gemma.

—Dije que *no* —continuó Gemma, recuperando el teléfono y metiéndolo en su bolsillo trasero.

—No eres divertida —sentenció Ruby.

Quería preguntarle a Gemma *en verdad* por qué no podíamos llamarlo, además de ese asunto de que estaba dormido, pero ella cambió el tema tan rápido que no tuve oportunidad de hacerlo. Conocía bien esa táctica.

—Hey, entonces —dijo Gemma, sentándose en el inodoro y orinando como si se tratase de una manguera a presión—, pregunta seria.

Por la forma en que hablaba, me di cuenta de que ya había bebido demasiado. Y que estaba a punto de preguntarnos algo inapropiado y personal.

—¿Sí? —secundó Ruby. Estaba ajustando su coleta alta junto a mí en el espejo.

—No es una pregunta para usted, señora Wright —dijo Gemma, usando el apellido de John. Me miró—. Es para Malin.

—Dispara —acepté.

—Bueno, ¿alguna vez vas a ligar con alguien?

Ruby rio.

—Oh, Dios mío, Gemma. ¿Demasiado directa?

Gemma sonrió, tiró la cadena del inodoro y me guiñó un ojo.

—Hablo en serio, amor. Eres guapísima. ¿Por qué no sacas a pasear esa figura?

Antes de que pudiera responder, Ruby interrumpió:

—Estoy preparándole un encuentro con Charlie, así que ni siquiera pienses en interferir.

—Así que con Charlie, ¿eh? Es lindo —admitió Gemma.

Ambas me miraron expectantes. Aquí era donde se suponía que yo debía hacer esa cosa... en la que confieso que siento una gran atracción por alguien.

—Mmm, ya veremos —dije con una sonrisa forzada. Me desabroché los jeans y me coloqué flotando sobre el inodoro. De ninguna manera estaba dispuesta a tocar ese asiento. Mis cuádriceps ardieron.

—Sería tan jodidamente lindo si ustedes salieran. Sus hijos serían hermosos —dijo Ruby, con mirada soñadora.

La ignoré, me levanté y desagué el inodoro.

—Oh, oh —gritó Gemma, abriendo la puerta de nuevo hacia la fiesta—, ¡Malin está al acecho, damas y caballeros!

Nadie le prestó atención. La fiesta era demasiado ruidosa para que se escuchara algo. Gemma rio y apretó mi cadera.

—Tal vez ésta sea la noche —agregué, esperando que con la implicación del sexo dejaran de molestarme.

—Oh, vaya —dijo Ruby, sorprendida—. Mi Malin ya es toda una adulta.

Sentí una leve vacilación en su voz. Intentó ocultarla, pero escuché a través de ella. Había algo que le preocupaba y que hacía que su emoción se sintiera forzada y falsa.

—Bueno, eso es un alivio —dijo Gemma—. Me preocupaba que fueras como... ya sabes, asexual.

—Bueno, no lo soy —contesté, tratando de que mi voz fuera lo suficientemente ruidosa para ser escuchada.

*Mierda*. Necesitaba ligar con alguien, pronto. No quería que todos pensaran lo mismo que Gemma. Tenía que parecer interesada, al menos un poco, o todos pensarían que yo era un extraño fenómeno.

Una hora después comencé mi rutina. Diría que debía encontrar a alguien, por lo general Max o Khaled eran mi coartada, y entonces me iría. Nadie se daría cuenta, al menos no al principio, y para cuando notaran mi ausencia, estarían demasiado ebrios para preocuparse. Siempre funcionaba.

No tenía que despedirme ni lidiar con los estresantes lamentos sobre mi partida.

—Voy a buscar a Khaled —grité a Ruby y Gemma, que habían comenzado a balancear sus caderas y mover la cabeza adelante y atrás con la música.

Ruby se sobresaltó y me tomó del brazo.

—Oh, no, no lo harás —dijo—. No vas a escapar esta noche, de ninguna manera.

Gemma comenzó a reír, mientras inclinaba la cabeza de lado a lado al ritmo de la música.

—De ninguna manera —repitió en un trance alcohólico.

Sonreí e intenté actuar como si no entendiera.

—No voy a ningún lado —dije.

—Te conozco, Malin —dijo Ruby, con los ojos repentinamente serios—. Ni siquiera lo intentes. Tú te quedas. Es hora de que te diviertas un poco.

Sonrió a alguien a mis espaldas. Miré por encima de mi hombro. Charlie.

Ésa era la rutina en Hawthorne. Todos creían que necesitabas ligar para divertirse. Dudé. Ésta podría ser mi oportunidad de mostrarles a todos que era normal. Quería que dejaran de molestarme, así que me di la vuelta.

*Finge.*

Apreté los dientes y desplegué mi amplia sonrisa de chica texana.

Veinte minutos después estaba bailando con Charlie en la improvisada pista en el sótano. Estábamos tan cerca de la desvencijada escalera que mi hombro se mantenía rozando un laberinto de telarañas, probablemente de décadas de antigüedad. Con cada movimiento, ya fuera del muslo de Charlie o de mi cintura, me concentré en demostrar mi normalidad. Entonces podría irme.

A través de las luces vi a Max y Greta en una esquina, besándose contra la derruida pared de ladrillos. Observé sus manos entrelazadas, él dio un suave paso hacia ella y presionó su cuerpo contra la pared. Me pregunté si habrían notado las arañas. No me gustaba verlo así, y aparté la vista antes de que alguien notara que los estaba observando.

Miré al otro lado de la habitación y encontré a Amanda bailando con Becca y Abigail. Me gustó que fueran las tres, sin chicos frotando sus entrepiernas contra ellas. Reían delirantes mientras sus delgados cuerpos bailaban al compás de la música.

Charlie estaba bien. Era un poco soso, pero tenía buenas intenciones. Si debía hacer esto con alguien, podía lidiar con que se tratara de él. Habíamos coqueteado un poco y conversado trivialidades. El clima. Los estudiantes mayores, los más jóvenes. Las residencias estudiantiles, las casas. Me aseguré de soltarme el cabello y reírme en el momento apropiado. Después de que no pude seguir hablando con él, sugerí que bailáramos, y así lo hicimos.

Gritó algo en mi oído.

—¿Qué? —no pude entenderlo.

—¿Te estás divirtiendo? —repitió, más fuerte esta vez.

En lugar de responder, lo acerqué a mí, de modo que el espacio entre nuestros cuerpos se acortara. Pasé la mano por debajo de su camisa y subí por los tensos músculos de su espalda. Su sudor se untó en mis palmas, y lo sentí estremecerse debajo ante mi tacto. Cuanto más nos acercábamos, más lentos se volvían sus movimientos. Me eché hacia atrás y miré su rostro. Sus párpados estaban pesados, y llevó sus ojos de mi mirada a mis labios. Fue más sencillo de lo que había imaginado.

Yo sabía qué hacer, no era tonta. Él sabía a cerveza, y no fue tan terrible como pensé que sería. Un chico debe saber a cerveza. El licor fuerte era agresivo y barato.

Charlie tiró de mi labio con sus dientes, con suavidad y dulzura. Se detuvo y puso sus manos en mi rostro, de modo que mis mejillas quedaron entre sus grandes palmas. Nos quedamos allí, besándonos, hasta que la canción cambió y seguimos bailando. Era bueno para besar, aunque no es que tuviera con quien compararlo. Abrí los ojos para ver a Ruby presionada contra John, tan cerca que no distinguía dónde terminaba su cuerpo y comenzaba el de él. Miré por encima de sus hombros y su cabello, al espacio donde estaría el rostro de John.

Contuve la respiración por un momento, cuando los ojos de John se encontraron con los míos. Charlie comenzó a moverse de nuevo con el ritmo de la canción. Seguí esperando a que John apartara la mirada, pero la mantuvo firme. Antes de que finalmente mirara hacia otro lado, se tomó un momento para inspeccionar mi cuerpo con ojos sedientos. A pesar de que estaba empapada en sudor, pude sentir los vellos de mis brazos en punta.

Me alejé de Charlie.

—Tengo que irme —dije entre dientes.

Me lancé hacia la escalera, necesitaba salir. Sentí que su mano rozaba mi muñeca, pero era demasiado afable para mantenerme con él. Me dejaría ir, era respetuoso. Subí las escaleras y miré hacia atrás. Charlie se encogió de hombros como preguntándose qué había hecho mal. Me abrí paso fuera del sótano, entré en la cocina y luego salí por la puerta trasera. El aire helado fue un bienvenido alivio contra mi piel caliente. El sudor bajo mi ropa se congeló, conmocionado por el cambio de temperatura. Había dejado mi abrigo en la casa, pero no me importó. Comencé a trotar y luego aumenté la velocidad. El ruido de la fiesta se fue desvaneciendo mientras corría de regreso al campus. La nieve crujía bajo mis botas.

Necesitaba comida. La cerveza me había debilitado y anhelaba carbohidratos y queso. Sabía que el Grill todavía estaría abierto, así que corrí hacia sus puertas y suspiré cuando entré en contacto con sus tenues luces.

Compré tres rebanadas de pizza de grasiento *pepperoni* y vi una mesa desierta en el rincón más alejado. Había algunos estudiantes pasando el tiempo, riéndose de su embriaguez, diseccionando sus noches. El Grill era un lugar popular a última hora del día, pero pasaría un poco más antes de que todos entraran a raudales, previo a su horario de cierre, a la una de la mañana. John y Khaled siempre colaban bolsas de papas fritas y chocolates en sus bolsillos, intentando robar tanto como podían sin ser descubiertos. Ésta era siempre mi señal para ir a la cama.

Debí haberme desconectado mientras comía, porque una voz interrumpió mis pensamientos.

—¿Está ocupado este lugar?

Levanté la vista para encontrar a Hale sonriéndome, con una bandeja con tazones de cereal y vasos de leche en sus manos.

—Mmm, no —dije, con la boca llena de pizza e incapaz de pensar en una excusa—. Todo tuyo.

Se sentó frente a mí y comenzó a verter uno de los vasos de leche en un tazón de Froot Loops.

—Entonces —dijo—, ¿te divertiste esta noche? Eres buena vaciando vasos.

Me encogí de hombros, recordando que necesitaba ser agradable, amigable.

—Sí, fue superdivertido.

Me observó, con una mirada graciosa en los ojos.

—*Superdivertido*, ¿eh?

Terminó su primer tazón de cereal, eructó, y comenzó con el segundo. Tomé un pedazo de corteza de mi pizza sin añadir a la conversación.

—¿Qué te parece la clase? —preguntó—. ¿Lo estoy haciendo bien?

Hale estaba al frente de otro de mis cursos de Inglés, Shakespeare en esta ocasión. Pensé en lo desordenado que se veía en el salón, parado frente a nosotros, dictando clase con la camisa fuera del pantalón y el cabello desaliñado. Lo compensaba con lecturas desafiantes y señalando puntos interesantes, cosas en las que no habría pensado si él no las hubiera mencionado. Era la única razón por la que podía librar su apariencia.

—Mmm —dije, su vulnerabilidad me había atrapado con la guardia baja—. Sí, estás haciendo un buen trabajo.

—Tiene que haber algo que pueda mejorar. Siento que tienes un buen consejo bajo la manga.

Dudé. No estaba segura de si sería apropiado que yo le hiciera alguna crítica.

—Vamos —dijo, con una cucharada de Cheerios a medio camino hacia su boca. Tomó el bocado y me miró, expectante.

—Bueno —empecé. Miré por la ventana. Imité el rostro ansioso y molesto de Edison, levantando la mano como si fuera el momento justo... justo dos minutos antes de que terminara la clase. Desafortunadamente, él también estudiaba Inglés, lo que significaba que tendría que soportar su rutina hasta graduarme. Suspiré.

Hale rio, leyendo mi mente.

—Es el chico en la primera fila, ¿cierto? Edison. Ese tipo tiene una maña terrible...

Me sentí sonriendo.

—Y tú lo complaces, cada vez.

Hale empujó los dos tazones de cereal vacíos hasta el borde más alejado de su bandeja.

—¿Qué puedo hacer? Al chico le gusta aprender. Se supone que yo debo facilitar su aprendizaje.

—Creo que lo hace a propósito —dije, tomando un trozo de *pepperoni* de la pizza para meterlo en mi boca.

—De acuerdo, además del querido Edison, ¿qué más? —parecía ansioso.

—Creo que lo haces bien —contesté—. Todos te prestan atención.

—Supongo. Al menos nadie se duerme. Ése es mi principal objetivo. Mantenerlos despiertos.

—Yo estoy despierta —contesté.

—Así es, y también eres la mejor de la clase. Tal vez no debería decirte esto… —se detuvo, masticando su cereal, mirándome fijamente— pero eres una de esas personas, ¿cierto?

—¿Qué quieres decir?

—Que eres buena para las cosas. En todo, supongo.

Guardé silencio. Nadie me había evaluado así antes.

Hale esbozó una sonrisa amplia y traviesa, olvidándose de su comentario anterior.

—¿Quieres ver algo genial? —preguntó.

Dudé. No me estaba mirando como tantos otros hacían en Hawthorne. Esa mirada embrutecida, de ojos inyectados en sangre y expresión lujuriosa. Aun así… no me gustaba estar a solas con chicos.

—Debería irme a casa —contesté. Necesitaba hacer una parada más antes de volver a mi habitación.

—Tomará diez minutos, máximo —dijo—. Prometo que no te decepcionará.

Consideré su oferta cuando comenzó a vaciar el contenido del tercer tazón en el bolsillo de su abrigo. Alguien que guardaba cereal en sus bolsillos no representaba una amenaza.

—Está bien —dije—. Pero sólo diez minutos.

Lo seguí para devolver nuestras bandejas. Colocamos nuestros platos en la cinta transportadora y los observamos desaparecer en las profundidades ocultas de la cocina. Caminamos afuera y nuestro aliento se desplegó en el aire frío.

—¿Quieres mi abrigo? —preguntó. Olvidé que había dejado el mío en la fiesta.

—Oh, no, estoy bien —contesté, llevando el aire limpio a mis pulmones.

Seguí a Hale al Departamento de Inglés, un edificio con el que ya estaba familiarizada. Caminaba a toda velocidad y me miró sobre su hombro con una sonrisa tímida.

—¿Qué? —pregunté.

—Me emociona ser el primero en mostrarte esto.

Lo seguí escaleras arriba y él deslizó su tarjeta a través del punto de acceso. La luz se encendió en verde, y entramos en el pasillo oscuro.

—Por aquí —dijo, atravesando una puerta lateral. Era una puerta ante la que yo pasaba todos los días y nunca antes había reparado en ella.

Subimos cuatro tramos de escaleras, luego Hale tiró de una cuerda en el techo que desplegó una escalera hacia el estrecho espacio de un ático. Lo miré, escéptica.

—¿Vas a asesinarme? —pregunté.

Rio.

—Sí, voy a encerrarte en el ático para así apestar todo el edificio con tu cadáver.

Cuando guardé silencio, sonrió.

—Vamos.

Sabía que no me haría daño. Era inocente. Acomodé mis manos contra la madera áspera y subí la escalera.

Pero lo que encontré ahí no era un ático, sino un campanario. La parte superior de la vieja escuela, según pude apreciar. Las ventanas se levantaban como muros en los cuatro costados. Puse mis brazos alrededor de mi pecho para mantenerme caliente. El espacio estaba iluminado por la luna llena.

En el centro de la pequeña estancia se encontraba una campana de metal oxidado. Hale apareció a mi lado, sonriendo.

—Puedes ver todo el campus desde aquí —dijo.

Di un paso a su lado y, en la oscuridad, distinguí el comedor, el jardín y la calle que llevaba a la casa de Khaled... mi futuro hogar. La hilera de residencias de ladrillo de los estudiantes de primer año salpicaba el camino. El cielo nocturno era de un azul profundo y las estrellas iluminaban incluso los fragmentos más oscuros. Vi a algunos estudiantes, soldados de juguete desde aquí arriba, caminando por el jardín, apurados por escapar del frío. Me gustaba estar arriba, poder ver todo, a todos, desde una distancia segura.

Imaginé la casa del árbol en Texas, la peligrosa caída que nos amenazaba cada tarde.

—Es hermoso —suspiré.

—¿Vale la pena el desvío? —preguntó Hale, todavía mirando al campus.

—Sí —contesté—. Gracias.

Hale estaba quieto, contemplando la vista. Rastreé su rostro, un libro abierto, que ahora parecía sereno y moderado. Quería saber más sobre él, quería seguir hablando. Era un deseo que debía ser satisfecho.

—¿Por qué te mudaste a Maine? —pregunté.

—Aire fresco —respondió—. Soy de Boston. Nunca parecía haber suficiente allí.

Estuvimos callados por un momento, y luego preguntó:

—¿Por qué escogiste Hawthorne?

—Me gusta lo frío que es —respondí.

No estaba entre mis planes contar a nadie la otra razón.

Hale me miró y sonrió.

—Eres extraña, Ahlberg.

Me gustó la forma en que pronunció mi apellido.

—Entonces, no te gusta beber, ¿cierto? —preguntó.

—Claro que sí.

—No, no es verdad. Te vi bebiendo agua después de voltear el vaso. Y ahora estás firme como una roca.

—Bien —dije—, sí, lo odio, un poco. Y sí, es superpatético que no beba, estoy consciente.

Estaba esperando que me diera esa mirada, la que dice: "Oh, eres rara". Bueno, al menos se daría cuenta de quién soy en verdad y me dejaría en paz. Podría dejar de esforzarse tanto por ser mi amigo, o lo que fuera que estuviera pretendiendo.

En cambio, me sonrió.

—Hey, lo que tienes que hacer es ser tú.

Había algo nuevo en su mirada, como si estuviera descubriendo algo en mi rostro. Sólo duró unos segundos, pero lo vi. De pronto fui consciente de que estábamos solos en la torre. Recordé que él era un asistente educativo, que yo era su alumna y que era tiempo de salir de ahí.

—Debo irme.

—Por supuesto, seguro. Ten cuidado con las escaleras —dijo, girándose hacia el agujero en el piso. Extendió su mano para ayudarme a bajar, pero la ignoré. Me alegré de que no hiciera un lío al respecto.

Bajamos por las estrechas escaleras y Hale mantuvo la puerta abierta para que yo volviera a salir a la noche fría.

—Bueno —añadió, metiendo las manos en los bolsillos.

Pareció un niño pequeño por un segundo, inocente e ingenuo. *Déjame en paz*, quería advertirle. *No quieres conocerme.*

—Gracias por el desvío —dije, sonriendo, esperando que se marchara.

—Un gusto. Hasta luego, Malin —dijo, desapareciendo en la noche. Lo observé alejarse. Sacó un puñado de cereal de su abrigo e inclinó su cabeza hacia atrás para arrojarlo a su boca. Esperé hasta que la oscuridad lo engulló y luego recordé. Mi noche todavía no había concluido.

Corrí por el campus hacia la habitación de Ruby y Gemma. Odiaba caminar. Correr era mucho más eficiente.

Todos los estudiantes tenían acceso a todos los edificios hasta las dos de la mañana. Presioné mi tarjeta de acceso contra el escáner de plástico y la pesada puerta se abrió con un clic. Una pared de calor me envolvió mientras subía las escaleras hasta el segundo piso.

Sabía que su habitación estaría abierta. Gemma tenía el hábito de perder su llave, y después de pagar tarifas de castigo por su irresponsabilidad, decidieron renunciar a las llaves y dejar la habitación abierta. Los demás habían hecho lo mismo. Nadie iba a entrar a robar en una residencia universitaria en Edleton, Maine. El pueblo estaba demasiado adormilado para los ladrones. Esto me sorprendía a menudo, lo fácil que podría ser perder nuestros costosos aparatos electrónicos o nuestra ropa una noche, aunque al día siguiente todo sería reemplazado por preocupados padres.

Una vez que estuve dentro, contuve la respiración y me erguí frente al escritorio de Ruby. Abrí el cajón y saqué el diario, metido en la parte posterior, detrás de sus libros de texto.

Febrero 28

Papá llamó hoy. Desearía que no lo hiciera.

Las cosas con John están… bien. Ésa es la peor manera de describir una relación, ¿no es así?

Bien.

Suena tan... soso, a nada. Como que hay un problema, pero nadie quiere admitirlo, así que sólo dices "bien".

John y yo nos acostamos o algo así. La primera vez estuvo dentro de mí alrededor de diez segundos antes de que lo alejara. Duele... Me siento mal. Hemos estado saliendo durante seis meses. Desearía poder HACERLO, y ser buena en ello. Estoy tan frustrada conmigo misma. Soy la mejor jugadora de futbol en Hawthorne, ¿y ni siquiera puedo disfrutar de un buen acostón? Soy divertida. Soy normal. Entonces, ¿qué demonios está mal conmigo? No puedo ser la última virgen en el campus. Simplemente, no puedo serlo.

A veces siento que estoy a punto de vomitar sobre él porque mi estómago está tenso. Creo que si me embriago lo suficiente, podría suceder. Necesito hacer que suceda. Esto es ridículo. Yo soy ridícula. Voy a decirle a Mal que lo hicimos y fue genial. Entonces tal vez me sienta más motivada para hacerlo, por lo menos. De lo contrario, me convertiré en una mentirosa.

Estoy bastante segura de que sé cuál es el problema. Pero ni siquiera puedo tocar el tema. Voy a ignorarlo, y tal vez simplemente desaparezca. Entonces, todo estará bien (otra vez esa palabra, ja jaaa... uff).

En otros asuntos. John ha estado actuando extraño. Un segundo es superamable y normal, y al siguiente, frío y distante. Como si fuera una persona por completo diferente. Creo que tal vez está abrumado por la escuela (sus notas no son tan buenas, pero es porque no se aplica, lo sé) y la pretemporada ya comenzó, así que creo que la presión de todo esto lo está haciendo...

Un ruido. Cerré el diario de golpe. Algo se estaba arrastrando contra el pasillo fuera de su habitación. Me quedé tranquila, esperando que sólo se tratara de una pareja atontada por el alcohol, ajenos a todo lo que los rodeaba. Pasarían y caerían en una habitación al final del pasillo. Volví al diario de Ruby.

Pero el ruido se escuchó justo contra la puerta, y alguien tiró de la manija.

*Mierda.*

Me lancé dentro del armario de Gemma cuando la puerta se abrió. La manija de metal se estrelló contra la pared. Contuve el aliento y me apoyé en la parte posterior del armario, asegurándome de evitar hacer ruido con los ganchos. Corrí mi mano contra la pared, buscando algo a lo que pudiera aferrarme. Dos cuerpos cayeron dentro de la habitación, sin aliento, frenéticos. Sostuve el diario contra mi pecho, buscando un lugar donde esconderlo en caso de que necesitara hacerlo.

Supe quién era en cuestión de unos pocos gemidos. La puerta se cerró nuevamente, y estábamos sólo nosotros tres. A través de las grietas inclinadas del armario podía ver al par, entorpecido, manoseándose.

—Eres tan ardiente —dijo él. Su voz sonó ronca, grave.

Eso sólo hizo que ella soltara un grito ahogado de placer extasiado.

Revisé mi armario-prisión. No había escapatoria, no podría hacerlo sin ser vista. Si salía ahora, la incomodidad de la situación arruinaría todo por lo que había trabajado tan duro durante los últimos meses. Me quedé tan quieta que empecé a sentirme débil. Me recordé que debía respirar.

Continuaron lamiéndose las caras, la saliva se deslizaba alrededor de sus bocas. La prisa de las manos sobre la ropa y la piel.

—Necesito esto —dijo él—. No tienes ni idea —su voz sonaba apagada, quizá porque estaba lamiendo el cuerpo de ella. No podía decir qué parte, y no quería saberlo.

Intenté pensar en otras cosas. Me imaginé que estaba en clase y estábamos analizando un pasaje de Austen, o de las hermanas Brontë o... *no*. No podía enfocarme entre las vistas de piel desnuda en el otro lado de la puerta.

—Oh, Dios mío —susurró ella, sólo lo suficientemente fuerte para que yo pudiera escucharla—, John.

Esto se estaba convirtiendo en una terrible película porno. Me encontraba atrapada en el verdadero infierno. Hice una nota mental para no salir nunca, *nunca*, nunca jamás.

Escuché un fuerte golpe y luego un silencio abrumador. Estaba tan callado que podía oír zumbidos estáticos en mis oídos, probablemente el remanente de la música ensordecedora de la fiesta.

—¿Te gustó eso? —preguntó John, lento, sucinto. No sonaba como él. Esto era diferente. Oscuro, casi. Lo habría pasado por alto de no haber sido por el pesado silencio.

Ninguna respuesta. Presioné mi nariz contra las rendijas, mis ojos se desviaron mientras trataba de mirar dentro de la habitación. ¿Le había gustado?

Ella finalmente habló, y pude ver su brazo moverse hacia él, como si estuviera agarrando su pecho.

—Otra vez —exigió su voz, juguetona, ignorando el cambio de actitud de John—. Por favor.

Otra bofetada, esta vez seguida por un doloroso trago de la garganta de ella, un gemido destrozado. Un animal herido a merced de su asesino. Ella se echó a reír, tratando de cubrir el dolor.

—Otra —dijo, tratando de sonar *sexy*. Su voz ronroneaba, como un pequeño gato.

John estaba callado. Se apartó de ella y se quedó erguido en medio de la habitación, jadeando. Hizo un gruñido de arrepentimiento. La desesperación de ella debía estar apagándolo. Estaba demasiado ansiosa por complacerlo. Él quería tener que luchar por esto.

—¿Qué estoy haciendo aquí? —preguntó en voz baja.

—¿Qué se supone que significa eso? —preguntó ella. Sonaba herida, desconcertada, arrancada de golpe de su feliz ilusión de realidad. Se sentó. La vi comenzar a ponerse su suéter de nuevo, sus pechos todavía al desnudo.

—Nada —dijo él mientras se tambaleaba hacia la puerta. Cerré mis ojos cuando su sombra pasó por el armario. Estaba tan cerca que podía oler el desodorante que manaba de su cuerpo, mezclado con el sudor y el alcohol.

—¿John? —gimió ella—. ¿Qué estás haciendo? Pensé que tú también querías esto...

Las puertas se sacudieron. Él caminaba de un lado a otro, decidiendo adónde correr.

—Mierda. Cállate ya. Nada. Esto no significó *nada* —dijo.

Silencio.

—No jodas con correr a contárselo a Ruby. Arruinarás todo si lo haces —la amenazó.

Se quedó callado por un momento, escuchando el pasillo, luego abrió la puerta y se marchó. Escuché sus pasos alejándose por el pasillo, rápidos y sucintos. Él estaba corriendo.

La habitación se quedó en silencio, salvo por las rápidas inhalaciones provenientes del otro lado. La oí hurgar debajo de su cama y sacar algo pesado. El sonido de una botella al ser destapada, y luego tres largos tragos. Más silencio. Entonces, el sonido de arcadas y un corto grito gutural. Saltó de la cama y corrió al pasillo, donde la oí vaciar su estómago sobre el piso de linóleo.

*Gemma.*

Rápidamente salí del armario y observé la habitación, el edredón hecho un lío, la ropa torcida. Sabía que sólo tenía unos minutos. ¿Dónde está?

Tomé los pantalones de Gemma y sentí algo pesado en el bolsillo.

*Bingo.*

Ella había dejado su teléfono abandonado. Era *su* habitación, después de todo. Pero cualquiera podría estar vagando por aquí. Claramente. Como amiga, quería decirle que fuera más cuidadosa, pero como alguien que intentaba descubrir la verdad, me sentí aliviada.

Revisé sus últimos mensajes y llamadas. Todo parecía normal, lo que se podría esperar para una relación a larga distancia. Un montón de "Te extraño, nena" y actualizaciones sobre la escuela, los amigos, la vida. Luego encontré la computadora portátil de Gemma debajo de su almohada e ingresé el nombre "Liam" en Facebook. Esta vez, llegué a su página de inmediato, gracias al inicio de sesión automático de Gemma. Mis sospechas fueron confirmadas en sólo tres minutos. Liam no era el novio de Gemma. Sí, tenían muchas fotos juntos. Y si no te fijabas mucho, definitivamente podrías imaginar que tenían una relación. Besos en la mejilla del otro, abrazos frente a varios *pubs*. Pero si mirabas más de cerca, veías la verdad. Liam estaba ciertamente en una relación, pero no con Gemma, sino con Henry Miller. Liam era gay.

El *novio* de Gemma era una mentira.

>>>

Gemma se balanceó sobre el lavabo, en el baño, con la botella de ginebra a sus pies. Estaba en ropa interior y una playera que debía haber tomado sólo para cubrir su pecho desnudo.

—¿Qué estás haciendo aquí? —preguntó con voz dócil.

—Te perdí en la fiesta, estaba tratando de encontrarlas —dije mientras la observaba respirar y exhalar, tratando de recuperar algo de estabilidad.

—Bebí demasiado —dijo—. Muy mareada…

Secciones de sus frases se cortaban y caían en trozos al lavabo. La ginebra corría por su cerebro, haciendo confuso su discurso. Noté el maquillaje disperso en su rostro. Ella atrapó mi mirada en el reflejo del espejo.

—Estoy bien —dijo. Su voz estaba húmeda de saliva, y arrastraba las palabras—. Rechazada. Otra vez.

Fingí ignorarlo.

—¿Por quién?

—No puedes decirlo a nadie —dijo Gemma. Se tambaleó hacia mí, se desplomó contra la pared del baño y se deslizó hasta el suelo. Hice una mueca, pensando en todos los gérmenes, pero me deslicé con ella y me aseguré de que no se hiciera daño.

—Está bien, espera —le dije, estabilizándola a mi lado.

Gemma inclinó la cabeza hacia el suelo, con las piernas estiradas al frente.

—Habría hecho cualquier cosa por él, literalmente *cualquiera* —susurró—. No puedo evitarlo. No quiero sentir cosas por él. Pero las siento. Incluso permití que me golpeara. Ni siquiera me agradan esas cosas. Quizá soy bastante aburrida en la cama. ¿Eso te sorprende? Soy muy clásica, sosa. Pero dejé que me golpeara. ¿Apesta? Porque suena jodido cuando lo digo en voz alta.

Esperaba que comenzara a llorar, pero no lo hizo. En cambio, miró al frente.

—¿Quién te golpeó, Gemma? —pregunté. Necesitaba que lo confesara.

Se estremeció.

—No fue un éxito, en realidad. Quiero decir, me dolió. ¿Eso significa que es un éxito?

—Gemma —dije de nuevo, más severa.

—Bien, *bien*. Era John. *John*. Ya lo sé, lo sé. Soy una persona terrible.

No reaccioné. No tenía sentido fingir, tal vez ni siquiera lo recordaría por la mañana.

—¿Por qué harías esto? —pregunté—. ¿Qué hay de Ruby?

Necesitaba que me lo explicara. Esto había sido irresponsable, estúpido. Y era a Ruby a quien estaba lastimando, no a una persona cualquiera.

Gemma prácticamente me ignoró y continuó despotricando, arrastrando las palabras.

—Hice lo que él *quería*, y aun así me rechazó. Bueno, sí quiso, por más o menos un segundo.

Me miró. Sus ojos parecían inyectados en sangre, vidriosos.

—La pobre y triste Gemma —comenzó—. Sé que eso estás pensando. Eso es lo que siempre están pensando. Tú y Ruby, sintiendo lástima por la pobre y triste Gemma.

—No, Gems —dije, sin saber qué más agregar. No me había dado cuenta de que ella resintiera la relación entre Ruby y yo.

Se dio la vuelta y trató de concentrarse en el suelo de baldosas.

—Gemma —dije lentamente—. ¿Qué hay de Liam? ¿Se molestará?

Gemma estaba tranquila, más lágrimas brotaban de sus ojos.

—Puedes decirme la verdad —dije.

Gemma resopló, limpiándose la nariz.

—Lo inventé —dijo—. Quiero decir, no realmente. Él existe. Siguió enviándome mensajes de texto cuando nos mudamos, y Ruby los vio y asumió que se trataba de mi novio. Es uno de mis mejores amigos en casa. Pero está saliendo con alguien más. Es absurdo, lo sé. Pero quería parecer que era alguien querida, cuando recién nos conocimos. Quería parecer normal. No me juzgarás, ¿cierto?

—No, no. Está bien. Entiendo. ¿Pero por qué harías eso? Yo no tengo pareja. Casi nadie tiene pareja entre nosotros. No es algo malo —dije.

—Pero tú eres tan bonita. Yo soy promedio, en el mejor de los casos. Y nunca he tenido un novio —dijo, su voz era un murmullo—. He tonteado con muchos hombres, claro, pero ninguno de ellos me quería para algo serio. Entonces, cuando dije que tenía novio, empezó a gustarme la mentira. Me hizo sentir querida. Pensé que tal vez si los otros me veían así, alguien me querría en realidad. ¿Y cuál es ese dicho? ¿Fíngelo hasta que lo consigas? Bueno, pues eso. Ésa es mi historia con Liam.

Apoyé mi cabeza contra la pared del sanitario.

—¿Entonces John te gusta más que como amigo?

Ante la mención de John, el rostro de Gemma se transformó.

—Dios, él es un puto imbécil —dijo enfurecida—. Siempre obtiene lo que quiere y no le importa lo que pueda pasar porque es el jodido Príncipe Encantador.

—Entonces, ¿por qué te gusta? —pregunté.

No tenía sentido para mí. No conseguía ordenar sus emociones y colocarlas en una caja. Ella estaba desbordada. Yo quería diseccionar su cerebro y averiguar qué estaba pasando ahí dentro, arreglar los cables y volver a coserla.

—Porque me presta atención. Me mira. Nadie más hace eso. Me siento como... —pero se detuvo.

—¿Como qué? —pregunté. No mencioné que él miraba de esa manera a *todas* las chicas del campus.

Gemma se quedó mirando el suelo pegajoso, mientras su cerebro buscaba las palabras correctas.

—Siento que no puede salirse con la suya. Se metió conmigo. Arruinó mi noche. Quiero castigarlo. Quiero que se sienta avergonzado. No se le puede hacer eso a alguien y salirse con la suya, pero...

—¿Pero? —pregunté.

Gemma suspiró.

—Ruby.

Ella me miró entonces, aunque sus ojos eran incapaces de enfocar.

—Pero esto lastimaría a Ruby. Quiero decir, ya le hice daño y ella ni siquiera lo sabe. Él estaba sobre mí. Me dijo que yo era hermosa. Sé que él siente algo por mí, estoy segura.

Yo sabía que no era así, pero no podía decírselo ahora. Ya estaba en una situación suficientemente vulnerable. Me miró, y una sensación de culpabilidad parpadeó en sus ojos.

—Merezco ser castigada yo también. Él y yo, los dos somos malas personas, en verdad horribles. Ella nunca puede enterarse de esto, Malin, prométemelo.

Estaba divagando, enferma, alcoholizada. Pero consciente... sabía que estaba desesperada y, sin embargo, seguía sin hacer algo al respecto. No entendí cómo podía hacerse eso, estar dispuesta a participar en todo ello. Gemma cerró los ojos y respiró hondo.

—¿Quieres vomitar de nuevo? —pregunté, preparándome para levantarla.

Sostuve su cabello hacia atrás mientras se inclinaba sobre el inodoro. Intenté no imaginar todos los traseros desnudos que se habían sentado en ese asiento desde la última vez que lo habían aseado a consciencia, no ver toda la mierda que se aferraba bajo su borde.

Cuando el cuerpo de Gemma se tranquilizó, la guie de regreso a su habitación. Pasamos por encima de su primer vómito, y gruñó con desagrado.

—Lo siento —gimió—. Gracias, lo digo en serio, eres tan amable, nunca habías sido tan linda conmigo. Está bien, sé que prefieres a Ruby. Eres una amiga tan leal con ella. Sé que nunca hablas a sus espaldas, y que nunca te enredarías con John, ni siquiera coquetearías con él. Ojalá fueras así también conmigo. Pero lo entiendo. Sólo puedes tener una mejor amiga.

—Eso no es cierto, Gems —dije suave, dulcemente. Quería que se relajara y comenzara a dormir.

—Sigo intentando, ¿sabes? Estoy tratando de hacer que seas así conmigo, que puedas hacer cualquier cosa por mí, así como eres con Ruby.

Guardé silencio. Gemma cayó sobre su cama, la guie debajo de las sábanas y la ayudé a colocar su cabeza sobre su almohada rosa. Gruñó algo que sonó como un agradecimiento y luego se relajó, con las extremidades torcidas.

—¿Te quedarás? —preguntó. Eché un vistazo a la cama de Ruby, todavía vacía.

—Sabes que prefiero mi propia habitación —dije—. Además, Ruby volverá pronto.

Ante la mención del nombre de Ruby, el rostro de Gemma se tensó por el miedo. Me miró desesperada.

—Está bien, me quedaré —dije—. Puedo dormir en el suelo.

—No. ¿Duermes conmigo? ¿Me abrazas? —susurró, dando fuertes palmadas en el espacio detrás de ella, en su cama.

—Mmm —dije, tratando de pensar en una excusa. Nunca había compartido una cama. Jamás.

—No tienes opción —dijo Gemma con una sonrisa—. Como el completo y absoluto fracaso de la noche que soy, exijo toda tu atención.

Señaló el techo con un dedo tembloroso y luego lo dejó caer sobre la almohada.

—Además, si Ruby... —agregó con una voz más suave— si ella se entera, no puedo estar sola. Necesitas estar aquí para que no me mate.

Se veía tan rota. Tenía razón. No sabía qué haría Ruby si se enterara, pero no confiaba en que Gemma se condujera de manera apropiada.

—Está bien —dije—, pero no me toques ni des muchas vueltas.

—Sí, sí —dijo Gemma mientras me recostaba en su cama.

Demoró pocos minutos en dormirse. Escuché cómo su respiración se estabilizó. Podía oír a los estudiantes afuera, volviendo de las fiestas, gritando en medio de la noche invernal. Imaginé su aliento alcohólico subiendo al cielo en nubes cálidas y esponjosas, la bruma blanca que brillaba en la oscuridad rural.

Nunca me había sentido comprometida con Gemma. No antes de esta noche. Deseé poder tomar mejores decisiones por ella, poder retirar esa presión de perfección de sus hombros.

Me quedé dormida con las imágenes de Charlie y yo en la pista de baile, y esa mirada afilada de John, y el sonido de su mano golpeando la piel desnuda de Gemma. No conseguía sacudirme su mirada, y sus ojos de cristal me siguieron hasta el sueño, donde caí en un ataque de pesadillas... perseguía a Bo, pero nunca lograba alcanzarlo. Eventualmente, mi mente se dirigió a un salón de clases. Hale dictaba clase. No podía escuchar lo que estaba diciendo, pero lo veía caminar de un lado a otro, con el rostro animado y lleno de energía. Normal. Una felicidad genuina que no había encontrado antes. Arrullada en el sueño, intenté alcanzar su felicidad, de robar un poco, pero no logré aferrarla entre mis manos.

Cuando desperté, Gemma estaba sentada encima de mí, con los ojos bien abiertos, a pesar de sus pestañas aplastadas tras el sueño.

—¿Qué estás haciendo aquí? —preguntó.

Estaba fascinada, saltando como un cachorro ansioso. La habitación ya estaba iluminada por el sol de invierno que se reflejaba en la nieve fresca.

—Me pediste que me quedara después de lo que pasó —dije, dándome la vuelta para mirar frente a la pared.

Mi cuerpo se sentía rígido y cansado, aliviado de cambiar a una posición diferente. Miré por encima del hombro hacia donde debería haber estado Ruby, pero su cama estaba vacía.

Gemma notó adónde estaba mirando.

—Tal vez esté con John —dijo—. ¿A qué te refieres con "después de lo que pasó"? Mierda. Realmente debo haber bebido una tonelada, lo último que recuerdo es que estaba bailando en ese horrible sótano.

Miré a Gemma con los ojos entrecerrados. Me devolvió la mirada, en sus ojos se acumulaba una genuina confusión. Pensé en todo lo que había dicho la noche anterior, todo el dolor que había sufrido.

—Nada pasó —dije—. Te sentiste horrible y te traje aquí. Me obligaste a dormir contigo.

Gemma rio.

—Debe haberte *encantado*.

Se levantó de la cama, se acercó a su pila de ropa y sacó su teléfono del bolsillo de los jeans. Lo colocó sobre la cómoda; la pantalla se iluminó en cuanto comenzó a cargarse. Me moví de nuevo en la cama y estiré brazos y hombros, mientras consideraba el próximo movimiento. ¿En verdad no lo recordaba? ¿O estaba fingiendo? Ella debía haber borrado todo. Todo el mundo hablaba siempre de cómo se bloqueaban esas cosas, pero no sabía que se podía eliminar una hora entera.

Oímos pasos rápidos que corrían por el pasillo, y Ruby entró en la habitación, en una ráfaga de cabello castaño y chamarras. Me arrojó la mía, sin siquiera cuestionarme por qué estaba allí.

—Dejaste esto en la fiesta —dijo con voz ligera, normal. Todo era demasiado normal. Mis manos estaban congeladas.

—¿Vieron a alguien vomitar justo afuera de nuestra puerta? Jodido animal —dijo mientras se cambiaba de ropa.

—Qué repugnante —respondió Gemma, mientras se abrochaba un sostén y metía un suéter por su cabeza.

Puse la chamarra en mi regazo.

—¿Dónde pasaste la noche?

—En casa de John —dijo Ruby con una tenue sonrisa.

Miré a Gemma por el rabillo del ojo. Estaba tranquila, su recuerdo de la noche anterior se había disipado. El alcohol debía haber obrado su magia y el incidente había sido eliminado de su memoria. Mantuve la mirada, intentando averiguar lo que ella estaba pensando.

—¿Qué? —preguntó Gemma cuando notó mi mirada—. ¿Tengo algo en la cara?

—No, lo siento, me perdí —contesté. Miré su teléfono sobre la cómoda—. Creo que vi tu teléfono iluminarse. ¿Tal vez sea Liam?

Gemma ni siquiera se detuvo a pensar antes de responder.

—Oh, tal vez. Siempre me saluda por la mañana. Es tan dulce.

Al mismo tiempo, Ruby se giró hacia mí y jadeó:

—¡Oh, Dios mío, casi lo olvido! Mal, eres una pequeña pícara. ¡Mira que besuquearte en plena pista de baile! Nunca pensé que vería el día.

Cierto. Charlie. Casi lo había olvidado. Al menos podría tachar un pendiente en mi lista.

# CAPÍTULO VEINTE

# Día de los Graduados

Gemma y yo nos encontramos en la entrada. Intento parecer casual, pero me conoce desde hace demasiado tiempo. No quiero que Ruby la vea si llega a casa, así que sugiero que vayamos arriba.

Gemma me sigue. Arrastra los pies como si estuvieran llenos de arena. Está llorando tan fuerte, más de lo que nunca creí posible. Ojalá ella tuviera un interruptor de silencio. Lucho contra el deseo de decirle que pare con todo esto. ¿Por qué podría estar molesta? Consiguió lo que quería, ¿no es así? Pensé que esto era lo que quería.

Cuando se derrumba sobre su cama, cierro la puerta y me siento en el borde de su escritorio. Sus paredes están cubiertas de carteles antiguos de producciones teatrales; junto a mi mano, hay una foto de su familia, con sus padres abrazándola frente a lo que parece ser el Shakespeare's Globe de Londres. Subo mis piernas sobre su edredón, me inclino hacia delante y acomodo mi barbilla entre mis manos. Entiendo lo cansada que estoy. Tan cansada de todo esto.

Gemma comienza a divagar antes de que yo pueda decir algo.

—Sé que lo sabes. De algún modo. No sé cómo te enteraste, pero sé que lo sabes. Lo siento. De acuerdo. Carajo, lo lamento terriblemente. Soy débil, patética, estúpida. Lo sé, lo sé, lo sé —su voz está llena de una mezcla de inseguridad y vigor. Es una combinación extraña.

Aprendí mucho del terapeuta de mi madre en Texas, cuando mis padres me obligaron a ir a una sesión familiar. Él sabía cómo dirigir la conversación y nunca daba consejos directos, sólo guiaba al paciente hacia una respuesta que considerara adecuada. Sabía sonar amable, cariñoso. Nunca mostraba sus propias debilidades.

—Cuéntamelo todo —digo.

Se reclina y oculta su rostro entre sus manos. En verdad demuestra las habilidades adquiridas en sus clases de Drama.

Levanta el rostro y me mira.

—John y yo, quiero decir, nosotros… yo me siento muy sucia, pero él se aprovechó de mí. Creo que, sobre todo, me siento furiosa —dice, mordiéndose el labio—. Traicionada.

Recuerdo aquella ocasión en primer año. Recuerdo lo que Gemma no. Ella estaba ebria y sus arcadas resonaban en el sucio baño de su habitación. Con qué facilidad repetimos los mismos errores.

—Siempre pensé que teníamos algo —continúa—. Él me mira de esa manera, ¿sabes? Como si yo fuera importante. Después de que ustedes salieron de las duchas, supe que teníamos que hablar. Sobre lo que tú habías mencionado en la fogata.

Nuestra conversación en la fogata. Acerca de Ruby y John. Y cómo Ruby había estado actuando tan extraño desde que había comenzado el último año, fría y ausente. Malhumorada. Cómo se suponía que Gemma convencería a John de que se quedara con ella. Por el bien del grupo.

Asiento. Continúa.

—Así que hablamos, pero él no escuchó.

Parpadeo en respuesta con escepticismo. No hay forma de que Gemma haya mencionado algo al respecto. Los vi con mis propios ojos, vi cómo se lanzaban agua, riendo y tropezando contra las paredes de azulejos del baño. Ella está cubriendo sus huellas.

—Dijo que estaba contento de que fuéramos amigos, contento de que yo fuera tan confiable —dice.

Me pregunto si él estaba hablando de lo confiable que había sido esa primera vez. Como ella se había quedado en blanco y lo había borrado todo, en realidad nada tenía por decirle a Ruby, no había tenido razón para traicionar a John.

—Y entonces, comenzó a besarme —continúa—. Lo sé, suena mal. Pero en ese momento, se sentía tan bien.

Me estremezco un poco.

—Y —sostiene— tú misma dijiste que Ruby ya no estaba tan entusiasmada con él.

No es lo que dije, pero no me sorprende que Gemma lo haya interpretado de esa manera.

—Como sea, él estuvo diciendo que me deseaba.

Aprieto la mandíbula, la vergüenza por Gemma rechina en mis oídos.

—Y entonces, bueno, no pude sacar a Ruby de mi mente. Me sentía terrible. Así que le pedí que se detuviera.

Sus ojos se anegan de nuevo. Ésta es la segunda vez que la he visto llorar. La primera fue cuando éramos estudiantes de primer año, en esa habitación esterilizada de hospital, antes de partir para las vacaciones de verano. Sus lágrimas se congregan, brillantes, contenidas.

—En verdad, le pedí que se detuviera, te lo juro —dice. Le creo. Yo también conozco ese lado de él—. Le dije que quería esperar hasta que él y Ruby se separaran. Hacerlo bien, hacer lo correcto.

Suena completamente honesta. En verdad cree que John siente algo por ella.

—Eso estuvo muy bien de tu parte —digo, aunque las palabras son difíciles de pronunciar.

—¿Verdad? —dice, con los ojos muy abiertos—. Como sea, entonces él dijo que no iba a romper con ella. Dijo que nosotros sólo estábamos divirtiéndonos, pasando el rato. Dijo que yo no era para algo serio.

No estoy segura de qué más decirle. No me siento mal por ella. Tomó una mala decisión. Varias veces. No estaba segura de si lo haría, en realidad, pero es tan predecible. Una pequeña parte de mí está decepcionada de ella.

Gemma entierra otra vez su cabeza en sus manos. Me duele la espalda, así que la enderezo y me siento. Estiro mis brazos, a los lados, arriba. Giro mi cuello de un lado a otro, para obligar a la sangre a fluir.

—Estoy tan furiosa —dice Gemma—. No puedo creer que me haya hecho esto.

*Yo sí.*

—Lo sé —digo.

—Sólo quiero embriagarme y olvidar que esto alguna vez sucedió —dice.

*Eso es lo que hiciste la última vez.*

Se levanta y camina al lado opuesto de la habitación. Saca una botella de ginebra de su armario.

—Tal vez deberías esperar —digo—, hasta el baile.

—Sí, tal vez —dice y bebe un trago de cualquier manera.

—Pregunta para ti —digo.

—¿Sí? —me mira con los ojos inyectados en sangre.

—¿Ruby los vio?

—Oh —hace una pausa—. Dios. Espero que no. En verdad, espero que no. ¿Crees que ella podría habernos visto?

Me alegra que no tenga idea de esta parte. Una cosa menos con la cual lidiar.

—No —contesto—. No te preocupes por eso.

Gemma parece aterrorizada por un momento, y esbozo una sonrisa tímida. Me levanto y camino hacia la puerta.

—Malin —dice. No puedo soportar la angustia en su voz. Sé que yo la puse ahí. Pero es por un bien mayor, Gemma es un sacrificio, me recuerdo. Se recuperará.

—¿Sí? —digo. No puedo mirarla.

—¿Por qué nadie me quiere?

Mi mente busca rápidamente una respuesta. Sé que tiene que ser algo compasivo y tranquilizador, pero hoy estoy cansada de fingir.

—Gemma —digo, parada junto a ella. Me aseguro de que me está mirando. Mi voz es dura—. Tienes que dejar de sentir pena por ti. Enfócate en ti. Ámate primero. Deja de preocuparte por lo que piensen los demás. Deja de lamentarte. A veces la vida es dura. Sal del hoyo y sigue adelante. Y deja de beber todo el jodido tiempo, eso sólo te hace más débil.

Los ojos de Gemma se abren ampliamente, pero nada dice. Si la he ofendido, no me importa.

—Me voy a arreglar, ¿estás bien? —pregunto.

—Sí, todo bien —responde, finalmente rompiendo el contacto visual. Fija su mirada en la ventana—. Sólo voy a sentarme un momento, a planear mi venganza.

Está bromeando, pero hay algo en su tono, algo amargo. Está herida. Sé que debería sentarme con ella y mejorarlo todo, pero no soy capaz de hacerlo. Pienso en Ruby, y me pregunto dónde estará.

Debería quedarme, pero no lo hago. Le fallo a Gemma en ese momento, al dejarla sola.

Pero estoy distraída y necesito prepararme para el regreso de Ruby. Para la inevitable ruptura que viene. En el pasillo, saco mi teléfono y busco en Google: *cómo ayudar a una amiga a superar una ruptura*.

No hay forma de que Ruby se quede con John después de esto. Esto es imperdonable. En mi opinión, es un asunto tan claro que no admite alternativa. La otra opción posible, ni siquiera la considero.

# CAPÍTULO VEINTIUNO

# Primer año

Salí con Charlie cerca de un mes. Estuvo bien. Me propuse que estaría con él durante cuatro semanas. No nos acostamos, sólo nos acariciábamos en público. Tenía que mostrar a todos que era normal. Así que lo hacíamos en las fiestas, en las pistas de baile y, una vez, en el Grill a la medianoche. Él era dulce. No quería hacerle daño, pero sólo pude pasar un mes como su novia. Él me enviaba mensajes de texto todo el tiempo y siempre quería saber qué estaba haciendo, cuándo podríamos pasar un rato juntos. Era tan *insulso*. Sólo hablaba de futbol o eventos deportivos, o de Cabo Cod, adonde iría ese verano.

Cuando nuestro tiempo juntos llegó a su fin, le dije que no estaba lista para tener una relación, y actué como si estuviera triste. Ruby me consoló y luego, finalmente, todo había terminado. Y yo podía estar sola otra vez.

Tomé una bocanada de aire fresco de la montaña y sentí el viento frío contra mi nariz y mis mejillas. Levanté la mirada y observé a mis amigos trepar por la empinada cara de la roca hasta la cima de la pequeña colina. Ruby y Max nos conducían por la pronunciada pendiente al Acantilado. Ésta era nuestra segunda visita al lugar. Ya habíamos ido una vez en el otoño, pero había empezado a granizar, así que nos dimos por vencidos y regresamos al campus.

John estaba unos pasos por delante de mí. Las rocas se desmoronaban por el camino y golpeaban las puntas de mis zapatos. Mis cordones se habían desatado y los había estado observando bailar alrededor de mi calzado, esperando a averiguar si me harían tropezar. Me gustaba ser la última en la fila. Era fácil vigilar a los demás en esta posición.

Me agaché para atar los cordones. John se dio una vuelta y se percató que me había detenido.

—Puedes seguir —dije—. Los alcanzaré enseguida.

—No te preocupes —dijo John, caminando hacia mí—. Me viene bien un descanso.

Los otros se alejaron. Los *shorts* rosas de Gemma desaparecieron tras una vuelta. John y yo nos quedamos solos.

—Entonces, Mal —dijo, poniendo un pie sobre una roca, estirando su cadera. Me centré en mi cordón—. Siento que todavía no te conozco bien.

—¿Cómo? —dije.

—Sí, quiero decir, eres de Texas. Te gusta leer. Eres la mejor amiga de Ruby. ¿Hay algo más?

Aun cuando alguien más podría haber encontrado ese comentario insultante, yo lo encontré apenas fastidioso.

—Supongo que no soy tan interesante —concedí.

—No estoy tan seguro de eso —bajó su pie de la roca y caminó hacia mí. Me quedé mirando sus zapatos deportivos, las rayas de barro dibujadas en la tela roja. Me puse en pie. Nuestros rostros quedaron a pocos centímetros de distancia.

—Siento que tengo que buscarte en Google, o algo así, para conocer el reporte completo —continuó.

Sabía que no encontraría nada. ¿O sí? Hice algunos cálculos en mi cabeza, preguntándome si esos artículos del periódico podrían haber aparecido de alguna manera en internet.

—Adelante —contesté—. Me avisas si encuentras algo interesante.

Dio un paso hacia mí, y tragué saliva. Llevó una mano a los cabellos perdidos que se habían liberado de mi cola de caballo. Me preparé para su toque mientras empujaba el cabello detrás de mi oreja, luego trazó con sus dedos la piel de mi cuello.

—Eres bonita —susurró—. Pero eso lo sabemos todos.

Antes de que pudiera responder, se alejó y comenzó a subir la colina. Me quedé quieta por unos minutos, procesando lo que acababa de suceder, esperando a que doblara la esquina.

Cuando me encontré con todos, era como si el intercambio nunca hubiera ocurrido. Miré a John, pero él me ignoró, mientras seguía enfrascado en una conversación con Khaled sobre una película que querían ver.

Caminé más allá de ellos y alcancé a Ruby y Max. Tomé entonces mi lugar al frente de la fila. Era mejor tener a Max detrás de mí, saber que había otras personas entre mí y John.


—Te estás comportando tan diferente —le dijo Ruby a Gemma mientras subía a una roca.

—No es verdad —replicó Gemma.

Levanté la mirada al cielo brillante. Habíamos llegado a la cima, el camino se abría hacia un pequeño claro y una saliente rocosa. Observé por encima del hombro. Podía ver la parte superior de la capilla del campus y los brillantes paneles solares en el techo del comedor.

Gemma se detuvo y puso una mano en su suave cadera, entre agitadas bocanadas de aire.

—No estoy. Acostumbrada. A la altitud —dijo, con la frase fragmentada igual que su respiración.

—No estamos tan arriba —añadió Max.

—Hablando de eso —continuó Khaled. Sacó su pipa del bolsillo—. ¿Alguien más quiere?

Khaled y John se acurrucaron en la orilla rocosa, con las piernas colgando sobre el empinado declive. Su aliento y el humo de la hierba se elevaron en bocanadas sobre sus cabezas.

—Sigue haciendo mucho frío —dijo Gemma—. ¿Se está poniendo más frío? Se supone que ya estamos en primavera.

Ruby y yo nos miramos y reprimimos las sonrisas. Gemma se había estado quejando desde que decidimos hacer la escalada a la hora del desayuno, esa mañana. No había sido una escalada siquiera, era más como una empinada caminata de quince minutos por una colina. El Acantilado era famoso en Hawthorne como el mejor lugar para fumar hierba y beber durante el día. Gemma quería quedarse en su habitación y ver una vez más *Friends*, pero el miedo a quedarse fuera la llevó a unirse a nosotros.

—Entrarás en calor si sigues moviéndote —le dijo Ruby—. Pero, ¿sabes?, ya *es* primavera. Ésta es la primavera en Nueva Inglaterra, nena. Sube a diez grados y todo mundo cambia a pantalones cortos y playeras. Hace frío. Nuestra palidez combina con la nieve.

—¿Oyeron hablar del cuerpo que encontraron el otro día? ¿En calle Mill? —preguntó Max.

—Puff, ¿qué? —respondió Gemma.

—Sí, muy triste. Eso sucedió en Hanover unas cuantas veces —dijo Ruby—. La gente se embriaga durante las tormentas de nieve y trata de regresar caminando a casa desde el bar, pero nunca lo logran. Se congelan hasta morir, y sus cuerpos son encontrados cuando la nieve se derrite.

—Eso es tan, tan repugnante. En Londres, si te desmayas caminando a casa, te duermes en un banco o algo así. Condenado Maine. Maldito frío —Gemma había empezado a dar saltos de tijera, con los brazos agitándose agresivamente a sus lados.

Shannon, quien se había unido a la caminata, avanzó de puntillas hasta el borde para acercarse a Khaled y se sentó cuidadosamente a su lado, permitiendo que sólo sus tobillos se estiraran sobre la pendiente.

—Son lindos, o algo así, supongo —dijo Ruby, bajando su voz a un susurro.

Max, Ruby y yo nos paramos en un pequeño semicírculo, con la mirada puesta en los otros, justo al frente, y los árboles que se extendían por kilómetros, debajo de nosotros. Gemma soplaba y resoplaba a un lado, con los ojos fijos en el paisaje.

Miré a Max.

—¿Crees que a él también le guste ella?

Después del comentario a principios de año, Khaled había invitado a Shannon a pasar tiempo con nosotros unas cuantas veces. Esperaba que no fuera tan tímida y que yo no tuviera que facilitarle la conversación. No creía que ella hubiera enganchado a Khaled, y no estaba segura de que alguna vez lo lograría.

Max negó con la cabeza.

—Ella no es de su tipo.

Los miré sentados en la orilla. Se veían relajados, el uno con la otra.

—Ni siquiera sabía que tenía un tipo —dijo Ruby, reprimiendo una carcajada.

Recordé cuando Khaled sugirió que nos besáramos, al principio del año. Yo no era tan diferente de Shannon. Ambas éramos delgadas y pálidas.

—¿Y? —pregunté a Max—. ¿Tiene que haber algo más?

—Ella es demasiado tranquila —respondió Max.

—Max está siendo amable. Lo que quiere decir es que ella es aburrida —intervino Gemma, intentando susurrar a través de sus jadeos.

Ruby y yo miramos a Shannon. Max tenía razón. Ya lo sabía, pero esperaba que ella se hubiera abierto a estas alturas. Vi a Shannon reír de todo lo que Khaled decía pero, desde que ella se había sentado, él había logrado abrir un gran espacio entre los dos.

Ruby ladeó la cabeza.

—Bueno, ahora que lo dices... sí, así es, absolutamente. Quiero decir, ella siempre me pareció un poco irritante, pero no sabía por qué.

—No encaja. Con nosotros, quiero decir —dijo Gemma. Parecía un poco ruda al arrojarla de esa manera, de regreso con el grupo de estudiantes de primer año sin amigos—. No es gran cosa. Ya encontrará otros amigos.

Max se encogió de hombros y comenzó a desenvolver una barra de granola. Los tres nos quedamos en silencio, comiendo bocadillos. El fresco aire de primavera acariciaba nuestras mejillas.

—Eso apesta —dijo Ruby—. Me siento mal... pero no lo suficiente.

—Sí, ¿verdad? Estoy cansada de forzar conversaciones incómodas con ella —agregó Gemma.

—Le dije a Khaled que ya le dijera algo. Para ahuyentarla —dijo Max.

—Es demasiado amable —respondió Ruby—. Nunca lo hará.

—Pero no es *amable* llevarla por ese camino. Él simplemente odia la confrontación.

Max tenía razón. Khaled amaba ayudar a los demás, pero odiaba lidiar con los problemas.

—Chicos —dijo Gemma, con voz temblorosa y aguda. Estaba observando algo en su pantorrilla—. Mmmmm.

Nos volvimos hacia ella.

—¿Qué? —preguntó Ruby.

—No puedo mirar —dijo Gemma, girando la cabeza lejos de su costado izquierdo—. No puedo mirar. Creo que es una garrapata, quítenmela, ¡quítenmela! Dios mío.

Ruby y yo intentamos no reír.

—No le encuentro la maldita gracia —gritó Gemma.

Max se acercó a ella y se inclinó hacia su pierna.

—La temporada de garrapatas aún no comienza —sentenció, mirando desde su pierna hasta su rostro.

—Vete a la mierda —continuó Gemma—. ¿Estás seguro?

—Muy seguro —añadió Max—. Pero quédate quieta, lo comprobaré.

Cuando Max, nuestro futuro médico, inspeccionó con cuidado el muslo carnoso de Gemma, Ruby lo miró con fervor, y su rostro se suavizó.

Recordé su reciente entrada en el diario, las palabras escritas a la carrera:

John ha sido tan dulce en los últimos días. Incluso me sorprendió el fin de semana pasado con una pequeña escapada a un *spa* en Kennebunkport. Insistió en que usara esta extraña pieza de lencería... tenía un agujero en la entrepierna y no era muy "yo", pero él pareció disfrutarlo. Qué suerte tengo. A veces ni siquiera puedo creer que esté saliendo con él. Espero que dure. ¿Es malo que ya piense en matrimonio? A veces imagino nuestra vida, viviendo en Tribeca, pasando los fines de semana en el viñedo… yo podría conseguir un trabajo en una galería… hay tantas en Nueva York. Y John podría trabajar en la inversión privada, como siempre ha dicho. Pero no me permito pensar demasiado en ello. Porque es un sueño. No quiero arruinarlo con expectativas. Y el sexo… está mejorando un poco. Él sigue diciendo que me acostumbraré, pero no lo sé, aún no ha sucedido. Hay otras cosas en la relación además de acostarnos, así que tampoco es un gran problema. ¿Cierto?

Max dejó de salir con Greta, gracias a Dios. Claro, ella es bonita, pero también una especie de perra. Cuando sale con nosotros, evita por completo el contacto visual conmigo, aunque yo soy EXTREMADAMENTE amable con ella. Porque, ya sabes, estoy tratando de ser inclusiva. Como sea. Ni siquiera creo que a Max le guste tanto. Él se merece algo mejor.

Observé a Ruby contemplar el panorama, con el rostro relajado y fresco por el frío. Ahí estaba, erguida y firme, atlética, con un pie sobre una pequeña roca. Invencible.

John, Khaled y Shannon se estaban riendo de algo, y sus cuerpos se sacudían al unísono. Shannon seguía lanzando miradas íntimas a Khaled, pero él no las correspondía.

La situación era familiar. Como Ruby y Max. Dos personas que se agradaban y se respetaban, pero cuya relación no llegaría más lejos. Shannon quería más, pero Khaled no.

Y era claro que Max estaba enamorado de Ruby... un gran problema que ninguno de nosotros había abordado. Como una tos que no cede.

Pateé una roca con el dedo del pie, que salió volando por la saliente. John la vio caer y se giró para mirarme. Su rostro, serio al principio, esbozó enseguida esa sonrisa que reservaba sólo para mí, y se extendió salvaje como un incendio.

# CAPÍTULO VEINTIDÓS

# TEXAS, 1997

El sábado era mi día favorito de la semana porque papá me llevaba, a mí y sólo a mí, a comprar *bagels*. Me gustaba que Levi se quedara en casa, aunque me preocupaba mi madre.

En Bagel World pedimos una bolsa de *bagels* mixtos. Solíamos llevarlos a casa de inmediato, pero esa vez papá me preguntó si quería comer allí. Elegimos una mesa junto a la ventana, y me entregó uno de mora azul y un recipiente plástico con queso crema. Se sentó del otro lado de la mesa, rodeó con ambas manos su taza de café y me miró.

—¿Eres una niña feliz? —preguntó.

Sonreí con la boca llena de *bagel*. Bajó la mirada a su café, enojado o triste, no estaba segura.

—¿Cómo van las cosas entre tú y tu hermano? —preguntó.

Usé mi lengua para limpiar mis dientes del pastoso panecillo mientras pensaba en qué podía responder. No quería preocuparlo.

—Bien —contesté.

Papá asintió lentamente, distraído.

—¿Él te hace sentir insegura? —preguntó.

—No en realidad —dije—. Es molesto, eso es todo.

Papá pareció aliviado, casi sonreía.

—Bien, bien —dijo.

—Estoy más preocupada por mamá —dije tomando otro bocado de panecillo—. Él es muy malo con ella. ¿Por qué es tan malo con ella?

El rostro de papá se llenó de tristeza, y me arrepentí de mis palabras.

—Lo siento —dije, dejando de masticar, entendiendo hasta qué punto lo había perturbado.

—No, Malin, no te disculpes. Hiciste bien al decirme eso —continuó.

—¿Por qué ella no se defiende? Siempre está triste ahora. Me gustaban más las cosas cuando ella estaba feliz.

Papá se quedó callado, pensando.

—En ocasiones, cuando amas a alguien, como tu madre ama a Levi, puede hacer que las cosas sean más complicadas. Tu mamá quiere que Levi sea feliz. Y él tal vez está pasando por una etapa. Y como padre, haces sacrificios por tus hijos, porque los amas, y eso es lo que hacen los padres. Lo entenderás un día. ¿Tiene sentido para ti?

No me gustaron las palabras *tal vez*. Eso me hacía pensar que papá tenía dudas, pero él siempre estaba seguro de las cosas, como aquella vez que el auto se había averiado en la carretera y él había sabido qué parte estaba dañada y la había reparado. Y cuando había visto llorar a mi madre, una semana antes, cuando estaba sola en la cocina, él se había acercado a ella y había sabido qué decir para reconfortarla. Y siempre estaba arreglando cosas en su trabajo... yo lo escuchaba cuando hablaba por teléfono y le decía a la gente qué debía hacer. Así que no me gustó esta situación, ese *tal vez*. Nada de eso tenía sentido para mí. En mi mente, estaba muy claro.

Levi era malo. Nuestra madre no lo era. Él debía ser castigado, se le tenía que enseñar cómo ser amable. Pero sabía que papá quería que yo entendiera la dificultad del problema, así que no añadí más.

Nuestra mesa estuvo en silencio por un tiempo, mientras terminaba mi *bagel*. Antes de irnos, papá se inclinó y tomó mi rostro entre sus manos.

—Te amo —dijo—. No lo olvides.

Esbocé una pequeña sonrisa.

—Yo también te amo —contesté.

Entonces nos subimos al auto y fuimos a casa, y nunca volvimos a hablar de Levi.

Tal vez si hubiéramos hablado de él, tal vez si mis padres hubieran abordado el problema de la manera correcta, él seguiría con vida.

# CAPÍTULO VEINTITRÉS

# Primer año

El primer año estaba llegando a su fin. Tenía un vuelo reservado para el mediodía del día siguiente. Regresaría a casa, trabajaría en el despacho de abogados de papá, me sentaría junto a la piscina. Estaría sola, por fin. Nunca pensé que me encontraría deseando ir a casa. Libre de los problemas de los demás. Sólo faltaban veinticuatro horas para que pudiera respirar de nuevo. Había sobrevivido al primer año, había obtenido las mejores notas, tenía amigos. Todo sería más sencillo a partir de ahora. Podría encender el piloto automático durante el verano.

Ruby y yo caminábamos al Invernadero. Debíamos terminar un último ensayo antes de empacar y dedicar el resto del periodo de exámenes a las fiestas.

—Escuché que Max tiene una exposición —dijo Ruby, cortando el silencio—. Vi un cartel con una de sus fotos. Deberíamos ir.

—Claro —asentí. Recordé su obra, personas diminutas en majestuosos paisajes.

—Pero no se lo digas. Creo que todavía se siente avergonzado. O algo así. Quiero decir, no es que nos haya invitado exactamente.

Asentí, distraída. Seguía pensando en la última entrada del diario de Ruby. Mi dilema de meses casi había llegado a su fin. Me estaba inclinando en una dirección definida, y sus palabras me empujaban a comprometerme:

8 de mayo

Actualización rápida: ¡obtuve un lugar en el programa de verano del Museo de Bellas Artes! GRACIAS A DIOS. No tengo que ir a casa. Me siento tan aliviada. Las cosas con John van bien. Realmente bien. Estoy muy feliz.

El sexo es... Bueno, es lo que es. Algunas veces, cuando bebe demasiado, ni siquiera lo hacemos porque pierde la consciencia antes de que algo pueda suceder. Siempre me siento aliviada cuando eso pasa. Me doy cuenta de que es todo un desastre, pero da igual. Cada relación tiene sus cosas raras. Ésta es la nuestra.

Como sea, él va a vivir en su casa en el viñedo este verano, y dijo que yo debería ir a visitarlo todos los fines de semana. Le dije que sería bueno convivir con las personas en el programa un poco, ya sabes, los fines de semana, pero ya me compró un pase de usuario frecuente para el ferri, lo cual es muy amable de su parte. Así que por supuesto iré a pasar allí todos los fines de semana. Y el museo me proporciona alojamiento para estudiantes en Boston, así que todo marcha bien. Papá quiere que vuelva a casa una semana antes de que comience el programa, pero no quiero lidiar con él...

La frase *matar al mensajero* seguía dando vueltas en mi cabeza. Había estado debatiéndome sobre si debería o no contarle a Ruby lo que había sucedido esa noche de febrero. Gemma la había olvidado por completo, y John no había actuado de manera diferente después de eso. Si le preocupaba que Gemma abriera la boca —aunque eso habría sido imposible—, no lo demostró. Las cosas volvieron misteriosamente a la normalidad. Como si nunca hubiera ocurrido. Como si estuviera grabado en mi memoria y en la de nadie más. Podría cargar con eso, pero no estaba segura de si se trataba de algo que Ruby debería saber. Ella *parecía* genuinamente feliz. Lo había escrito.

Lo que sabía era que John estaba muy ebrio cuando sucedió. Gemma había estado en una situación vulnerable, igual de ebria. Y como decía Max, John había tenido una infancia difícil después de que su padre fuera a dar a la cárcel y se hubiera divorciado de su madre, aunque me molestaba pensarlo, dado que estaba segura de que él seguía pasando todos los veranos en el viñedo y vivía una vida muy cómoda con sus amigos y familiares. Más allá de su transgresión con Gemma, trataba a Ruby como si fuera una reina. La halagaba, le había comprado boletos para el ferri, la hacía sentir amada. Entonces, las cosas no eran tan malas. Éramos niños. Estúpidos niños demasiado adeptos al alcohol. Estaba permitido que cometiéramos errores.

Además, ¿cuántas relaciones universitarias duraban más de un año, en realidad? De cualquier manera, tal vez se separarían para el segundo año. Nada tenía que hacer. Sucedería solo.

La peor parte era la manera tan egoísta en que me estaba comportando. No quería ser la mensajera. No quería que ella se enojara conmigo por entregar el mensaje. Así que mantuve la boca cerrada.

>>>

Los pájaros revolotearon en los árboles sobre nosotras cuando abrimos las puertas del edificio de Arte. Los días en la primavera eran largos, la puesta del sol se retrasaba, cada vez más. Gemma nos había acompañado y había hablado todo el camino sobre lo emocionada que estaba de volver a casa durante el verano. Dijo que haría un maratón de películas durante al menos tres semanas, que comería té y galletas, y otras tantas cosas británicas que extrañaba. No necesitaría conseguir un trabajo, dado que a su familia le sobraba el dinero. Su papá estaba en el área de finanzas. Como los padres de todos los demás en Hawthorne.

—Es una locura lo malas que son algunas —dijo Gemma mientras caminábamos por el largo pasillo, observando las fotografías.

Ruby rio. Las tres nos detuvimos para mirar una imagen de genitales masculinos, desplegados en su totalidad en un sofá capitoné de piel.

—¿Esto está permitido? —preguntó Gemma—. ¿Y de quién creen que sea? ¿Y si pertenece a alguien que conocemos? ¿No sienten curiosidad?

Ruby la miró.

—Es *arte*.

—Bueno —dijo Gemma—, no sé ustedes qué opinen, pero ciertamente yo no compraría un pene con testículos para colgar sobre mi chimenea.

Caminamos al unísono hasta el final del pasillo, al lugar donde el trabajo de Max había estado exhibido el semestre pasado.

—Aquí —dijo Ruby.

263

Miramos la primera de las tres imágenes de Max. La primera había sido tomada durante el invierno: un esquiador solitario congelado en su sitio, descendiendo a toda velocidad por una suave pendiente blanca. Los bordes del sendero estaban poblados por pinos cubiertos de nieve en polvo.

—Es un *artiste* —dijo Gemma con acento francés.

La siguiente foto no estaba tan centrada en la naturaleza como las otras. Había sido tomada a una gran distancia: el comedor, por la noche, mirado desde afuera. Todos los estudiantes estaban comiendo, estudiando, concentrados. La oscuridad de la noche contrastaba con las luces brillantes ocultas dentro de las altas paredes de vidrio.

—Interesante —dije—. Debería apegarse a las cosas de la naturaleza.

—Es bastante ingenioso. Mira lo pequeños que nos vemos todos —añadió Gemma, divertida.

Ruby fue la primera en dar un paso hacia la última fotografía. La observé mientras inclinaba la cabeza hacia un lado.

—Oh —exclamó. En su tenue voz había sorpresa. Se llevó una mano a la garganta.

Gemma y yo nos paramos detrás de ella y miramos la fotografía. Gemma me lanzó una mirada, con los labios fruncidos, un poco entretenida, un poco preocupada. Todas permanecimos calladas por un momento, asimilándolo.

—Bueno, yo diría que es la mejor —comenzó Gemma. Se percibía un destello de burla en el tono de su voz.

Ruby se aclaró la garganta y se movió incómodamente.

—¿Cuándo fue tomada? —pregunté.

—Ni siquiera lo sé —respondió Ruby—. Creo que era temprano, una mañana. Después de que la nieve se derritió.

Hizo una pausa, mordiéndose el labio. La observé retirarse una escama de piel seca y meterla en su boca.

—Ambos tuvimos que levantarnos temprano para estudiar para el examen parcial. Dijo que me traería café en el Invernadero, para que al menos pudiéramos estudiar juntos. Ya saben, a la miseria le gusta la compañía…

Su voz se apagó.

—Te ves muy bonita —dijo Gemma, tratando de aligerar el estado de ánimo.

Ruby le dirigió una mirada avergonzada. Se veía hermosa, sentada en uno de los sillones, mirando el lago congelado. Siempre se esforzaba tanto por parecer perfecta, que era poco común verla de esa manera. Lucía tan triste. Era como si Max hubiera invadido su privacidad y le revelara al mundo sus problemas. Problemas que Ruby se esforzaba mucho por ignorar. Era extraña y sorprendente al mismo tiempo. Había capturado algo atípico. Un lado de Ruby que todavía no conocíamos.

—¿Vamos? —preguntó Gemma, sintiendo que deberíamos continuar.

Yo también lo sentí. Era como si estuviéramos mirando a Ruby desnuda.

Ruby me miró mientras nos alejábamos, instándome en silencio a que olvidara todo aquello. Que nunca hablara de la fotografía. Le devolví una mirada de complicidad y nos dirigimos por el pasillo hacia la salida.

Teníamos una fiesta por delante y asuntos mucho más importantes que atender.

>>>

Los seis formamos un círculo en la sala común, amontonados entre un sudoroso conjunto de estudiantes de primer año. Khaled había pronunciado un histriónico brindis por nuestro paso a estudiantes de segundo año, y todos bebimos un trago de vodka. Escupí el mío de regreso a mi taza sin que alguien lo notara.

En algún momento, Shannon se acercó y se paró junto a Khaled. Él la saludó como siempre, con un abrazo tímido y un golpe de puños. Ella sonrió, vacilante e incómoda, dejando que la abrazara mientras sus mejillas se iluminaban. Él era demasiado coqueto. Estaba empezando a preguntarme cuándo le diría que en realidad no estaba interesado, y así ella pudiera seguir adelante con su vida.

Gemma y Khaled ya estaban alcoholizados. Siempre se ponían un poco tambaleantes después de unas cuantas copas. Gemma se balanceaba en su lugar. Yo estaba parada junto a Max, quien todavía no había bebido ni un sorbo de su cerveza. John y Ruby estaban acurrucados. La mano de John era una garra fija en el hombro de Ruby.

—Max —dijo Gemma. Sus palabras sonaban un poco pastosas—, eres un fotógrafo maravilloooooso.

Ruby le lanzó una mirada fulminante, pero Gemma la ignoró. Estaba demasiado ebria.

—¿Fotógrafo? —preguntó Khaled, dedicándole a Max una mirada escéptica.

—Solía llevar una cámara a todos lados cuando éramos más jóvenes, ¿lo recuerdas, Max? —agregó John, con un sonsonete de burla en su voz. No del tipo agradable.

Max se quedó mirando el suelo. Quería decirle que no debía sentirse tan avergonzado, ¿cuál era el problema? Era tan bueno en eso, ¿por qué esconderlo?

—Una especie de afición femenina, si quieren saber mi opinión —dijo John.

Sólo Khaled ofreció algo cercano a una risa. No quería herir los sentimientos de Max, pero tampoco dejar pasar la broma de John. Ruby se aclaró la garganta, apretó un poco de más el vaso y el plástico rojo se hundió.

—Y parece que Ruby es la *musa* de Max —dijo Gemma.

*Gemma, no.* Sus celos se estaban manifestando en esta vil e insegura *exposición.* Celosa de que Ruby se llevara la atención tan fácilmente, que todos estuvieran enamorados de ella y nadie de Gemma.

Shannon se animó.

—Oh, yo también la vi. Max, es hermosa. Esa forma en que capturaste...

—Yo no soy su musa —interrumpió Ruby, agresiva, a la defensiva, dando por concluido el comentario de Shannon.

Max miró a Ruby, su expresión era una mezcla de abatimiento y sorpresa. Vi el rostro de Ruby arder en una profunda sombra carmesí.

—¿Capturó qué? —le preguntó John a Shannon, soltando su brazo de los hombros de Ruby.

Shannon pareció incómoda y, sin duda, se sintió más que nunca como una extraña. Era la primera vez que decidía participar, y había dicho algo incorrecto.

Gemma percibió la inquietud de John y sus ojos se iluminaron. Estaba llena de júbilo, encantada de continuar. Abrió la boca para hablar, pero Max la interrumpió.

—De hecho —dijo Max con firmeza. Gemma parecía molesta, pero cerró la boca. En un tono más relajado, él continuó—: a Ruby se le ocurrió interponerse en uno de mis disparos en el Invernadero, y a mi profesor le gustó la fotografía, eso es todo.

Ruby fue la que pareció herida esta vez. Se mordió el labio y miró al espacio en su hombro que había estado ocupado por el brazo de John.

—Eso es genial, hombre —le dijo Khaled a Max, con tono ligero. Sabía que él estaba intentando desactivar la intensidad—. Me encantaría ver tu trabajo.

—Gracias —respondió Max. En realidad sonrió.

John nos miró a todos, decidiendo fingir que no le importaba. Lo observé calcular toda la información que había obtenido, tras darse cuenta de que Max y Ruby pasaban tiempo juntos sin él, solos. Antes de que alguien pudiera decir algo más, una voz habló detrás de mí y sentí que alguien me movía a un lado para hacer que el círculo se hiciera más grande.

—Oh, hey, chicos, ¿cómo van? —cantó Amanda.

Vi que los ojos de Ruby se estrechaban.

—Amanda —dijo Khaled, ofreciéndole un puño en alto—. ¿Qué hay, chica?

—No mucho, sólo quise venir a saludar a tu pequeña pandilla antes del verano —nos miró y se percató de la tensión en el aire—. Pero parece que estoy interrumpiendo algo.

—No interrumpes —se apresuró a comentar Ruby.

—Nah —respondió Khaled—. Sólo estamos hablando de la fotografía de Max. El chico se siente avergonzado o algo así, pero parece que es realmente bueno.

Amanda pasó los ojos por encima de Max, de pies a cabeza, juzgando. Parecía molesta de tener que hablar sobre él, por no mencionar el hecho de estar en su presencia. No era suficientemente bueno para ella. A su parecer, la escalera de Max no conducía a ninguna parte.

—Eso ni siquiera es tan vergonzoso —dijo Gemma—. Te diré qué es vergonzoso. Una vez salté de cabeza en un montón de hojas secas para impresionar a un sujeto.

Ruby la miró.

—¿Qué? ¿Por qué se te ocurrió hacer eso?

Gemma agitó su mano en el aire con desdén.

—¿Sabes?, ni siquiera podría decirte por qué decidí hacer *eso* en particular. Creo que podría haber sido un desafío. Sí, eso suena bastante correcto. Pero tuve que usar un collarín durante una semana después de aquello. Mi cono de la vergüenza.

Khaled rio.

—Sólo tú, Gems.

Él le tendió un trago, y ambos echaron la cabeza hacia atrás y bebieron.

—Quizá no deberías ir contando a los demás esa historia —dijo Amanda—. ¿Qué hay de *ti*, Ruby? ¿Algo en tu pasado de lo que te avergüences?

El rostro de Ruby se sonrojó.

—Oh, parece que hay algo. *Cuéntanos* —dijo Amanda.

Los ojos de Gemma se movían de un lado a otro entre las dos, registrando lentamente que algo interesante estaba teniendo lugar allí.

—Yo sí tengo algo —dije. De golpe, todos los ojos se volvieron hacia mí—. Una vez me oriné en el columpio a la hora del receso.

Era una mentira, no había hecho eso. Pero una niña en mi clase de tercer grado sí. Y se sintió tan avergonzada que lloró por el resto del día.

Amanda arrugó la nariz.

—*Iu*.

—Cuando tienes que ir, tienes que ir —dijo Khaled. Su voz sonaba torpe, el aire silbaba entre sus dientes. Él odiaba esta conversación.

—Oh, ¿saben?, yo también he hecho eso, ahora que lo pienso. Varias veces, en realidad —dijo Gemma, ahora balanceándose visiblemente en su lugar.

—Yo nunca he hecho algo vergonzoso —dijo John, casi bromeando, sin darse cuenta de que Amanda estaba apuntando con algo hacia Ruby.

Miré a Max. Él sabía que algo había pasado entre Amanda y Ruby, pero se mantuvo callado.

—Por supuesto que no —concedió Amanda, mirándolo con ojos grandes e inocentes—. Tú eres perfecto.

—Voy por una copa —dijo Ruby, un poco demasiado ruidosa—. John, ¿vienes conmigo?

—De hecho, ¿podrías traer una cerveza para mí aprovechando que vas para allá? —preguntó. Ni siquiera la miró.

Ruby le devolvió una sonrisa forzada.

—Por supuesto.

Amanda le sonrió a Ruby, siendo amable, tratando de demostrarnos que ella era la buena y nada tenía que ocultar. Yo quería seguir mirando, pero me di cuenta de que alguien me saludaba desde el otro lado de la estancia. Entrecerré los ojos cuando el lugar se despejó un poco y detecté a Hale en medio de un grupo de estudiantes de último año.

—Vuelvo enseguida —le dije a Ruby. Una parte de mí sentía la necesidad de quedarse para comprobar que ella estuviera bien, pero me lanzó una sonrisa débil y se dirigió hacia la cocina.

—Hey —exclamó Hale mientras me acercaba. Una mano áspera cuidaba su cerveza. La otra colgaba suelta a un lado.

—¿Qué hay? —dije—. ¿Saliendo con los chicos divertidos de nuevo?

Esbozó una media sonrisa.

—¿Qué? ¿No se me permite pasar el rato con mis estudiantes?

Alguien le dio una palmada en la espalda y se derramó un poco de cerveza a nuestros pies. Bajé la mirada y me sentí aliviada de que mis sandalias no se hubieran mojado, y luego la llevé de regreso a Hale.

—¿Puedo ofrecerte una bebida? —preguntó, mirando mis manos vacías—. Hay bebidas sin alcohol en el refrigerador .

—Oh, no, gracias —dije, notando la ligera quemadura de sol en sus mejillas—. ¿No te sientes solo aquí? ¿Como un adulto entre niños?

—No estaba consciente de que fuera un adulto. Pero no, en realidad no. Fui prefecto durante un tiempo, así que conozco a la mayoría de estos vándalos. Son buenos tipos.

Creo que tenía sentido. Parecía que él los conocía a todos, al menos a todos los varones. Le daban palmadas en la espalda o gritaban su nombre desde el otro lado de la estancia, emocionados de verlo ahí.

Otro estudiante, uno de tercero, creo, se estrelló con él y lo envió tropezando hacia mí. Mi rostro se apretó contra su hombro, y respiré su olor a sudor y desodorante. Me relajé por un momento, dejando que él me abrigara, que me hiciera sentir segura en un lugar donde siempre tenía la guardia en alto.

—Dios —dijo, con la voz apagada y clara cuando se apartó de mí—. Ustedes, niños, se vuelven más salvajes cada año. La otra noche vi Coca-Cola en una fiesta. ¡Coca-Cola! Nunca habría ocurrido algo así en mis tiempos.

—El viejo Hale —dije.

Sonrió.

—¿Quieres venir a jugar 21 vasos? Me sentiría honrado de tenerte de mi lado —dijo.

—Claro —acepté y dejé que me tomara la mano y me llevara a una mesa en el centro del lugar. Me condujo a través de la multitud. Miré nuestras manos y me sentí consciente de *ello*. Esa cosa. Estaba en mi pecho, cálida, y surgía del nulo espacio entre nuestras palmas. Mi ritmo cardiaco se aceleró. Tiré de mi mano para alejarla.

Hale miró hacia atrás, con una expresión de confusión en el rostro.

—Lo siento —dije—, me tengo que ir.

—¿Segura? —preguntó, con una mirada preocupada, inquieta.

Me hizo temblar. No quería sus sentimientos. Yo estaba bien.

Me presioné de nuevo entre la multitud, dejando que la fiesta se cerrara a mi alrededor. Su rostro desapareció, y exhalé una vez que estuve sola, recuperando la compostura mientras desconectaba el ruido externo, los gritos y las risas. La habitación se volvió fría, silenciosa y oscura.


Una hora más tarde, estaba sentada en el inodoro, repasando mensajes en mi teléfono. Mi madre había escrito preguntándome qué quería cenar al día siguiente. Todavía no había contestado.

—¿Puedes creer que vino una ambulancia? —una voz femenina voló sobre la puerta del baño.

Levanté mis pies. Las dos chicas entraron a las primeras casillas de la larga fila. El nombre de Ruby apareció en mi teléfono. Tal vez estaba llamando para ver dónde me había metido. La envié al correo de voz.

—No, ¿viste a quién se llevaban? —preguntó Chica Dos.

—No conseguí acercarme lo suficiente. Qué embarazoso. Imagina que te envíen a la sala de Urgencias justo la última noche —dijo Chica Uno.

Hubo un pequeño silencio cuando las chicas comenzaron a orinar.

—¿Sabes a quién adoro? —preguntó Chica Uno.

—¿A quién? —preguntó la otra.

—Ruby Holland, la chica del equipo de futbol —dijo Chica Uno.

—¿A quién? —dijo de nuevo Chica Dos, más mordaz.

—Ya sabes, la que está saliendo con John Wright.

—¡Oh! Sí, seguro. Él es tan *sexy* —hizo una pausa—. Pero ¿sabes quién creo que es lindo? Su primo. Max. Todo un misterio.

—Sí, y torpe como la mierda.

Ambas rieron.

—Como sea —continuó Chica Uno—. Ruby. Ella es tan buena. Esperaba que fuera una perra porque todos están obsesionados con ella. ¡Pero definitivamente no lo es! Hablamos durante alrededor de una hora sobre programas de prácticas para este verano.

—Dios, no vayas a abandonarme por ella.

El temor de perder a nuestros amigos todavía estaba fresco en nuestras mentes, a pesar de que habíamos sobrevivido el primer año.

—Calla, sabes que nunca lo haría. Además, ella tiene a su grupo.

—Esa chica, Gemma, ¿cierto? Es tan hilarante. Y tan alcohólica. ¿Viste lo mal que estaba allá afuera? La vi bailando sobre la mesa hace un momento. Y apenas eran las diez de la noche...

—Creo que todos somos alcohólicos —dijo Chica Uno, entre risas.

—De acuerdo, pero ¿quién es la otra? ¿La otra amiga de Ruby? ¿La rubia bonita? ¿No es ella la que tiene el mejor promedio de nuestra generación? —preguntó Chica Dos.

—Sí, Mary. O Molly. Espera, no, es Marin, creo que sí, Marin. Es una especie de no-agregada.

Hubo una ligera pausa mientras jalaban las cadenas.

—¿No-agregada? —preguntó Chica Dos.

Escuché que los grifos se abrían mientras se lavaban las manos.

—Sí, como alguien que es un no-agregado completo —explicó Chica Uno—. No agrega a la conversación. Simplemente está *allí*. Aburriendo. Aburrida.

—Espero que nadie me llame no-agregada —dijo Chica Dos.

Chica Uno se echó a reír mientras salían al pasillo lleno de gente. Dejé caer mis pies al suelo.

*Aburrida.* Yo parecía aburrida. Yo preferiría el aburrimiento. Podría jugar a la no-agregada todo el día.

Contuve una sonrisa. El teléfono zumbó en mi mano, un mensaje de Ruby.

¿DÓNDE ESTÁS?

ESTAMOS EN URGENCIAS, EN ST. MARY.

POR FAVOR, VEN YA.

Suspiré y me levanté del inodoro. Arqueé mi cuello de lado a lado después de estar tan incómoda durante un tiempo. Tal vez se trataba de Gemma. Bebía demasiado. Me pregunté si se habría caído o roto algún hueso.

Me aseguré de que las otras chicas estuvieran fuera de la vista cuando salí a la luz tenue de la fiesta y me dirigí al hospital.

Bien podría terminar el primer año con un final explosivo.

# CAPÍTULO VEINTICUATRO

# Día de los Graduados

Lo que sucede con mi habitación, la razón por la que conozco el secreto de Ruby, es el indulgente muro que se interpone entre nosotras. El piso superior del Palacio está dividido en tres habitaciones y un baño. La habitación de Ruby y la mía solían ser una sola, más grande, pero Khaled la dividió en dos, sabiendo que apreciaríamos nuestro propio espacio. Tenemos privacidad, y compartimos una pequeña sala privada. Ruby vive en un rincón de la casa, yo estoy en el centro y Gemma está del otro lado. El muro entre la habitación de Gemma y la mía es robusto, ha estado allí desde que se construyó la casa. En cambio, el que Ruby y yo compartimos es endeble, construido con placas de yeso. Ella no lo sabe. Nunca hago ruido en mi habitación, ¿cómo podría enterarse?

Conozco sus secretos, aquellos con los que ni siquiera se compromete en las páginas de su diario. Los que encierra en su mente, los que la han destruido en el último año. Las cosas que escucho al otro lado de la pared han ido empeorando.

Finalmente regresa y la pared vibra cuando cierra la puerta. Estoy sentada en el borde de mi cama. Es tan silencioso que puedo oírla levantar la parte superior de la cesta de mimbre para la ropa sucia y luego volver a taparla. Es chirriante, un sonido familiar ahora arruinado por las circunstancias.

Considero mis opciones.

Transcurren unos minutos y escucho pasos que suben las escaleras. Pesados, resueltos. John. La puerta de Ruby se abre y se cierra.

Puedo escuchar las voces de John y Ruby que murmuran en el otro lado de la pared. Pienso en todas las veces que los he escuchado a lo largo de los años. Sus peleas. A veces, aunque cada vez más escasas en estos días, sus risas compartidas. Y lo más desafortunado, el sexo. Compré una almohada adicional después de que comenzó el segundo año, para bloquear los gemidos sensuales de Ruby. Sonaban antinaturales.

Empiezo a caminar de un lado a otro, incapaz de quedarme quieta por más tiempo. Ella romperá con él pronto, y tendré que estar allí para ayudarla. La ayudaré a ser fuerte.

Hay un golpe suave en mi puerta, luego se abre y Max se desliza dentro.

—¿Qué estás haciendo? —susurro con voz tensa. Estoy consciente de que ya no me siento tranquila, confiada. Esto sólo me había pasado una vez.

—¿Regresó? —pregunta.

Ambos miramos la pared, donde la conversación amortiguada flota a través del delgado yeso.

Los ojos de Max se abren ampliamente.

—¿Puedes escucharlos? ¿Siempre has podido?

Desvío la mirada y me concentro en mi escritorio. Estamos en silencio.

—No eres la única que conoce la situación —admite, manteniendo la voz baja.

—No es lo que piensas —digo. Saco la toalla de su gancho de plástico y agrego—: Estoy a punto de tomar una ducha, así que...

Max no parece convencido. Sus cejas se entretejen en una sola línea, con furiosa determinación.

Las voces comienzan a agudizarse, la pared sólo amortigua ligeramente la cadencia creciente que surge de la puerta de al lado.

—Sólo sal de aquí —le pido a Max, acercándome tanto a su rostro que podría abofetearlo—. Sal de *aquí*.

Él se aleja de mí, su mano toma la manija.

—Bien, pero terminará esta noche —sentencia con voz confiada, resuelta.

# CAPÍTULO VEINTICINCO

# Primer año

Después de recibir los mensajes de Ruby y confirmar que se encontraban en el Hospital St. Mary, me dirigí a través de la sala común hacia la salida. La fiesta era un desorden de estudiantes intoxicados. El equipo de remo varonil estaba en pie frente a una mesa de billar, cantando y golpeando con los pies al unísono. Llevaban camisas ajustadas que presumían sus cuerpos perfectamente esculpidos. Su temporada había terminado oficialmente, y estaban bebiendo lo suficiente para compensar todo lo que se habían contenido.

El hospital estaba a sólo kilómetro y medio del campus. Corrí hacia las puertas de cristal y esperé a que se abrieran. Entré, la luz fluorescente contrastaba con la noche oscura. Mis sandalias golpeaban mis talones mientras seguía las flechas que indicaban el camino hacia la sala de Urgencias.

Encontré a Ruby, Max y Khaled sentados en un sofá en la sala de espera, discutiendo.

—Ella no va a ser arrestada —dijo Khaled. Sus ojos estaban inyectados en sangre.

—Bueno, ¿y si le aplican una suspensión? —preguntó Ruby.

—No —respondió Khaled—. Mira. He leído ese manual miles de veces. Si un estudiante va al hospital porque bebió demasiado, no se mete en problemas. La administración prefiere que vayamos al hospital en lugar de que un estudiante muera por intoxicación alcohólica.

—¿Qué está pasando? —pregunté mientras me acercaba. Estaba sin aliento.

—Oh, qué bien —dijo Ruby. Se levantó y me dio un abrazo—. ¿Dónde estabas? ¿Viste a John?

—No, estaba en el baño.

—¿Todo ese tiempo? Te busqué por todas partes.

—Lo siento —dije.

Se sentó de nuevo. Parecía disgustada. O cansada. No estaba segura.

Khaled levantó la mano para saludarme con un perezoso gesto.

—Gemma está realmente jodida —dijo él.

Ruby se frotó los ojos y Max se rascó un costado de la cabeza. Ruby y Khaled habían bebido bastante. Max parecía estar un poco achispado, pero nada más.

—¿Va a estar bien? —pregunté.

—Sí, la están enganchando —dijo Max.

—¿Enganchando?

—Suero intravenoso. Líquidos y minerales. Para mantenerla hidratada —respondió Max.

—Entonces, ¿qué pasó? —pregunté.

Ruby y Max miraron a Khaled.

—No es mi culpa —dijo él, con las manos en el aire como si lo estuviéramos amenazando a punta de pistola.

—Estuviste dándole más bebidas —dijo Max enfáticamente.

—¡Ella las pedía! —dijo Khaled—. Yo no soy su maldita niñera.

El aire estaba tenso. El verano debería haber comenzado hacía una semana. No deberíamos habernos permitido quedarnos un momento más, todos se desmoronaban bajo la presión de los exámenes y los planes de verano.

—Eso no importa —dijo Ruby—. Ella va a estar bien.

—Tú tienes que dejar de jugar con la gente —dijo Max.

No estaba segura de con quién estaba hablando al principio, pero luego lo vi mirar a Khaled.

El cuerpo de Khaled se tensó.

—Santo cielo, hombre, ya relájate —respondió.

Los dos se quedaron en silencio por un momento, y Ruby y yo nos miramos. Parecía como si quisiera desaparecer en el sofá gris del hospital. En nuestro contacto visual se decidió que no intervendríamos. Mira el accidente, pero no hagas nada al respecto.

Khaled se incorporó:

—¿Y eso qué significa?

Max se veía fuerte. Yo sabía que él era atlético y firme, en su versión más corta y esbelta. Ser un atleta universitario en Hawthorne significaba que estabas en las mejores condiciones. Pero a Max siempre le faltaba algo, algo que John tenía: confianza. Ahora parecía diferente. Casi amenazante. Se puso en pie para quedar frente a Khaled. Ruby y yo nos miramos, todavía en silencio, manteniéndonos al margen.

—Estamos aquí porque la embriagaste demasiado —dijo Max—. No te importó que pudiera intoxicarse. Nunca piensas en tus acciones. Haz lo que quieras.

Sabía que este comentario haría enfadar a Khaled.

—Me preocupo por ella —dijo Khaled, su rostro se tornó de un profundo tono púrpura—. Por supuesto que me importa, carajo.

—Eres un irresponsable —dijo Max.

—Hey, ¿cuál es tu problema?

Nunca antes los había visto discutir. Los dos siempre jugaban entre sí. Nunca serios. Los chicos nunca eran serios. Todo se mantenía en la superficie.

—Shannon —dijo Max—. Juegas con ella. Te estás comportando como un imbécil.

—¿Shannon? ¿En serio?

—Ella no te importa una mierda, lo sabemos todos.

—Eso no es cierto.

Khaled nos miró para confirmar. Evitamos el contacto visual.

—No eres idiota —continuó Max—. Sabes que le gustas. Y jodes con ella, la tienes esperando, haciéndola pensar que vas a cambiar de opinión. Y no vas a cambiar de opinión sobre ella, ¿cierto?

La voz de Max era sombría, alterada por la ira. Khaled estaba en silencio. Parecía estar considerando algo. Entonces miró a Ruby.

—Esto no es sobre Shannon, ¿cierto? —dijo.

Ruby pareció querer vomitar, con los brazos alrededor de su estómago. Se inclinó hacia el suelo de baldosas.

Khaled pareció complacido. Noté que el pecho de Max subía y bajaba con su respiración. Sabía que ya estaba lamentando haber abierto la boca. Bajo circunstancias normales, mantenía sus opiniones para sí. Era como si hubiera alcanzado el punto de ebullición, y todo el estrés de un año completo se estuviera desbordando.

Max miró a Ruby. Cuando ella no correspondió a su mirada, su rostro se llenó de tristeza. Él debería haberlo sabido. Ella reservaba esa mirada para los momentos en que estaban solos, nunca en público, nunca con nosotros alrededor. Max tomó su teléfono móvil y su billetera del sofá y desapareció por el pasillo.

Khaled suspiró mientras caminaba de un lado a otro, pasando una mano por su cabello oscuro.

—Mierda.

Ruby gimió.

—Creo que voy a vomitar.

La vimos correr al baño, con la mano sobre la boca. Yo sabía que Max estaba sacando su frustración con Khaled, resquebrajándose bajo el peso de sus sentimientos no correspondidos.

—¿Qué hice? —me preguntó Khaled.

Yo estaba en silencio.

—En serio. Yo no he hecho *nada*.

Palmeé el asiento a mi lado, y se sentó con un largo suspiro.

—Sólo está cansado —dije—. Todo el mundo necesita ir a casa. Necesitamos un descanso.

—Sí, pero ¿qué se supone que debo hacer? ¿Simplemente olvidar lo que pasó?

Pensé en todas las cosas que yo había olvidado.

—Sí —dije.

Khaled puso su cabeza entre sus manos, y nos quedamos sentados así por un tiempo, hasta que Ruby regresó, y los tres estuvimos juntos en silencio.

➤➤➤

Yo era la única que estaba despierta cuando Gemma preguntó por nosotros. Khaled y Ruby se habían quedado dormidos en los duros y manchados sofás. Miré el reloj: las dos de la mañana. La enfermera me condujo a su habitación.

—Hey —dijo Gemma, con voz ronca.

—Hey —dije. Eché un vistazo a la bolsa de fluidos atada a su brazo.

Gemma siguió mi mirada y puso los ojos en blanco.

—¿Sabes que los británicos somos más susceptibles al alcohol? —dijo.

—¿Es verdad? —pregunté.

—No.

Gemma intentó reír, pero parecía demasiado cansada para conseguirlo. Volteó su mano para abrir la palma. Mis neuronas se dispararon, pero puse mi mano sobre la de ella.

—Creo que estoy actuando así porque rompí con Liam —dijo, mirando hacia otro lado, con un brillo melancólico en sus ojos.

*Mmmm.*

—Oh, no. Lo lamento —dije, siguiendo el juego.

*Por fin.* Ni siquiera podía creer que su mentira hubiera durado todo un año escolar y nadie se hubiera dado cuenta de que Liam en realidad no era su novio.

—Sí —dijo con voz temblorosa—. Decidí que era hora. Por eso pienso... —hizo una pausa que acompañó con un profundo y reflexivo suspiro—. Creo que tan sólo estoy un poco sentimental en este momento. Y bebí demasiado.

—Estoy segura de que eso es todo. Las rupturas son difíciles —coincidí.

Nos quedamos en silencio. Con algo de suerte, Gemma se daría cuenta de que su manera de beber estaba convirtiéndose en un problema.

Después de un momento, me miró con ojos llorosos.

—Lo lamento —dijo.

No sabía por qué se estaba disculpando.

—Por ser tan molesta todo el tiempo —continuó—. Me gusta hacer reír a la gente. No puedo ser la bonita, ni la inteligente… así que supongo que asumí el papel de la divertida…

Sus ojos estaban anegados en lágrimas. A pesar de todos sus juegos dramáticos, llorar no era lo suyo. Esto era real.

—Gemma, el bufón —susurró.

Se veía tan incómoda en su propia piel. Parecía que Ruby y yo no éramos las únicas que fingíamos ser otra persona. Y Gemma había pasado el año fingiendo por dos: ella y su novio falso.

No sabía por qué yo siempre terminaba siendo la que consolaba. Por qué la gente siempre me contaba cosas. Tal vez porque era una "no-agregada", y podían confiar en que no lo contaría a alguien más.

Tragué saliva, sin saber qué decir. Pensé en lo que diría mi madre. Ella siempre había sido tan buena para mejorar cualquier situación cuando yo era pequeña.

—Está bien —susurré. Apreté su mano mientras una lágrima recorría su mejilla—. Todo estará mejor por la mañana.

Nos sentamos en silencio, escuchando el zumbido de la luz del techo. Esperé hasta que Gemma se quedó dormida para emprender la huida.


Después de salir del hospital, me dirigí por el camino al otro extremo del campus. Hacía calor afuera a pesar de la hora temprana de la madrugada.

Pasé a un grupo de estudiantes que reían y tropezaban unos con otros. Mantuve mi cabeza inclinada hasta que sentí que alguien tiraba con fuerza de mi muñeca y mi cuerpo era sacudido hacia atrás.

—¿Qué demonios…? —dije, dándome la vuelta para ver quién había sido.

John.

—¿Sí? —pregunté.

—¿Adónde vas tan rápido? —preguntó con voz juguetona, sin aliento. Su camisa estaba húmeda por el sudor.

—A mi habitación —contesté.

Su animosa actitud se desvaneció.

—¿Por qué?

—Porque estoy cansada.

—Deberías quedarte conmigo —dijo—. Porque si no lo haces…

—Si no lo hago, ¿qué?

—Les contaré a todos tu secreto.

Nos miramos a los ojos fijamente. La curva de su boca se inclinó hacia arriba. John se acercó un paso más a mí, y pude sentir su aliento, percibir su olor. Su cabello rubio se había aclarado más recientemente, el sol de primavera parecía resaltarlo aún más.

—Oh, sí —susurró—. Sé todo sobre el sucio pequeño secreto de tu familia.

Sentí que mi cuerpo se tensaba y tomé una profunda inhalación; el aire calmó mis pulmones, relajó mis músculos.

—¿Ah, sí?, ¿y cuál es ese secreto nuestro?

¿Cómo podía saber sobre Levi? No había manera. Era imposible.

—Tu bisabuelo. El Cazador de Deerfield.

Ah, claro. *Ése.*

—Ajá, ¿y? —pregunté.

Parecía tan ansioso por hacerme perder la calma, pero yo no le daría lo que quería.

—Es un poco jodido que nunca nos hayas contado sobre eso. Tal vez ésa es la razón por la que eres una perra tan fría como la piedra.

—Tal vez —dije.

—Sólo quédate un poco más, conozco un buen lugar al que podemos ir —dijo—. Sé que tú también lo has pensado. Será divertido, lo prometo.

Sentí sus dedos en los míos, ásperos y gruesos. Su otra mano estaba envuelta alrededor de mi muñeca, evitando que me alejara. Mi cuerpo se apuntaló, y tomé una rápida respiración. *Finge.*

Sonreí.

—¿Lo prometes? —ajusté mi tono a algo que pudiera gustarle. Ligero, tímido.

—Sí —dijo—. Te lo prometo.

Noté que sus párpados revoloteaban. Su aliento olía a vodka. El grupo se estaba alejando, dejándonos solos en la oscuridad.

—Vamos, me estás matando —me susurró al oído. Su aliento caliente sobre mi piel. Su otra mano rozó mi cintura, sus dedos tiraron de mi blusa.

Cuando se retiró, estaba ahí, esa sonrisa. Era casi como si estuviera insinuando que debería estar agradecida por su atención, como debiera sentirme contenta de que él estuviera interesado en mí. Hice mi mejor esfuerzo para sonreír, mientras mis entrañas se retorcían.

—Lo siento —dije, odiando tener que decirlo. Él debería ser el que se disculpara conmigo. Retrocedí, con su agarre firme alrededor de mi muñeca—. Tengo que levantarme temprano. Ruby y yo desayunaremos juntas.

La mención de aquel nombre pareció hacerlo entrar en razón, aunque sólo fuera por un instante. El tiempo suficiente para que yo lograra escapar.

—Bien —dijo con voz amarga. Por un segundo pensé que podría romperme la muñeca, pero aflojó su agarre y dejó que mi brazo cayera—. Siempre he sabido que eres una perra.

Me fulminó con la mirada, desafiante, pero di media vuelta rápidamente y lo dejé solo en el camino. Avancé a paso acelerado hasta que llegué a la esquina. Una vez que estuve ahí, comencé a correr.


En lugar de dirigirme a mi residencia, corrí más allá del lago, pasé frente al Departamento de Arte, donde exhibían las fotos de Max, y subí las escaleras del Departamento de Inglés. No quería que él me siguiera, o que fuera a mi habitación.

Me asomé por una de las ventanas y vi que el pasillo estaba reconfortantemente oscuro. Nada. Puse mi mano en la manija de la puerta de las escaleras que conducían al campanario.

Una voz resonó en la oscuridad.

—¿Malin?

Una oleada de adrenalina se disparó en mis venas. Hale se detuvo en el pasillo, estaba cerrando la oficina de Asesoría Educativa.

—¿Qué estás haciendo aquí? —preguntó.

Me aclaré la garganta.

—Estaba en el hospital y ya venía de regreso, pero entonces pensé que tal vez debería verificar si ya habían colgado las calificaciones.

Ésta era una mentira semirrazonable. Había una posibilidad de que las calificaciones ya hubieran sido publicadas.

—Oh —dijo, estudiando mi rostro. Mi explicación no lo había convencido—. ¿Estás bien?

—¿Qué? —pregunté, sintiendo la distancia en mi voz. Tal vez la interacción con John realmente me había alterado—. Sí, estoy bien.

—¿Estabas en el hospital? ¿Eras tú? Vi la ambulancia…

—Oh —dije—, no, no era yo, fue mi amiga, la que estaba bailando sobre la mesa.

—¿La están hidratando?

—Sí, estará bien —contesté.

Se me ocurrió algo, mi pulso se normalizó y la sangre regresó a mis mejillas.

—¿Qué estás haciendo aquí? —pregunté.

Parecía sobrio, llevaba su mochila. La miró.

—Estaba trabajando en algunas cosas antes de que comience el verano. Trabajo mejor por las noches.

—¿Puedes estudiar alcoholizado? —pregunté.

Rio.

—Se necesita mucho para embriagarme. Sólo bebí unos tragos.

Miré atrás, a la ventana. No parecía que John me hubiera seguido.

—De acuerdo —dijo, avanzando hacia mí, siguiendo mi mirada hacia los caminos iluminados—. En serio. ¿Qué pasa?

Revisé el jardín en busca de John, esperando que él se hubiera ido con el grupo de estudiantes de primer año.

—¿Por qué no me dejas acompañarte a casa? —dijo Hale, interrumpiendo mis pensamientos.

Giré bruscamente mi cabeza hacia él, a sabiendas de que podría parecer cínica.

—Como amigo —dijo.

—De acuerdo, está bien —contesté—. Gracias.

No me gustaba la idea de necesitar una escolta, pero no quería correr el riesgo de encontrarme sola con John. Guie el camino por el pasillo y al exterior, a la cálida noche de primavera. Hale caminó con las manos en los bolsillos, y se ajustó a mi paso.

—¿Quieres hablar de ello? —preguntó—. ¿Tiene algo que ver con el novio?

—¿Novio? —pregunté.

—Sí, el chico con el que tú… has estado saliendo…

Oh, cierto. Charlie. Nuestras públicas muestras de cariño.

—No, eso se terminó hace mucho.

Sentí que mis mejillas se ponían calientes, y me di cuenta de que me gustaba que me hubiera visto con Charlie.

—Entonces, ¿qué pasa? —preguntó.

Me encogí de hombros.

—Es mi amiga Ruby. Mi mejor amiga. Es *su* novio.

Se sentía extraño pronunciar las palabras en voz alta, y un poco de alivio al contárselo a alguien.

—Ah —dijo—. ¿Y se estaba comportando como un canalla esta noche?

Lo miré, escéptica.

—Sí.

—Tengo hermanas —dijo, explicando—. Que han tenido la misma mirada en sus rostros que tenías tú hace un momento.

—Ah —contesté—. Bueno, estoy bien, en verdad.

Crucé los brazos. Se hizo el silencio.

—¿Cómo son tus hermanas? —pregunté.

—Tengo dos. Lauren y Corey. Lauren es mayor, ya está casada, tiene hijos, es madura. Corey es más joven. Está medio loca, cursa el cuarto año en la universidad, es la típica hija menor, histérica e imprudente.

Yo estaba obsesionada con los hermanos de los demás. Cómo interactuaban con ellos, por qué se peleaban, qué hacían juntos. El recuerdo de Levi invadía el fondo de mi mente. Siempre me cuestionaba *cómo habría sido si…*

—¿Qué hay de ti? —preguntó.

—Tenía un hermano. Murió —me di cuenta de que era más fácil saltar hasta el final de nuestra historia en lugar de pasar por toda la conversación sobre el *hermano muerto*.

—Lo siento —dijo.

No agregó más, y me alegró. Odiaba la compasión.

—¿Te gustó la sección sobre Tolstói? —preguntó.

Habíamos terminado con *Anna Karénina* hacía unas semanas. Había sido una de las encomiendas de lectura más largas, pero la había terminado antes que el resto de mis compañeros.

—Sí —dije, aliviada de que hubiera cambiado el tema—. Buen monólogo interior. Me sorprendió todo el asunto del adulterio. No pensé que ése fuera a ser el tema. Es un libro pesado y deprimente, pero me gustó.

Hale rio. Cuando llegamos a la puerta de entrada, rebuscó en su mochila y sacó un libro maltratado.

—Toma éste —dijo—. Para que puedas leerlo durante el verano.

Me entregó el ejemplar de bolsillo. Era una vieja copia de *Colmillo blanco*.

—Es un poco menos intenso. Pero te hará pensar de cualquier manera. Una buena opción para que despejes tu mente de todos los miserables rusos.

Sostuve el libro en mi mano y me percaté de sus páginas gastadas. Parecía mi copia de *Caminar dos lunas,* que estaba viviendo bajo mi almohada en ese momento.

Sentí que mi pecho se expandía. Lo miré, agradecida. Me di cuenta de que no quería despedirme.

—Gracias —dije.

—Bueno, entra entonces —terminó—. Me iré cuando la puerta se cierre.

Entré. El olor a sopa ramen flotaba en el aire. Cuando di media vuelta, Hale todavía estaba allí, con los ojos fijos en mí y las manos metidas en los bolsillos. Me dedicó un gesto de complacido asentimiento y descendió los escalones de dos en dos.


Mientras abordaba el avión al día siguiente, recibí un mensaje de Gemma.

Gracias por estar ahí anoche. Siento haber sido taaaaan dramática. Pero esa bolsa de suero intravenoso es una verdadera maravilla ;)

Pasó un minuto antes de que llegara un segundo mensaje.

PD: ya les conté a todos sobre Liam. Pasaré el verano reparando mi corazón roto. Algunas cosas no están destinadas a ser.

Hice un gesto de fastidio. Nunca le diría que sabía la verdad. Guardé a "Liam" en mi bolsillo trasero. Podría resultar útil algún día.

Mientras el avión se remontaba entre las nubes, pensé en mis amigos. Me pregunté cómo serían las cosas en el otoño.

Pasé la mayor parte del verano leyendo en la piscina, estudiando detenidamente *Colmillo blanco.* La historia era dura e inspiradora, y el mensaje sobre la redención estaba muy presente en mi mente cuando regresé al campus en el otoño. Estaba más decidida que antes a ser una buena amiga, a escuchar a todos, a tratar de entender cómo funcionaban.

Pensé en Ruby y John, y en el desastre que había entre ellos. Imaginé las palabras escritas de Ruby en mi mente: *Estoy muy feliz, estoy muy feliz, estoy muy feliz*. Ruby estaba bien. Eso no era asunto mío. Ellos dos eran las únicas personas que entendían su relación. Yo era una intrusa y no tendría que involucrarme. No valía la pena perderla. Ella misma lo decía: estaba feliz.

Todo estaría bien. Y hasta el último año, en verdad así lo fue.

# SEGUNDA PARTE

# ÚLTIMO AÑO

Cuando pasas todo el tiempo mintiendo a los demás, empiezas a mentirte a ti misma. Casi olvidé quién era yo.

Algunas veces despierto dos minutos antes de que suene la alarma. En eso se convirtió el último año. Ya estaba despierta, pero aún no era hora. Tenía dos minutos extra. La graduación estaba tan cerca. Podría seguir fingiendo y continuar mi vida de esa manera. Tal vez podría ser feliz. Obtener algo cercano a la felicidad. O podría ser yo misma, mi verdadero ser. ¿Seguiría mintiendo, fingiendo que la alarma no había sonado? ¿O me levantaría y sería la persona que se suponía que debía ser?

Todos permanecieron estáticos por unos años. Los años centrales de la universidad —segundo, tercero— fueron un borrón de monotonía y planificaciones. Clases, fiestas, eventos deportivos, otoño, invierno, primavera, verano. Durante el día, nuestro campus se mantenía bucólico, encantador, inocente. Nos echábamos sobre los sofás de la biblioteca y estudiábamos en el jardín. Jugábamos a patear las hojas secas y los montículos de nieve. Pero por la noche, se transformaba en un desastre de ebriedad, y los niños ricos se complacían en el desenfreno del bacanal. Se olvidaban las inhibiciones, se exacerbaban los más pequeños deseos. Una maldita locura que yo evitaba la mayor parte de las veces.

Entonces llegó el último año. Era como estar en primer año de nuevo. Nuestros caóticos y emocionantes extremos. Éramos tratados como si de alguna manera hubiéramos heredado un privilegio. Los profesores nos miraban como si fuéramos sus pequeños polluelos, a punto de volar al mundo. Estábamos llenos de promesas y potencial. Los estudiantes de primero nos miraban como si fuéramos adultos. Esto nos hizo arrogantes.

Salvo en el interior, donde todos estaban frenéticos, intentando averiguar cuál sería el siguiente paso. Habíamos trabajado tan duro para llegar hasta el final. Y ahora que casi lo habíamos logrado, no lo queríamos. Entre nosotros, no hablábamos de la graduación.

La alarma estaba a punto de sonar, y lo sabía. Podía sentirlo en mis huesos, pero fingí que no estaba sucediendo. Bajé los párpados, pesados por el sueño y la negación, y viví una vida que podría haber tenido. Un vistazo a esta otra persona que casi había estado destinada a ser. Fue bueno mientras duró.

# CAPÍTULO VEINTISÉIS

# Último año

La punta de mi dedo descansaba en el diario de Ruby. Era uno de ésos de cuero negro, del tipo de los que los chicos que se sienten artistas traen a clase para tomar notas. A mí eso me parecía una pérdida de tiempo, cuando contábamos con la eficiencia superior de las computadoras portátiles.

Miré alrededor de la habitación, atenta a los ruidos del pasillo. La habitación de Ruby era un caos, había bolsas aún sin desempacar y libros de la tienda del campus apilados junto a su escritorio. Todavía conservaba las mismas sábanas del primer año: azul pálido con margaritas amarillas desteñidas... arrojadas en un amasijo arrugado sobre el colchón desnudo. Mi habitación ya estaba en orden, y todos mis libros, organizados por tema.

Las páginas del diario estaban arrugadas, quizá por algún líquido derramado o agua de mar salpicada. Me la imaginé sentada en una silla de playa, acurrucada sobre su diario, con los dedos de los pies hundidos en la arena, mientras John jugaba al *frisbee* con sus primos entre las olas. "Un verano en el viñedo", me había dicho ella, "eso es justo lo que necesitamos". Tan emocionada, con los ojos brillantes, esperanzada.

Mientras Ruby tomaba el sol en Aquinnah, yo había trabajado en el bufete de abogados de mi padre. Ganando experiencia. Pagando mis gastos. Siendo una buena hija. Mi mano estaba pálida, blanca. No había tiempo para el bronceado, ni siquiera en Texas.

Durante el verano decidí que ya no seguiría leyendo aquel diario. Pero ahora nos encontrábamos de regreso en el campus, y ahí estaba, llamándome. Pasé mi dedo por la cubierta, llevé mi uña a la abertura, lista para abrirla.

Era su culpa, en serio. Ella lo dejaba a la vista. Tal vez deseaba que yo lo leyera. Que leyera eso que no podía decir en voz alta. Que la salvara.

Escuché la casa. Silencio, excepto por la secadora de cabello de Gemma, más allá del pasillo. Ruby estaría en el baño por otros cinco minutos, usando las luces directas para aplicar su maquillaje.

Sólo una página más.

No le haría daño a nadie.

# CAPÍTULO VEINTISIETE

# Último año

La puerta se abrió, y Ruby entró, con los labios carmín y el cabello castaño, grueso y ondulado. Su presencia trajo consigo una gran nube de laca para el cabello a la pequeña habitación. Me miró, con los ojos entrecerrados por un breve segundo, hojeando el diario.

—¿Qué estás haciendo?

—Leyendo tu diario —dije, burlándome. Probando—. Mientras pasabas un año en el baño.

Yo estaba tranquila. Siempre lo estaba. Ella no sospecharía.

—Muy graciosa —dijo, casi riendo.

Ruby se acercó a mí, agregó el diario a una pila de libros de Historia del Arte y guardó todo en un cajón.

—Ambas sabemos que si quisieras leer mi diario —dijo ella, alisando su vestido—, podrías haberlo hecho hace mucho.

Tragué, la vi cerrar el cajón y el diario desapareció de la vista.

—Supongo que debe estar lleno de *John esto, John aquello, Malin es la mejor amiga del mundo*… ah, también algunas cosas sobre el arte —dije, torciendo mi boca en una sonrisa.

—Oh, cállate —dijo Ruby—. Además, sabes que no tengo secretos para ti.

*Mentía.*

Se inclinó hacia el espejo para comprobar su lápiz labial. Siempre hacía este gesto cuando se observaba. Un ligero puchero y una ceja levantada. Era entrañable verla esmerarse tanto. Casi sentía compasión por ella. Pero ahora entendía. Quieres lucir bien cuando pretendes impresionar a alguien.

—Entonces, ¿estás lista? —preguntó Ruby, ajustándose los pendientes. Se giró para mirarme, y sus ojos revolotearon de arriba abajo—. Diablos, te ves preciosa. ¡Mírate!

Sonreí, confiada. Siempre me había sentido confiada, pero durante el verano había comenzado a cuidarme. Tallaba las ásperas plantas de mis pies, cepillaba mi cabello y lo despuntaba continuamente. Había ido de compras con mi madre y ella me había ayudado a elegir el vestido que llevaba puesto. Me había recorrido con la mirada de pies a cabeza en el probador, asombrada, como si yo fuera una persona nueva. Parecía complacerla que su hija finalmente estuviera haciendo un esfuerzo por mejorar su apariencia. Incluso había empezado a usar máscara para las pestañas, había aprendido a rellenar mis cejas y usaba brillo en los labios cada vez que podía recordarlo. No es que antes hubiera sido un monstruo, siempre había sido bonita, alta y delgada. Pero ahora, era hermosa. Una nueva hija. Fue un alivio verla tan satisfecha. Se lo debía, después de todo.

—Ven aquí —dijo Ruby, tendiéndome la mano. La tomé.

Ella me atrajo hacia sí hasta que quedamos lado a lado frente al espejo.

Apoyó la cabeza en mi hombro.

—Somos tan lindas —dijo, mirándonos en el reflejo—. ¿Cómo es que nos convertimos en estudiantes de último año?

Lo dijo como un hecho más que como pregunta. Me vi sonreírle, tranquilizadora. Todavía teníamos todo un año para estar juntas, para disfrutar de la gloria del rango más respetado en el Hawthorne College: estudiantes de cuarto.

Eché un vistazo a una fotografía en su escritorio. Había sido tomada durante el primer año. Estábamos en la misma posición ahora. Yo, con los brazos cruzados, alta y relajada, y Ruby apoyada en mí, con los ojos cerrados por sus fuertes carcajadas. Intenté recordar de qué se había estado riendo. Algo sobre los cangrejos. John y Khaled habían hecho una broma sobre cangrejos, ¿o sobre herpes?, no lo recordaba, y Ruby había pensado que era lo más divertido del mundo. Max había tomado la foto. Nuestro fotógrafo personal.

Pero la versión de Ruby en el espejo parecía más pequeña de alguna manera. Todos los demás habían crecido, pero ella se había encogido. Pensé en cómo solía lucir, en cómo solía ser, esa aparente calidez que ahora había sido reemplazada por algo frío, lejano, sin chispa.

—Vamos abajo —dijo, tomando su tarjeta de acceso y su teléfono—. Los demás están esperando.

Mientras bajábamos las escaleras, observé la mano de Ruby barriendo la barandilla. Pequeña, delicada, frágil. Pensé en su diario, metido en su cajón. Las cosas sobre las que había escrito. Conocer sus secretos hacía que mi estómago se endureciera.

# CAPÍTULO VEINTIOCHO

# Último año

Nos dirigimos caminando al coctel. Esperaba poder pasar un rato a solas con Ruby para platicar con ella sobre mi situación. Ni siquiera sabía cómo llamarla. *Situación* parecía la palabra correcta. Quería decírselo para que me viera como alguien normal, y pensé que eso podría ayudarnos a establecer nuevos vínculos. Me había alejado mucho de ella durante todo el verano y sabía que estaría emocionada de escuchar lo que tenía por decir. Sin embargo, mi plan no funcionó, y Gemma decidió unirse a nosotras en lugar de ir con los chicos, que caminaban a unos cuantos metros detrás de nosotras. El ritmo de ellos siempre nos parecía demasiado lento a mí y a Ruby, pero era justo para Gemma.

—Bueno, hola por aquí —dijo Gemma, golpeando el trasero de Ruby mientras avanzábamos al Invernadero. Ruby hizo una mueca y ajustó la parte trasera de su vestido.

Gemma se veía exactamente igual que en el primer año, su rostro siempre integrado a esas mejillas tersas de bebé. Usaba tacones y parecía que estaba a punto de caer a cada paso.

—Entonces —dijo Gemma—, ¿creen que todos los profesores querrán tener sexo con nosotras esta noche?

Miré a Ruby, esperando que ella me lanzara ese gesto de "estoy tratando de no reír", y que sus labios se fruncieran en una sonrisa pero su expresión se convirtió en piedra. Cruzó los brazos sobre el pecho y entrecerró los ojos.

—¿En serio, Gemma? —preguntó.

—¿Qué? —se burló Gemma—. Quiero decir, todos son… mmm… más *viejos* que nosotras. Y nos vemos bien. Muy bien, en realidad. Nunca nos han visto así antes.

—Es desagradable. ¿Y sabes que tienen familias? —preguntó Ruby. Su tono había cambiado rápidamente de juguetón a irritado.

Gemma puso los ojos en blanco.

—¿Y…?

Ruby no respondió. Tenía la mandíbula apretada. La tensión se asentó en nuestra piel. Ésta era la pelea más tonta, y el semestre apenas había comenzado. O casi pelea. Gemma sonrió a medias, jugueteando con sus expresiones (qué gran estudiante de Teatro era, su consejera estaría orgullosa si la viera). Ajustó su postura, empujó su pecho hacia fuera y echó los hombros atrás.

—Creo que nos vemos ardientes —continuó—. No culparía a esos viejos pícaros si sus miembros consiguieran…

Ruby interrumpió, con un tono fuera de lugar.

—Basta.

Miré por encima a Gemma, quien puso los ojos en blanco. A lo largo de los años, nos habíamos dado cuenta de cómo navegar alrededor de los puntos de presión de unos y otros. Y nos retirábamos cuando presionábamos ciertos botones, todos preferíamos evitar el conflicto. Pero Gemma era a menudo la más lenta en percibir estas señales. Dimos vuelta en la esquina hacia el jardín y nos alineamos con otros grupos de estudiantes que se dirigían al Invernadero.

—Chicas —dije, interrumpiendo su disputa—, vamos.

Ruby y Gemma tomaron un respiro, reconocieron que su discusión era estúpida y la abandonaron.

Tendría que hablar con Ruby más tarde. Cuando estuviéramos solas, y Gemma ya no estuviera en medio, demasiado ebria para prestarnos atención.

Eché un vistazo al Invernadero, mis ojos se lanzaron entre los estudiantes y los profesores. Todos vestidos elegantemente, maduros. Sosteniendo discusiones importantes sobre política o ciencia. Todo el atrio se había convertido en una fiesta coctel: los sofás se habían sustituido por mesas de bar y elegantes copas de champán.

Me quedé con Gemma y Khaled. Desde el otro lado de la habitación, vi a Ruby y John por el rabillo del ojo, y noté lo mucho que se habían acercado durante el verano, cómo Ruby lo miraba de esa manera tan ferviente y enfermiza. Cómo me ignoraba y se aferraba a él. Ruby estaba atenta a John y decidía en qué momento necesitaría él otra bebida. Se reía a carcajadas con todas sus bromas y comentarios estúpidos sobre la vida. Lo peor era que cuando John estaba en su habitación por la noche, ella tocaba la música que a él le gustaba. Siempre ese espantoso tecno. Atrás habían quedado los días del suave pop acústico. Los pasatiempos de él se habían convertido en los de ella. La vida de ella se había convertido en propiedad de él. Él la había succionado hasta dejarla seca, había drenado su cuerpo de toda vida y personalidad. Un robot era lo que quedaba de ella.

De alguna manera, su relación había sobrevivido los cuatro años de Hawthorne. No había creído que fuera posible, pero se habían convertido en el modelo a seguir en el ámbito de las relaciones universitarias. Parecía que cuanto más tiempo permanecían juntos, era menos probable que se separaran. Eran llamados "vieja pareja de casados" a sus espaldas. Sin embargo, si Ruby lo hubiera escuchado, le habría complacido. Abrazaba el compromiso, lo usaba como un distintivo de orgullo. A John también parecía agradarle. Le gustaba ser el mejor en todo. Nada podría separarlos.

—¿Sabes, Malin? —dijo Gemma lentamente, como si estuviera descubriendo algo por primera vez—. Creo que tienes cara de mujer odiosa.

—¿Que yo qué? —pregunté, trayendo mi atención a Gemma. "Cara de mujer odiosa." No sonaba como un cumplido.

Khaled me estudió, asintiendo con la cabeza para mostrar su acuerdo.

—Sí, ¿sabes?, Gems tiene razón —dijo.

Tomé un sorbo lento de champán y sentí las burbujas saltar contra mi lengua. Me estaba permitiendo una copa esta noche.

—Es porque no sonríes, ya sabes, cuando estás descansando —dijo Gemma—. Y tu cara cae en este, como… mmm… bueno, parece que odias el mundo.

Bebió el resto de su champán de un trago. Su manera de beber no había disminuido con el paso de los años.

—Pero de cualquier manera eres muy *sexy*, no te preocupes —agregó Khaled.

—Qué alivio —dije con voz tajante. Intenté sonreír.

Ambos rieron. La piel del rostro de Khaled era suave y arrugada al mismo tiempo, su sonrisa se extendía sobre su rostro, y sus dientes eran blancos y brillantes. De alguna manera, se había vuelto más alto durante el verano, y lucía como un adulto con su traje y corbata. Me pregunté cómo le había ido en su internado en el Hospital General de Massachusetts.

—Por eso te amo —dijo Gemma. Se puso de puntillas para darme un beso en la mejilla.

Encontré a Hale en el otro lado de la estancia, y la más pequeña gota de adrenalina se disparó en mi pecho. Estaba hablando con algunos profesores, con un vaso de lo que parecía *whisky* en la mano. Los últimos años lo habían tratado bien. Todavía era desaliñado al vestirse, pero eso se había convertido en un rasgo entrañable en lugar de molesto. Lo observé con atención desde lejos. Él había impartido algunos de mis cursos a lo largo de los años, y habíamos dedicado mucho tiempo a debatir sobre libros y poetas, pero nunca cruzamos la línea de lo académico. ¿Cómo podríamos? Todavía no estaba segura de lo que sentía y por eso necesitaba hablar con Ruby.

Quería acercarme a él, pero me quedé en mi lugar. Después de un momento, hizo señas para captar mi atención pero desvié la mirada. Podía sentir sus ojos detenerse en mí y en mi vestido, y me alegré, satisfecha de lucir preciosa.

—Voy por otra —dije a Khaled y Gemma. Estaban discutiendo sobre un programa de televisión y no les estaba prestando atención, pero a ellos tampoco pareció importarles que me alejara.

Caminé al balcón del Invernadero, que la mayoría de los estudiantes y profesores ya habían abandonado, empujados por el viento. Un grupo de cinco discutía sobre teoría económica; reconocí a los estudiantes, pero no a los profesores. Estaban a mi izquierda. Me incliné sobre el balcón y tomé aire observando el precipicio. Me recordó a aquellas veces en que me inclinaba sobre el borde de nuestra casa del árbol, y luego descubría el rostro de Levi y retrocedía, un poco demasiado rápido, tropezando con mis talones.

Golpeé el pecho de alguien y sentí unos brazos evitando mi caída.

—Salvé tu vida —dijo Max, sonriendo mientras me daba la vuelta—. Vi que habías salido al balcón y pensé en venir a saludar.

Se veía guapo, con las mejillas bronceadas y sus pecas.

Habíamos visto cada vez menos a Max desde el final del tercer año. Se había acercado más a la gente de su grupo de especialidad en Medicina, y pronto comencé a verlo sólo unas cuantas veces a la semana. Esa casa era tan grande, y todos estábamos tan ocupados, que a veces pasábamos días sin vernos.

—¿Cómo estuvo Haití? —pregunté.

—Increíble. Volveré el próximo verano. Tal vez me quede allá todo el año.

—¿En serio? ¿Vas a retrasar tu entrada a la escuela de medicina?

—Creo que sí —dijo.

Imaginé a Max inyectando bebés, vigilándolos, protegiéndolos, cuidándolos. Haciendo bromas para calmar a los niños llorones, entreteniéndolos con juegos inventados en su tiempo libre.

Me pregunté si estar en Haití sería bueno para su ansiedad. La primavera pasada, se volvió callado, más de lo normal. A veces parecía querer salir corriendo. Y lo hizo, de alguna manera, hacia sus nuevos amigos.

—¿En qué estás pensando para el próximo año? —preguntó.

—Vivir sola —dije.

Rio.

—¿Ya te cansaste de nosotros?

—Mira quién habla —contesté—, quien ya emprendió el escape.

Sus ojos eran ligeros, burlones.

—*Touché*. Sin embargo, es sorprendente escucharlo de ti. Eres la más leal del grupo.

Por supuesto, él tenía que pensar eso. Ignoraba la verdad, por qué yo era una integrante tan leal. Quiero decir, ¿dónde más estaría yo? ¿Con mis otros amigos?

—Pero ¿qué hay sobre el resto? —preguntó.

*El resto*. Nunca mencionábamos la palabra *trabajo*; siempre era cuidadosamente evitada.

—La escuela de derecho —dije.

—Eso tiene sentido. Siempre has sido la estudiosa. Y tienes esa agudeza.

*Agudeza*. No pensé que alguien la hubiera notado.

Max miró por encima de la barandilla al lago. Los árboles no habían mudado todavía, pero pronto lo harían.

—¿Cómo está ella? —preguntó.

Su rostro se suavizó. Siempre lo hacía cuando hablaba de Ruby.

Miré a través del cristal. Ella sostenía una copa de champán en su mano, y el vestido colgaba de su cuerpo demasiado delgado. Max la observó también, con una calse de preocupación diferente. Por la forma en que la miraba, imagino que así es como todas las chicas quisieran ser contempladas.

—Bien —dije—. Ya sabes.

Una noche, la primavera pasada, algo había sucedido entre ellos. Ruby había regresado a casa con el rostro tenso.

Le pregunté qué había pasado, pero sólo dijo que no se sentía bien. Sabía que estaba mintiendo, pero no parecía querer hablar. Busqué en su diario, pero lo único que decía era: "ya no puedo ser amiga de Max". Y eso era todo. Allí estaba la fecha (2 de mayo) y su letra, claramente apresurada.

—Deberías tratar de hacer las paces con ella. Creo que te echa de menos —dije.

Él se animó. Mordí el interior de mi mejilla. No debería haber dicho aquello.

—¿En serio? —preguntó.

*Mierda.*

—Quiero decir —añadí, pensando velozmente—, eran tan buenos amigos. ¿Qué pasó entre ustedes?

—En realidad, nada, simplemente nos distanciamos.

—¿Crees que sea feliz?

Max miró a Ruby de nuevo y luego bajó los ojos a su cerveza.

—No, no lo creo.

—¿No deberíamos hacer algo al respecto?

—¿Cómo qué?

—No lo sé. ¿Una intervención?

Max se echó a reír. Yo hablaba en serio.

—Ella es inteligente. Confía en que tomará buenas decisiones sola. Lo he intentado, pero no es una buena idea tratándose de ella. Es muy testaruda.

Me desanimé. Estaba tan equivocado. Hasta ahora, ella no había tomado buenas decisiones. Seguía del brazo con John.

Me volví hacia las paredes de cristal, explorando la habitación hasta que encontré a Hale. Se encontraba apoyado en la improvisada barra, hablando con un profesor. Max siguió mi mirada.

—*Ah* —dijo, levantando el tono, casi bromeando—. Mira de quién se trata.

Lo miré, sin saber a qué se refería. Había sido muy cuidadosa con todo lo relacionado a Hale. Nadie lo sabía. Ni siquiera Ruby.

—Vamos —continuó Max—, no soy tonto.

Resistí el impulso de mentir, y una parte de mí quería decírselo. Quería contarle mi secreto porque entendí, por vez primera, que estaba entusiasmada al respecto.

—No te equivocas —dije, vacilante.

—Sé que no. Parece un buen tipo. Tal vez deberías ir por él. Sólo han sido... ¿qué... tres años de suspiros?

—Yo no suspiro.

Max sonrió y negó con la cabeza.

—Por supuesto que no.

Comencé a arrepentirme de haberlo admitido. Debería haber mentido. Antes de que pudiera cubrir mis huellas, Max puso una mano suave en mi brazo.

—No te preocupes —dijo—, no lo diré.

Lo miré, evaluándolo. Estaba diciendo la verdad.

—Bueno —dije, dando un paso hacia las puertas—. Voy por otro trago.

Max suspiró.

—La clásica Malin, siempre tratando de escapar.

Le devolví la sonrisa y choqué mi copa con la suya.


En la barra, pedí un agua mineral con limón. Sentí que alguien acariciaba mi codo. Supe quién era antes de mirarlo. Hale me sonrió y se inclinó hacia delante, con el cabello en ese desordenado remolino castaño tan propio de él.

—Hey, niña grande —dijo.

Mis labios se torcieron en una sonrisa, y me aclaré la garganta.

—Hola.

—¿Adivina quién es tu asesor de tesis?

Antes del verano, Hale y yo nos habíamos reunido para discutir mi tesis de literatura. Estaba escribiendo dos por la doble licenciatura: una para mi próxima especialización en leyes y la otra en Lengua y Literaturas Inglesas. Él estaba en el cuarto año de su programa de posgrado, lo cual significaba que tenía que presidir más clases e incluso asesorar a algunos estudiantes.

—Genial —dije—. ¿Eso quiere decir entonces que básicamente puedo hacer lo que yo quiera?

—Buen intento —respondió.

No le dije que me había sentido dividida entre seguir una carrera más académica o ir a la escuela de leyes. No quería que se hiciera ilusiones, que pensara que había triunfado al cambiar de dirección mis ideales. Todavía tenía un año para decidir. Solicitaría un lugar en las escuelas de leyes, para al menos mantener esa puerta abierta.

—¿Cómo estuvo tu verano? —preguntó, tratando de ocultar su sonrisa. Habíamos intercambiado mensajes de texto todos los días desde que salimos del campus, en primavera. Quería envolver mis brazos alrededor de su espalda y presionar mi cara contra su hombro, inhalar su olor.

—¿Podemos omitir la plática insustancial? —pregunté, juguetona.

Se inclinó, su mano a sólo centímetros de la mía.

—Luces linda —susurró, de manera que ninguno de los profesores a nuestro alrededor pudiera escuchar.

Me enderecé.

—Cuidado, profesor Adams.

—Todavía no, niña. Sigo siendo *asistente*.

—Bastante cerca —dije.

El teléfono zumbó en mi palma. Ruby.

**De vuelta en casa. ¿Dónde estás?**

—Me tengo que ir —dije, mirándolo a los ojos.

—Ven a visitarme pronto, me alegra que estés de regreso.

Cuando sonrió, las líneas alrededor de sus ojos se arrugaron. Era mi parte favorita de su rostro. Su voz era amable, genuina. Se había convertido en un consuelo, algo en lo que podía confiar que sería bueno.


Encontré a Ruby en la cocina. Su cabeza estaba inclinada sobre su teléfono, y su expresión era concentrada y severa. Levantó la vista cuando me dirigí hacia ella, al parecer saliendo de su aturdimiento.

—Hey —dijo, calmándose—. ¿Adónde fuiste?

—Estaba con Max. Y luego fui a buscar bocadillos —mentí. Rio. Estaba de buen humor.

—Pero por supuesto.

La pantalla de su teléfono se iluminó, e hizo una pausa para responder.

—¿A quién le escribes? —pregunté.

—Mi tía —dijo, volteando el teléfono boca abajo. Si hubiera prestado más atención, habría sabido que estaba mintiendo.

Incliné el cuello hacia la sala para asegurarme de que nadie pudiera escucharnos.

—¿Por qué estás actuando tan extraño? —preguntó.

—Tengo que decirte algo —dije, levantándola de la silla y conduciéndola hacia la despensa. Sus huesos se sentían frágiles bajo mis manos.

—Así que todo un misterio, me encanta —susurró. Se paró frente al gabinete con nuestras barras de cereal y granola—. ¿Qué pasa?

Tomé una inhalación.

—No me atrevo a decir esto, porque ni siquiera estoy segura de que sea verdad. Pero creo que me gusta alguien.

Los ojos de Ruby se ensancharon.

—¿En serio? ¿Quién?

Sabía que ella estaría emocionada. No había salido con nadie después de Charlie. Estaba demasiado ocupada con el trabajo escolar para centrarme en eso otra vez.

—No le cuentes a nadie —dije—. Lo digo en serio.

Ruby tomó mis manos.

—Puedes confiar en mí, Mal, lo sabes.

Miré por encima del hombro para asegurarme de que estuviéramos solas.

—Es Hale. Ya sabes, el asesor educativo —dije.

Ella me miró con el ceño fruncido, y continué, vacilante ahora.

—¿Sabes?, ¿el tipo del programa de doctorado? ¿El que siempre está en las fiestas?

El rostro de Ruby se descompuso; sus ojos se llenaron con ese juicio resignado que había visto tantas veces antes. Había mirado así a Gemma. Nunca a mí. Soltó mis manos.

—Sí, sé quién es —dijo.

—¿Estás molesta? —pregunté.

Pensé que estaría emocionada de saber que había encontrado a alguien.

Me miró fijamente, con ojos calculadores.

—Bueno, ¿él no es una especie de profesor? —dijo finalmente.

La miré. El corrector se había corrido y había dado paso a bolsas de color azul púrpura bajo sus ojos. Su tono era frío, distante. Ya no sabía quién era ella. Quería fragmentarla y seleccionar entre los restos para rearmar a la verdadera Ruby. La que conocía desde hacía tantos años. La divertida, fuerte, inteligente Ruby.

—Él está en el programa de posgrado —contesté—. Pero sí, da clase.

—No deberías ligar con un profesor —dijo—. Es sucio.

—Está bien, pero no es un profesor, todavía no —dije, sin importarme que mi voz pudiera sonar molesta ahora.

Ruby siguió mirándome, juzgándome, con ojos fríos y duros.

Quería que se sintiera culpable por ser tan mala, así que obligué a mis ojos a llenarse de lágrimas. Ruby pareció incómoda, como sabía que se sentiría. Sabía que las lágrimas funcionarían, nunca me había visto llorar antes.

Puso una ligera mano compasiva contra mi antebrazo.

—Lo siento, es sólo que… mi opinión a este respecto es muy firme.

Me encogí de hombros y no miré hacia atrás cuando la dejé en la despensa. Arriba, en mi habitación, limpié el líquido salado de mi rostro y me senté frente al escritorio, mirando una pila de libros.

La cosa es que yo decidía qué hacer con mi vida. Nadie había sido capaz de impedírmelo. Todo lo que hacía era egoísta. Yo era una persona egoísta. Y estaba bien así. Eso era lo mío. No necesitaba la aprobación de Ruby, pero por alguna razón quería que se sintiera emocionada por mí, como siempre me había sentido yo por ella, o al menos lo había fingido. Lo peor era que ni siquiera sabía si lo de Hale conduciría a algo real. O si se trataba de una ilusión. Había recurrido a Ruby buscando su consejo.

Había algo muy malo en ella, y tenía que averiguar qué era. Así que planeé hacer lo que siempre hacía cuando Ruby me confundía. Leer su diario.

# CAPÍTULO VEINTINUEVE

# Último año

Transcurrió una semana y todavía no había tenido la oportunidad de infiltrarme en la habitación de Ruby. Había comenzado a asegurar su puerta con llave después de que el campus enviara un correo electrónico advirtiéndonos sobre un robo en una casa fuera del recinto. Ruby permanecía en silencio, ignorándome, cuando nos encontrábamos en la casa.

Estaba sentada en clase, concentrada en la pantalla de mi computadora portátil, haciendo algunas pausas para mirar a Hale y las palabras que escribía en la pizarra. La clase estaba llena con el traqueteo de los teclados y ocasionales comentarios de estudiantes o pensamientos murmurados y expresiones de acuerdo.

*"La literatura de principios del siglo xx"* estaba escrito en letras cursivas en la parte superior de mi documento. Me había asegurado de que cada nota estuviera alineada, precisa y ordenada, y luego volví a internet. Había comenzado con mis solicitudes para la escuela de leyes y pasaba la mayor parte de mi tiempo libre llenando solicitudes. Las formas me mantenían a flote, una distracción de mi vida social. Casi había terminado con el trato que había hecho con papá y por fin obtendría lo que quería. Todavía quedaba esa persis-

tente molestia en el fondo de mi mente sobre continuar en Hawthorne. Era una opción que había estado ignorando. Escribí mi nombre en el campo en blanco para Harvard. *Malin Ahlberg.*

Me agradaba la idea de Boston. Hale había descrito los mejores restaurantes en South End, donde él había crecido, y cómo le gustaba correr a orillas del río Charles, observando los veleros y los kayaks. Había escuchado cada palabra. Sabía dónde preparaban los mejores burritos (los de Anna) y dónde podía tener la mejor vista de la ciudad en el otoño, cuando las hojas cambiaban de color (en el puente de la avenida Mass). Sabía que toda la ciudad se cerraba para el maratón y que los fanáticos de los deportes eran groseros y agresivos, lo que sólo sumaba a la "experiencia" de observar un juego. Había descrito qué tan pacífica se volvía la ciudad durante las nevadas y cómo algunas personas practicaban esquí a campo traviesa en las calles. Lo había hecho sonar como un lugar donde podría sentirme en mi hogar, un hogar a kilómetros de distancia de Texas. Y allí estaba Harvard, por supuesto. Un trofeo tras los largos años en Hawthorne.

Miré a Hale y capté su atención por un momento. Todavía no había ido a su oficina, no después de lo que había pasado con Ruby. Sabía lo que decía su mirada. Quería saber por qué aún no lo había visitado.

Hale se dirigió a la pizarra, y noté el espacio donde su camisa se colaba dentro de sus pantalones de pana. Quería pasar las puntas de mis dedos a lo largo de los surcos, estar lo suficientemente cerca para estirarme y tocarlo.

La frustración estaba perforando mis pensamientos, distrayéndome. Pinchando mi concentración. Necesitaba salir a correr.

Sabía la dirección de la casa de Hale.

Estábamos juntos en el salón de Literatura durante el segundo año, y él había salido a buscar algo a la oficina del profesor Clarke. Me había quedado sola y vi una carta sin abrir que sobresalía de su mochila, con la irregular letra garabateada típica de una persona mayor, tal vez un abuelo. La carta estaba dirigida a Hale Adams, en el 356 de la calle Pleasant.

No había estado buscando su dirección, pero una vez que la tuve, no pude dejar de pensar en eso. Me pregunté si vivía en uno de los edificios de ladrillos industriales que bordeaban el diminuto pueblo industrial, o en una casa en los suburbios detrás del campus. Necesitaba verla.

Bajé los escalones de la casa de dos en dos y mis zapatos chirriaron contra los ladrillos húmedos. La luz brillaba dorada sobre mi licra y mi sudadera con capucha mientras el sol se escondía detrás de las colinas. Prefería correr en la oscuridad y observar a las personas en sus casas. La mayoría de los edificios cerca del campus eran viejas construcciones victorianas, como el nuestro y, en su mayor parte, aburridos por dentro. Las habitaciones eran demasiado grandes para que yo alcanzara a ver algo que valiera la pena. Por lo general, sólo distinguía la parte superior de las cabezas mientras la gente miraba televisión o cenaba. Me preguntaba que habrían hecho ese día, a quién habrían visto, con quién habrían hablado, cuáles eran sus secretos. A quiénes amaban. A quiénes no.

Corrí rápido los cinco kilómetros. Había crecido como atleta, pero nunca había practicado deportes en equipo, para consternación de mis padres. En las pruebas de gimnasia, mi agilidad sobrepasaba con creces a la de mis compañeras, y siempre podía correr más lejos y por más tiempo. Pero nunca quise unirme a un equipo porque temía las prácticas por las tardes y los inevitables vínculos y amistades que habría tenido que sortear.

Nadie en Hawthorne sabía esto de mí. Cuando me preguntaron si quería unirme al equipo de softbol intramuros, Ruby se echó a reír y les informó que yo no practicaba deporte alguno. Tenía razón. Pero habría sido la mejor jugadora del equipo.

Ya había anochecido por completo cuando llegué al 356 de la calle Pleasant y las luces encendidas de su casa eran mi única guía en la oscuridad. Mi corazón se aceleró, el sudor rebosaba en la base de mi cuello. La casa de campo se asentaba detrás de la carretera, rodeada por campos y un granero derruido.

Él estaba en casa: una brillante camioneta negra se escondía debajo del pórtico. Me paré detrás de un muro de piedra en el lado opuesto de la carretera. Podía ver mi respiración en el aire claro de la noche, y ajusté el cierre de mi sudadera hasta la barbilla para mantenerme caliente. La casa estaba en silencio. Recorrí la mirada por las ventanas hasta que lo vi, sentado en el sofá con su computadora portátil. No estaba haciendo algo interesante, pero era reconfortante observarlo.

Imaginé que el interior de su casa estaría vacío. La mayoría de los estudiantes graduados vivían en el campus, pero me había dicho que le gustaba la soledad, que la necesitaba para trabajar, que en Hawthorne había demasiadas distracciones. Tal vez tenía un viejo sofá y muebles de segunda mano. La cocina sería discreta, apenas algo más de un juego de vajilla y unas cuantas ollas y sartenes. Me imaginé su cama y rápidamente deseché el pensamiento de mi mente.

Yo no había pedido esto. Tampoco lo estaba buscando. Pero después de esa última noche en primer año, había comenzado a pensar en él antes de irme a dormir cada noche. Lo imaginaba a mi lado en la cama. No lo entendía, no comprendía mi obsesión con él, pero tampoco la rechacé. La dejé acompañarme por poco más de dos años. Durante ese tiempo, Hale tampoco salió con nadie, al menos que yo supiera. Había algunas mujeres con las que podría haber salido en el programa de posgrado, pero yo tenía la impresión de que prefería mantenerse soltero después de su escandaloso rompimiento. Y tal vez una parte de él me estaba esperando, como yo lo estaba esperando. Lo que sentía por él, o lo que sea que eso fuera, no se había disipado. Lo sostenía en mi mano, lo veía saltar, curiosa por descubrir su potencial. Tal vez ésta era mi oportunidad de ser normal. Y eso era suficiente para mí, así que me aferré con fuerza a ello.

Revisé la hora. Tenía dos horas para regresar, tomar una ducha y reunirme con los demás en la sala para caminar hasta el Pub, nuestra primera experiencia bebiendo dentro del marco legal fuera del campus. Seguí detrás del muro de piedra la distancia suficiente para estar segura de que no me vería cuando regresara a la carretera. Incluso si se asomaba por la ventana, no creía que pudiera distinguir mi forma.

Comencé a correr una vez que llegué al final de la carretera.

Caminé con Khaled y Max hasta el Pub. Ruby, John y Gemma estaban delante de nosotros, embriagándose con múltiples tragos de tequila. Gemma aulló, mientras John y Ruby se doblaban de risa.

Pasamos a un grupo de estudiantes de primero en el jardín. Parecían nerviosos mientras cargaban bolsas de plástico con lo que asumí que sería alcohol. Uno de ellos, uno de los chicos más jóvenes, nos miró fijamente mientras caminábamos a su lado, tal vez pensando lo genial que éramos, mientras nos dirigíamos al Pub. Traté de sentirme emocionada, de ser la persona que él creía que yo era: bonita, adulta, divertida. Pero ésa no era yo.

Khaled hablaba sobre sus padres. Lo estaban presionando para que regresara a casa después de graduarse y consiguiera un trabajo en el gobierno, pero él insistía en ir a la escuela de medicina en Nueva York.

—Es donde pertenezco, lo sé. Siempre está pasando algo. La ciudad que nunca duerme, ¿no es así, chicos?

Max escuchaba, callado, como siempre. Era un buen escucha. Lo vi meter la mano en su bolsillo, sacar su teléfono y escribir un mensaje de texto. Miró a los demás adelante de nosotros.

Me pregunté si los estudiantes de posgrado alguna vez frecuentaban el Pub. Tal vez Hale estaría allí.

—Eso sería una locura, ¿cierto? —dijo Khaled.

No había estado prestando atención. Max y Khaled me miraron.

Sonreí.

—Sí, por supuesto —estaba acostumbrada a completar mis respuestas con concesiones genéricas.

—Podríamos vivir juntos de nuevo —continuó Khaled—. Aunque ahora tendrían que pagar el alquiler, porque estoy bastante seguro de que las tarifas en Nueva York son un poco más elevadas que las de Edleton.

Me di cuenta de lo que estaban hablando, pero no había manera de que continuara viviendo con todos ellos tras la graduación. El siguiente año conseguiría mi propio departamento.

Cuando enmudecí, Max me miró de reojo, intentando no reír.

—Nah —dijo él—. Malin tal vez estará en Harvard.

—Tal vez —dije, agradeciéndole en silencio por haberme cubierto.

Cuando llegamos al Pub, Khaled leyó las palabras en el letrero exterior.

—¿Noche de karaoke? Max, consígueme un trago, yo nos registraré —dijo emocionado mientras entraba al ruidoso bar.

—Karaoke. Mi favorito —dije con sarcasmo. Abrí la puerta. Max me sonrió de nuevo.

—¿Debo conseguirte un vaso de agua? —preguntó.

Cuando no respondí de inmediato, añadió:

—No te preocupes, no se lo diré a nadie. Tal vez yo también tome uno. El alcohol hace que la ansiedad empeore.

—Bien —dije—. Gracias.

—¿O deberíamos conseguir algunos tragos falsos, para realmente molestar a la gente?

Reí.

—Claro, hagámoslo.


Después de dejar a Max con su pandilla de aspirantes a medicina, me dirigí al final de la barra, cerca de los sanitarios. Me senté en uno de los taburetes y fingí estar concentrada en mi teléfono. La máquina de karaoke se encendió. El equipo de beisbol se acercó al micrófono y comenzó una intrigante interpretación de "Bajo el mar".

Vi a John hablando de cerca con una chica de segundo año que debía haber entrado con identificación falsa. Él me miró y se enderezó, ajustó su postura y observó a la multitud, como si la chica no fuera importante. Fingí demencia y enfoqué la mirada a otra dirección. John no era una preocupación en este momento.

Esperé veinte minutos hasta que obtuve lo que buscaba. Las chicas siempre tenían que orinar cuando bebían. Vi a Amanda tropezar hacia la puerta batiente y enganché su brazo antes de que cayera dentro.

—¿Qué demonios? —Amanda balbuceó cuando la acerqué a un taburete—. Oh —dijo, haciendo un gesto de fastidio—. ¿Qué quieres, Malin?

Desplegué todos mis encantos.

—Te ves tan linda esta noche —dije con una sonrisa—. ¿Dónde conseguiste esa blusa?

—Está bien, en serio, ¿qué pasa? —preguntó ella.

Suspiré. Sabía que nunca hablaría con ella a menos que tuviera que hacerlo. Esto no iba a funcionar.

—A menos que estés coqueteando conmigo —continuó—. Quiero decir, Abigail finalmente salió del armario, así que tal vez tú también estés en lo mismo y parte de tu plan sea decirme lo enamorada que estás de mí.

—No te hagas ilusiones —dije.

Miré por encima de mi hombro. Ruby estaba parada con Gemma y un grupo de chicas de nuestra generación. Estaban revisando la lista de canciones del karaoke para decidir qué cantar.

—¿Temes que se enoje si nos ve hablando? —dijo Amanda. Parecía de alguna manera emocionada por ello.

—No —contesté, volviéndome hacia ella—. En realidad —dije, encontrando el ángulo correcto—, discutimos.

Amanda pareció interesarse.

—En serio —dijo, más una afirmación que una pregunta.

—Sí. Es bastante grave. No sé qué hacer.

—Bueno, bueno —dijo—. Nunca pensé que serías el tipo de persona que habla a las espaldas de la gente. No eres tan perfecta como pareces.

—Tampoco ella —contesté, lanzando mi anzuelo.

—¿Puedes culparla? —Amanda agitó su mano en el aire.

*Sí.* Dime qué es lo que tienes *en contra de ella.* Amanda había querido contarme sobre Ruby durante años. Ésta era su oportunidad. Recordé la conversación que habíamos tenido la primera vez que nos encontramos, frente a la barra de pizzas, durante el primer año, la advertencia que me hizo entonces. Necesitaba saber lo que Amanda tenía en contra de Ruby.

—Lo de su papá apesta —dije, esperando asestar el inicio correcto.

Amanda se enfocó en mí y luego se inclinó hasta que casi se tocaban nuestras frentes.

—Si *mi* padre se acostara con sus alumnas, nunca volvería a hablar con él, eso es seguro.

Parpadeé y miré a Ruby. Algo encajó en su lugar. Supongo que eso explicaría algunas cosas. Sus problemas con el sexo. La razón por la que se había opuesto tan enérgicamente al tema de Hale.

Amanda siguió hablando.

—Ella ni siquiera tiene una madre. O hermanos. ¿Te puedes imaginar la humillación? Sentada a la mesa a la hora de la cena con tu padre… ¿pensando en qué estudiante había estado con él ese día? Muy desagradable.

—Sí, superdesagradable —dije, todavía mirando a Ruby. Ella estaba parada junto a Gemma, sonriendo de algo que otra chica estaba diciendo. Levantó la vista, y nos miramos a los ojos. ¿Por qué no me había hablado de su padre?

Amanda siguió hablando, sus palabras eran ahora un grifo que yo había abierto.

—Esa vez, cuando la conocí en el campamento de verano, ya todos sabían lo de su padre. Me sentí mal por ella, ¿sabes? Quería ser mi amiga. Ruby es dulce, debo aceptarlo. Hasta que deja de serlo.

¿Ruby había *querido* ser amiga de Amanda? No podía imaginarlo.

—Así que estuvimos muy cerca durante unas semanas —continuó Amanda—. Ella era agradable y hacía cosas por mí. Ésa es la parte dulce de la que estoy hablando. Así que éramos amigas. Yo tenía montones de amigas, no me molestaba que ella se sumara al grupo. Mientras más seamos, mejor. Como sea.

Bebí agua mineral de mi vaso, mordiendo el popote.

—Así que un día salimos a montar a caballo, porque eso es lo mío. Y bueno, por supuesto que también se convirtió en cosa de Ruby cuando nos hicimos amigas. Y bueno, ahí estaba esta otra chica, creo que su nombre era Gigi... o Ginny o... como sea, llamémosla Gigi. Entonces, Gigi hace su majestuosa entrada, con su brillante y largo cabello rubio, y trata de montar a Royale, que es *mi* caballo. Yo había estado montando a Royale todos los años durante cuatro veranos y entonces se aparece la tal Gigi y me lo roba. Lo montó *todo* el día. Yo estaba furiosa. Veo a Ruby, que me observa enojada, y frunce el ceño, toda dulzura y estupidez, y sé que hará cualquier cosa para complacerme. Literalmente, cualquiera.

Oh, no. Yo sabía adónde iba esto. La había visto así con John. Siendo cariñosa con él, asegurándose de que sea feliz, sacrificándose en su beneficio.

—Yo sólo *sugerí* que Gigi necesitaba una "depilada". Ya sabes, poner crema depiladora en el acondicionador de cabello. No lo decía en serio, sólo se trataba de una broma. Pero Ruby fue y lo hizo. Al día siguiente, Gigi ni siquiera se presentó a montar. Tenía a Royale para mí sola, así que fue agradable, pero la vi en el comedor más tarde, con los ojos enrojecidos e hinchados, con una gorra de beisbol y todo. Dejó el campamento al día siguiente. Fue triste, en verdad.

Amanda se detuvo, evaluando mi reacción.

—¿Ves lo que quiero decir? Un poco retorcido. Ruby es un bicho raro, es lo único que te digo. Te lo advertí.

—Interesante —dije, tratando de sonar como si no me importara. Amanda parecía molesta porque su historia no había sacudido mi mundo. Necesitaba exprimirla hasta sacarle la última gota—. Eso no suena como Ruby.

Amanda enderezó su postura y tiró un poco de cabello sobre su hombro.

—Bueno —dijo ella, queriendo sonar muy objetiva—, ahora ella parece diferente, le concedo eso. Ha hecho un buen trabajo con su interpretación de la chica simpática, divertida y popular. La universidad es genial para eso, en verdad puedes reinventarte. Aunque claro que no funciona tan bien cuando alguien, en este caso yo, sabe quién eres en realidad. Y Ruby es una desesperada trepadora social. Quiero decir, ¿crees que ella te eligió al azar para que fueras su mejor amiga?

Traté de mantener una expresión seria pero, por dentro, Amanda había tocado hondo.

—Ahhhh —dijo—. Nunca habías pensado en eso, ¿cierto? Pero ella te eligió por una razón.

Era yo quien había elegido a Ruby. ¿O no?

—Eres bonita —continuó Amanda—, pero no tanto como ella. Eres agradable, claro, pero no tan extrovertida. Ella brilla a tu lado. No creo que le haya gustado estar a mi sombra en el campamento ese verano. A ella no le gustaba estar en el fondo del escalafón. Interpreta bien su papel. La chica popular. Sabe qué hacer, es astuta cuando quiere. Yo fui buena para eso alguna vez, pero se vuelve agotador. De cualquier manera, lo único en lo que tú eres mejor es en lo académico, ¿cierto? Y a ella no le importa eso porque es una estudiante de Historia del Arte y quiere casarse con alguien rico para poder tener su propia galería y pavonearse por ahí en su ropa Louis Vuitton todo el día.

Amanda puso una mano en mi muñeca.

—Ella *necesita* ser mejor que tú. O no serían amigas. Quiero decir, ¿por qué crees que todavía vive con la desaliñada Gemma? Absolutamente cero competencia allí. Ruby siempre gana.

Antes de que pudiera decir algo más, Becca se interpuso entre Amanda y yo, y se inclinó ebria contra la barra. Golpeó su bolso sobre la superficie húmeda.

—Necesito otro trago —dijo Becca en voz muy alta, alargando las palabras.

—No, no lo necesitas —sentenció Amanda, retirando el bolso de Becca de la barra—. Ve a vomitar ahora, antes de que empeores, cariño.

Becca hizo un puchero y desapareció en el baño. Amanda volvió a hacer un gesto de fastidio y luego se volvió hacia mí, seria.

—Como sea —dijo—, es hora de que ustedes dos discutan, y veas ese lado real de Ruby. El desesperado, patético, falso. Porque, ¿sabes?, ella es falsa. ¿Cómo puedes confiar en alguien así? ¿Quién esconde lo que es en realidad? Lamento que tuvieras que averiguarlo. ¿Por qué están peleando, a propósito?

—Oh, mmm, en realidad no es nada —dije.

—Bueno, siempre estoy aquí si quieres hablar al respecto.

Mi estómago se hizo un nudo, porque sabía que lo decía en serio. En realidad pensaba que Ruby era una mala persona y que yo podría necesitar desahogarme, o lo que fuera que las personas hicieran para sentirse mejor.

Cuanto más procesaba lo que Amanda había dicho, mejor entendí que tenía razón acerca de no confiar en alguien que se esconde detrás de una máscara. Yo vivía esa vida y sabía que lo que había dicho era verdad. No se podía confiar en mí. Tampoco en Ruby. Tal vez Amanda era mejor que cualquiera de las dos. Al menos ella era su verdadero yo y no se escondía detrás de una apariencia.

Miré a Ruby. ¿Yo le agradaba siquiera? ¿Le agradaba alguno de nosotros? ¿Quién era ella, en realidad? Me pregunté si Amanda tenía razón, si a Ruby le agradaba yo tanto porque no representaba una amenaza. Ella era la popular; yo no. Ella era la que recibía toda la atención; a mí eso no podía importarme menos. ¿Era ésa la razón por la que decía que yo era su mejor amiga?

—Bueno, esto fue divertido —dijo Amanda—. Hagámoslo de nuevo en otro momento.

Saltó del taburete y se apoyó en la puerta del baño, inclinando su cabeza hacia atrás para que su cabello rojo se agitara a sus espaldas.

—Y por cierto —dijo, señalando su blusa—, es de Zara.

CAPÍTULO TREINTA

# Último año

Esperé hasta que todos empacaron sus cosas y el aula estuvo en silencio. Había mantenido la posesión del mismo asiento de la esquina de atrás durante los cuatro años. Seguí escribiendo en mi computadora portátil. Solía salir corriendo del salón en cuanto terminaba la clase, pero ahora permanecí sentada hasta que se vació por completo. El vacío me ayudaba a terminar los pendientes.

Me tomó dos horas poner punto final a un ensayo sobre la figura de las mujeres en la obra de Shakespeare. Levanté mi mochila y la colgué sobre el hombro. Los pasillos estaban en silencio. Pasé un dedo a lo largo de la pared mientras leía algunos de los carteles. Al igual que en el primer año, había una foto de Ruby, adelante y al centro, en el póster del equipo de futbol universitario. Era la capitana ahora, todavía al mando en el campo. El único lugar donde John no podía alcanzarla.

Al final del pasillo, golpeé mis nudillos contra la puerta de madera de la oficina del asesor educativo.

—Adelante —dijo Hale, con voz sonora y alegre—. ¿Estás aquí para hablar de la tesis? —preguntó mientras entraba. Estaba solo. Me sentí aliviada.

Tomé asiento y llevé la pesada mochila a mi regazo. Silencio. Ni siquiera sabía lo que estaba haciendo allí.

—¿Todo bien? —preguntó, sin molestarse en esperar a que yo hablara.

Pensé en Ruby.

—¿Recuerdas esa noche de primer año? —pregunté, vacilante. Tal vez un consejo ayudaría—. ¿Cuando me acompañaste hasta mi residencia?

—Sí, un asqueroso acosador. El novio de tu mejor amiga, ¿cierto? ¿Todavía te molesta?

Consideré mentir, pero no quería mentirle a él. Quería sacarlo. Tal vez de esa manera dejaría de pensar en todo aquello.

—Él todavía está saliendo con mi mejor amiga. Ruby. Y ahora ella es diferente, como si la hubiera hipnotizado. No sé por qué me obsesiono con eso.

—Porque te importa —dijo—. Pero, ¿sabes?, tal vez ella está cambiando, eso puede suceder. La gente cambia, y está bien. Mientras todos cambiemos para mejorar.

—Pero esto no es para mejorar —continué—. Y es frustrante no tener el control. Y verla cometer errores. Sé cómo debería vivir su vida, pero no es que pueda decírselo. Así no es cómo funciona.

Hale parecía estar considerando lo que había escuchado.

—Hay algo que puedes leer, tal vez te ayude —dijo, levantándose y caminando hacia los libreros. Dejé que mis ojos se detuvieran en sus hombros y en la parte baja de su espalda; cuando se volvió, desvié la mirada al suelo.

—Es una pieza de Tsvetáyeva. En realidad, lo leímos en clase de primer año. ¿Recuerdas?

—¿Te refieres al seminario donde me hiciste recitar frente a la clase?

—Te lo merecías —dijo sonriendo, y luego me entregó el libro, abierto en la página indicada.

Leí el poema mientras Hale se acomodaba en su escritorio. Era vagamente familiar; Recordé haberlo citado en un ensayo en nuestros exámenes finales. El poema se titulaba "Yo sé la verdad" y hablaba sobre la vida y la muerte. Sin embargo, no entendía qué tenía que ver eso con Ruby.

—¿Qué piensas? —preguntó Hale.

—Mmmm —respondí, leyendo el poema de nuevo—. Certeza. Se expone que hay certeza sobre la vida y la muerte.

Guardó silencio, pero me ofreció esa mirada que necesitaba para seguir ádelante.

—Y… —marqué una pausa— lo que importa es lo que haces mientras estás vivo.

—Sí —dijo—. También habla de cómo tratamos a los demás. ¿Haremos la vida de los otros mejor o peor? Si alguien está sufriendo, ¿aliviaremos su dolor o lo ignoraremos? Al final de la vida, sólo hay una verdad, y es sólo tuya. Al final, debes sortear una vida *con la que puedas vivir*.

Pensé en eso. Una vida con la que puedes vivir. Pensé en Levi y la forma en que había muerto.

—Tal vez hay algo que puedas hacer por Ruby, ayudarla o no, pero piensa mucho en cómo quieres hacerlo, porque serás tú quien tendrá que vivir con ello —agregó Hale.

Me quedé mirando el poema, esperando que las palabras me guiaran.

—Puedes tomarlo prestado, si quieres —dijo.

—Gracias.

Me hundí más en la silla y releí el poema.

*Yo sé la verdad, ¡ríndanse las otras verdades!*
*No hay necesidad de que nadie en la tierra luche.*
*Mira, es de noche, mira, es casi de noche:*
*¿de qué hablan, poetas, amantes, generales?*

*El viento se expande ahora y la tierra está húmeda por el rocío,*
*la tormenta de estrellas en el cielo se volverá silencio.*
*Y pronto todos dormiremos bajo la tierra,*
*nosotros, los que nunca dejamos dormir al otro en ella.*

Hale se reclinó en su silla con una libreta entre las manos y subió los pies sobre su escritorio.

—Eres una buena amiga, para que te importe tanto. Cuando yo era estudiante de cuarto año, sentía que todos iban sólo por lo suyo.

—Yo no creo que sea una buena amiga —dije, sin importarme realmente la respuesta. Miré al suelo.

—Yo creo que sí lo eres —dijo—. Y también eres una de las personas más seguras que conozco. No dejas que nada se interponga en tu camino. Pero a veces, sólo en muy contadas ocasiones, es como si estuvieras tratando de resolverlo todo. Te observo mientras intentas juntar las piezas.

—Me gusta ser buena en las cosas. El fracaso no debería ser una opción.

—Definitivamente eres mejor en muchas cosas que el grueso de las personas —respondió.

El cumplido me hizo sentir incómoda, así que quise continuar pronto.

—Entonces, ¿qué se hace con las piezas? —pregunté.

—Ah. Yo soy justo lo contrario a ti. Lo dejo ser. No peleo contra la ola, dejo que me arrastre y confío en que eventualmente alcanzaré la costa.

—Sí… no, gracias —dije.

Hale rio.

—Es por eso que te quiero.

Las palabras brotaron de su boca, sonaron naturales, orgánicas. Como si fuera algo que me dijera a diario. Pero no era así. Cuando se percató de lo que había dicho, su rostro se tornó de un carmesí profundo. Nunca lo había visto avergonzado antes. Actué como si lo que había dicho no significara lo que significaba, que había sido un comentario casual.

—Lo resolveré —dije—. Hablemos de mi tesis.

—Sí, sí. Vamos —evitó el contacto visual.

No supe qué hacer, o qué decir. Lo que mejor hacíamos era hablar de literatura, así que me centré en eso. Esperaba que él supiera que era todo lo que podía darle a cambio por lo que había dicho.


Regresé a casa más tarde esa noche. Todos estaban amontonados en el sofá para la noche de cine. Estaban cubiertos con las mantas de lana que la madre de Max nos había regalado, y el aire olía a hierba y a palomitas de maíz. Me acomodé en la orilla al lado de Gemma, y ella me miró, adormecida y drogada.

—Hey, nena —susurró, poniendo un brazo alrededor de mi cintura. Max me lanzó una mirada, pero los demás siguieron enfocados en la pantalla. John tenía su brazo envuelto alrededor de la mitad superior de Ruby. Reconoció mi presencia, sus ojos se encontraron con los míos y se acercó a Ruby para plantarle un beso en la frente.

Ruby y yo no habíamos hablado desde el coctel, y desde entonces ya habían transcurrido semanas. Me pregunté brevemente si vernos a Amanda y a mí hablando en el bar la habría puesto celosa y eso la obligaría a ceder y pedir disculpas, por el miedo a perderme. Pero no me había confrontado en el Pub y esa noche había caminado sola de regreso a casa. Desde mi conversación con Amanda, se había proyectado una sombra sobre el impecable barniz de Ruby. ¿En verdad le había permitido engañarme? ¿Era ella la persona que yo creía, o sólo estaba fingiendo en su paso por la universidad? No es que pudiera juzgarla por eso. Pero aun así. La potencial impostura me devoraba y causaba que la brecha que había entre nosotras se fuera ampliando cada vez más.

Todavía tenía que leer algunas cosas, así que me levanté y me dirigí a las escaleras.

—Buenas noches, chicos —dije.

Ellos murmuraron una respuesta, enfocados en el estruendo del televisor. Ruby me miró e hicimos contacto visual antes de que subiera las escaleras, pero no pronunció palabra.

Mi habitación estaba limpia y ordenada, como siempre. Me pregunté si la puerta de Ruby podría estar abierta, pero era demasiado arriesgado entrar allí mientras ella estaba en casa. No encendí la música, prefería el silencio. Cuando me senté en la cama para terminar de estudiar, alguien llamó a la puerta.

—¿Sí? —dije.

El rostro de Ruby apareció del otro lado.

—¿Podemos hablar? —preguntó.

—Por supuesto.

Se sentó a mi lado en la cama, doblando una pierna debajo de ella. Era un hábito suyo: estirarse inconscientemente al mismo tiempo. Sus prácticas de futbol eran implacables, y a menudo llegaba a casa cansada y adolorida. Me miró y se mordió el labio.

—Entonces... —comenzó—. ¿En verdad te gusta? ¿Hale?

—Creo que sí, no estoy muy segura —dije.

—¿Han salido?

Negué con la cabeza.

—¿Pero tendrás cuidado, si lo haces? —preguntó—. No sé... ¿averiguarás si eso está permitido incluso?

—No creo que sea un gran problema. Pero dudo que algo suceda —aduje. Tan pronto como lo dije, sentí la decepción en mis entrañas. Yo *sí* quería que sucediera.

Ruby se quedó en silencio por un momento. Sabía que tal vez estaba pensando en su padre y en las estudiantes con las que él se acostaba, o lo que fuera que hiciera con ellas. Quería decirle que entendía, pero no podía decirle que había hablado de eso con Amanda. Ella se enojaría de nuevo. Así que me quedé en silencio.

—Lo siento, fui una perra con todo eso —dijo—. Si tú eres feliz, yo lo soy. Lo prometo.

Sabía por qué ella había estado molesta, tenía sentido. Pero me habría gustado que hubiera sido ella la que me contara sobre su padre. Me miró con los ojos brillantes.

—Te extrañé —dijo—. En verdad lo lamento mucho.

—Yo también te extrañé —admití, y la dejé abrazarme.

Ésta era la verdadera Ruby. Ésta era ella, yo lo sabía. Amanda tenía que estar equivocada. No estaba fingiendo conmigo. Esto era real.

Me aparté y la miré a los ojos.

—Pero tengo una pregunta —dije.

Traté de sentarme un poco más erguida, para compensar la incómoda vulnerabilidad que estaba a punto de experimentar.

—Claro, lo que quieras —dijo.

—Está bien —empecé—. ¿Cómo sabes si le agradas a alguien, si te corresponde?

Ruby bajó la mirada. Tal vez estaba pensando en John. En verdad, no quería que comparara mi asunto con el suyo, pero estaba desesperada por escuchar su respuesta.

—Creo que sólo lo sabes —dijo—. Cuando estás sentada junto a ellos, o incluso sólo mirándolos, puedes sentir esta emoción. Y si se esfuerzan por mirarte y hablarte y hacer pequeñas cosas por ti, bueno, eso es una confirmación de que también sienten algo.

—¿Así es con John? —pregunté.

Hizo una pausa.

—Sí —había una ligera vacilación en su voz—. Al principio. Ahora es tan cómodo, nunca cuestiono lo que siente por mí.

Antes de que pudiera preguntarle más, hubo otro golpe en mi puerta y la cabeza de Max apareció.

—Oh —dijo, sorprendido de encontrar a Ruby ahí, y luego me miró—. Quería ver si ya habías hecho el ensayo de Filosofía.

Miré de él a ella. No los había visto hablar desde que estábamos en tercer año.

—Todavía no —dije.

Max asintió, como si estuviera tratando de averiguar qué hacer a continuación. Miró a Ruby.

—Hola —dijo.

—Hola —respondió ella. Una sonrisa rota.

Oh, Ruby. Quería que me contara todo para poder arreglarlo. La vi, tan bonita, tan triste, tan llena de secretos. Me encontraba perdida sin su diario. Necesitaba encontrar una manera de entrar a su habitación, y pronto.

# CAPÍTULO TREINTA Y UNO

# Último año

Sin embargo, los días pasaban y yo estaba demasiado ocupada con mi tesis, de manera que pasaba la mayor parte del tiempo en la biblioteca. Un día levanté la vista y me di cuenta de que estábamos casi a la mitad del semestre.

Mi teléfono vibró sobre el escritorio de madera. Ruby:

¿Quieres tomar un café antes del entrenamiento?

Reuní mis cosas en la mochila y tomé las escaleras desde la parte superior de la biblioteca. Prefería estudiar en el rincón más tranquilo, donde las ventanas dejaban ver todo el jardín. Me gustaba lo pequeño y lejano que parecía el mundo desde allá arriba. Unas cuantas líneas de cuerdas colgaban tensas entre los árboles, y algunos estudiantes se balanceaban precariamente sobre ellas, abrigados con sus chamarras forradas y sus gorros de lana. Mientras me abría paso a través de la extensión de césped, me pregunté qué estaría haciendo Hale.

Ruby estaba sentada sola cuando llegué al Grill. Sonrió mientras me acercaba. Me sentí aliviada al ver que era una de sus sonrisas reales, la que solía ofrecerme todo el tiempo.

—¿Adivina qué? —dijo.

—¿Qué? —me senté a su lado y empecé a desabrochar mi abrigo. Ella empujó un café hacia mí, negro.

—Envié mi solicitud para la beca Getty hoy.

El sueño de Ruby durante los últimos tres años había sido conseguir un trabajo en el Museo Getty y mudarse a Los Ángeles después de graduarse.

—Eso es increíble, estoy segura de que la obtendrás —dije—. Entonces, ¿irías a Los Ángeles?

Ruby bebió un sorbo de café. Vestía sus *shorts* de entrenamiento y una sudadera. Su piel bronceada se estaba desvaneciendo, y los tendones de sus manos sobresalían como cordilleras en su piel.

—No, en realidad —explicó—, es una subvención para ir a Escocia y preparar un plan de conservación para una antigua propiedad que se está cayendo en pedazos. He estado trabajando en ello con mi asesor.

—¡Vaya! —dije, sorprendida de que quisiera ir tan lejos—. No pensé que saldrías del país.

—Sí —dijo ella, levantando su vaso de cartón reciclable—. Como sea, ¿qué pasa contigo? No te he visto desde hace siglos. ¿Cómo es que algo así puede suceder siquiera? ¡Vivimos juntas!

—Bueno, he estado viviendo en la biblioteca, así que…

—Dios, tienes que salir de allí —dijo—. ¿Has oído hablar de la noche de Portland? ¿En noviembre?

—No, ¿qué es eso? —tomé un sorbo de café, ansiosa por cafeína.

—Hawthorne nos llevará a Portland por la noche, para que salgamos y esas cosas. Como una especie de *bien hecho, estudiantes de último año* —hizo una pausa—. A ellos en verdad les gusta embriagarnos, ¿no es así?

Reímos.

—O tal vez esperan que por fin actuemos como adultos y bebamos con moderación —dije.

—No es que los adultos sean mejores que nosotros.

—Cierto —dije.

—Como sea, vendrás, ¿cierto? Será divertido, deberías ir —dijo Ruby. No sonaba muy convencida.

—Mmm, bueno, sí, definitivamente —contesté.

Tal vez entonces podría preguntarle sobre lo que estaba pasando, cuando estuviera un poco intoxicada, con ánimo de compartir.

—De acuerdo, bien —continuó—. Y entonces, ¿ha pasado algo?

—¿Con qué?

No sabía por qué me estaba haciendo la tonta.

—Con Hale —susurró.

—Oh, nada. Lo veo mucho, pero eso es todo.

Pareció sentirse aliviada. Deseé que no fuera así.

—¿Cómo van las cosas con John? —pregunté, cambiando de tema.

—Bien. Lo mismo. Siento que está tratando de aprovechar la mayor cantidad de tiempo posible con los amigos antes de la graduación. Y yo he quedado en un segundo plano. Pero está bien.

Observé que el pulso en su cuello se aceleraba. Una sonrisa falsa, su agarre firme en la taza.

Ésta era mi oportunidad.

—¿Qué está pasando contigo y Max?

Levantó la mirada, con los ojos afilados.

—Nada —hizo una pausa, sabiendo que tenía que decir algo. Era obvio que no hablaban—. Él se puso todo raro el último semestre. No podía aguantarlo.

—Tal vez si tratas de hablar con él, las cosas podrían volver a la normalidad —sugerí.

Sacudió la cabeza.

—Es complicado.

Lo dijo como si yo fuera demasiado tonta para entenderlo. Quería gritarle que no era así, que podía contarme. Pero tampoco quise rogarle. O darle la petulante satisfacción de mi necesidad por saber. De cualquier manera, lo averiguaría por mi cuenta.

—De acuerdo. Bueno, cuéntame más sobre Escocia.

Ruby comenzó a explicar todas las complejidades de la casa en ruinas donde un tipo llamado James y su familia habían vivido hacía cientos de años. Esperaba ver la chispa que solía resplandecer en su mirada cada vez que hablaba de arte, pero la había perdido hacía mucho tiempo. Era casi como si estuviera triste por hablar al respecto, como si ni siquiera le entusiasmara ir en realidad.


—¿Max?

Llamé a su puerta. Silencio. Estaba a punto de regresar a las escaleras cuando escuché que algo caía dentro de la habitación. Consideré ignorarlo, tal vez él quería privacidad. Pensé en las cosas que hacía cuando estaba solo, en lo que la mayoría de los hombres hacían cuando estaban solos, y decidí alejarme. Pero entonces escuché un fuerte golpe, como si algo pesado hubiera caído al suelo.

Cuando abrí la puerta, Max estaba en el piso, tratando de apoyar su espalda contra el escritorio, luchando por sentarse. Estaba sin camisa y con el cabello mojado, debió haberse estado cambiando después de tomar una ducha. Me miró. Un animal herido.

No me moví hacia él, mi cuerpo ardía con la necesidad de correr. Odiaba los hospitales, todos esos cuerpos débiles y vulnerables expuestos. Esto era lo mismo.

Abrió la boca para hablar, pero nada salió. Esperaba que me dijera que estaba bien y entonces podría irme.

—Ataque de pánico —dijo, con voz ahogada.

*Mierda.* Miré hacia la sala en busca de Khaled o Gemma. O de Ruby incluso. Cualquiera menos yo. Yo no era la persona adecuada para esto.

Parecía estar luchando por tomar aire. Me miró de nuevo.

—De acuerdo —dije. No podía dejarlo así. Tomé una respiración profunda y di un paso hacia él. Me arrodillé en el suelo delante de sus pies. Recordé lo que papá solía decirle a mi madre cuando ella sufría un episodio de ansiedad.

—Vamos a hacer un poco de matemáticas —dije.

Max tomó aliento más tranquilo, como si ya hubiera hecho esto antes.

—Seis por cuatro —dije.

Entre respiraciones ásperas, escupió:

—Veinticuatro.

—Cinco por cinco.

—Veinticinco.

Continuamos así un tiempo hasta que su respiración volvió a la normalidad. Parecía estar recuperándose.

—Bien —dije—. Bueno, debería irme.

Me sujetó de la muñeca.

—Quédate.

Miré su mano en mi brazo. Su piel se sentía fría. Siguió mi mirada.

—No puedo sentir mis manos todavía —dijo—. Y tampoco mis piernas.

Qué desastre. No podía creer que se hiciera esto.

—Me doy cuenta de que estoy muy necesitado en este momento —dijo.

Sabía que él quería hacerme reír, así que sonreí. Mis tobillos empezaron a doler, y me dejé caer al suelo. Por lo que sabía, la ansiedad era un desequilibrio en el cerebro, o el resultado de alguna clase de trauma. No sabía si él había pasado por algo que lo hubiera dañado, o si había nacido así. Pensé en mí, en los problemas que enterraba en lo más profundo. Por un segundo, los cables se cruzaron y las palabras *estás rota* gritaron a través de las sinapsis. Sacudí la cabeza para ahuyentar el pensamiento.

Max me miró fijamente. Parpadeaba lento, pesado.

—Tal vez no deberías poner tanta presión sobre ti mismo —dije.

—Lo he intentado —admitió, sus palabras también salían lentas—. He estado así durante tanto tiempo que ya no sé qué hacer. Como sano, apenas bebo, hago ejercicio. Incluso he intentado meditar.

Me pregunté si esto era de lo que Ruby estaba hablando. La rareza a la que se refería. Tal vez ella había asistido a demasiados ataques de pánico y había decidido que ya había tenido suficiente.

—¿Qué hay de tomar medicamentos? —pregunté.

—No. De ninguna manera.

—¿Por qué no?

—Porque no.

—Bueno. Sería mejor que esto.

—No. También sería mejor si hubiera algo mal contigo —lo miré, confundida—. De manera egoísta —agregó—, así yo no sería el único desastre en esta habitación.

—Yo también tengo asuntos por resolver —dije. Las palabras habían escapado de mis labios antes de que pudiera detenerlas.

Max me miró, una mirada suave en sus ojos. Tal vez podía decirle la verdad, y él no le diría a un alma. Pero no valía la pena el riesgo. Podría perderlo todo.

—¿Qué tipo de *asuntos*? —preguntó.

Intenté pensar en algo a la altura de la situación. Miré mis manos, las cicatrices. Max siguió mi mirada.

—¿Tiene que ver con eso? —preguntó. Su voz tranquila, más tranquila.

—No —dije, un largo suspiro salió en una exhalación de mis labios. Una mentira recitada—. Eso fue un accidente. Con una mesa de vidrio —¿cuántas veces había repetido esa excusa a lo largo de los años?—. Pero… sufrí acoso escolar —continué, tratando de encontrar las palabras correctas—, durante años.

—Lo siento —dijo—. ¿En la escuela?

Dudé. No podía decir su nombre. No lo había pronunciado desde el día que murió.

—Sí, en la escuela. Una chica me odiaba. Me hizo la vida imposible —mentí.

Estuvimos callados por un momento; me miró, evaluándome. Yo sabía que no me veía como alguien que pudiera sufrir acoso, así que intenté parecer triste. Apoyé un codo en mi rodilla y dejé que mi barbilla cayera en la mano.

—No sabía eso de ti —admitió.

—Sorpresa.

Max casi se echó a reír, luego suspiró, apoyándose contra el escritorio y cerrando los ojos. Abrió sus manos unas cuantas veces, como si estuviera persuadiendo a la sangre para que corriera a través de ellas, permitiendo que la sensación regresara.

—¿Cómo están esas extremidades? —pregunté.

—Mejor —dijo.

Parecía culpable y triste.

—Está bien, en serio, no te preocupes —dije—. No me molesta quedarme aquí.

Me miró con ojos dulces y comprensivos, y comenzó a levantarse. Se apoyó sobre el escritorio y se estabilizó.

—Pero ponte una camisa —dije—. Tu abdomen marcado está quemando mis ojos.

Sonrió. De regreso a la normalidad. Jaló la camisa sobre el grueso mechón de cabello.

—¿Necesitabas algo? —me preguntó, mirando a la puerta—. Llamaste hace rato, ¿recuerdas?

—Oh, sí —contesté—. Quería ver si ya habías estudiado para el examen.

Nuestro examen de Filosofía sería al día siguiente por la tarde. Tomábamos la clase de Controversias morales contemporáneas. Max había tenido que tomarla para su especialidad en medicina, y Hale me había recomendado inscribir una clase de Filosofía para reforzar mi solicitud a la escuela de leyes.

—Todavía no —dijo—. ¿Quieres que estudiemos juntos?

—Seguro.

Me levanté y me dirigí a la sala. Encendí una de las lámparas, prefería la luz difuminada a las brillantes bombillas del techo. Khaled debía estar en la biblioteca, pero no tenía idea de dónde estarían los otros tres. Gemma quizás estaba en el teatro. Hice una nota mental para mantenerme más en contacto con Gemma y Ruby. Sería bueno saber su paradero. John a menudo desaparecía a esta hora del día, ya fuera en el gimnasio o en el aula de Economía. Me acomodé en el sofá y mordí una manzana fresca del huerto local. El jugo agrio escaldó mi lengua.

Max se sentó en uno de los sillones frente a mí con su libreta.

—¿Lista? —dijo.

—Sip.

Me sentí aliviada al ver algo de color en sus mejillas. Su voz ya estaba regresando a su cadencia normal, baja y firme.

—¿Sabes? —dije—, eventualmente pude hacerle frente a esa chica. Si tienes un problema, como la ansiedad, los ataques de pánico... Tú puedes cambiarlo.

—Gracias, Malin —Max parecía sorprendido. Un destello de confianza se extendió por su gesto.

Esto me hacía poderosa, ser capaz de ayudar a Max. Había una cosa más que tenía que hacer por él, antes de que estuviera completamente en forma. Pero tendría que esperar hasta la mañana siguiente.

El Centro de Salud del campus era una broma. Creo que la mayoría de las veces sólo entregaban a los estudiantes un paquete de ibuprofeno para el dolor que estuvieran experimentando, y luego los enviaban a que siguieran su alegre camino. Un sujeto en mi clase de Literatura sufrió apendicitis durante tres días antes de que una enfermera se diera cuenta de que debía ser ingresado en el hospital de inmediato.

El Departamento de Salud Mental, sin embargo, era más que eficiente. Un estudiante se había suicidado unos años atrás y la administración aún seguía en alerta máxima.

Mi aliento se desplegó en la niebla de la mañana mientras avanzaba por el sendero. Antes de entrar en el edificio, dejé caer mis hombros y estabilicé mi expresión. Me froté un poco los ojos, para que se corriera la máscara de pestañas.

Mis botas estaban mojadas por el rocío cuando empujé la puerta.

En la recepción, una mujer me saludó; tendría probablemente alrededor de cuarenta años. Sus ojos estaban adormilados y pesados, y una taza de café humeaba a un lado de un *mouse* de computadora.

—Hola —dijo a través de un bostezo—. ¿Gripe?

—Mmm, no —dije moqueando, con los ojos llorosos—. Me preguntaba si podría hablar con alguien...

—¿Con uno de los psicólogos? —me miró. Su mano ya había empezado a hacer clic en el *mouse*.

—Sí, por favor —susurré.

—Está bien, cariño, déjame ver cuándo tenemos la próxima cita disponible —su dedo hizo un fuerte clic, con determinación—. ¿Tú podrías...?

La interrumpí.

—Creo que necesito ver a alguien ahora mismo —abrí mucho los ojos para hacer visible el pánico en ellos.

Hizo una pausa, su dedo se movió, escudriñó mi rostro.

—¿Se trata de una urgencia?

Asentí.

Por la forma en que marcó el teléfono y habló con alguien, parecía que le hubiera dicho que llevaba una bomba conmigo. Su tono era apresurado, silencioso.

—Ven conmigo, querida —dijo ella, en pie—. Tienes suerte que haya llegado temprano.

*Bien.*

La enfermera me condujo a una habitación que parecía más una sala que un consultorio. Había cuadros colgados en las paredes, y estaba decorado con muebles de colores tenues. Me senté en una de las enormes sillas y esperé. Ajusté mi postura para parecer débil, vulnerable. Cerré los ojos y pensé en Levi, en Bo.

Escuché algunos susurros en el pasillo, y la puerta se abrió.

—Hola, Malin, ¿cierto? Soy el doctor Vonn —tenía una sonrisa amable.

—Hola —chillé. Hablé tan suavemente que yo misma apenas podía oírme.

—¿Cómo estamos? —preguntó, sentado en una de las otras sillas. Tenía un portapapeles en su regazo con una hoja de papel en blanco.

No entendí por qué hacía la pregunta en plural. Me irritó, pero hice la molestia a un lado. Comencé a sollozar y forcé unas cuantas lágrimas para que rodaran por mis mejillas. Tomé una respiración fuerte para acentuar el efecto.

—Lo siento —dije.

—Oh, no te disculpes, por favor. Toma esto —dijo y se levantó para ofrecerme unos pañuelos.

—Gracias —susurré, limpiando las manchas de la máscara para pestañas y la secreción nasal.

—¿Por qué no empezamos por decirme qué está pasando, por qué estás aquí? —dijo, animándome.

—Bueno —empecé. Hice una pausa para tomar unas cuantas respiraciones profundas—. Soy hija única. Amo a mis padres. Pero siento mucha presión… por obtener buenas calificaciones, y esas cosas.

—Sí, la presión puede hacer que experimentemos emociones negativas —comenzó a escribir en su tabla de notas—. ¿Cuáles son los nombres de tus padres?

—Celia y George.

No había imaginado que tendríamos que repasar tantos detalles. Verifiqué la hora: siete y media de la mañana. Necesitaba llegar a clase en veinte minutos. Tendría que apresurarme.

—Ellos no son el problema —dije. Mi voz brotó demasiado aguda, así que la ajusté.

—¿Oh? —dijo.

No estaba segura de si él se había percatado de mi urgencia.

—Bueno —continué—, tenía un hermano. Creo que se trata de él —más lágrimas.

—¿Qué le pasó a tu hermano?

—Murió cuando yo tenía ocho años, justo delante de mí .

—Eso debe haber sido muy difícil.

—Sí —bajé la velocidad, preocupada de que estuviera hablando demasiado rápido—. Lo cambió todo. A veces me pregunto cómo sería mi vida si él todavía estuviera vivo, ya sabe, si las cosas fueran diferentes.

Me sorprendió que las palabras salieran de mi boca y me detuve antes de que pudiera soltar algo más.

—¿Qué quieres decir con eso? —preguntó.

*Mierda.*

—Oh. No lo sé. Mis padres no volvieron a ser los mismos después de que él murió.

Apreté el arrugado pañuelo en mi mano. El doctor Vonn estaba callado, a la espera de que yo hablara. Paciente. Ésa era una buena señal en un terapeuta.

—Como sea —dije, desviando la conversación—. He estado teniendo ataques de pánico. Y estos ataques están controlando mi vida. A veces llegan de la nada. Siento que ya lo he intentado todo: meditar, comer bien, hacer ejercicio…

El doctor Vonn parecía querer hablar más sobre mi familia. Miré su anillo de bodas. Lucía como un padre, barba desaliñada, camisa a cuadros con botones, ojos delicados y arrugados. Me pregunté cuántos hijos tenía y si era bueno con ellos.

—Los ataques de pánico pueden ser bastante aterrado-res —dijo con tono comprensivo—. ¿Puedes describirlos para mí? ¿Cuánto tiempo duran?

Respiré hondo, pasé un mechón de cabello detrás de mi oreja.

—De acuerdo, claro —imaginé a Max en el suelo, su cuer-po tenso y esa mirada asustada y salvaje en sus ojos—. Es como si mi cuerpo entero se congelara. Mis manos se ador-mecen, siento que no puedo respirar y me llena de terror pensar que voy a morir. A veces pienso que voy a vomitar.

Pensé en Levi, y mi corazón dio un vuelco.

—Y entonces mi corazón late muy rápido, y comienzo a ver todo negro. Estrellas pequeñas con manchas negras.

Levi parado en el jardín, mirándome fijamente. El peque-ño pájaro a sus pies. Apreté mi pulgar a lo largo del punto de presión en mi otra mano.

—Duran alrededor de veinte minutos a veces. Por lo ge-neral, tengo que salir a correr para escapar de eso. Lo peor es cuando estoy en una clase, porque estoy allí atrapada y no consigo concentrarme. Mis profesores comienzan a sonar como si estuvieran bajo el agua.

Miré al doctor Vonn con ojos llorosos. Se quedó pensando por un momento.

—Correr es una gran distracción —comenzó—. Pero en-tiendo lo que estás diciendo. No podemos dejar que pierdas clases todo el tiempo, ¿cierto?

Me sentí esbozar una pequeña sonrisa.

Se reclinó en su silla, enganchó la pluma en su portapape-les y lo colocó sobre el escritorio.

—Podemos seguir una terapia cognitiva conductual —dijo.

—¿Qué es eso? —pregunté—. Estoy dispuesta a intentar cualquier cosa.

—Bueno, eso volvería a entrenar tu cerebro y debería ayudarte a que te sientas mejor. Puedes aprender a controlar la ansiedad.

—De acuerdo, eso suena bien, al menos podría intentarlo —dije. Apreté el pañuelo con más fuerza, estrujándolo en mi puño—. Estoy tan asustada todo el tiempo —añadí—. Sé que voy a estar sentada en clases pronto, y comenzaré a sentir pánico. La adrenalina es la peor parte. ¿Qué hago entonces?

—Bien… —hizo una pausa.

Lo miré fijamente. *Vamos, vamos.*

—¿Has considerado tomar algún medicamento?

*Por fin.*

—No lo sé —dije—. No quiero tener que usar medicamentos. Escuché que pueden tener efectos secundarios y arruinar tu personalidad.

El doctor Vonn asintió, con una mirada comprensiva.

—Entiendo tus preocupaciones. Por lo general, cuando alguien describe los síntomas que has compartido conmigo, me gusta tener una idea de lo que piensan al respecto. Y para que lo sepas, la medicación no afectaría tu personalidad.

Bajé la mirada, respiré hondo.

—Bueno, tal vez… —dije lentamente—. Si usted considera que eso podría ayudar.

—No es una sentencia de por vida —agregó—. Podemos discutirlo mientras sigues el tratamiento. Creo que habría beneficios en tu caso.

—Tal vez si lo dejamos como respaldo, como una manta de seguridad, tal vez me sentiré mejor de tener el medicamento a la mano, por si acaso.

—Por supuesto. Creo que suena como una buena idea —dijo. Tomó algunas notas en su computadora y luego se giró hacia mí de nuevo—. Hablemos un poco sobre la terapia cognitiva conductual y cuáles serán nuestras metas. También podemos hablar sobre tu familia, si crees que eso podría ayudar.

Lo escuché hablar sobre cómo entrenar mis pensamientos, y me perdí, mientras observaba a los estudiantes caminar a clase. De ninguna manera entrenaría mis pensamientos. Gracias a ellos había sobrevivido.

Oí el tictac del reloj en la pared y me di cuenta de que llegaría tarde a mi clase. Pero habría valido la pena.

Al final de nuestra sesión, el doctor Vonn escribió una receta.

—Te daré esto. Puedes usarla si la necesitas.

Cuando me la entregó, la doblé y la sostuve con el pañuelo.

—¿Deberíamos programar un horario para tu próxima cita? —preguntó.

—Mmmm —dije, buscando una excusa, hurgando en mi mochila—. ¿Está bien si le llamo esta tarde? Necesito revisar mi agenda. Soy tan estúpida, la olvidé en mi habitación —hice que pareciera que iba a llorar de nuevo.

—Sí, por supuesto —dijo—. No es algo de lo que debas preocuparte. Y por favor, ven en cualquier momento si necesitas hablar con alguien, en cualquier momento, siempre hay alguien aquí para ti.

Hice una pausa por un momento, considerando sus palabras. Una pequeña parte de mí quería contarle todo.

Pensé en mi padre, mi familia. No, él no podía arreglarme. No podía decirle lo que había pasado. Ésa no era una opción.

—Gracias —dije, levantándome.

—Te veremos pronto.

*No, ustedes no me verán.* Si llamaran para hacer un seguimiento, diría que había mejorado, que lo estaba pasando muy bien, que había probado una de las píldoras y me había hecho sentir mucho mejor, y les daría las gracias.

El último año estaba casi a medio camino de terminar. Podría ayudar a Max para que se sintiera mejor, le quitaría la carga de su ansiedad. Era tan simple. Los medicamentos lo llevarían a la normalidad.

Surtí la receta después de clase y llevé el medicamento a casa en una bolsa blanca de papel. Después de asegurarme de que nadie estuviera cerca, puse una pastilla en la barra, la envolví en una toalla de papel y la aplasté con un martillo. Lavé dos de los termos manchados con café en el lavabo y los llené con chocolate caliente. Uno para mí. Uno para Max. Mezclé el polvo blanco en su termo, observé cómo se disolvía y me aseguré de llevarlo en mi mano derecha mientras me dirigía a clase de Controversias morales contemporáneas.

# CAPÍTULO TREINTA Y DOS

# Último año

Una noche antes de que fuéramos a Portland, terminé a solas con John.

Evitarlo se había convertido en una rutina. Me sentaba lo más lejos posible de él en el comedor y siempre esperaba a que estuviera distraído antes de salir de una habitación o fiesta. Aseguraba la puerta de mi habitación por las noches. No esperaba encontrarlo en medio del campus en las primeras horas de la madrugada de un jueves.

Había perdido la noción del tiempo en la oficina de Hale. Los dos estábamos trabajando, hablábamos apenas. Él estaba concentrado en un ensayo y yo había estado estudiando para un examen. Había llegado justo después de la cena y me encontré bostezando alrededor de la una de la madrugada, mucho después de eso él se estiró, me tocó el hombro y dijo que era hora de ir a casa.

El campus estaba desierto, todos resguardados dentro de sus cálidas residencias. Era día laboral, así que nadie estaba fuera esta noche. Miré las estrellas que ardían en el cielo.

—Qué alegría verte por aquí —dijo una voz a mi derecha.

Me detuve y miré en la oscuridad. Vi a Levi en las sombras y sentí que me quedaba sin aliento. *No*. Él estaba muerto. *Murió*, me recordé.

John bajó las escaleras del cobertizo de una de las residencias para estudiantes de primer año y entró al haz de luz de la farola. No sabía qué estaba haciendo tan tarde, y solo, especialmente porque sabía que Ruby se había acostado hacía horas.

—¿De dónde vienes? —pregunté.

—Ya sabes —sonrió—. De aquí y de allá.

Sólo se interesaba en sí mismo. Era negligente y yo no quería caer en su estela. Seguí caminando, dejándolo atrás.

—¿De dónde vienes *tú*? —preguntó.

Aceleré mi marcha. Mis botas raspaban el camino de ladrillos.

—¿Sabes?, vivimos en la misma casa —dijo—. Será raro si no caminas conmigo.

Reduje mi paso con los dientes apretados.

Miró hacia atrás, al Departamento de Inglés.

—Oh, cierto —dijo—. Algo escuché sobre tu pequeño enamorado.

Ruby debía habérselo dicho. Le había pedido que lo mantuviera en secreto. No respondí y apreté mi agarre en mi mochila.

—¿Sabes? —continuó John—, me sorprende que le hagas eso a Ruby.

Le había hablado de su padre. Ella le había contado a él y no a mí.

—Ella está bien con eso —dije.

John sonrió.

—No te lo ha contado, ¿cierto? ¿Sobre lo qué pasó este verano? ¿Con su papá? Supongo que no te cuenta todo.

No tenía idea de lo que estaba hablando.

Me dio una palmada en la espalda.

—Oh, no te asustes. Ella te adora.

Se acercó más a mí y sentí mis huesos temblar.

—¿Por qué me odias tanto? —preguntó.

—No te odio —dije, tratando de caminar más aprisa. Dimos la vuelta a la esquina de nuestra calle.

—Nunca me hablas, ni siquiera me miras. Hablas con Max. No lo entiendo, en serio, pero si es lo que te gusta...

Me mantuve en silencio.

—En serio, ¿qué te hice? —dijo, implacable—. Lo siento, lamento lo que sea que haya hecho.

Estaba tan suelto en sus disculpas. Sólo hacía que me desagradara más.

—No te odio —repetí.

—Tal vez es porque ya lo sé todo sobre ti, y eso te pone *nerviosa*.

Susurró "nerviosa" en mi oído y echó a reír, tratando de sonar gracioso. Seguí caminando, sin que me afectaran sus intentos por tomarme desprevenida.

—Sí —dije cuando por fin llegamos a la casa—. Eso debe ser. Me conoces tan bien que estoy asustada por eso, pobre de mí, no puedo soportarlo.

Parecía indignado, como si yo estuviera arruinando un juego que intentaba dominar.

—Dios, siempre eres toda una aguafiestas —dijo. Cruzó los brazos sobre el pecho, satisfecho con su juicio.

Una vez que estuvimos dentro del pasillo oscuro, empecé a subir las escaleras y lo dejé atrás, en la entrada.

—Deberías estar agradecida —gritó— de que nunca le haya contado a nadie sobre tu abuelo... o quienquiera que haya sido. El que mató a todas esas personas.

Me quedé mirando a John, el rostro de Levi se mezcló con el de él. Bo en mis brazos. La mano floja de mi madre en mi mano, apretada en la de Levi. Las lágrimas que picaron mis mejillas en el camino de entrada a la casa ese día, el dolor que había sufrido. Necesitaba que la historia de Levi permaneciera en secreto. Su verdad destruiría aquello por lo que había trabajado tan duro, agotándome al fingir durante todos estos años. John no iba a joderlo todo. Sólo había una forma de quitármelo de encima.

—No me importa si se lo dices a alguien —di media vuelta—. Adelante, dile a todo el campus.

Podría alardear, pero tenía que hacer algo. Y sabía qué era.

John dejó escapar un suspiro de frustración.

—¿Por qué no te agrado? Sólo dime por qué.

Me detuve en las escaleras, mirándolo. Quería decirle la verdad. Había tantas cosas que quería decirle sobre por qué no me agradaba, pero entendía que necesitaba ser paciente.

Traté de relajar los músculos de mi rostro, de manera que mis siguientes palabras fueran creíbles.

—¿Sabes por qué? —dije en voz baja, intentando parecer compasiva—. No me agradas por Ruby, eso no está bien.

Sabía que la declaración melodramática sería suficiente para saciar su ego. Nada dijo, pero supe que le había satisfecho con mi respuesta.

—¿Puedo irme ahora? Necesito estar sola —dije, todavía tratando de sonar triste y patética.

—¿Sabes?, todavía podemos ser amigos —gritó.

No había una jodida manera de que yo fuera su amiga. Le dediqué una larga mirada interminable, luego continué subiendo las escaleras y me dirigí a mi habitación, donde cerré la puerta y me senté en medio de su tranquilizador silencio.

Era momento de entrar en la habitación de Ruby. Al día siguiente. Tendría que ser al día siguiente.

Portland nos recibió con fuertes vientos y cortinas de lluvia. Llegamos en un autobús escolar amarillo y nos desbordamos sobre las calles de la gran ciudad, fascinados por pasar una noche fuera de Edleton. Había tomado el tiempo hasta aquí: alrededor de treinta y cinco minutos.

Gemma, Ruby y yo nos abrazamos mientras la lluvia golpeaba nuestros rostros. El agua bajaba por mis costados y de alguna manera se abría camino entre mi falda y mis piernas. Estábamos empapadas cuando llegamos al bar.

—Iu —se quejó Gemma—. ¿Cómo están mis pestañas? ¿Todavía está allí el maquillaje?

Ruby inspeccionó su rostro.

—Sí, ¿las mías?

Gemma pasó su pulgar bajo los ojos de Ruby.

—Todo bien.

Las tres habíamos decidido que tendríamos una cena para chicas primero y luego nos reuniríamos con los demás. Parecía como si hubiéramos llegado demasiado tarde, todo mundo ya estaba en plan ruidoso y desaliñado. Gemma y Ruby estaban ebrias, pero nada en comparación con lo que nos esperaba. Fuimos empujadas dentro de un sofocante bar y la música resonó en nuestros oídos. Las paredes estaban cubiertas con parafernalia deportiva de Nueva Inglaterra y la sala se abría a un pasillo lleno de mesas de futbolito y billar.

—Oh, mierda. Sin juegos —comenzó Gemma—. Detesto los juegos. ¿Tenemos que hacerlo?

—Sí, Gems —dijo Ruby—, todos nuestros compañeros están aquí.

Las tres contemplamos a nuestros compañeros gritando y riendo en su feliz embriaguez. Vi a Shannon con su grupo de amigos, con los brazos alrededor del cuello de su novio, acariciando dentro del cuello de su camisa. No había hablado mucho con ella desde el primer año, más allá de las pocas clases que habíamos compartido. Sentí cierto alivio de que pareciera feliz, de que por fin hubiera encontrado un lugar donde encajara.

—¿Ven a los chicos? —preguntó Ruby, buscando entre la multitud. Sostenía su bolso apretado contra su pecho. Su chamarra de cuero parecía resbaladiza por la lluvia.

—Por allí —gritó Gemma, y nos dirigimos hacia Khaled y John, que estaban apilando una torre de Jenga a escala real con algunos de los chicos del equipo de futbol.

Avanzamos más allá de un grupo de aspirantes a estudiantes de medicina jugando billar, y vi a Max riendo con dos chicos y una chica. Creo que él había salido con ella en algún momento. ¿En segundo? ¿Tercero? No recordaba, no era posible que me mantuviera al día con el caudal de relaciones que vivían todos.

Observé cómo los ojos de Ruby se posaron en Max; su rostro se disolvió en algún tipo de pesar. Max también la vio, pero no se movió de su sitio. Miré hacia él cuando pasamos cerca y me saludó con un movimiento de mano.

Gemma nos gritó.

—¿Creen que Max se enganchará con esa chica otra vez?

Ruby enmudeció.

—¿A quién le importa? —dije—. Vamos.

—No eres divertida —respondió Gemma.

—Eso he oído.

—Hey, chicas —dijo John cuando nos acercamos, atrayendo a Ruby para darle un beso. Envolvió su brazo alrededor de su breve cintura y le dijo que se veía hermosa.

Su rostro estaba sudado y enrojecido, el calor irradiaba de su piel húmeda.

—¿Puedes traer un trago para mí? —preguntó Ruby en voz muy alta y un poco balbuceante. Buscó la cerveza de él.

John vaciló y jaló su vaso hacia atrás.

—Creo que ya tuviste suficiente, bebé.

Ruby me miró. Yo era la única que estaba prestando atención. Forcé una sonrisa y volví la mirada hacia Gemma y Khaled.

—¿Recibiste alguna golosina para mí? —preguntó Gemma a Khaled, por encima de su decepción por la elección del bar.

—Así es —dijo Khaled, mirando a nuestro alrededor. Cuando decidió que no había amenaza cerca, sacó una pequeña bolsa de plástico llena de polvo blanco. Observé sus rostros iluminarse y traté de parecer emocionada.

—Te amo, carajo —dijo Gemma, y le plantó un beso húmedo en la boca. Lo hacían a veces, a mí todavía me parecía extraño.

Khaled agachó la cabeza y abrió el paquete. Formamos un semicírculo cerrado alrededor de él para bloquear la posible visión de algún camarero. El bar estaba tan lleno que no había manera de ser atrapados.

—Las damas primero —concedió, entregando el paquete a Gemma.

Gemma metió un dedo meñique en la bolsa y se lo llevó a la boca primero, como si lo estuviera probando. Yo no sabía de drogas, nunca me había sentido inclinada a usarlas.

—Espera un segundo —dijo ella. Entrecerró los ojos, se concentró, y luego echó a reír—. Oh, Dios mío, oh, Dios mío, eres tan idiota.

Gemma se partía de la risa mientras Khaled sujetaba el paquete y probaba el polvo. Todos lo estábamos observando.

—Mierda —dijo, dando un paso atrás—. Es azúcar.

Solté un suspiro de alivio. Jugamos a Jenga hasta que todos farfullaban al hablar, se balanceaban y se colgaban el uno del otro. Ruby consiguió un poco de tequila, y ella y Gemma siguieron bebiendo en las sombras, riendo y tropezando juntas. Cayeron encima de la torre de Jenga y los bloques de madera se esparcieron por el suelo.

Localicé el bolso de Ruby debajo de su silla. Nadie me miró cuando emprendí la huida.


Cuando estuve fuera del bar, corrí unas cuantas cuadras para alejarme, protegiéndome de la lluvia. Me apoyé contra un muro de ladrillo y saqué mi teléfono. Inhalé profundo.

El teléfono sonó dos veces antes de que Hale contestara.

—¿Malin?

—Sí, mmm —dije, siguiendo el libreto que había planeado—, hola.

—¿Estás bien?

—Sí. Bueno. No lo sé.

—¿Qué está pasando?

Me gustó lo preocupado que sonaba.

—Estoy en esta cosa, lo que se organizó para los estudiantes de último año. En Portland —sentí el viento en mi espalda y la lluvia pasando a través de mi chamarra—. Lamento preguntar esto, pero ¿podrías venir por mí?

No dudó. Sabía que no lo haría.

—¿Dónde estás? —escuché el tintineo de llaves y una puerta que se cerraba.

Estiré mi cuello para leer las señales de la calle.

—En la esquina de Fore y Franklin.

—Dame treinta —dijo.

—Está bien —contesté—. Gracias.

—Llámame otra vez si necesitas algo.

Colgué el teléfono y me apoyé contra el ladrillo. Sabía que no podía tomar el autobús de regreso, no con los demás. Tenía que llegar a casa antes que ellos. Eran las diez cuarenta y cinco de la noche. Los autobuses escolares estaban programados para salir de Portland a la medianoche. Tendría tiempo suficiente para entrar en la habitación de Ruby.

Me senté en el cobertizo, mi falda se empapó al instante.

El bolso de Ruby olía a cuero costoso. Desenganché el cierre y eché un vistazo dentro, en busca de la llave de su habitación. Sentí algo pesado en el fondo del bolso, rectangular y duro. Su teléfono. Zumbó en mi mano. Ruby no tenía una contraseña. Típico de ella, podía cerrar su habitación pero no bloquear su teléfono.

Apareció un mensaje en la pantalla.

¿Dónde estás?

Otro.

Pensé que hablaríamos esta noche.

Te extraño.

Miré al remitente. Max.

Abrí el historial de mensajes entre Max y Ruby. Mi pulgar trató de desplazarse hacia arriba, pero sólo mostraba los mensajes de esta noche. Ella debía haber eliminado el resto, de haber existido.

Otro zumbido.

Ruby. Por favor.

¿Qué estaba pasando? No sabía que se escribían, pero tenía sentido. Los dos habían estado actuando de manera sospechosa con sus teléfonos por un tiempo. Odiaba no haberlo sospechado.

Tres mensajes y el zumbido se detuvo. Recordé haber visto a Ruby ocultarme su teléfono cuando le pregunté a quién le estaba enviando un mensaje después del coctel para los estudiantes de cuarto año. Y Max escribiendo textos, alejando la pantalla de mí en las clases. Siempre asegurándose de que yo no pudiera verla.

Dos figuras se abrieron paso por la calle, con los brazos envueltos uno alrededor del otro. Bajé la mirada y me concentré en el teléfono, sin pensar siquiera que podrían ser estudiantes de Hawthorne.

Después de guardar el teléfono en el bolso de Ruby, levanté la mirada para encontrar a John mirándome. Ambos habíamos sido atrapados. Una chica del equipo de *lacrosse* colgaba de su hombro.

—¿Dónde está Ruby? —pregunté. La chica con la que estaba comenzó a vomitar en un arbusto.

—Pensé que estaba contigo —dijo, dando unos pasos hacia mí. Salté fuera del espacio confinado del cobertizo.

—¿Qué estás haciendo aquí? —preguntó John, curioso. Su mano alcanzó mi brazo y sus ojos se fijaron en el bolso de Ruby. Observé a cámara lenta mientras hacía contacto con mi chamarra.

Me eché hacia atrás.

—No me toques —dije. Con mi verdadera voz.

Retrocedió, sorprendido por mi reflejo agresivo.

—Dios, relájate, Mal.

Tomé aliento y recuperé la calma. Vi a John mirando el bolso de Ruby, mientras las ideas tomaban forma en su mente.

—¿Qué estás haciendo con eso? —preguntó.

—Lo encontré en el piso cuando salí del bar, lo recuperé para ella.

Entrecerró los ojos. No me creía.

—Bueno, dámelo. Yo se lo llevaré.

Miré a la chica a sus espaldas, aliviada.

—Creo que estás un poco ocupado, ¿no es así?

Había ganado esta vez, pero sólo por un pequeño margen.

John bajó los ojos y dio un paso para acercarse más a mí. Podía sentir su aliento en mi rostro, oler el alcohol de sus labios.

—Guardaré tu secreto si tú guardas el mío.

La camioneta de Hale dio vuelta en la esquina y salpicó el agua hacia nosotros, ondeando, adelante y atrás, sobre los adoquines. Me aparté de la acera y levanté mi mano para hacerle una seña. No hablé con John cuando tiré de la manija de la puerta y subí.

Miré a Hale.

—Vámonos. Por favor.

—Ese chico es muy problemático, ¿eh? —dijo Hale, mirando a John en su espejo retrovisor.

Guardé silencio. Usé mi manga para limpiar la lluvia de mi rostro. Me aferré al bolso de Ruby; mis uñas arañaron su suave cuero.

Nos quedamos en silencio por unos minutos, escuchando la radio.

—¿Puedo preguntar por qué vine? —preguntó.

—No me sentía a gusto —dije. Observé los limpiaparabrisas, *tic, tic, tic*. Una vez que estuvimos en la 95, los árboles desaparecieron en una mancha oscura.

Sus cejas se fruncieron. Absorto en sus pensamientos, protector.

—¿Ocurrió algo? —preguntó.

—Quería salir de allí, así que te llamé.

Me miró y luego de nuevo a la carretera.

—Me alegra que lo hicieras.

La camioneta se zarandeó con el viento mientras nos dirigíamos al norte. El bolso de Ruby contra mi pie. Su teléfono se había sumido en el silencio. Los mensajes de Max se habían detenido.

—Platícame algo —dije, ansiosa por pensar en cualquier otra cosa.

—¿Sobre qué? —preguntó.

—Mmm. Sobre tus hermanas. ¿Cómo están?

Sonrió.

—Bueno, Corey acaba de comprometerse. Y Lauren regresó a trabajar, de hecho. Ella es parte de una firma de arquitectura en la ciudad. Ambas están felices.

Enmudecí. Él debía tener una de esas familias funcionales, en las que cada engranaje rechina en una omnipresente melodía feliz. Sus problemas quizás involucraban a una mamá demasiado preocupada, o a un papá pasando por su jubilación y necesitando un pasatiempo.

La sonrisa de Hale se desvaneció.

—¿Extrañas a tu hermano? —preguntó.

—No lo sé. Hace tanto tiempo que apenas lo recuerdo —mentí.

Hale estaba callado. Se centró en el camino.

—Fue mi culpa —dije—. Que él muriera.

Nunca lo había dicho en voz alta. Sentí como si una pieza pesada de mí estuviera flotando y se alejara volando. La vi desvanecerse. Quería quitar esa parte de mí, olvidarla para siempre. Tal vez Hale podría ponerla en una caja y desecharla por mí.

—En un momento estaba allí conmigo, y estaba vivo, y al siguiente, se había ido.

—No puedes culparte —dijo finalmente Hale—. Eras sólo una niña.

*Sólo una niña.* Muchas veces había escuchado esa frase de mis padres con respecto a Levi. Sus discusiones se habían ido haciendo cada vez más acaloradas a medida que Levi causaba más dolor y destrucción. Mi madre le rogaba a papá que no lo enviara a recibir ayuda. *Es sólo un niño.*

—No es excusa —contesté.

Después del accidente, nadie me preguntó qué había pasado. Fue un accidente, dijeron. Yo no conseguía recordar mucho, todo estaba borroso, excepto su rostro, sus ojos muy abiertos, más por la sorpresa que por el miedo. Levi no tenía miedo de nada, ni siquiera de la muerte.

—A veces creo que su muerte me rompió —dije.

—La muerte hace eso a la gente. No tienes que luchar.

Nos sumimos en el silencio el resto del camino. La lluvia azotaba las ventanas y nos envolvía en nuestros pensamientos internos.


Nos estacionamos al pie de la colina. Miré hacia la casa. Necesitaba entrar, abrir la puerta de Ruby y encontrar su diario, pero no quería abandonar el auto.

Hale me miró. Era tan bueno. No quería hacerle daño, pero tampoco quería estar lejos de él. Podría al menos intentarlo. Yo podría tratar de ser otra persona. Tal vez estaría bien.

—Malin —comenzó, su voz era apenas un susurro. Un tono de advertencia, pero tan diluido que apenas podía oírlo—. Sea lo que sea que estés tratando de resolver ahora, déjalo ir. Todo estará bien.

Me pregunté qué era lo que veía cuando me miraba. Mi ropa húmeda, mojada, el cabello desaliñado. Ojos verdes. Los mismos que compartía con Levi.

Hale estaba más cerca que nunca de ver a la verdadera Malin. Después de lo que le había dicho, estaba casi allí. Si conocía toda la verdad, ¿seguiría mirándome de esa manera?

La lluvia tamborileaba en el techo de la camioneta, los limpiaparabrisas seguían su rítmico movimiento. *Tic, tic, tic. Ahora, ahora, ahora*, susurraban.

Puse una mano sobre la suya. Era la segunda vez en tres años que nos tocábamos así. Intencionalmente. La primera vez había sido en la fiesta de primer año, con nuestras manos juntas en la sala repleta. Sentí la energía allí, existiendo entre nuestras manos. Y luego me incliné y mis labios estaban sobre los suyos, suaves, cálidos, y nuestras manos tiraron de nuestra ropa, y me trepé sobre él para que estuviéramos piel con piel, y era una premura, una emoción, una urgencia. Y estaba bien.


La lluvia se detuvo mientras caminaba entre los riachuelos hasta la casa a oscuras. Me di la vuelta antes de entrar, Hale me observaba desde su camioneta, con una mano en el volante. Encendió las luces, una, dos veces, como para despedirse. Sabía que no se iría hasta que yo estuviera dentro, así que abrí la puerta y me quedé en la entrada por un largo tiempo, antes de recordar por qué estaba sujetando el bolso de Ruby, y por qué estaba yo allí, sola.

# CAPÍTULO TREINTA Y TRES

# Último año

Después de que abrí la puerta de la habitación de Ruby, la mantuve así con un zapato. Llevé su bolso a los arbustos detrás de casa y lo enterré bajo un montón de hojas húmedas.

La habitación de Ruby estaba organizada y limpia, a excepción de las húmedas zapatillas de futbol que colgaban en la parte trasera de la puerta, todavía con el mojado césped en la suela, tras su práctica de la mañana. Arrugué la nariz y me dirigí hacia su escritorio, abrí el cajón y saqué su diario. Siempre estaba en el mismo lugar. Ruby era una mujer de costumbres.

Sabía que leer su diario estaba mal. Era un jodido y espeluznante secreto mío. Sabía que si descubría que lo hacía me tacharía de bicho raro. Y nunca más volvería a hablarme.

Pero no tenía tiempo para escudriñar entre la mierda, y yo no era una adivina. Esto era lo que me había hecho tan buena amiga. Si supiera lo útil que había resultado, ella habría estado agradecida. Fui directo a la entrada más reciente, de la noche anterior.

## 10 de noviembre

John se enfadó nuevamente esta noche (gracias a Dios, Malin estaba en la biblioteca, o habría escuchado todo, ¿qué hubiera hecho entonces?). Después de eso salió furioso, y quién sabe dónde está ahora... Ni siquiera puedo pensar en ello. Espero que no esté bebiendo. Y que no haga una estupidez. Me preocupo por él cuando está de tan mal humor, como hoy. Probablemente se debe a que está estresado por la graduación y el próximo año y todo. Estoy siendo comprensiva, pero es difícil porque sé lo que quiero. Aunque ahora estoy reconsiderando Escocia. Creo que John me necesita aquí, en la costa este. Puedo pasar el verano con él en el viñedo, y podremos resolver esto juntos. Literalmente siento que mi cerebro se está derritiendo, estoy tan exhausta. Pelear es tan agotador. Así es como comenzó esta noche: mi asesora me dio esta increíble reproducción de White Sands al atardecer. Es en verdad impresionante. El fotógrafo es increíble, la forma en que capturó todo el blanco, el rosa y el naranja. La había estado codiciando durante meses; fue un gesto muy dulce de Anita el regalármela. Incluso le había contado a John sobre ella como un MILLÓN de veces. Así que la puse en mi escritorio para mantenerla en un lugar seguro hasta que pudiera colgarla. Pero cuando llegué a casa anoche, vi que John había dejado una cerveza encima. Una cerveza fría. Dejó un anillo marcado en el papel. La copia está completamente arruinada. Estoy tan molesta. Lo que más me hizo enojar es que él ni siquiera parecía sentirse mal por ello. No entiende cómo cuidar de las cosas. Tal vez porque si algo se arruina o se rompe, siempre puede COMPRAR uno nuevo. ¿Cómo puedes aprender a cuidar las cosas cuando eres superrico y puedes reemplazarlo? Cuando le pregunté por qué lo había hecho, dijo que era culpa mía por haber dejado algo valioso en cualquier parte, debía ser más cuidadosa. Le dije que eso era absurdo, ya que claramente había sido culpa suya. Pero entonces me mandó a la mierda. Porque eso es muy útil en una discusión... ¿Y por qué demonios era una discusión? ¿No debería haberse disculpado por arruinar la impresión y ya? Dijo que si no dejaba de actuar como una llorona, cancelaría nuestro viaje a Nueva York durante las vacaciones de invierno. Entonces vaya que empecé a llorar. Le pedí que no cancelara el viaje (lo hemos estado esperando por taaaaanto tiempo). Literalmente, me puse de rodillas en el suelo y le rogué. Me miró como si fuera un montón de basura y salió de la habitación.

Tengo que encontrar la manera de arreglarlo. Quiero ser una mejor novia; tal vez si soy mejor, esto no volverá a suceder. Por otra parte, está esa otra parte de mí que quiere hacerle daño de la manera en que él me lastima. Quiero que sienta dolor real. ¿No es eso horrible? Nunca antes me había sentido así con alguien. Querer infligir dolor. Tal vez si él entendiera lo horrible que es, se detendría.

A veces me pregunto dónde está la línea entre lo correcto y lo equivocado en una relación. ¿Cuánto necesita tolerar una persona? Estoy segura de que la mayoría de la gente no lo toleraría. Claro, podría conseguir otra chica en un instante: es rico, popular, guapo, encantador, pero ¿ella se QUEDARÍA con él? Probablemente no. Yo siempre me quedo. Siempre termino disculpándome. A veces ni siquiera sé por qué. El otro día me descubrí riendo en medio de una discusión, porque ni siquiera podía recordar por qué me estaba disculpando. Eso sólo hizo que John se enojara aún más, así que enseguida enmudecí. Pero sigue siendo divertido, ahora que pienso en ello otra vez. De cualquier manera dejo de preocuparme por estas cosas después de un día, así que no me molesta demasiado. ¿Cierto? No creo que esto sea crucial. No estoy segura. Ya no estoy segura de nada, para ser honesta. Está esa voz en el fondo de mi mente… ¿Y si hace algo peor la próxima vez? ¿Y si me lastima? Él no lo haría. ¿Lo haría? Sinceramente, no tengo una respuesta.

Por encima de todo eso… ahí está la otra cosa. Ni siquiera puedo escribirlo, así de patética me he hecho. Y entonces termino pensando en casa. Me enferma.

A veces me gustaría poder hablar con alguien sobre todo esto. Pero, ¿cómo dices: "Hey, mi novio es un imbécil conmigo, pero me voy a quedar con él de cualquier forma"? No es que algo así pueda salir de mi boca.

Creo que la peor parte es que yo solía ser fuerte. Era feliz y divertida. A veces me siento tan cansada. Sé que me comporto como una perra. Me duele todo el rostro de sonreír. Puedo estar en medio de una conversación y estaré pensando: "¿No sería amable fruncir el ceño en este momento?". Estoy tan cansada de fingir. Siento que soy la única que tiene que esforzarse en ser normal. Me hace sentir tan sola. Y agotada. ¿Mencioné lo exhausta que estoy? Ja.

Necesito mantenerme positiva. Todas las parejas pasan por momentos difíciles. John está estresado, eso es todo. ¡¡Estará bien, en serio!! Las parejas tienen problemas. Es normal. Necesito dejar de ser tan molesta y superarlo.

Me incliné, electrificada por tener el diario en mis manos otra vez. Recorrí sus páginas en busca de lo que había escrito en la primavera pasada. Nada. ¿Cómo podría no haber garabateado algo? Fue entonces cuando peleó con Max, o lo que sea que hubiera pasado. Pero había una brecha entre el invierno y el verano. Sus actualizaciones eran cortas y esporádicas.

Entonces, por fin, vi el nombre de Max, el 5 de julio.

Max me envió un mensaje de texto anoche. Fue algo tan inesperado. John y yo estábamos en una fogata, en la playa. No pensé que tendría noticias suyas durante todo el verano, sobre todo porque está en Haití, pero vi su nombre en mi teléfono. Me sentí emocionada al principio, muy feliz. Pero John lo vio, y la mirada en su rostro fue... lanzó mi teléfono al océano. Hoy se disculpó, pero dice que es lo mejor, que me comprará uno nuevo, que será mejor que el anterior.

John dijo que ya no puedo hablar con Max. Dijo que no es bueno para nuestra relación, que si quiero que nos mantengamos juntos, ni siquiera puedo ser su amiga. Me duele el pecho de pensar en no hablar con Max cuando volvamos a la escuela, pero amo a John. Quiero estar con John. Es lo mejor. ¿Cierto?

¿De eso estaba hablando John? Algo había ocurrido el verano pasado, ¿era esto? No entendí qué tenía que ver con Ruby y su padre. Hojeé unas cuantas páginas más, mis dedos en busca de las palabras, pero no había nada.

Dejé que el diario se cerrara en mi mano, las páginas cargadas con los pensamientos de Ruby. Recordé esta mañana.

Los seis sentados alrededor de nuestra mesa. Mi café y un tazón de avena con moras, mientras trabajaba en mi tesis. Max estaba a mi derecha, leyendo algo, no recuerdo bien qué. Gemma y Khaled se quejaban de cómo el servicio de comedor había dejado de ordenar Lucky Charms, y ahora las opciones de cereales eran demasiado saludables, no lo suficientemente azucaradas para ellos.

Ruby y John.

Recorrí mis recuerdos, buscando inconsistencias. Una mirada preocupada, inquietud, desilusión, miedo. Pero nada había de eso. Frente a mí, ella actuaba con normalidad. El brazo de John estaba apoyado en el respaldo de la silla de Ruby, y la parte superior del cuerpo de ella se inclinaba hacia él. Leían juntos el periódico, con suaves sonrisas mientras miraban las tiras cómicas. El cabello de Ruby estaba mojado, por la ducha que había tomado después de su práctica, y las mangas de su suéter estaban enrolladas en sus brazos. Su cabeza descansaba muy a menudo contra el hombro de John, sus ojos brillaban con la calidez del fervor.

La voz de Hale. El poema.

*"¿Haremos la vida de los otros mejor o peor? Si alguien está sufriendo, ¿aliviaremos su dolor o lo ignoraremos?"*

# CAPÍTULO TREINTA Y CUATRO

# Último año

Observaba a Ruby y John. Calculando los movimientos de él, leyendo el rostro de ella. Tratando de entender por qué estaban juntos siquiera. Me convertí en su sombra. Escuchaba a través de la pared cuando ella me pensaba ausente. Las discusiones iban empeorando y siempre terminaban con John insultándola, con Ruby llorando, tratando de ahogar sus lágrimas en la cama. Intentaba distraerme con los deberes, con las clases.

John y yo hacíamos un buen trabajo al evitarnos después de la noche en Portland. Nuestros breves contactos visuales eran amenazantes. Estábamos en medio de un juego peligroso. Yo sabía que él estaba calculando los riesgos, preguntándose cuál sería mi próximo movimiento. Me preguntaba si terminaría por contar a los demás sobre mi bisabuelo, pero sabía que John no deseaba que yo tuviera más atención. Los quería, quería a Ruby, sólo para él. Además, creo que le gustaba el hecho de saber algo sobre mí que el resto ignoraba. Lo hacía sentirse poderoso.

Ruby no recuperó su bolso. Ella había acabado en la habitación de John al final de la noche, por supuesto. La observé parada en el pasillo a la mañana siguiente, mientras un cerrajero abría su habitación. Se había estado mordiendo el labio. Llevaba unos pantalones y una camiseta de John, y una expresión de desasosiego en el rostro. A la hora del almuerzo, nos preguntó si habíamos visto su bolso, ¿lo había dejado en el bar? ¿Lo había dejado caer en la calle? ¿O tal vez estaba en su habitación? John me miró, con la boca hacia un lado y ojos emocionados. Pero guardó silencio. Cada uno sujetaba con fuerza su extremo de la cuerda, esperando que el otro se debilitara y la soltara. Él tendría que haber sabido que no debía desafiarme.

Pasaba más tiempo con Hale, en su casa, adentro en lugar de afuera. Exploré su cocina, su sala, su habitación. Leí las pilas de libros que estaban en el piso, devoré comida para llevar en su sofá, dormí con él en su cama. Me gustaba su ligereza, la forma en que reía de todo, cómo se mostraba siempre contento y estable. Hablaba del futuro a veces. Nuestro futuro. Cómo podría mudarse conmigo a Boston, si allí decidía asistir a la escuela de leyes. Yo estaba esperando el momento adecuado para decirle que deseaba permanecer en Edleton; quería cursar el programa de posgrado mientras él se convertía en profesor de tiempo completo. Quería vivir en esa casa con él y leer y escribir juntos. Quería ser normal a su lado. Tenía una oportunidad e iba a tomarla.

Dijo que se sentía más él mismo conmigo que con nadie. Había tantas cosas que debería haberle dicho, pero no lo hice.

Me gustaba que fuera nuestro secreto. No tenía que hablar con nadie sobre Hale. Quería que se mantuviera en privado, nuestro.

En mi tiempo libre, traté de averiguar qué hacer con respecto a Ruby.

Salía a correr durante una hora para pensar. El ritmo del pavimento era un alivio. Nadie más parecía saber sobre el abuso. Presioné a Gemma y Khaled con preguntas aparentemente extrañas.

*John y Ruby son lindos, ¿cierto?*

*¿Crees que John y Ruby se comprometan después de que nos graduemos?*

*Ruby se ve feliz, ¿cierto?*

Reaccionaban a mis preguntas con encogimientos de hombros y respuestas vagas. Parecía en realidad no importarles.

Ruby se había ido quedando en silencio. Sujeta a nada. Flotando a través del semestre. Entre más altura alcanzaba, más crecía mi preocupación. Intenté jalarla hacia abajo, de regreso. Se sentía como escalar un precipicio, pero no pude conectar con ella y, para las vacaciones de invierno, nuestra amistad era aburrida y nuestras conversaciones sonaban desgastadas. No sabía qué decir, lo que nos condenaba al silencio. A ella le molestaba la incomodidad que yo había creado en torno nuestro.

Sabía que estaba mal. La maldad de todo esto escocía en mis huesos. Él no la estaba golpeando, físicamente, o todavía no, por lo menos. Pero era casi más cruel la forma en que usaba sus palabras para torcer la voluntad de Ruby, para manipularla, para conseguir someterla. Él la estaba fragmentando, deconstruyendo.

Max también sabía que algo andaba mal, pero no hablábamos de ello. Nunca admitimos que sabíamos la verdad. Permanecía en silencio cuando elevaba ante él mis dudas.

Sabía que no *podría* ayudar, pero no si *quería* hacerlo. Nadie era tan fuerte como yo, yo era la única que podría con esto.

>>>

Soñé que era un lobo. Deambulaba por los bosques que rodeaban a Hawthorne. Alimentaba mis instintos básicos. Estaba mejor sola. Atendiendo sólo mis necesidades. Supervivencia.

Pero entonces ahí estaba Hale, diciendo mi nombre: "Malin". Lo miraba a través de mis ojos lobunos.

—He estado diciendo tu nombre —decía.

—No te escuché —respondía yo.

—¿Qué está pasando?

—Estoy leyendo.

—¿Leyendo qué?

Miraba hacia abajo, pero mis manos estaban retorcidas y enmarañadas, transformadas en patas. *Colmillo blanco* estaba en el suelo delante de mí.

—¿Has estado estudiando para los finales? —preguntaba.

—Sí.

—¿Volviste a leer el poema de Tsvetáyeva? Viene en el examen.

—No.

—¿Recuerdas de qué se trata?

—Sí.

—¿Qué vas a hacer?

Se agachaba y se acomodaba en cuclillas frente a mí. Me gustaba que estuviera allí. Lo quería allí. Presioné mi cabeza contra su pecho. Estaba tan cerca, su rostro a sólo centímetros del mío. Observé sus labios mientras hablaba, pero no había sonido. Sus labios se movían pero no podía escucharlo.

—¿Qué? —preguntaba—. No puedo escucharte.

Él comenzaba a vociferar, pero seguía sin escucharlo.

378

Le contestaba a gritos:

—NO PUEDO ESCUCHARTE.

Y entonces, como si el volumen hubiera sido activado de un momento a otro, su voz resonaba en mi oído.

—¿QUÉ VAS A HACER?


Otro sueño.

En casa. Sentada en el jardín delantero con Bo, pasaba mis dedos por sus orejas sedosas. Él se acariciaba contra la palma de mi mano y lamía mi pulgar.

En ese momento escuchaba la voz de Ruby, así que me levantaba y miraba alrededor, pero a nadie vi. Ni vecinos, ni autos pasando frente a la casa. Escuchaba ese sollozo sofocado —el que ella hace cuando sé que está enterrando su cabeza en una almohada—, y sonaba como si proviniera del árbol que estaba en el camino de la entrada. Caminé al árbol, con Bo a mis pies. El árbol estaba cubierto de cigarras, con sus cuerpos traslúcidos cubriendo el tronco. Me movía para acercarme, y los gritos se escuchaban más fuerte. Ruby estaba dentro del árbol. ¿O era mi madre? No estaba segura. Podía escuchar ambas voces, inventando excusas acerca de un tema, pero no conseguía entender las palabras. Presionaba mi oreja contra la corteza áspera. Y entonces mis pies se adherían a la hierba, y no podía alejarme. Me veía obligado a permanecer, escuchando sus voces apagadas. Miraba hacia abajo, pero Bo se había ido, y algo se agrietaba y se doblaba en mi interior, y ahí fue cuando sonó el despertador.

Y una vez que comenzó, no pude detenerlo.

# TERCERA PARTE

# TODOS CAEMOS

# CAPÍTULO TREINTA Y CINCO

# TEXAS, 1997

Levi estaba siendo inusualmente agradable esa mañana. No había sido agradable durante tanto tiempo que me sentí aliviada de tener a mi hermano de regreso. Pero también era escéptica, así que lo vigilaba atentamente. Comimos nuestros *waffles* juntos y, cuando pedí miel de maple a mi madre, fue él quien se levantó y la trajo del refrigerador. Ése es el detalle que más recuerdo de esa mañana. La pegajosa miel entre mis dedos, y la dulzura apelmazada en las comisuras de mi boca.

Mamá corría alrededor de nosotros, se le había hecho tarde. Ella siempre se retrasaba. No conseguía encontrar sus llaves y murmuró algo en voz baja mientras comíamos en silencio.

—Bebés —nos preguntó mamá—, ¿han visto mis llaves?

—No, lo siento —contesté.

Levi le sonrió dulcemente y negó con la cabeza.

—¿Más jugo? —me preguntó Levi.

Mientras llenaba mi vaso, una sonrisa astuta se dibujó en su rostro, como si tuviera un secreto que contarme. Yo seguía enfadada con él por la manera en la que le había hablado a nuestra madre, por haber hecho que se molestara tanto, así que no le pregunté qué tramaba a pesar de que deseaba saber lo que estaba pensando.

—Bueno —dijo mi madre—, supongo que llamaré un taxi.

Estaba en pie con las manos en las caderas, observando los mostradores y la mesa de la cocina.

—Buena idea —dijo Levi, levantándose para lavar su plato. Él nunca lavaba la vajilla.

Pasé la mañana evitando a Levi. Bo y yo nadamos en la piscina mientras Lane tomaba el sol en una silla del jardín.

Alrededor del mediodía, fui a la cocina en busca de una paleta helada. Abrí el refrigerador y busqué mi sabor favorito: fresa. Me senté en el piso con Bo mientras empujaba la varita azucarada por la abertura en el plástico, con cuidado de no hundir mis dientes demasiado en ella.

Levi apareció junto a la puerta.

—¿Qué crees que encontré? —preguntó.

Tenía esa sonrisa en su rostro otra vez. No me gustaba. Lo ignoré, pero no le importó. Sostuvo algo frente a mi cara. Miré lo que tenía en sus manos. La llave plateada colgaba de una torre Eiffel en miniatura. Habíamos hecho un viaje familiar a París el verano pasado, en el cual prácticamente nos dedicamos a hacer a Levi feliz. A él no le agradaba estar lejos de casa.

—¿Dónde las encontraste? —pregunté.

—En el recibidor —dijo, arrojándolas sobre el mostrador.

—Pero nunca pasamos por ahí.

Siempre entrábamos por la cochera. El recibidor era la parte formal de la casa por la que sólo entraban y salían los invitados.

—No lo sé —dijo—. Pero estará tan contenta cuando escuche que las encontré para ella.

Bajé la paleta a mi rodilla y empezó a gotear en el suelo. Analicé a Levi, sus movimientos deliberados y su abrumadora sensación de seguridad. Algo andaba mal. Estaba demasiado orgulloso de sí.

—Tú las escondiste, ¿no es así? —pregunté.

Levi movió bruscamente la cabeza hacia mí. Él siempre pensó que yo era una tonta, nunca lo suficientemente inteligente para seguirle el paso. La hermanita, siempre a su sombra.

—Termina tu paleta —dijo. Su voz sonó cargada de rencor.

—Se lo voy a decir a mamá —dije—. Por tu culpa llegó tarde al trabajo.

Bo se acurrucó más cerca de mi muslo, y lo vi observando la paleta en mi otra mano. Sus suaves ojos marrones seguían moviéndose de un lado a otro entre mi cara y la paleta. Me encantaba cuando los blancos de sus ojos se mostraban, lo hacía ver tan inocente y dulce. Le lancé una mirada de advertencia, se suponía que los perros no comían postre. Suspiró ruidosamente y se acomodó en mi rodilla, contento con acurrucarse para una siesta.

—Si se lo dices… —comenzó Levi.

—¿Qué? ¿Me acusarás? —lo miré fijamente, inquebrantable en mi lugar en el suelo—. Yo nunca hago cosas malas.

Levi se puso rojo y por un minuto pensé que diría algo más, pero salió de la cocina. Oí mientras pasaba su mano a lo largo de la pared, rascando la pintura con las uñas.


Ojalá no hubiera abierto la boca. Habría sido mejor así. Levi siempre estaba planeando su próximo ataque. Debería haberlo sabido. Debería haber sabido que él no lo dejaría pasar. Pero ignoré las señales, y luego fue demasiado tarde.

# CAPÍTULO TREINTA Y SEIS

# Día de los Graduados

Tengo un plan, y es bueno. Me tomó un día, durante las vacaciones de invierno, juntar las piezas, averiguar cómo hacerlo funcionar.

Miro fijamente el barniz azul incrustado en mis uñas mientras escucho a Max desaparecer por la escalera. Bien. Ya lidiaré con él más tarde.

Ruby y John están detrás del muro. Imagino que John está sentado frente al escritorio de Ruby, recostado en la silla. Ella tal vez está pensando en lo que está por decirle. Que sabe que estuvo con Gemma en la ducha, que tienen que separarse. Me pregunto si iremos de cualquier forma al Baile de la Última Oportunidad. Tal vez Ruby preferiría quedarse en casa. No tengo problema con eso. La ayudaré a superar esto. Sólo tiene que romper con John.

Gemma fue pan comido. Siempre lo es. Recordé a Liam, lo desesperada que se mostraba Gemma por parecer amada. Lo único que ella necesitaba era la sugerencia de que algo estaba mal entre Ruby y John, y quedó atrapada ahí. Siempre ha estado obsesionada con John. Había ligado con él antes y yo sabía que lo intentaría de nuevo si estaba lo suficientemente intoxicada. Lo suficientemente incentivada.

Ruby permanece dentro de su caparazón. Tal vez se haya fragmentado, pero es suficiente. No hay forma de que ella elija a John después de esto. Después de que la engañó. Sabía que ella necesitaba verlo. No podía ser algo que escuchara de alguno de nosotros. Necesitaba ser testigo de su inmundicia y sentir el dolor. Mi plan funcionó a la perfección. Ella sólo tenía que ver a Gemma y John coqueteando, puntos extra si estaban acariciándose, y así fue. Necesitaba plantar esa semilla de duda en su mente.

Ella es lo suficientemente fuerte para tomar la decisión correcta. Será difícil al principio, pero la ayudaré y estará mejor. Y si necesita salir con alguien, que sea con Max. Max, que la ama como debería ser amada. Y entonces nuestro grupo estará sano, entero. Sin John, todo será mejor.

Presiono mi oreja contra la pared y las voces se vuelven claras a través del muro de yeso. Mi mejilla y mi cara actúan como un caracol marino, anulando el ruido de la casa. Aguanto la respiración.

—Bebé —dice John. Su voz va en aumento. Advirtiendo—, ¿qué pasa contigo?

—Nada —dice Ruby.

Suena fuerte. Me siento aliviada.

—Bien —dice John—. Bueno, estás actuando como una perra. Entro aquí, emocionado de verte después de este largo día, después de que salvé a Becca, y ni siquiera me miras. No me digas que estás celosa.

John hace una pausa. Percibo sus pasos más allá del muro. Él no tiene pasos ligeros.

La voz de Ruby.

—Esto es sobre ti. No sobre mí.

John está tranquilo. Ambos están tranquilos. Escucho que se abre el cesto de la ropa sucia. Ruby suele limpiar cuando está nerviosa, cuando no sabe qué hacer con las manos.

—¿Qué hice esta vez? —John de nuevo.

Ruby se queda en silencio. Sé que está decidiendo qué hacer.

*Haz lo correcto.*

—Te vi con Gemma —dice ella.

Sus palabras son claras, fuertes, seguras. Nada de "me dijo ella" o "me dijo aquél", tal como yo lo había planeado. Ruby lo vio con sus propios ojos. No hay defensa posible para John. Él no puede escabullirse de esto.

—¿Y? —pregunta él, incrédulo—. Estuvimos juntos todo el día, por supuesto que me viste con Gemma.

—¿Estás negando que te liaste con ella?

Silencio.

Ruby de nuevo:

—¿En verdad estás tratando de negar que me engañaste con mi amiga? Yo te vi, los vi con mis propios ojos.

—Claramente, ella no es tan buena amiga.

—Deja de tratar de evadir esto —dice Ruby. Firme, segura—. Te vi. No hay algo que puedas decir para manipular la situación, así que ni siquiera lo intentes.

Sé que Ruby está tratando de mantener la calma. Ella quiere llorar y gritar, pero no lo hará. Su última entrada en el diario me lo dijo. *No puedo dejar que mis emociones me dominen, él usa esto en mi contra después. Tengo que ser la persona madura. Ésa es la única forma de ganar.*

John dice algo pero no puedo oírlo porque cambio de posición y sus palabras me suenan confusas.

—Espera, ¿qué? —pregunta Ruby. Sorprendida, ofendida.

—Max.

—Esto nada tiene que ver con él —dice Ruby—. Él nada tiene que ver con esto.

Se quedan en silencio por un momento. Y entonces escucho a John pronunciar la palabra. "Zorra".

John usa este tono para sus comentarios más desagradables. Lo había escuchado antes —cuando estábamos en primer año, después de que el oficial inspeccionó nuestras bebidas—, en los comentarios que John le lanzaba a Max.

—Estás bromeando. Tienes que estar bromeando —dice Ruby—. Esto no es sobre mí y Max. Esto es sobre ti, deja de tratar de culparme por algo que no hice.

—Lo vi sacándote del lago —debí haberme perdido esto, cuando yo todavía estaba bajo el agua—. Se miraron como si quisieran coger.

—Estás viendo fantasmas en el aire —dice Ruby.

—Sé que le escribes todo el tiempo —añade John—. Te vas a llorar con él. Mierda, ustedes dos probablemente lloren juntos todo el tiempo y se lamenten por el mundo tan difícil en que viven. Pobrecita. Será mejor que corras con él ahora mismo.

John está respirando con dificultad. Está enjaulado. Un animal salvaje sin un agujero por donde escabullirse.

—¿Cómo pudiste hacernos esto? —pregunta Ruby. Todavía muy firme—. Y Gemma… ¿Cómo se supone que pueda seguir siendo su amiga ahora?

—Gemma se me lanzó, carajo. Le dije que saliera de allí, pero no lo hizo. Ya sabes lo desesperada que está.

—¿Entonces tú no querías presionarla contra la pared de la ducha y lamerle el cuello? ¿Ella te obligó a hacer eso? Si ella en verdad… ¿Cuáles fueron tus palabras? *¿Se te lanzó?*

Bueno, tú debes haberla guiado hasta ese punto. Ella no lo habría hecho de la nada.

John debe estar caminando de un lado a otro porque puedo escuchar las paredes sacudiéndose.

—Yo no habría hecho nada de eso si no te hubiera visto enviar los mensajes a Max —acusó.

—¿Y entonces resulta que todo esto es mi culpa? Si yo no fuera una maldita *zorra*, ¿esto nunca hubiera sucedido? ¿Merezco que me engañes? ¿Es eso lo que realmente estás tratando de decir ahora? ¿Qué te pasa? ¡Deja de intentar eludirlo y culparme de tu mierda! Tú me engañas con Gemma.

La voz de Ruby es alta y aguda, violenta. Está gritando. Se está fragmentando. Ésta es la voluntad de John. Su repugnante estilo de titiritero. Él la fractura, cada vez. Ella nunca ganará:

—Necesitas relajarte. Estás actuando como demente.

Su voz tan tranquila, tan regulada. Un depredador evaluando a su presa antes de saltar sobre ella.

—¿Que yo estoy demente? Maldición, te vi y aún así no lo admitirás, y ahora ni siquiera te disculpas.

—Mírate, estás enloqueciendo. Eres una maniaca —dice.

Escucho a Ruby romper en llanto, escucho el raudal de sollozos que carcomen su pecho y estallan en tormenta.

—Y ahora vas a llorar —continúa John—. ¿Ves? Te lo dije, estás desquiciada.

Escucho que algo se estrella contra la pared al otro lado de mí y retrocedo por un momento. Escucho forcejeos. Mi oreja está contra la pared.

—¿Estás tratando de golpearme? —pregunta John.

Ruby sigue llorando. Los sonidos de su cuerpo me hacen estremecer.

—Tienes que dejar de llorar, Ruby. Deja de llorar. Deja de llorar.

Otro artículo, suena como un libro por la forma en que golpea el piso, las páginas revolotean de vuelta a su sitio.

—¿Crees que puedes lastimarme? —dice John.

Estoy segura de que él está muy cerca de la cara de Ruby, porque su voz es baja. Ruby hace un ruido como si estuviera luchando. Estoy furiosa, y quiero atravesar la pared. Pero no lo hago. Ella no puede saber que estoy escuchando. No puede saber que tengo algo que ver con esto. Romperá con él. Tiene que pasar. Ahora.

Escucho el puño de John golpear algo suave, y luego un gemido ahogado de Ruby. El sonido que alguien hace cuando es sumergido en agua fría.

Otra vez.

Lo que escucho a través de la pared es un sonido nuevo.

Todo queda en silencio por un momento, y luego escucho a John hablar de nuevo.

—Dios, mierda, lo siento —dice—. Ruby, lo siento.

Después escucho la puerta al abrir y cerrarse. Los pasos de John bajan las escaleras. Y luego el silencio.


La pérdida de una valiosa vida no es parte de mi plan. Todo el mundo está fuera de control. Me concentro en Ruby, y todo se derrumba antes de que tenga tiempo de contenerlo.

# CAPÍTULO TREINTA Y SIETE

# TEXAS, 1997

El mismo día que Levi ocultó las llaves esperé pacientemente a que nuestra madre volviera a casa. Cuando finalmente lo hizo, me senté en su cama y la observé desnudarse. Se transformó en la versión que yo conocía de ella. Se quitó los pendientes y los anillos, que repiquetearon en el joyero de cerámica de su cómoda. La consistencia de su rutina posterior al trabajo era relajante y precisa.

—¿Cómo estuvo tu día, corazón? —preguntó ella.

Se desató el pantalón azul de trabajo que cayó al suelo. Me gustaba la forma en que decía *corazón*. Ella la pronuciaba con comodidad y amor. Cuando ella la decía, todo estaba en su lugar.

—Estuvo bien —dije—. Bo y yo nadamos y luego leí un libro.

—¿Un libro completo? —estaba impresionada. Me gustaba hacerla feliz—. ¿Qué leíste?

—*El club de las niñeras*, el primero —contesté.

Mi madre se quitó la blusa y la arrojó en el cesto de la ropa sucia en el suelo. También había ropa amontonada junto a ella, y pensé en cómo estaba a punto de quedarse sin ropa limpia. Tomé nota para preguntar a papá cómo usar la

lavadora. Mi madre estaba demasiado distraída recientemente, enfocando toda su energía en Levi. No tenía tiempo para
cuidarnos a todos.

—Eso es increíble —dijo—. Eres mi niña increíble, ¿no
soy muy afortunada?

—Bastante —admití, complacida.

Escuché la placa de Bo repiqueteando en el pasillo. Saltó
en el banco al final de la cama y luego sobre el edredón, donde se apoyó en mi rodilla.

—No en la cama —dijo mi madre, y él saltó hacia abajo.

Bo me miró, expectante.

—Buen chico, Bo —entonces jadeó, ansioso y contento.

Mamá miró por la ventana al jardín y la piscina.

—Hace mucho calor allá afuera, ¿eh? —preguntó. Ella
siempre habla del clima cuando en realidad está pensando
en otra cosa.

—¿Cómo estuvo tu hermano hoy? —preguntó.

La sentí tensa, así que miré el edredón, sin querer hacer
contacto visual, sin querer verla herida. Se puso una blusa
gris sobre la cabeza y ató su cabello en una coleta.

—Está bien, cariño —dijo. Su voz trataba de ser tranquila—. Me lo puedes decir.

Pensé en decirle, y en no hacerlo. Consideré la amenaza
de Levi.

—No quiero hablar de él —dije.

Mamá se sentó a mi lado en la cama y el edredón se arrugó entre nosotros. Intenté alisarlo con la mano, desesperada
por hacer que luciera perfecto de nuevo.

—Levi está pasando por un momento difícil. Si ha hecho
algo malo, es mejor que lo sepa, para que podamos ayudarlo.
Quieres que mejore, ¿cierto?

—Sí —acepté. Todavía estaba mirando la cama.

Ella comenzó a frotarme la espalda, disminuyendo mi aprensión. Ella y papá eran las únicas personas que podían tocarme sin que me molestara.

Estuve callada un momento, concentrada en la respiración de Bo, entonces, le dije:

—Él escondió tus llaves esta mañana.

Ella dejó de frotar mi espalda y se quedó mirando el suelo. Algunas hebras de su cabello caían alrededor de sus mejillas.

—¿Cuando pensé que las había perdido? —su voz sonaba continua, pero pude distinguir un ligero titubeo en algún lugar profundo de su garganta.

Asentí, y ella me abrazó.

—Gracias por decirme. Sé que eso no fue fácil —susurró—. Levi estará mejor pronto. No es él mismo en este momento. Pero sigue siendo tu hermano. Tenemos que seguir ayudándolo, seguir amándolo y él se pondrá mejor.

Decidí no contarle sobre su amenaza. Si le contaba sobre eso, la grieta en su interior podría crecer.


Cuando ya estaba en cama esa noche, con mis animales de peluche ordenados por tamaño en la base de mi colchón, oí que la puerta se abría. Me levanté sobre mis codos y miré en la oscuridad.

—¿Se lo dijiste a mamá? —preguntó Levi, con voz baja y tranquila.

No respondí.

Después de un momento, susurró:

—Mala jugada, *corazón*.

# CAPÍTULO TREINTA Y OCHO

# Día de los Graduados

No me molesto en llamar a la puerta de Ruby. Sostengo mi mano contra la pared por un momento y escucho.

Ruby está en su cama, en posición fetal. Por lo que escuché a través de la pared, no sonaba como si la estuviera golpeando en la cara. Los sonidos de los golpes eran apagados, y la forma en que Ruby había tomado aliento me había hecho pensar que era su estómago. Cruzo la habitación con cuidado, su tutú está en una pila junto a la esquina de su cama, mojado y sucio de barro.

Me siento en el extremo de la cama.

—Hey —digo, mi voz apenas por encima de un susurro. Sus pantalones de deportes están alrededor de sus pantorrillas—, ¿estás bien?

Los ojos de Ruby están abiertos, pero mira intensamente un viejo póster de la ciudad de Nueva York. John lo consiguió para su segundo año, cuando visitaron la ciudad durante las vacaciones. Fue el primero de muchos viajes que realizaron allí, alojándose en lujosas habitaciones de hotel con vistas al paisaje metálico. Solía preguntarme de qué hablaban cuando estaban solos.

—¿Puedo hacer algo? —pregunto. Quiero decirle: *Vamos, necesitas ayuda,* pero las palabras están atrapadas en mi garganta. La realidad ligeramente disimulada, como siempre es con Ruby. No estoy segura de si ella es consciente de por qué estoy allí.

Oigo que una puerta se cierra abajo. Me pregunto si todavía iremos al Baile de la Última Oportunidad. Parece tan poco importante ahora, aun menos que antes.

Ruby se levanta con un codo y mueve su cuerpo para pararse. Voy a ayudarla pero ella sacude la cabeza. Camina hacia su escritorio y saca una plancha para el cabello.

—¿Qué estás haciendo? —pregunto.

—Arreglándome —su voz suena normal, despreocupada.

—¿Debemos conseguir ayuda?

—¿Por qué?

—Porque John te golpeó, ¿no fue así?

Ella no deja pasar un solo instante antes de responder.

—No fue nada —Ruby sujeta el enchufe y deja que la plancha se desplome hasta el suelo, donde se estrella contra las tablas de madera. Mientras se mueve hacia su armario, hace una mueca y luego se aclara la garganta. No quiere que escuche su dolor.

—¿Qué debería ponerme esta noche? —pregunta, pero su voz se siente muy lejana. Abre su armario y selecciona dos vestidos: uno negro con cuentas, el otro rojo y formal—. Son tan diferentes. No puedo decidir.

—Ruby —digo. Pienso cuidadosamente en mis palabras—. ¿Estás bien? Lo oí golpearte.

—Estoy bien —responde—. Tenemos que estar listas pronto.

—El baile no importa. Estás herida.

No entiendo por qué está actuando de esta manera. Quiero que reaccione.

—Olvídalo —dice ella, es una advertencia.

El vapor se eleva de la plancha cuando Ruby pasa sus dedos a través de su cabello enredado.

—De acuerdo, mira —digo, suplicándole—, no puedes salir con alguien que te golpea, te grita y te trata como él lo hace. Te engañó con Gemma, ¿no te molesta eso?

Me mira, tranquila.

—¿Crees que no sé que él me engaña?

Enmudezco.

Ella vuelve a mirar su reflejo, atrapa mi mirada en el cristal.

—Cada relación es diferente —dice.

No es esto lo que pensé que sucedería.

—No lo entiendes —sigue hablando, su cabello se alisa entre la plancha—. Tuvo una infancia difícil, no puede evitarlo. Su padre está jodido y ausente. Quiero decir, si alguien puede comprender eso, soy yo. Quién sabe dónde estará mi madre. Así que lo entiendo.

No me siento mal por John. Él podría usar lo que pasó con su padre para ser una mejor persona. No es que Ruby sea destructiva. Bueno. Lo es, sólo consigo misma.

—Tú no tienes una madre y no vas golpeando a las personas. No creo que puedas usar a su papá como una excusa. Vas a romper con él, ¿cierto?

Ella tiene que romper con él. Orquesté todo esto para que ella terminara la relación. Nos miramos, nuestros ojos claros y enfocados. Ella se toma un segundo y luego desvía la mirada.

—Ruby —digo. Soy firme—, Ruby. No. Tienes que romper con él. Su infancia no es una excusa. En todo caso, él debe saber que lo que hace está mal. Esto es ridículo, tienes que defenderte.

—No puedo romper con él —su voz ahora suena estresada y confundida.

Me acerco a ella, apago la plancha y la saco de sus manos. Me paro frente a ella, de manera que no pueda evitarme.

—Es simple —digo—. Vas abajo, le dices que todo ha terminado, luego vuelves aquí y sigues con tu vida. Yo te ayudaré.

—Todo es tan blanco y negro para ti —dice, sentándose de nuevo sobre la cama—. Eres tan inflexible. Sigues todo un conjunto de reglas. No estoy segura de cuáles sean exactamente esas reglas, pero no todos los demás tienen que ceñirse a tus planes. Ésta no es tu vida, Mal. Ésta es mi vida.

—¿Por qué querrías quedarte con él? Él es terrible contigo. Y tú lo sabes, tienes que saberlo.

Ruby suspira. Está cansada y frustrada. No me mira a los ojos.

—Dime. Explícamelo. Tienes que contármelo todo —insisto.

Ruby frunce el ceño.

—Bien. Bueno. Yo no tengo dinero como tú. O como Gemma, o Khaled, o Max… o John. Estoy aquí con una beca. ¿Lo sabes, cierto?

—Sí —no entiendo qué tiene que ver esto con John—. Pero tu padre es profesor, ése es un muy buen trabajo. Y, de cualquier forma, a nadie le importa el dinero. El dinero no importa.

—Ésa es exactamente la razón por la que no lo entiendes.

Me quedo en silencio.

—Tú no necesitas dinero —continúa—, porque tus padres pagan por todo. Pero yo sí lo necesito. Así que claro que importa.

Ella tiene razón.

—Todavía no entiendo por qué tienes que estar con John —digo.

Ruby está en silencio. Sus fosas nasales se ensanchan, y sus mejillas se enrojecen.

—Mi papá fue despedido.

—Oh —no estoy segura de cómo continuar.

—Lo atrapé… con una de sus estudiantes cuando yo tenía diez años. Entré en su oficina y lo vi todo. Y supo que lo había visto, pero guardó silencio. No pude mirarlo a la cara durante meses. Cuando estaba en la escuela secundaria, recibió una "advertencia" por parte de la universidad. No me dijo cuál era la razón, pero escuché a todos susurrar en el campamento. Nuestro pueblo es tan pequeño. Era imposible escapar de los rumores. Escuché cómo había sido atrapado de nuevo, esta vez por otro profesor.

—Ruby, lo siento —digo. No puedo imaginarme cómo sería lidiar con algo así. Siento náuseas sólo de pensarlo.

—Incluso después de recibir la advertencia… —continúa Ruby—. Esta vez se *enamoró*, de una de sus alumnas. Dios, es tan jodidamente estúpido. Así que fue despedido. Y sin su salario, yo no podía pagar la escuela. Quiero decir, tenía algo de dinero ahorrado, pero no lo suficiente.

—¿Qué pasa con la beca?

—Sólo cubre parcialmente el costo de la matrícula —dijo—. Y tú sabes cómo son las cosas aquí. No podía salir a cenar con ustedes, comprar bebidas en el bar o ir a esquiar. Ni siquiera podía comprar los libros para mis clases, que cuestan como cincuenta dólares cada uno. Entonces, John se ofreció a pagar por todo.

Dejo de caminar de un lado a otro, pongo las manos en mis caderas y me concentro en una pila de ropa sucia. Así era John. Listo para salvar el día, para sentirse bien consigo mismo. Para compensar sus asquerosos hábitos. Adoraba ser amado, ser el héroe.

—Si necesitabas dinero, ¿por qué no viniste conmigo? Yo te habría ayudado. Todavía puedo ayudarte.

—Porque él es mi novio. Ésas son las cosas que le cuentas a tu novio. Y cuando él se ofreció a pagar, bueno, le dije que no al principio. Trabajé duro todo el verano como camarera en el viñedo. Pero no fue suficiente. No tuve otra opción.

Así que ahora John es dueño de Ruby. Puede hacer lo que quiera con ella, y sabe que Ruby nada hará al respecto.

—Le devolveré lo que sea que le debas, y entonces serás libre —digo. Calculo rápidamente lo que hay en el fideicomiso que me dieron mis padres. No he tenido que usarlo hasta ahora, pero esto es una urgencia.

Ruby sacude la cabeza.

—Ruby, esto continuará por siempre si no le pones fin ahora.

Mira por la ventana. Sus ojos son sombras de lo que alguna vez fueron. Su alegría ya fue agotada. La imagen de mamá en el hospital. Esa desamparada mirada perdida.

—Gracias, pero no. Voy a quedarme con él. Sólo detente, ¿de acuerdo? Te juro que estoy bien. Probablemente vendrá aquí en una hora y se disculpará. Siempre lo hace. Voy a casarme con él un día. Lo amo. Sé que suena a locura. Pero él me cuida y está tratando de cambiar. Cuando no se comporta, bueno, horrible, es un amor. El amor de mi vida.

—¿Casarte? —pregunto. Es lo único que escucho.

Ruby me devuelve la mirada. Su piel es pálida y se oprime contra sus pómulos, sus pecas lucen difuminadas por el invierno.

—Todavía no lo entiendes, ¿cierto? Yo quiero esa vida. Quiero tener dinero, como tú. Tú no tienes que preocuparte por nada. No es que yo pueda amasar una fortuna trabajando en un museo o en una galería. Si John es mi boleto para esa vida, entonces lo tomaré. Por favor, no digas nada. ¿De acuerdo? Tienes que prometérmelo. Esto es importante para mí.

—Esto es una locura —digo. No puedo evitarlo—. Él está desquiciado, Ruby. Podría matarte.

—No lo hará.

Mira su vientre, la piel oculta bajo una sudadera.

Me siento a su lado en la cama. Tal vez si la toco, ella verá la verdad, me escuchará.

Intento sonar amable, pero mi voz brota áspera e histérica:

—Podrías tener una hemorragia interna.

Guarda silencio.

—Me gustaría que pudieras ser más fuerte —digo.

Ruby me mira, sus ojos se iluminan con un fuego que no había visto antes.

—Ésta soy yo siendo fuerte. El hecho de que tú creas que ser fuerte tiene que ser de una determinada manera, no significa que no se pueda ser fuerte de una forma distinta. Estoy haciendo esto por mí. Olvídalo. Estoy bien, ¿de acuerdo?

Sigo creyendo que está equivocada. No está admitiendo que John no es la persona indicada para ella. Está en completa negación con respecto a quién ella es realmente. Entonces por fin hago la pregunta que sé desea no responder.

—¿Qué pasa con Max?

—No lo sé —dice.

—¿Qué pasó entre ustedes? —pregunto.

—Me besó, el año pasado… Una noche, cuando regresábamos camino de la biblioteca, era uno de esos días al inicio de la primavera en los que te sientes estúpidamente feliz todo el tiempo porque finalmente hay buen clima. ¿Sabes?

Yo no. Odio el calor.

—Y, bueno —continúa—, siempre ha habido algo allí. Fue agradable. No pude dejar de pensar en él después de eso. Dijo que me esperaría, que podía tomarme todo el tiempo que necesitara. Está jodido, lo sé.

Mira al suelo, evitando el contacto visual.

—Y entonces sucedió todo ese asunto de mi padre, y decidí que sería mejor si Max y yo ya no estábamos cerca, y así ha sido.

*Quieres decir que John decidió que sería mejor que ustedes ya no estuvieran cerca.* Dejo escapar un suspiro.

—Necesito preguntarte una cosa más —continúo.

—Adelante.

—¿Me elegiste para que fuera tu amiga porque no me viste como una competencia?

Ruby parece confundida.

—¿De qué estás hablando?

—Hablé con Amanda. Sé lo que pasó cuando estuvieron en el campamento. ¿Con Gigi?

—Entonces lo sabes... No me sorprende que te lo haya contado. A ella le ha encantado chantajearme con decirle a la gente lo que pasó entonces. Bueno, sí, es verdad. Todavía estoy avergonzada por eso. Me siento tan apenada por lo que hice y me gustaría poder buscar a esa chica para disculparme, pero soy demasiado cobarde.

Me quedo mirando fijamente al suelo.

Ella respira, parece considerar sus palabras.

—Pero ¿qué tiene que ver eso con que yo sea tu amiga?

—Amanda dio a entender que... bueno, que tú quieres ser el foco de atención y, quiero decir, admitiste que anhelas ser popular y rica.

Los ojos de Ruby se pliegan, entonces coloca una mano sobre la mía.

—¿Crees que te estoy usando?

Me pongo rígida.

Ruby suena seria.

—Mal, no. Tú eres mi mejor amiga. Yo no te "elegí". Simplemente encajamos. Me gusta estar cerca de ti. Y tú eres la única que siempre está ahí para mí. No soy un monstruo. Nunca fingiría amistad contigo, ni te usaría, o lo que fuera que Amanda haya querido insinuar. Tal vez lo que hice con Gigi me hace un monstruo, pero he estado tratando de enmendarme desde entonces.

Decido creerle. La otra opción significa que he sido engañada durante cuatro largos años, y no puedo tolerar esa idea. Y hay algo en su voz que me hace pensar que está diciendo la verdad. He visto su amabilidad. Puede sentirse desesperada por alcanzar una vida diferente, pero no creo que vuelva a sacrificar a otra persona para su beneficio. Si acaso, estaría dispuesta a sacrificarse ella misma.

Nos quedamos allí por un largo rato, sentadas muy cerca en su habitación en penumbras. Mientras ella piensa en su futuro con John, yo formulo un nuevo plan. Uno capaz de funcionar.

# CAPÍTULO TREINTA Y NUEVE

# TEXAS, 1997

Los acontecimientos de aquel día se repiten en mi mente cuando sueño. Los gritos se agolpan en mi cráneo, tirando de mis manos ensangrentadas, mis nervios vuelven a conectarse para recordarme lo que pasó. A pesar de todos los años que han transcurrido, el sentimiento que experimenté en aquél momento no se desvanece.

Desperté más tarde de lo habitual, lo cual fue extraño. A través de mis pesados párpados vi el reloj, marcaba las 8:53 en rojo fluorescente. La casa estaba en silencio, el zumbido del aire acondicionado se agitaba afuera de mi ventana. Conseguí mover mis piernas al lugar donde dormía Bo, pero las sábanas estaban sueltas contra mis piernas.

Cuando el aturdimiento pasó, me senté. Mamá siempre me despertaba antes de ir al trabajo, el aroma de su champú persistía en mis almohadas después de que ella me daba un beso en la frente. Papá hacía lo mismo, pero siempre era tan temprano que ni siquiera registraba su presencia.

Los dedos de mis pies se presionaron contra la alfombra, y me dirigí a la cocina, a través de nuestro largo pasillo. Estaba repleto de fotografías enmarcadas apoyadas contra la pared: mis padres estaban demasiado ocupados para colgarlas. Habían permanecido en esa posición durante más de un año.

Levi estaba ante la mesa comiendo cereal, con los dientes crujiendo y la leche desbordándose por su lengua.

—¿Dónde está mamá? —pregunté.

—Salió temprano —respondió, sin levantar la mirada. Estaba leyendo una revista, la que papá había ordenado para entretenerlo, sobre máquinas. Él era tan inteligente ya, un genio en la fabricación. Lo miré con cautela.

—¿Por qué no me despertaste? —pregunté.

—No quería interrumpir tus dulces sueños —dijo Levi. Su voz no era dulce.

Yo era pequeña, pero ya podía distinguir las diferencias en los tonos. Levi había comenzado a usar el sarcasmo a una edad temprana. Todavía no sabía la definición de sarcasmo, pero cuando la aprendiera, más tarde, primero pensaría en Levi.

No quería estar a solas con él.

—¿Está Lane aquí? —pregunté, mirando a través de las puertas de cristal al jardín trasero. Ahí estaba ella, sentada en su silla, con los auriculares en los oídos, los ojos cerrados al sol y un café helado a su lado. Levi me vio percatarme de su presencia y luego volvió a su revista.

Subí a un banquillo y metí la mano en el gabinete para bajar una caja de *muffins* ingleses. Hice sonar el plástico, abrí la bolsa y me di cuenta entonces de que Bo no estaba a mis pies, donde solía estar.

—Hoy hace mucho calor —dijo Levi, en tono casual.

Miré al exterior a la piscina reluciente y luego al piso otra vez. Bo siempre venía corriendo cuando escuchaba el crujir de una apertura, sabiendo que guardaría el último bocado de *muffin* para él.

—¿Bo? —llamé desde la cocina.

Bajé del taburete y dejé los *muffins* en el mostrador.

—¿Bo? —lo llamé de nuevo, mirando hacia la esquina de la sala.

Silencio vacío. No estaba en su lugar habitual en el sofá, lamiendo sus patas, o en el suelo junto a la puerta, con la nariz húmeda presionada contra el cristal.

Revisé la habitación de mis padres. Vacía. La habitación de Levi, aunque Bo no solía entrar allí de cualquier forma. Vacía. Mi habitación. Vacía. La habitación de huéspedes. Vacía. Todas las habitaciones, vacías. Volví a la cocina, con un ligero pánico pegado a mis talones.

—Levi —dije—, ¿dónde está Bo?

Traté de sonar lo más agradable posible, con los ojos suplicantes.

Levi me miró y comenzó a sonreír. Se detuvo, como si quisiera esconder algo. Miró hacia fuera.

—Está ardiendo allá afuera, ¿eh?

Mi corazón comenzó a latir salvajemente en mi pecho. Mi lengua se quedó rígida, y mis dientes se trabaron. Levi me miró y sofocó una risa. Se estaba aguantando la sonrisa.

Algo en el fondo de mi mente me llevó a la cochera. La mirada en el rostro de Levi, aquella insistencia en el clima. *"Hoy hace mucho calor."*

Las advertencias que mi madre nos había estado haciendo, su paranoia por dejarnos en el auto sin las ventanillas abiertas y el aire acondicionado disparándose a toda potencia en nuestras caras.

Di media vuelta y corrí hacia la puerta de la cochera. La abrí. Nada. No estaba el auto y no estaba Bo. Entré, el piso de concreto se sentía frío, el polvo y la suciedad se adhirieron a mis pies. Levi me estaba mirando, con una mirada curiosa en el rostro.

—Mamá tuvo una reunión en la ciudad. Tomó un taxi. Su auto está fuera, ¿recuerdas? —dijo, enfadado, muy molesto de que no lo hubiera descubierto todavía.

Si su auto no estaba en el garaje, ella lo había estacionado bajo el aro de basquetbol.

*"Hoy hace mucho calor."*

Miré a mi izquierda, donde el desvanecido botón de la puerta de la cochera me esperaba. Mis manos estaban heladas cuando lo apreté. El portón se sacudió y comenzó a abrirse, lenta y reveladoramente. Cuando el espacio entre el portón y el piso de cemento fue lo suficientemente amplio, me arrastré por debajo y salí al sol ardiente. El calor era abrumador, incluso en las horas de la mañana. Ahogó mis pulmones. La humedad se aferró a mi pijama cuando me puse en pie.

El coche de mamá se estaba cocinando en el camino de entrada a la casa. El sol se reflejaba en su superficie azul brillante. Algo dentro de mí se rompió. Lo sentí suceder. Era tan ligero como un talón pisando una diminuta rama.

Corrí al auto y apreté la cara contra el cristal caliente. Mis pies se ampollaron en el camino de entrada, pero no noté las quemaduras en las plantas hasta más tarde.

Bo estaba jadeando, con un ritmo acelerado y ligero. Recostado en el asiento de tela, su pecho trabajaba a todo vapor, subiendo y bajando; arriba abajo, arriba abajo, arriba abajo.

Sus ojos se clavaron en los míos. Intentó menear la cola, pero ya estaba débil, agotado. Sus ojos se cerraron y se abrieron despacio.

Tiré de la manija, pero el auto estaba cerrado. Golpeé las ventanas, grité su nombre.

Necesitaba la llave.

Di la media vuelta, pero sabía que era demasiado tarde. Levi estaba apoyado contra el portón de la cochera, observando. Sacudió la cabeza, con las manos en los bolsillos.

—Nunca las encontrarás —y sonrió, triunfante.

Para el momento en que mi vecino me encontró, mis manos ya estaban destrozadas, y la ventanilla del auto bañada en sangre. La policía llegó poco después. La vecina que escuchó mis gritos, una abuela regordeta de alrededor de sesenta años, me apretó contra su vientre cuando la policía se hizo cargo. Ella olía a talco de bebé y café tostado. Ni siquiera me importó que me estuviera tocando.

Un policía rompió el cristal. Hizo lo que mis puños no habían logrado, lo que mi mente no había previsto. Ahora, cada vez que veo una roca de tamaño considerable, una que una niña podría levantar por encima de su cabeza y estrellar contra una ventanilla, me recuerda lo que tendría que haber hecho, y muerdo el interior de mis mejillas para sentir dolor y probar nuevamente el sabor de la sangre.

Me liberé y corrí hacia la ventanilla del auto, lanzándome entre los oficiales. No creo que esperaran que yo hiciera lo que hice: intenté trepar por la portezuela. Me tomaron por la cintura, pero me aferré a los vidrios rotos, luchando para ayudar a Bo. Ni siquiera sentí dolor cuando los oficiales me apartaron y los bordes de cristal se incrustaron en mis palmas. Uno de los hombres me detuvo mientras otro sacaba a Bo del auto y lo recostaba en el suelo.

No se movía. Lo empaparon con agua de nuestra manguera, pero su cuerpo se mantuvo quieto y silencioso. Su pelaje oscuro mojado, los rizos apretados contra su piel rosada. Los policías negaron con la cabeza, con una expresión sombría en sus rostros. El que me tenía agarrada me soltó, cauteloso. Me senté junto a Bo y coloqué una mano ensangrentada sobre su pecho. Nada. Lane venía llorando por el camino de entrada, explicando que los auriculares que usaba no la habían dejado escuchar mis gritos.

Levanté a Bo del asfalto y lo acuné entre mis brazos. *Por favor, despierta, por favor despierta, despierta, despierta.* Éramos tan pequeños juntos. Sus ojos estaban cerrados, como si estuviera durmiendo. Presioné mi rostro contra el suyo, nariz con nariz, y lo mantuve allí, con mi cara mojada por su pelaje. Una ambulancia sonó a lo lejos cuando el vidrio incrustado en mis palmas comenzó a arder.

Más tarde me enteré de que Levi había estado sentado junto a la mesa de la cocina, leyendo su revista, cuando toda la escena anterior sucedía. Afirmó que nada había escuchado de lo que estaba sucediendo afuera, porque el ruido del aire acondicionado era demasiado estridente.

Mi madre se encontró con nosotros en el hospital cuando estaban estirando mis vendajes. La sala estéril estaba en silencio cuando los cuatro nos sentamos juntos. Yo seguía sin hablar. El médico les dijo a mis padres que era consecuencia de la conmoción. Por supuesto, mi madre era doctora; ella tal vez lo había descubierto por sí misma.

Mi madre era demasiado débil para hacer cualquier cosa, y todos sus años de estudio habían sido arrojados al cesto de basura, a la sombra de un hijo dañado. Estaba siendo consumida por él. Ni siquiera preguntó cómo había entrado Bo al auto, cómo se había quedado *encerrado* dentro del auto. Ella no sabía qué hacer, atrapada por su propio instinto maternal. No podría protegernos a ambos.

Papá miró a Levi. Escéptico. Temeroso.

Levi sonrió a mi madre y la tomó de la mano mientras salíamos del hospital. Su agarre era fuerte contra el de ella, que se había debilitado y ahora parecía tan flácido y cansado en el suyo.

Todos sabíamos lo que él había hecho. Vi a mis padres lanzarse miradas preocupadas el uno al otro. Un hijo perdido dentro de su propia mente.

Cuando regresamos a casa aquel día, desde el hospital, fui directamente a mi habitación. Quería enterrar mi rostro en el lugar habitual de Bo. Quería aspirar su olor y olvidar, quería sentir su cuerpo contra la curva de mis rodillas. Mis manos estaban envueltas en gruesos vendajes y mis brazos se sentían desprendidos, como si todavía estuvieran ante el sol de la mañana, sosteniendo su cuerpo.

Antes de desplomarme sobre mi cama, con el rabillo del ojo vi algo que brillaba.

Las llaves del auto descansaban sobre mi almohada.

# CAPÍTULO CUARENTA

# Día de los Graduados

Todos están de vuelta en la casa ahora, las puertas están cerradas.

Escucho los diálogos de *Friends* surgir de la habitación de Gemma cuando paso ante su puerta.

Probablemente se está arreglando: poniéndose las medias y el vestido, alisando su cabello azul. Tranquilizándose, diciéndose que su intención no era lastimar a Ruby.

Al pie de las escaleras, la puerta de Khaled permanece cerrada. Escucha música con un ritmo vibrante a todo volumen. No es una sorpresa que yo sea la única que escucha los rumores de esta casa. Camino por la sala, cruzo delante de Denise, que está en el sofá. Sus ojos delineados en negro me siguen hasta al otro lado de la habitación. Me pregunto qué ha visto ella. Presiono la oreja contra la puerta y escucho, pero el espacio detrás de la puerta de la habitación de Max está en silencio.

De vuelta en la parte delantera de la casa, me pongo los zapatos y la chamarra. Afuera, mis piernas se mantienen cálidas gracias a los *leggings* térmicos. Salto por las escaleras, asegurándome de pisar sobre los parches salados, donde el hielo no puede hacer que resbale. Está muy oscuro afuera, pero me he acostumbrado a correr en la oscuridad.

El aire frío quema mis pulmones mientras me apresuro hacia la calle Pleasant número 356. Sé que él estará en casa, a la espera de que responda a su mensaje.

Cuando llego, las luces están encendidas. Su brillo cálido me invita a entrar. Pero no avanzo por el camino de entrada, no llamo a su puerta. En cambio, salto sobre el muro de piedra y me dirijo al objetivo. Por primera vez en meses, observo desde fuera.

Quiero observar una vez más, ya que éste será nuestro final.

# CAPÍTULO CUARENTA Y UNO

# TEXAS, 1997

La mano de papá descansaba en mi hombro. Su tacto ardía a través de mi playera y mis nervios se sentían como cuchillas debajo de mi piel. Me incliné para darle palmaditas al nuevo césped, firme contra el suelo. Las cuchillas tomaron la forma de mi mano vendada, y observé cómo se desplegaban y volvían a su posición vertical. Nosotros dos enterramos a Bo. Pensé en su cuerpo en lo más profundo del jardín trasero, bajo su superficie, solo, en medio de la oscuridad, envuelto firmemente en la tierra arenosa. Ése no era el lugar donde pertenecía. Se suponía que él debía estar a mi lado, con la nariz húmeda rozando mis rodillas.

—Lo siento, Malin. Sé lo que significaba para ti.

Guardé silencio. Se estaba disculpando por la cosa equivocada. Él tendría que haber dicho: *Lamento haber permitido que tu hermano matara a tu perro.* Pero no quería que él supiera lo que yo sabía. Algo me decía que guardara silencio al respecto, en caso de que necesitara la verdad más tarde. Si quería sobrevivir a Levi, tendría que tener cuidado.

Papá se inclinó frente a mí, entendiendo que lo mejor era sólo acompañarme por el momento.

—Malin —dijo—, siempre estoy aquí, si necesitas hablar con alguien.

Pero él no estaba aquí. Él nunca podría estar de mi lado. Él también era el padre de Levi.

Sin Bo, yo estaba sola.


Los cuatro nos sentamos a cenar, en silencio. Papá había preparado pollo estilo King Ranch, pero cada bocado se sentía como pegamento en mi boca. No tenía apetito. Miré a Levi por el rabillo del ojo. Casi había terminado su comida y había comenzado a raspar el borde de su tenedor contra el plato. El sonido hizo eco contra el suelo de baldosas y las ventanas de cristal.

—¿No tienes hambre? —preguntó mamá.

Negué con la cabeza.

—Deberías comer algo, cariño, tendrás hambre más tarde.

—Estoy bien.

Levi terminó su comida y se recostó en su silla. Observó a mi madre mirarme, la mirada preocupada que revoloteaba en sus ojos. Levi odiaba que ella me prestara atención. Me tensé, preparándome para lo que fuera que estaba a punto de suceder.

—Escuché a papá y Malin hablar de mí hoy —dijo, mirando hacia su plato, dejando caer los hombros.

Papá me miró confundido. Yo no estaba confundida. Sabía exactamente lo que Levi estaba por hacer.

—Dijeron que necesito ser enviado lejos —comenzó a llorar. Miró a mi madre, suplicándole.

—No dijimos tal cosa —se apresuró papá, bajando el tenedor. Tenía una voz seria, la que usaba cuando uno de nosotros (Levi, por lo general) estaba en problemas—. Tu nombre ni siquiera surgió en la conversación.

—Mami —continuó Levi, suplicante volviéndose hacia nuestra madre, con los ojos llenos de lágrimas falsas—. Diles que no iré a ninguna parte.

Mamá miró a papá. La mirada en sus ojos indicaba su preferencia: le creía a Levi.

—No te preocupes, cariño, te quedarás aquí. Por supuesto. Con tu familia —mamá susurró, mientras se estiraba para tomar su mano.

Papá y yo nos miramos. Sabía que él no quería que me involucrara. Él deseaba protegerme. Pero yo no quería que mi madre estuviera enfadada con él.

—Está mintiendo —comencé, mirando hacia mi plato, donde el arroz esperaba, ahora frío y duro. Todo había perdido su color, el pollo se veía gris.

—¡No, no estoy mintiendo! —lloró Levi. Él me ignoró, mirando a mi madre—. Ella me odia, quiere que me vaya.

—Ya fue suficiente —sentenció papá, su voz como un trueno—. Ustedes dos, vayan a sus habitaciones.

Sabía que no estaba enojado conmigo. Estaba furioso con Levi. Me levanté y caminé por el frío pasillo, me detuve frente a mi puerta. Esperé a Levi, que caminaba detrás de mí. Se había erguido en cuanto estuvimos fuera de vista.

—¿Por qué hiciste eso? —pregunté. Ambos sabíamos que él estaba mintiendo.

Se encogió de hombros.

—Estaba aburrido. La cena es muy aburrida —se detuvo y miró por la ventana. El sol comenzaba a ponerse detrás de los árboles. Las paredes estaban salpicadas por su luz dorada—. ¿Quieres ir a jugar en la casa del árbol?

—Pensé que me odiabas —dije.

Torció la boca.

—¿Y?

—No, gracias —sentí que cada palabra tenía que ser elegida con cuidado, pero no estaba segura de lo que se suponía que debía decir o hacer. O cómo actuar—. Voy a leer.

Levi suspiró.

—Eres una perdedora —y luego desapareció dentro de su habitación, dejándome en pie afuera de la mía, con la mano en la manija de la puerta, haciendo cálculos sobre cuántos años más tendríamos que convivir en esta casa.

Mucho más tarde, esa noche, esperé a que la casa se asentara en la oscuridad.

Fingí estar dormida cuando mamá abrió la puerta, dejando que el resplandor amarillo salpicara mi rostro. Respiré con calma, lentamente, dejando los ojos medio abiertos. Mis padres bromeaban diciendo que sabían que estaba en un sueño profundo cuando mis párpados revoloteaban y los blancos debajo de mis ojos se asomaban. Decían que yo era su pequeña durmiente extraña.

Esperé treinta minutos antes de empujar la manta a un lado.

Mis padres mantenían sus conversaciones secretas cuando pensaban que Levi y yo estábamos dormidos. Lo había descubierto unos meses antes, cuando había tenido que salir a orinar en medio de la noche, y había escuchado sus voces amortiguadas detrás de la puerta. Estaba demasiado cansada, y no me importaba escuchar en ese momento. Pero las cosas eran diferentes ahora. Todos nos movíamos de puntillas alrededor de Levi como si él fuera muy frágil. Quería saber qué harían mis padres al respecto. Tenían que hacer algo.

Me acurruqué bajo el mueble cerca de la puerta de su habitación.

Mis padres eran terribles para hablar en voz baja. No era necesario que me esforzara por escucharlos o por entender sus palabras en murmullos. A veces me habría gustado que fueran mejores para eso. Deseaba no tener que ocuparme de escuchar sus susurros, deseaba no haber tenido siquiera que pensar en ello.

Me tomó un par de segundos sintonizar sus palabras exactas. Primero escuché a mi madre.

—¿Cómo se supone que debo saber cuál de ustedes está mintiendo? —preguntó ella, con voz aguda y acusadora.

—¿En serio? Yo soy tu esposo. Él es un niño.

Sabía que esto era lo que Levi buscaba. Él quería que nuestros padres pelearan. Imaginé a mamá parada frente a papá, con los brazos cruzados y los ojos fijos, probablemente annegados en lágrimas. Lloraba por todo, pero a veces no era porque estuviera triste. A veces era porque era demasiado sentimental, sentía las cosas demasiado, yo creo. Ella solía llorar cuando me leía *El árbol generoso* antes de dormir. Yo tomaba un pañuelo y se lo entregaba, desconcertada por su emotividad.

—No estoy mintiendo —dijo papá, su voz más paciente esta vez—. Malin y yo estábamos enterrando al perro. Ni siquiera mencionamos a Levi.

—¿Entonces qué significa eso? Se lo inventó, ¿para qué? ¿Para divertirse? ¿Por qué tendría que hacer algo así?

Papá suspiró.

—Celia, tú sabes por qué. Tenemos que enfrentar la realidad.

—No —dijo mi madre, como si lo que fuera que papá estaba sugiriendo fuera imposible—. Es nuestro bebé. No puedo renunciar a él.

—Está afectando a nuestra familia. Bo está muerto. La casa es un desastre. Nosotros somos un desastre. Ni siquiera puedo concentrarme en Malin porque estoy tratando de protegerla de él. Él necesita ayuda, ayuda verdadera... necesitamos enviarlo a algún lugar. Él ya no puede estar cerca de ella.

—No —la voz de mi madre de nuevo—. Él es nuestro *hijo*. Podemos ayudarlo nosotros. Yo soy doctora. Somos los únicos que podemos arreglarlo. Sólo dame más tiempo. Por favor.

—Éste no es un problema que tú puedas resolver. Él necesita ayuda profesional. Ayuda psicológica. Necesita ir a algún lugar.

Se quedaron en silencio por un minuto, y entonces mi madre continuó:

—¿Y si enviamos a Malin con tu madre?

—¿Qué? —papá sonaba ofendido.

—Es verano. Ya salieron de la escuela. A ella le encantará estar allí.

—Espera. ¿Quieres enviar *a Malin* lejos? Ella no ha hecho nada malo. ¿Su perro murió y quieres sacarla de aquí? ¿Qué tipo de mensaje le daríamos con eso a Levi? ¿Y a Malin?

—Levi nos necesita más. Ella es tan independiente. Siento que ella no me necesita.

—Ella te necesita. Tú eres su madre ¿Y en verdad quieres enviarla allá? ¿Después de todo lo que pasó? Ya te he hablado de mi familia.

—Eso fue hace años, está bien.

Papá no respondió.

—Por favor, George. Si se va ella, por lo menos estará a salvo.

Quería que papá luchara contra ella, pero no lo hizo. Yo no quería ir a Massachusetts. Ése no era mi hogar. No quería dejar a Bo. Levi era el que había arruinado todo, él tendría que ser al que enviaran lejos. Él debería ir al hospital, al médico, o algo. *Él es el problema*, quería gritar. *No yo.*

—A veces me preocupo. Me asusta que si ella se queda aquí, con él... y algo pasa... —dijo mi madre, tan suave que apenas alcanzaba a escucharla. Su voz estaba cargada de pánico—. ¿Qué pasa si algo sucede, y ella es igual que él? ¿Y si es genético? Allí está tu familia, y la forma en que ella está actuando... está tan callada todo el tiempo. El pensamiento... está ahí... en el fondo de mi mente. La quiero lejos de este lugar.

Estuvieron en silencio durante mucho tiempo.

Papá debió acercarse a mi madre, porque podía escucharla llorar en su pecho mientras él le decía:

—Todo estará bien.

Mi madre solía ser fuerte y animada. Ella sonreía todo el tiempo y me besaba en las mejillas y cantaba en voz alta irritantes canciones mientras doblaba la ropa. Le emocionaba ir a trabajar todos los días y ayudar a las personas a sentirse mejor, para luego contarnos todo cuando regresaba a casa. Algunos niños de mi escuela se quejaban de sus madres, de lo enojadas que podían estar o de lo molestas que eran con las tareas domésticas. Pero mi madre y yo no éramos así. Ella me pedía que lavara los platos o que ordenara mi habitación, y yo lo hacía. No me importaba hacerlo. Era mi trabajo, y ella siempre decía: "Gracias, que hija tan colaboradora tengo. Mi bello corazón". Y nunca se enojaba. Era paciente y amable. ¿Adónde había ido esa versión de ella? ¿Nunca regresaría? Levi había robado a mamá y no estaba segura de si alguna vez volvería a disfrutarla.

Esa noche fue la primera vez que dormí con los gritos en mi cabeza. Mis gritos.

# CAPÍTULO CUARENTA Y DOS

# Día de los Graduados

De regreso en casa, llamo a la puerta de Max.

—¿Sí? —dice.

—Hey —saludo mientras entro a su habitación. Cierro la puerta detrás de mí.

—Te ves bien —dice.

Miro mi vestido, azul marino, sencillo.

—Oh —respondo, distraída—, gracias.

Max vuelve a mirarse al espejo y termina de ajustar su corbata. Observo alrededor de su habitación. Me gusta lo ordenada que está, los libros apilados sobre la mesa, los bordes de sus carteles al ras de la pared.

—¿Quieres ayuda? —pregunto mientras desenrolla la corbata y vuelve a empezar.

Me acerco a él y nuestros ojos se encuentran al mismo nivel. Pienso en un estudio que alguna vez leí sobre cómo las personas más altas tienen más probabilidades de tener éxito en el trabajo. Pienso en Max con su ropa quirúrgica y su bata blanca, y en todas las personas que curará, y en cómo esa regla no se aplicará a él. La seda se desliza a través de mis dedos cuando coloco el extremo ancho sobre el delgado.

—¿Crees que se separarán? —pregunta.

—No lo sé —respondo.

Estamos tranquilos, y recuerdo:

—¿Cómo supiste que algo estaba mal con ellos? —pregunto.

Max hace una pausa por un momento antes de responder, como si ni siquiera estuviera seguro de la respuesta.

—¿Recuerdas que te conté sobre esa vez en el campamento de futbol?

Lo traigo a mi mente mientras hago el nudo de su corbata.

—Después de eso, sobre todo después de que mi tío fue a la cárcel, John siguió cambiando —continúa Max—. Él solía ser divertido. Era un niño normal cuando éramos más chicos. Pero entonces comenzó a hacerme pedazos en cada oportunidad que tenía. Sólo a mí. Nunca a nadie más. A él le gusta agradar a la gente, así que no puede desquitarse con nadie más. Creo que él sabía que no yo iba a responder a sus ataques. Yo quería que fuéramos a diferentes escuelas, me sentía aliviado de no tener que verlo. Fui aceptado aquí en la ronda preliminar. Y luego, cuando llegó esa primavera, anunció que él también vendría. Intenté ser positivo al respecto. Pensé que tal vez podríamos empezar de nuevo aquí, que podríamos ser amigos incluso. Hice un gran esfuerzo. Pasaba con él todo el tiempo. Pensé que tal vez él podría reinventarse. Pero eso no sucedió. Aquí todavía seguía comportándose como un imbécil conmigo. Y entonces, cuando estábamos en segundo año, la situación mejoró un poco. Yo ya no era su único objetivo. Alguien más debía debía serlo, así que asumí que se trataba de Ruby.

Ajusté el nudo final de su corbata y retrocedí, cruzando mis brazos.

—¿Es ésa la razón por la que estás tan ansioso? ¿Porque te acosaba? —pregunto.

—Tal vez —suspira, poniéndose el saco—. Sí. Probablemente. Es como tener una enfermedad que no te puedes sacudir. Él está ahí, esta cosa abrumadora. Me hace sentir atrapado. Ni siquiera me di cuenta de ello durante mucho tiempo, cuando yo era un niño. Es eso con lo que yo crecí. No lo entendía, no sabía nada. Y él es mi primo, somos de la misma sangre, mamá siempre le dio mucha importancia a eso, ella quería que fuéramos amigos. Siempre me sentía incómodo a su alrededor, pero no sabía por qué. Obviamente, ahora lo sé.

Max es una bomba de tiempo. Él aún ignora la violencia que su primo ha ejercido contra Ruby, y no seré yo quien se lo diga. No sé qué le hará a John si se entera. No necesito distracciones esta noche.


A las nueve nos encontramos en la sala. Los seis. Los chicos lucen sus trajes y corbatas. Gemma está usando un vestido rojo ajustado, y Ruby eligió el vestido negro. Las cuentas brillan cada vez que ella se mueve, haciéndola parecer una estrella de cine. Me doy cuenta de que John debe haberlo comprado para ella.

Todos compartimos conversaciones torpes, sin saber qué decir o cómo actuar. Ruby se siente incómoda, y se estremece cuando Khaled le da un abrazo.

Ella se niega a mirar a Gemma. John ignora a Max y coloca un brazo alrededor de los hombros de Ruby. Ella lo mira como siempre lo hace, y luego cruza la mirada conmigo, una mirada de advertencia.

Khaled cuenta algunas bromas acerca de la resaca que ya empieza a sentirse, y cómo deberíamos beber para combatirla.

Creo que puede sentir el ambiente tenso y está intentando aligerarlo. Tal vez él presienta que algo malo está por suceder.

—¿Debemos tomar una foto? —pregunta Khaled.

Ruby sonríe cortésmente, y Max regresa a su habitación en busca de su cámara. Nos acomodamos frente a la escalera mientras Max prepara el tripié. Aún no sé cómo termino entre John y Max. Siento la palma de John apoyada en mi cadera y siento cómo la bilis sube por la parte posterior de mi garganta.

—¡Espera, no olvides a Denise! —dice Khaled, levantándola del sofá. Creo que él espera hacernos reír con eso, pero nadie celebra la broma.

—¿Podemos dejarla fuera esta vez? —pregunta Gemma con voz quebradiza, en el límite—. Ella es una muñeca inflable por amor de Dios.

Khaled baja los ojos y empuja a Denise de nuevo al sofá. No replica y se alinea para la foto. Me mira para asegurarse de que todo está bien. Pero no lo está. Estoy cansada de fingir. Ignoro su mirada y me giro hacia otro lado.

Nuestra dinámica grupal está oficialmente destrozada.

—De acuerdo —dice Max, acomodándose junto a mí. Su presencia es un sorprendente consuelo—. Tres... dos... uno.

La cámara parpadea y todos exhibimos nuestras mejores sonrisas. Será la última foto de todos juntos.

Reunimos nuestras bufandas y gorros, y nos envolvemos en nuestros abrigos de lana más cálidos. Khaled avanza por el sendero, y levanto la mirada al cielo, esperando la nieve.

Mi plan de respaldo. Mi perfecta, hermosa nieve.

# CAPÍTULO CUARENTA Y TRES

# TEXAS, 1997

Era otro día caluroso en Texas. Contemplé la calle desde la ventana del comedor, todo el frente de nuestra casa estaba cubierto de ventanales, diseñados en el estilo moderno de mediados del siglo xx que a mi madre tanto le gustaba.

Un par de chicas de mi edad cruzaron la calle en bicicleta, riendo juntas. Sabía sus nombres, nos habíamos conocido hacía mucho tiempo, pero no estaba interesada en ser parte de su grupo. Mis padres ya habían dejado de sugerirme que saliera a jugar con ellas.

Me senté con las piernas cruzadas y acomodé un libro de bolsillo en mi regazo. Lo había tomado del librero de mis padres. Se suponía que no debía leer sus libros sin permiso, pero me había despertado un tanto fuera de lugar, desequilibrada, y no me importó seguir las reglas. El libro hablaba sobre un niño que había ido a explorar al desierto, se había perdido y había muerto por comer moras venenosas. Ya lo sabía porque siempre leo la última página de un libro primero. Pasé una página, dejando que el papel se deslizara ligeramente en mi dedo.

No estaba prestando atención a las palabras en la página. No podía concentrarme. Mi frente descansaba contra el vidrio y sentía su superficie fresca sobre mi piel. La necesidad de acercarme y acariciar a Bo iba y venía, pero con cada día que pasaba el movimiento mecánico se iba haciendo menos frecuente. No hablábamos de él. Desde el accidente, fue como si nunca hubiera existido. Su nombre había sido desterrado.

Al día siguiente, se suponía que debía ir a la casa de la abuela en Deerfield. Mis padres me habían dicho que me divertiría, que podría ir a nadar al río y montaría a caballo en la granja. Actuaban como si estuvieran emocionados, así que yo había fingido una sonrisa, aunque mis entrañas se retorcían por dentro.

Una noche antes, en la cena, cuando los cuatro nos sentamos a la mesa, mamá nos había dicho que pasaríamos el verano trabajando en nuestra familia. No estaba segura de cómo iba a contribuir a eso, ya que no estaría cerca. Papá no hacía contacto visual conmigo, y sabía que había dejado de defenderme. Miré a Levi cuando dijeron la palabra *familia*, y él me lanzó una sonrisa burlona cuando mis padres no estaban mirando. Mamá posó una mano sobre su hombro y él la miró de una manera tan dulce y almibarada que sentí deseos de gritar.

Él nunca cambiaría. Mis padres estaban ciegos. Lo entendía porque ellos lo habían traído al mundo; él era suyo. Así que pensaban que podrían arreglarlo. Pero yo comprendía por qué no podían hacerlo *en verdad*, por qué no querían enviarlo a un lugar para que fuera atendido por profesionales. Mi madre temía perder a su bebé, y ese temor la hacía débil y vulnerable. Levi lo sabía. Él se aprovechaba de su amor. Creo que papá sabía que él no podía ser reparado, pero quería hacer feliz a mamá. Fue un error que él no tendría que haber cometido.

Levi era malo. Así de simple. Blanco y negro. Yo podía verlo aunque nadie más pudiera. Nada había que arreglar en mi hermano, porque lo que fuera que estuviera dentro de él, estaba allí para quedarse. Sabía esto por una razón, pero no podía contársela a nadie. Era mi secreto.

Mis padres podrían haber estado ciegos, pero yo no. Ellos me habían enseñado que cuando amas a alguien, como un padre ama a su hijo, puedes elegir ignorar las cosas malas, y eso puede llevarte a tomar malas decisiones. Pero yo no amaba a Levi. Yo era la única que podría hacer que las cosas mejoraran.

Teníamos una nueva niñera. A Lane la habían "dejado ir", según había dicho mi madre. Nuestra nueva niñera era una mujer hispana llamada Sonia. Ella era agradable. Trenzaba mi cabello y me hablaba en español. Preparaba quesadillas para el almuerzo. La escuché aspirar la habitación de mis padres.

Lancé una mirada por encima del hombro, a través del otro lado del comedor y afuera, por las ventanas que daban al jardín trasero. Nuestra frágil casa de cristal. Vi a Levi por el rabillo del ojo, llevaba un palo. Golpeaba con él la base de nuestro árbol. Escuché las palabras susurradas de papá repetirse en mi mente, las que compartía en secreto con mi madre. *"El tiempo de inactividad no es bueno para él. Necesita mantenerse ocupado. Ser desafiado".*

Miré el microondas, 4:37 de la tarde. Mamá estaría de vuelta en casa a las cinco de la tarde. Me alegré de que pronto sería feliz y podría regresar a su estado normal. Pronto, todo estaría bien. Cerré el libro y lo dejé en el suelo.

Cuando salí, oí a las cigarras chirriando, llamándose entre ellas en la humedad. Caminé hacia donde el patio de piedra se encontraba con la hierba y presioné mis dedos contra la tierra seca. Eché un vistazo al césped, que estaba salpicado de montones de hojas de palmera y macetas de cerámica. Papá pasaba la mayor parte de su tiempo aquí, cuidando las plantas, asegurándose de que el jardín luciera bien. Me dirigí al árbol grande en la esquina trasera, donde Levi estaba trozando el palo en pedazos pequeños.

—¿Quieres jugar? —pregunté.

Me miró como si lo hubiera interrumpido. Como si lo hubiera sacado de algún lugar profundo de su mente.

—¿Jugar? —preguntó.

Advertí que esto era fuera de lo común para nosotros. No habíamos jugado juntos en mucho tiempo. No quería que él sospechara.

—Vamos a la casa del árbol —sugerí—. Juguemos al espía.

Ésta era una de las actividades favoritas de Levi. Desde la posición estratégica de nuestra casa del árbol, teníamos acceso a otros tres jardines traseros. Levi solía lanzar piedras a las personas y sus mascotas, hasta que papá lo descubrió un día y le ordenó que dejara de hacerlo. Teníamos una libreta escondida en uno de los aleros de la casa del árbol, donde documentábamos los hábitos de nuestros vecinos, detallando cada uno de sus movimientos. Habían pasado meses, quizás un año, desde que habíamos hecho eso juntos.

Levi me miró y no respondió de inmediato. Le gustaba hacerme esperar, otro de sus pasatiempos favoritos. Pensaba que me incomodaba la incertidumbre, pero a mí nunca me molestó el silencio.

—Bien —respondió después de un minuto entero.

Lo seguí por la escalera de madera, con cuidado de evitar astillarme las manos y los pies. En los lugares donde se reflejaba el sol, la madera se sentía caliente contra mi piel expuesta.

Levi se asomó sobre la barandilla corta. Estaba creciendo, y sus pequeños músculos sobresalían de su camiseta y sus pantaloncillos cortos. Su bronceado era más oscuro que el mío. Mi piel era blanca, como la de nuestra madre, la suya tenía el mismo tono que la de nuestro padre. Me fijé en las manos de Levi y en el crudo borde alrededor de las yemas de sus dedos, ahí donde mordía sus uñas. Pensé en cómo las chicas de la escuela siempre me decían lo lindo que era mi hermano mayor. Yo no lo veía así. Todo lo que yo veía era feo. Deseé que no se pareciera tanto a papá. Levi no merecía compartir su apariencia.

—No hay nadie afuera —dijo después de revisar el paisaje—, hace demasiado calor.

Me miró con una sonrisa hastiada, y ambos recordamos la última vez que habíamos hablado del clima.

—Está bien, como sea, entonces vete —dije.

—Debes estar realmente aburrida para querer pasar tiempo conmigo —finalizó Levi.

No respondí y miré el jardín de nuestro vecino. Había un gato dormitando en una de las sillas a la sombra. Pensé en cómo Bo solía mirar a ese gato durante horas, infinitamente entretenido por el movimiento desigual de su cola. Esperaba que Levi no viera al gato porque sabía que querría lanzarle piedras.

Yo no había llorado desde el accidente. Nada sentía, salvo una abrumadora necesidad de proteger a mis padres. Quería que pudieran hablar sobre los programas de televisión y sus días de trabajo, o adónde deberíamos ir de vacaciones. Las cosas que solían discutir antes de que todo el asunto con Levi estallara.

Lo miré a él, al niño que era. La calidez de su cabello dorado con la raya del lado derecho. Me pregunté si él siempre había sido así, estropeado como un melocotón que se hubiera dejado en el mostrador durante demasiado tiempo, y yo nunca lo había notado antes.

—¿Amas a mamá y papá? —pregunté.

Levi sonrió.

—No.

—¿Me amas? —pronuncié con voz pequeña y débil.

—No.

Entrecerró los ojos.

—¿No has escuchado?

—¿Escuchado qué? —pregunté.

—Estoy enfermo —susurró—. Soy un monstruo.

Incliné la cabeza, el leve zumbido del auto de mi madre en el camino de entrada, el sonido de una puerta al cerrarse. Sabía que necesitaba moverme más rápido si no quería que nuestra madre nos viera, pero me mantuve calmada.

Levi rio.

—No te preocupes, corazón, eres de lo más normal y aburrida.

Levi se dirigió hacia la escalera, donde el hueco mostraba una vista de nuestra piscina y las ventanas de cristal. Lo observé hacer una pausa antes de empezar a descender, y me acerqué a él.

—No seas tan debilucha —dijo—. ¿Quieres saber qué pasa conmigo?

Nada dije. Estábamos tan cerca que podía percibir su olor corporal de preadolescente, todavía indomable por el desodorante.

—No siento nada —dijo—. Así que puedo hacer lo que yo quiera.

Levi esbozó una ancha y malvada sonrisa. Esta vez, le respondí con una suave sonrisa, y pareció confundido por un breve instante. Sus manos estaban sueltas en la escalera. Estaba exactamente donde yo lo quería.

Avancé al frente en un instante, antes de que él pudiera darse cuenta de lo que estaba sucediendo. Di un fuerte empujón contra su pecho y retrocedí, rápida y ordenada. Él aspiró con brusquedad el aire que yo había expulsado de su cuerpo de golpe. Sabía que intentaría sujetarme, jalarme con él, así que me aseguré de incrustarme en una de las esquinas más alejadas de la casa del árbol.

Nunca olvidaré la mirada en su rostro, la conmoción, la sorpresa.

Cayó pronto. Hubo un veloz y repentino ruido sordo, y luego el fuerte zumbido de las cigarras en el aire de la tarde.

Sólo tuve un pensamiento cuando me senté con la espalda recargada contra la casa del árbol. Mi respiración estaba tranquila y satisfecha, mientras escuchaba los gritos de mi madre. Me di cuenta de algo que me corroería a medida que creciera. No era que Levi estuviera muerto, sino lo equivocado que él había estado acerca de mí. Yo tampoco sentía nada, excepto, tal vez, alivio.

Yo era igual que él.

No puedo recordar el momento específico en que supe que había nacido rota. Una grieta corría a través de mí, indistinguible al principio. Levi fue quien la abrió y se aseguró de que me volviera como él, solidificando la naturaleza sociópata de mi cerebro. Odio esa palabra. No creo que pueda ser clasificada en un grupo tan fácilmente. Hay tonos de gris. Pero ahí está, rebotando en mi cerebro, siempre ahí, siguiéndome. Estoy cansada de fingir que no estoy rota.

Eso fue algo de lo que empecé a darme cuenta poco a poco, el amanecer de mi indiferencia es una marea que se arrastró sobre mí durante mi infancia. Sin embargo, no es que carezca completamente de sentimientos. Me ocupo de unos pocos. Mis padres, Bo. Me preocupé por Levi en algún momento, tal vez incluso lo llegué a amar. El amor es algo que quizá nunca pueda entender por completo, pero he visto algunos destellos de él en mí.

En la escuela primaria observaba a mis compañeros. No me tomó mucho tiempo advertir que yo no era como los demás. Mientras todos dibujaban alegremente con sus crayones y se reunían a jugar, yo me sentaba sola, aburrida y desinteresada. Cuanto más crecía, más sabía que algo estaba mal en mí.

El bravucón del grupo me convirtió en su objetivo durante unas cuantas semanas. Después de algunas molestas rondas de tirones de cabello y de insultos, ya se había vuelto comparable a una mosca que zumba cuando intentas tomar una siesta. Una vez la maestra lo reprendió, pero luego dijo que él hacía todo eso porque estaba enamorado de mí. Ella me guiñó un ojo, como si fuera algo bueno que él tirara de mi cabello. Más tarde, el chico pisoteó los dedos de mi pie a la hora del receso, después de que no permití que me brincara en la fila para los columpios. No grité ni lloré, y su gorda cara se puso roja de la frustración. Me exigió que saliera de la fila, o me pisaría el otro pie. Me encogí de hombros. En realidad, ni siquiera me importaba subirme al columpio, sólo estaba en la fila porque todos los demás estaban ahí. Y yo estaba haciendo lo que se suponía que debía hacer. Debió haber sido aburrido seguir porque no volvió a hacerlo después de ese día.

La madre de mi madre murió cuando éramos muy pequeños. El recuerdo de ella es borroso, pero aún tengo presente su piel flácida y translúcida, con las venas resaltadas en azul. Nuestros padres se sentaron entonces con Levi y conmigo para explicarnos el concepto de la muerte. Nosotros nos encogimos de hombros, como si no se tratara de la gran cosa. No entendíamos el sentido de un funeral, ni por qué todos estaban tan alterados. Lo único que yo quería era regresar a casa y terminar de leer mi libro.

En algún momento, nuestras tendencias se desviaron en direcciones opuestas. Donde Levi prefería la destrucción, yo había elegido el silencio y me abría paso a través del día como un fantasma, evitando la interacción humana.

Una Navidad, mis padres trajeron a casa un pequeño cachorro que se retorcía como un gusano. Parecían tan emocionados y expectantes, como si mi hermano y yo fuéramos a salir de nuestras nebulosas fortalezas si nos distraían con un diminuto bulto de pelusa oscura. Su cuerpo caliente se presionó contra mi pecho y lamió mi rostro. Yo reí y, en ese momento, un calor nuevo reemplazó el vacío. Había esperanza para mí. Levi reaccionó con un gesto arrugado, su disgusto hacia el cachorro se hizo evidente desde el primer momento.

—Lo llamaré Bo —dije a mis padres.

Mi madre le había dirigido una mirada a papá. Sus rostros cubiertos de alivio.

Bo siempre fue mío. Él era mi único amigo, mi dulce compañero, y yo lo cuidaba. Lo amé, lo sé. El sentimiento no se perdió en mí.

Probablemente me habría convertido en alguien normal, de no haber sido por Levi. Él me arruinó, moldeó mi vida a base de caos y crueldad.

Mamá debió habernos visto ese día en la casa del árbol. Fue mi único error, mi único arrepentimiento. Ella debió haberlo visto parado en el hueco, sujeto a la escalera. Debió haber sentido un poco de ansiedad en el estómago, pero su lógica le dijo que no se preocupara. No había manera de que ella no hubiera visto mis pequeños brazos lanzarse hacia su cuerpo, empujarlo hacia atrás, fuera del árbol.

Nunca hablamos de lo que había pasado. Yo dije que él se había caído, que había sido un accidente, y ellos no se atrevieron a cuestionarlo. No esperaba que mis padres estuvieran tan alterados por la muerte de Levi. Pensé que todos se sentirían tan aliviados como yo me sentía. Ellos se separaron por un tiempo, sólo para encontrarse de nuevo en los brazos del otro unos meses más tarde.

Me dije que debía compensarlos, hacerles sentir que tenían una hija que tendría éxito en la vida. Ellos nunca tendrían que preocuparse por mí. Yo los ayudaría a olvidar de Levi.

—Está en tu sangre, en la sangre de tu *padre*, no en la mía —había dicho mi madre después de tragar sus pastillas una noche.

Ella había escupido las palabras como si yo fuera una sucia extraña de la que ella quisiera liberarse. Me miraba con cautela desde el otro extremo de la mesa, y yo hacía mi mejor esfuerzo para parecer normal. No quería que mis padres se preocuparan por mí. Fingí sonrisas en un intento por consolar a mi madre, pero ella veía a través de mis débiles esfuerzos y se alejó de mí.

El *corazón* quedó atrás, enterrado en algún lugar del escritorio de mi madre, bajo las batas que nunca volvió a vestir. Pasaba los días leyendo revistas en la casa con aire acondicionado, viéndome jugar afuera, ocultándose detrás de los muros de cristal. Su confianza en las niñeras era cosa del pasado. Ella se retiró de la existencia dejándonos a papá y a mí en una oleada de recuerdos y desaliento.

Papá fue el único que entendió. Cuando yo tenía quince años, me explicó que él carecía de empatía, no del todo, pero era un problema para él y para las personas que se preocupaban por él. Al conocer a mi madre, se había enamorado y había entendido que tendría que aprender cómo ser empático si quería estar con ella. Tenía que fingir ser atento y cariñoso porque era lo correcto. *Finge*. El mantra estaba metido en mi garganta, y lo sostenía con fuerza. No quería decepcionarlo, así que yo también fingiría.

Fue la primera vez que tuve claridad sobre quién era yo. Papá y yo éramos iguales, con la diferencia de que él había crecido en un hogar seguro y lleno de amor. Él no había tenido un torturador a su lado. Para mí, la empatía parecía manifestarse en protección. No me gustaba ver a los débiles sufrir a manos de otros. Tengo que agradecerle a Levi por eso.

Papá me habló del bisabuelo, Martin Ahlberg. Dijo que no sabía mucho al respecto, dado que su madre se negaba a hablar de ello, pero sabía que su abuelo había sido un asesino en serie. Había sucedido hacía mucho tiempo, y sólo se habían escrito unos pocos artículos al respecto. Los periodistas del momento lo habían bautizado como el "Cazador de Deerfield"... el hombre que había descubierto John. Al principio, sólo se trató de una noticia local, pero con el tiempo se difundió, cuando se percataron de que las víctimas provenían de todas partes de Nueva Inglaterra.

Fue después de que papá me hablara de él que yo necesité entender quién había sido mi bisabuelo y por qué había hecho lo que había hecho. Encontré su nombre en un libro de perfiles de psicología. Al parecer, Martin Ahlberg era un enigma, ya que la policía no había logrado encontrar algo que vinculara a las víctimas. Al parecer, las elegía de manera aleatoria, aunque era un asesino altamente organizado. No pude encontrar mucho más, ya que otros asesinos en serie habían sido mucho más populares desde su época.

Antes de que lo capturaran, mi bisabuelo había empleado diez años secuestrando personas para soltarlas en su propiedad, que abarcaba más de cuarenta hectáreas. Les diría que corrieran por sus vidas y después las cazaría, les dispararía con su rifle y las enterraría en el pastizal de las vacas. La policía tardó casi un año en hallar todos los cuerpos. He visto las fotografías granulosas, en tonos marrones, de hombres escarbando en sus campos. Siempre me pregunté quiénes habían sido sus víctimas, por qué mi bisabuelo los había matado.

Papá me explicó que la parte del cerebro que carecía de empatía podría heredarse. El "gen del asesino en serie", lo llamó. Sin embargo, éste podía permanecer inactivo, o sólo encenderse a causa de algún trauma infantil. Padres abusivos, ese tipo de cosas. Con la crianza adecuada, se podría controlar. Su madre, la hija del cazador, había vigilado de cerca a papá. Era una madre soltera, en una época en que las madres solteras eran escasas, por lo que trabajaba horas extra para asegurarse de que su único hijo creciera sano y feliz. Creo que ser criado con un padre ausente hizo que mi papá fuera aún más consciente de la importancia de su paternidad y lo hizo buscar estar más presente conmigo y con Levi. Mi abuela fue la que le había enseñado a interactuar con los demás, le había mostrado amor y compasión, y había hecho cuanto había podido para asegurarse de que, aunque hubiera heredado algo de aquello, pudiera convertirse en una buena persona. Él podría vivir como un miembro normal de la sociedad. Y ella tuvo éxito.

Papá debió haber visto los indicios en Levi. Su comportamiento. Cómo manipulaba a mi madre y la manera en que había matado a Bo. Eso sólo habría sido el comienzo. Mamá insistió mucho en que únicamente se trataba de una etapa, pero estaba tan equivocada. Ellos no lo ayudaron de la manera que él necesitaba, no a tiempo.

Papá vio *potencial* en mí, así que me enseñó a ser *normal*. No creo que se diera cuenta de que me hacía más peligrosa al aprender cómo fingir que me importaba. No había forma de que nadie supiera sobre mi potencial, trabajé muy duro para ocultarlo.

Elegí a Hawthorne porque no era Texas. No podía soportar vivir en el calor por más tiempo, no podía soportar enfrentar la decepción de mi madre sobre mí. Me rechazaron de las escuelas de la Liga Ivy a las que presenté mi solicitud. Yale, mi primera opción. Harvard, la segunda. Princeton, la tercera. Ninguna me aceptó porque yo carecía de *actividades extracurriculares* e *intereses comunitarios*. No importaba que fuera la mejor de mi clase, o que mis puntajes en sus evaluaciones fueran perfectos. Nada de eso importó. Mi currículo, sin actividades extra escolares, actuaba como una advertencia para los oficiales de admisiones. Hawthorne debió haber pasado por alto mi aguda falta de interés en los otros, perdidos en la confusión de papeles el día de la decisión. Tuve que tomar lo que había conseguido. Hawthorne College, una de las "mini-Ivy", era mi única opción.

Al comienzo de mi vida en Hawthorne, todo estaba cubierto por una película espumosa. Amigos, clases, eventos, fiestas. Tomé lo que pude y me aferré a eso. No quería empezar a preocuparme por Ruby, de hecho. Había sido fácil conseguir que ella fuera mi amiga. Amanda había hecho todo el trabajo por mí ese día en el comedor, al dejar a Ruby en un estado tan vulnerable. Yo la había rescatado, la había vuelto a armar. Fue perfecto, en verdad. Yo fui la mejor amiga de Ruby después de eso, su aliada más confiable. No tuve que esforzarme mucho para mantenerla atada a mí. Ella hacía todo el trabajo, me enviaba mensajes, me pedía que pasáramos tiempo juntas. Dejaba su diario abierto como si fuera una revista en una sala de espera, ansiando ser leído y diseccionado. Hacer amigos había resultado algo más fácil de lo que había imaginado.

Tomé algunas decisiones cuestionables con esos amigos, porque si no lo hacía, sus problemas sólo empeorarían. Leí el diario de Ruby para conocerla, conocerla *realmente*. Si no lo hubiera hecho, nunca habría descubierto ese lado abusivo de John. Estaría en la oscuridad, como los demás. Y si no hubiera obtenido una receta para los medicamentos contra la ansiedad durante nuestro semestre de otoño en cuarto año, Max podría haberse entregado a una especie de enloquecido ataque de pánico permanente. Iba a explotar al tratar de mantener todo dentro: su amor por Ruby, su odio por John… Había sido por ellos, todo lo había hecho para su beneficio. Tendrían que agradecerme por ayudarlos.

Creo que si Ruby no me hubiera recordado a mi madre, y si John no hubiera sido tan inquietantemente parecido a Levi, no habría necesitado hacer lo que hice. Ruby habría continuado disolviéndose en sí misma, permitiendo que el abuso continuara. John se habría vuelto más presente, robándole la luz y la fuerza para sí. Él apenas estaba empezando. Yo había visto su potencial para lastimar. Era alguien como Levi. Yo estaba cortando por lo sano, como se dice.

Yo no había matado a Levi porque hubiera querido, sino porque era necesario.

Yo era una protectora, no una asesina.

# CAPÍTULO CUARENTA Y CUATRO

# Día de los Graduados

*Finge.*

Estoy bailando, tengo los brazos en el aire y salto al ritmo de la música. Aprendí este baile de una chica que vi en una fiesta de primer año. Era adorable, nada demasiado sensual ni difícil de interpretar. Lo copié a la perfección. Me aseguro de sonreír, de aparentar que me estoy divirtiendo. Mírenme, soy normal, feliz. Una estudiante universitaria promedio, disfrutando, embebida en la bondad de haber alcanzado el último año escolar. Totalmente despreocupada.

Ya está muy avanzada la noche. No sé qué hora sea.

Todos están teniendo el mejor momento. Todos estamos fingiendo. Y somos buenos para hacerlo.

Cuando Ruby se marcha, se encuentra con Max, los dos reunidos por alguna circunstancia azarosa. Hablan, ella sonríe y ahí está esa mirada que sólo reserva para ellos dos. Todo lo real existe en esas miradas. En esos momentos intermedios. Ahí es cuando ves quiénes son realmente, lo que desean en verdad. Cuando piensan que nadie está mirando. Pero yo estoy ahí. Siempre atenta.

➤➤➤

Me aseguro de tropezar, como si estuviera ebría, y caigo sobre Khaled, que está a mi lado. Él sonríe y estamos bailando, y Gemma está allí, con los ojos en blanco una y otra vez, cargando miradas hacia John, que está del otro lado. Necesito que piensen que estoy perdida.

Si no estás buscando la podredumbre entre nosotros, todos parecemos muy felices. Nuestra felicidad es contagiosa. No te acerques demasiado o la atraparás.

La canción cambia, y ajustamos nuestros cuerpos al nuevo ritmo, con nuestras expresiones alcohólicas y desenfocadas. Alguien me empuja por detrás y caigo en John, y él me otorga esa sonrisa escurridiza.

Aquella noche, en algún momento más tarde, estoy sola, observando a John en la menguante pista de baile. Está tan embrutecido por el alcohol, casi inconsciente, su lengua de fuera. Se encuentra rodeado por un grupo de sus compañeros del equipo de futbol. Se están rociando cerveza unos a otros. Son felices, un grupo de chicos sudados que viven el sueño.

Al principio, solía gustarme observar a mis amigos a cierta distancia, ver las risas, la luz. Sin complicaciones, problemas, drama. Ahora veo todas las cuerdas que nos unen, cómo se anudan y enrollan a nuestro alrededor en una compleja telaraña. Veo el hedor de todos, quiénes realmente son.

Gemma desaparece con un chico de mis clases de Inglés. Él parece estar sobrio y sostiene el cuerpo flojo de su pareja con una mano. Prácticamente la arrastra fuera de la pista de baile. No me preocupo porque sé que él es el tipo de persona que se asegurará de que ella llegue a casa a salvo. La pondrá de costado en caso de que vomite y la cubrirá con una sábana liviana. Siempre ha sido claro para mí. Lo bueno contra lo malo.

Khaled también se ha marchado. Lo veo caminar en la oscuridad de los vestidores con una pequeña chica de cabello oscuro, con la mano presionada ligeramente contra la espalda de ella. Se miraban mutuamente con esa actitud que a menudo veo en eventos como éste. Esa mirada de *vamos a la cama* que flota facilmente entre cuerpos sudorosos.

Alrededor de la medianoche, tomo un momento para serenarme. Estoy lista. Empiezo a caminar hacia John, que ahora está bailando con una chica que reconozco como estudiante de primer año. Debe haber entrado, desesperada por la atención de un chico mayor. John está presionando su entrepierna contra el firme vientre de la chica. Sus labios están plegados, los dientes al descubierto. No puedo evitar hacer una mueca ante la mirada en sus ojos, esa lujuria repugnante que no puede evitar.

Lanzo una mirada feroz a la estudiante de primer año cuando los separo, y ella baila en otra dirección, despreocupada e inconsciente. Doy un vistazo rápido de las personas que nos rodean. Nadie a quien conozcamos particularmente, e incluso si lo hubiera, todos están tan alcoholizados que nunca recordarán habernos visto así. Además, en nuestro grupo de amigos bailamos juntos todo el tiempo. No debe ser extraño que John y yo estemos juntos.

—Hola, Mal —dice John en mi oído. Él coloca ambas manos en mi cintura, y yo le sonrío—. ¿Finalmente te diste cuenta de quién es el mejor primo?

Huelo el aliento a *whisky*, sus ojos no son tan firmes, sus pupilas están dilatadas. Veo a Levi con su sonrisa socarrona y su cabello rubio, y por un breve momento me pregunto si así es como se habría visto tantos años después. Si hubiera vivido, se habría graduado de la universidad y habría vivido solo en algún lugar. ¿Sería como John? ¿Sus tendencias antosociales lo habrían metido ya en problemas? Casi lo empujo para alejarlo, pero me tranquilizo y me recuerdo por qué estoy aquí, por qué estoy haciendo esto.

John inclina su cabeza hacia la mía, nos miramos y sonrío de nuevo, coqueta. Pongo dos dedos en su barbilla, acerco su rostro al mío y le hablo al oído.

—Siempre lo he sabido.

Él se retira rápidamente, sonriendo.

—¿Qué es lo que sabes? —dice.

Sus caderas se hunden en mí, presiona su muslo entre mis piernas.

—Quién es el mejor primo —respondo, presionándome contra él, arrastrando los dedos por la parte posterior de su cintura. Su piel es húmeda y cálida, la camisa se aferra a su cuerpo por el sudor.

Le entrego el frasco de mi bolsillo trasero, y él lo toma con entusiasmo, sediento de más alcohol. Me lo devuelve y finjo beber, como siempre.

—Ya era hora —responde. Su voz está cargada de apetito, de la promesa de la noche. Sonrío hacia el techo alto y arqueo mi espalda hacia su pelvis. Sus párpados se agitan. Estoy casi aburrida por lo predecible que es. Está acostumbrado a ser querido, a ser la estrella. Las chicas se lanzan hacia él, y él lo acepta, sin cuestionar el motivo. Debería haber cuestionado el mío.

—Vamos —digo, señalando con la cabeza hacia la salida trasera, al bosque. Convencer a la gente de hacer cosas siempre ha sido uno de mis talentos.

Vi a Levi hacerlo cuando éramos pequeños, lo vi manipular a mamá, poco a poco, hasta que ella cayó en su red.

A diferencia de mi hermano, yo no quería lastimar. La necesidad de matar, mutilar o engañar no estaba en mi naturaleza. Sólo surgió después de lo que pasó con Bo. Un instinto se apoderó de mí y fue tan fuerte que era lo único que podía sentir. El impulso de protegerme, de proteger a mis padres. El impulso de proteger a Ruby.

Tomo la mano de John y lo guio a mis espaldas. Es un cerdo que está siendo conducido al matadero. Es el único consuelo que tengo mientras le permito tocarme, acariciar mi trasero con sus sucias manos.


En el aire frío del exterior, el ritmo de la música se atenúa, y mis oídos resuenan con el ruido blanco.

—Eres ardiente —pronuncia a mis espaldas. Sus palabras suenan torpes y pesadas. Me pregunto si esto funciona con las otras chicas.

Empiezo a caminar hacia el tramo del sendero que nos llevará al camino. La nieve ha empezado a caer y la tierra oscura está salpicada de copos blancos.

—¿Vamos al Acantilado? —pregunta escéptico.

Giro mi cabeza sobre el hombro.

—¿Tienes miedo?

Duda por un momento, pero sé que seguirá adelante.

—No —John trota para alcanzarme, me sigue de cerca. Sus movimientos son cada vez más lentos, el alcohol mantiene embotados su sistema nervioso y su cerebro.

Sólo llevo mi vestido, pero el frío es adonde pertenezco, donde me siento más a gusto. Cuando salimos, tomo unos cuantos sorbos de *whisky* para mantener el calor. Salimos de la carretera y tomamos el estrecho camino de tierra. El suelo está congelado, el piso se siente compacto y duro bajo mis pies. Soy fuerte, segura. A John le gusta eso. Sigue intentando besarme, pero lo esquivo, sonriendo, mientras lo conduzco al Acantilado.

—Nunca he estado aquí en la noche —está jadeando, intoxicado. Tropieza con las raíces y las rocas, causándose moretones con cada movimiento. Su mano tira de la mía.

—Un poco más lejos —respondo, dulce y cantarina.

Cuando llegamos a nuestro destino, miro el cielo. No hay luz de estrellas esta noche, ensombrecidas por las nubes. La nieve se dispersa en el suelo y azota en el viento. Sé que tengo que marcharme antes de que se muestren mis pasos, pero el pronóstico prometió que caería al menos medio metro cúbico de nieve, así que eso no me preocupa.

Me enfrento a John. Tengo que hacer algo que en realidad no quiero, pero sé que valdrá la pena. Toco su rostro y llevo su boca a la mía. Él está emocionado, puedo sentir su anticipación presionando mi vientre. No es bueno para besar. Su lengua me recuerda a esa langosta muerta y fría del primer almuerzo en Hawthorne.

Muerdo su labio para acallarlo y lo empujo hacia atrás.

—Abajo —exijo.

Le gusta la actitud que mira en mí, que le ordene. Lo veo apoyarse contra la tierra, sin molestarse en hacer una mueca ante el suelo frío.

Me siento a horcajadas sobre su torso, me inclino hacia su boca.

—Vamos a beber un poco más —sentencio.

Él no quiere, sacude la cabeza, sus ojos deliran por el entusiasmo por algo más, por mí. Presiono la botella contra mis labios y finjo tragar el *whisky*, luego se lo paso a John. Él no quiere rechazarme, así que bebe un par de sorbos largos.

—Carajo —exclama mientras cae sobre sus codos, dejando que su cabeza toque el suelo.

Sigo besándolo, permitiendo que nuestras lenguas hagan la mayor parte del trabajo. Empieza a impacientarse y comienza a desabotonar sus pantalones.

—Espera —atajo, haciendo mi mejor esfuerzo para sonar somnolienta y alcoholizada—. Esperemos. Así será mejor. Dejémonos disfrutarlo por un minuto.

Protesta, pero lo convenzo de que esto sacará lo mejor de mí, por lo que se tranquiliza y cierra los ojos. Pierde el conocimiento en menos de un minuto, su respiración se vuelve constante y lenta. Me levanto y sacudo la suciedad de mis rodillas y mi trasero. Silbo un poco, lo empujo con mi zapato, para ver si está realmente fuera de combate. Su cuerpo está inerte.

Dejarlo morir es la cosa más sencilla del mundo.

Me yergo sobre él, sola en el silencio. El viento hace girar copos de hielo a nuestro alrededor en un cálido y satisfecho abrazo. Y entonces lo miro. Pienso en Ruby, en cómo ya no podrá lastimarla. Y en Max, quien finalmente vivirá libre de su torturador.

La parte más intensa de la tormenta se desplaza sobre las colinas del sur de Maine. Mi tormenta de nieve perfecta. John se congelará hasta morir, y su muerte será etiquetada como "accidente". Sucede todo el tiempo. Doy media vuelta y empiezo a descender por el camino. Acelero el paso, necesito salir del bosque antes de que la nieve comience a acumularse, no puedo dejar huellas. No me molesto en girar para mirar su cuerpo. Sé que no irá a ninguna parte. Un bienvenido torrente de sangre fresca fluye bajo mis mejillas.

Nuestro mundo estará mejor sin él.


Cuando desciendo por el sendero empinado, y ya estoy casi en la carretera, escucho algo delante de mí. Pasos rápidos contra el camino de tierra.

—¿Malin?

Una figura surge en la oscuridad, y de pronto siento que no puedo respirar. Mi garganta se constriñe. Siento una opresión en el pecho. Debe ser el pánico. Esto no forma parte del plan.

# CAPÍTULO CUARENTA Y CINCO

# Día de los Graduados

**M**ax se para frente a mí en el camino oscuro y me mira con esos dulces ojos, cargados de preocupación.

—¿Dónde está John? —pregunta. Mira más allá de mí, al espacio donde cree que podría estar John.

—No lo sé —digo—. Estoy sola.

Pienso rápido: ¿cómo puedo alejar a Max del Acantilado? Me acerco a él y comienzo a caminar en dirección al campus. Espero que él me siga, que ya no diga una palabra más.

—¿Qué pretendes? Los vi salir juntos.

—¿Podemos caminar? —digo, asegurándome de mantenerme en el costado de la carretera. El camino ya está lleno de montículos helados. Me pregunto cuándo comenzarán los camiones de sal a rociar las carreteras con sus cristales afilados.

—En serio, ¿dónde está John? —pregunta de nuevo.

Mi garganta comienza a contraerse de una manera inusual; mi corazón late salvajemente en mi pecho. El cuerpo de John será encontrado con el tiempo. Max unirá todas las piezas. Él sabrá lo que pasó.

—¿Por qué estás aquí? ¿Por qué me seguiste? —mi voz suena aguda.

—Para asegurarme de que estuvieras bien. Porque tú eres mi mejor amiga, y él es... bueno, él es John —dice, pisándome los talones.

Max se para frente a mí, obligándome a detenerme. Coloca sus manos sobre mis hombros. El camino está tranquilo, vacío, la nieve está poniéndose pesada.

—Malin, ¿dónde está John?

Siento que me estoy ahogando. Esto no es parte del plan. Él mantiene su mirada fija. Me gustaría que se rindiera, que dejara las cosas como están. Ojalá a él no le importara tanto. A lo lejos, escucho el familiar traqueteo de un camión maderero que se abre camino por la carretera. Sé lo que tengo que hacer. Max es demasiado puro, demasiado bueno, y debido a eso, su destino está sellado.

—Él está ahí arriba, ¿no es así? ¿Qué has hecho? —pregunta.

—Seguirá lastimando a Ruby.

—Malin —dice, está suplicando.

Quiero borrar la última hora. Quiero volver al gimnasio y buscar a Max. ¿Por qué no lo busqué? Yo sabía que él estaba mirando. Él siempre quiere mantenernos a Ruby y a mí a salvo. ¿Por qué no me aseguré de que ya se hubiera ido? Cometí un error. No me gusta cometer errores. El aire se contrae en mi garganta.

—La estás matando —estoy gritando ahora—. Estás matando a Ruby al salvarlo a él. Él la lastima. No sabías eso, ¿cierto?

Max parece como si lo hubiera abofeteado. Procesa la información y, por un segundo, creo que entenderá lo que estoy haciendo, la razón por la que John necesita morir.

—Eso no significa que puedas matarlo. ¿Qué has hecho?

Cuando no respondo, Max deja caer sus brazos y comienza a subir por el camino. Va a encontrar a John, va a arruinar mi plan, se lo dirá a la policía.

—Detente —sujeto su brazo—. Por favor.

Él se encoge de hombros.

—Yo no soy un asesino y tú tampoco lo eres, esto es una locura, Malin.

Y entonces, el camión maderero se acerca bajando la colina, sólo quedan unos segundos para tomar una decisión. Aferro la mano de Max y lo atraigo hacia mí.

—Espera —digo.

Él es tan pesado, resistente, pero hay una preocupación en él que le permite darme otra oportunidad. Lo veo en sus ojos. Está ansioso, pero me ama. Soy su amiga, su mejor amiga. Quiere creer que soy buena, que yo nunca lastimaría a nadie.

Se acerca tanto a mí, en su instinto natural de protegernos del rocío de tierra y nieve del camión. Ni siquiera ve cuando levanto los brazos.

Quiero decirle que lo lamento. Abro la boca pero nada sale de ahí. Está de espaldas al camión, que ya se apresura hacia nosotros. No queda tiempo.

Me lanzo contra su pecho, lo empujo. No es difícil derribarlo. Él es delgado, mucho más ligero que John. El espacio que ocupó un segundo antes ahora está vacío. Él me está observando, confundido, y desvío la mirada cuando su cuerpo hace contacto con la parte delantera del camión de carga. Es un sonido horrible. Un golpe sordo, seguido por el ritmo irregular del camión mientras continúa su marcha por el asfalto.

# CAPÍTULO CUARENTA Y SEIS

# Tras el Día de los Graduados

Despierto temprano y camino con dificultad por el jardín, hundiéndome en los treinta centímetros cúbicos de nieve que cayeron durante la noche. El lienzo blanco de Hawthorne en las fuertes nevadas. Sigo las huellas marcadas delante de mí, mantengo la cabeza en el suelo. Cuando llego al comedor, ya estoy cubierta de copos de nieve. Fijo con fuerza mis botas contra el suelo y sacudo la cabeza. En la calidez del interior, la nieve se derrite de mi chamarra y gotea al suelo.

Los domingos son lentos en el comedor. Soy la primera en hacer su aparición, todos los demás seguían durmiendo cuando me escabullí de mi habitación y bajé las escaleras. Traigo mi computadora portátil y me instalo en nuestra mesa usual, con una taza café y un plato de avena a mi derecha. No siento hambre, pero me obligo a comer, me aseguro de que todo parezca normal. Miro fijamente mi tesis a medio escribir.

Pienso en Hale. Quiero leer junto a él, y luego desaparecer en los pliegues de sus brazos. Me ha estado enviando mensajes de texto durante toda la noche y hoy por la mañana.

¿Estás bien?

Llama si necesitas algo.

Déjame saber que estás bien.

No respondo.

Gemma es la segunda en llegar. Está más callada de lo normal, coloca su chamarra cuidadosamente en la silla antes de desaparecer en la barra de cereal. Gemma no es una persona callada. Siempre estrella su bolso y su abrigo contra la mesa, y los libros caen, anunciando así su presencia.

Mientras Gemma y yo permanecemos en silencio, veo a Khaled y a Ruby deslizando sus tarjetas en la puerta principal. Ruby y yo hacemos contacto visual, pero nada dice. No está maquillada y su piel luce transparente y pálida.

Después de cinco minutos, los cuatro estamos sentados, procesando silenciosamente la luz de la mañana. Khaled gime a mi lado, apartando su comida, con resaca. Apoya la frente sobre su brazo.

Escucho a una pareja detrás de mí hablar de Becca, cómo había estado a punto de morir, pero John la había salvado. *John, el héroe.* Qué conveniente para los titulares de los periódicos que están por venir.

Todos escuchamos su nombre y cruzamos miradas.

John.

Khaled levanta la cabeza. Una de sus espesas cejas se levanta.

—¿Dónde está John? —pregunta, mirando a Ruby—. ¿Y Max?

—Pensé que John estaba contigo —dice Ruby—. No lo he visto desde el baile.

—No los vi levantarse esta mañana —responde Khaled—. Revisé sus habitaciones antes de salir de casa. Supuse que estarían aquí.

Todos revisamos nuestros teléfonos. Nada. Cruzo una mirada con Ruby, su rostro ya es del color de la ceniza. Presiona el número de John en su teléfono.

—La llamada entra directo al buzón —dice.

Sé que también quiere llamar a Max, pero no lo hace.

—Llama a Max —continúa Gemma, todavía sin mirar a Ruby.

Ruby presiona su nombre.

—Está muerto, no responde —dice, con voz tranquila y ojos vidriosos. Mira hacia la nieve.

Entonces veo a Gemma y Ruby cambiar su atención a algo detrás de mí, mientras el alivio inunda sus caras. Siento unas manos pesadas sobre mis hombros.

No. *No*. Creo que mis dientes podrían romperse por la presión. Intento mantenerme calmada, pero sus manos aprietan más mis hombros. Creo que todo mi cuerpo podría romperse por la mitad. La ira se vuelve ácida en mi garganta y me pregunto si todavía puedo respirar, si eso que mis pulmones aspiran es aire en verdad.

Levanto la mirada para encontrarme con John en pie a mis espaldas, apoyándose con fuerza en mí, sonriendo al grupo. Le digo a mi rostro que permanezca neutral mientras entierro la rabia bajo mis pies y la empujo en el piso alfombrado.

—¿Qué creen que me pasó anoche? —dice, su sonrisa se desvanece en un gesto enfermo mientras mira de los demás a mí—. Desperté en el Acantilado con el trasero congelado. Y completamente en blanco, así que no tengo ni idea de cómo llegué hasta allá. De alguna manera, conseguí regresar al gimnasio y me desmayé sobre un montón de abrigos. Qué noche, ¿cierto?

Lo miro, intento leer su rostro en busca de signos de re-conocimiento.

Miro fijamente mi computadora portátil, hay estática en mis oídos, pienso en Max, en nuestro último intercambio.

Fue inútil.

# CAPÍTULO CUARENTA Y SIETE

# Tras el Día de los Graduados

—Pero ¿dónde está Max? —pregunta Ruby, después de que John se sienta a su lado.

Todos sentimos la tensión en su voz.

John se encoge de hombros y le roba un bocado de pan tostado.

—No lo sé, no lo vi en toda la noche. Aunque no es que consiga recordar algo.

A nadie miro. Mi cuerpo quiere correr, pero permanezco en mi lugar. Estoy tranquila, normal.

Un grupo de estudiantes de primer año surge con gesto preocupado y voces asustadas. Escuchamos algo sobre un accidente en la Ruta 26. Atrapamos al vuelo las palabras "ambulancia" y "estudiante".

Ruby es la primera en levantarse de su silla, sin molestarse en ponerse la chamarra y el sombrero. El resto la seguimos hasta la esquina donde refulgen las luces parpadeantes, donde el otro extremo del campus se encuentra con el camino al Acantilado. Nos abrimos paso hacia el frente de la multitud que se ha formado. Ruby la primera. Espero atrás. No puedo mirarla, ver sus reacciones.

Max fue encontrado por un camión de arado esta mañana, temprano. Estaba cubierto por la nieve, pero el conductor notó el contraste de su abrigo de invierno que sobresalía en la blanca carretera.

Max murió al ser golpeado por el camión maderero. En el informe oficial de la autopsia, bajo la causa de muerte, se leerá "Traumatismo por objeto contundente". Todos se preguntarán por qué Max estaba allí tan tarde, vagando solo por el camino, pero nadie tendrá una respuesta.

Khaled se volverá hacia John, mientras estamos parados a un lado de la carretera, y le preguntará: "¿Tú estabas allí? Estabas en el Acantilado, ¿no es así? ¿Tú viste lo que sucedió?".

El rostro de John estará blanco, drenado de sangre, mirando la parte trasera de la ambulancia que se aleja con el cuerpo de su primo. Tal vez se esté preguntando si él lo hizo, si él empujó a Max a la carretera y no lo recuerda. Tal vez se esté preguntando si se suponía que debía haber sido él en su lugar. Ya no sé lo que está pensando. Ignoro cuánto sabe.

# CAPÍTULO CUARENTA Y OCHO

# Graduación

Perlas de sudor se acumulan debajo de mis rodillas, en pliegues furtivos de piel. Maldigo a quien se le haya ocurrido esta idea de engalanar a los estudiantes de último año con togas sintéticas a la mitad del día, en el exterior, bajo el sol abrasador. Espero la próxima brisa que llegará rodando por el campus, rezando porque suceda antes de que tenga que caminar sobre el escenario.

El orador principal es un actor, alguien que estudió en Hawthorne hace veinte años. Hace una broma sobre el *bong* que rompió récords en su antigua residencia, que se extendía por la escalera desde el sótano hasta el piso superior, y cómo había sido presentado incluso en *Playboy*. "Cómo han cambiado los tiempos", bromea. Los estudiantes ríen, mientras que los profesores mayores hacen muecas. Sin duda, se quejarán del inoportuno comentario más tarde. Creo que este actor fue parte del elenco de una película popular, pero no puedo estar segura. Soy mala para ver películas, me muevo demasiado para permanecer sentada durante tanto tiempo. Empiezo a alejarme en mis pensamientos, preguntándome dónde estarán sentados mis padres y cómo el calor debe resultar reconfortante para ellos.

La rectora de la universidad se levanta cuando el actor toma asiento y comienza a hablar sobre el cambio, el progreso y lo impresionante que es nuestra generación.

—Tenemos la bendición de educar a estas equilibradas personas, nos emociona ver lo que les espera cuando salgan de nuestro campus y se abran paso por el mundo. Pero, por supuesto, no podría pararme frente a todos ustedes sin mencionar el trágico fallecimiento de Max Frasier. Era un estudiante talentoso en el Departamento de Biología y pasaba todos los jueves por la tarde en el asilo para personas mayores de Edleton. Creo que algunos de sus más grandes fanáticos se encuentran entre la audiencia.

Miro a la derecha del podio, donde hay un pequeño grupo de hombres y mujeres mayores, sentados a la sombra. Algunos de ellos tienen pañuelos en sus manos, otros sostienen sus barbillas en alto, orgullosos, entristecidos, por haber sido considerados en la ceremonia.

—Como la mayoría de ustedes saben, Max era un fotógrafo maravillosamente talentoso, de manera que hemos colocado algunas de sus fotografías más impresionantes en el escenario para honrar su memoria. Dediquémosle ahora un minuto de silencio en su honor —dice, levantando una mano a su derecha, donde se muestran cinco reproducciones. Hay una que no había visto.

Entrecierro los ojos para ver mejor la foto. Reconozco el jardín, inflamado en las llamas de los colores de otoño. Hay una persona alejándose de la cámara, alejándose del árbol donde Max siempre se sentaba. Cola de caballo, rubia, el perfil de una niña. Reconozco la mochila que usé en mi primer año y sé que soy yo. Recuerdo el día que sucedió aquella escena, la primera vez que Max y yo hablamos, sólo nosotros. Inhalo por la nariz y retengo el vómito en la garganta. La multitud está triste. Una brisa ondula a través de nuestras túnicas.

Miro detrás de mí, el papel impreso se arruga entre mis dedos. Repaso la hilera de estudiantes de Hawthorne, buscando cada uno de sus rostros. Encuentro a Ruby sentada al final, cerca de la audiencia general. Sus manos están entrelazadas frente a ella y mira fijamente el escenario, con una expresión neutra en el rostro.

La rectora está por terminar su intervención.

—Estoy muy feliz de presentar ahora a nuestra destacada *valedictorian*, una estudiante que ha superado todas nuestras expectativas. Damas y caballeros, me llena de orgullo presentarles a Malin Ahlberg.

El sudor se desliza por mis piernas cuando me levanto y le doy un ligero tirón a la toga para separarla de mi sudado torso. Camino al podio entre un mar de aplausos y unas cuantas aclamaciones. Reconozco el silbido de Khaled, suena como si estuviera muy cerca.

Me paro en el escenario y observo a los estudiantes, a los profesores, a los padres. Encuentro a mis padres sentados cerca del escenario, en sus asientos reservados. Parecen tan orgullosos. Papá asiente hacia mí, cruzamos miradas, sonríe. He alcanzado nuestro objetivo. Llegué a la universidad, encontré un grupo de amigos, trabajé duro y soy la mejor de mi clase.

Pienso en la conversación que sostuve con papá la noche antes de que me dejaran en Hawthorne. Nos habíamos alojado en un pintoresco motel en la costa de Maine. El auto estaba cargado con todas mis pertenencias. Mi madre se fue a dormir, mientras papá y yo nos quedábamos afuera en el cobertizo, escuchando las olas rodar sobre las piedras grises. *"Tienes que hacer amigos. Eso es lo más importante. Nunca tendrás éxito sin ellos. Finge, Malin. Finge que eres normal. Una persona sin amigos es una persona sin poder. ¿Quieres tener éxito algún día? Rodéate de un ejército, sé amada y respetada, y triunfarás."*

Escuché cada una de sus palabras, siempre lo hacía. Quería que mis padres se sintieran orgullosos, se los debía.

Ahora, sin embargo, cuando pienso en ello, me doy cuenta de que papá estaba equivocado. Él no debería haber escuchado a mi madre cuando ella estaba luchando por Levi. No debería haber tratado de abrazar la empatía, o nada de esas tonterías del tipo *el amor conquistará todo*. Debería haber enviado lejos a Levi. Papá había fingido y había perdido. Yo había confiado en él y lo había escuchado, porque es mi padre y lo respeto. Pero ahora entiendo mejor las cosas.

Pienso en Levi, dónde estaría ahora si estuviera vivo. En prisión, tal vez. Encerrado en algún lugar. Me alegra que haya muerto.

Temí durante tanto tiempo que fuéramos iguales Levi y yo. Pero no lo somos. Yo soy más inteligente. Yo soy la superviviente. Me preocupo por los demás. Tengo la capacidad de amar. Sé que el sentimiento existe, aunque ya no pueda acceder a él.

Cuando la multitud está en silencio, el mar de birretes y togas calentándose cada vez más bajo el calor del verano, comienzo mi discurso.


Hablo con mis padres después de que todos los diplomas son entregados. Nos paramos en el jardín, bajo la sombra de un árbol, mientras mi madre se abanica con un programa del evento y observa a los demás estudiantes. En busca de Levi, como siempre.

Veo a Ruby por el rabillo del ojo mientras se dirige al árbol más grande del campus. Sé adónde va. Les digo a mis padres que debo atender un par de asuntos antes de que podamos marcharnos.

Papá me da una fuerte palmada en el hombro y mi madre se inclina hacia mi mejilla. El roce de un beso, el aroma reconfortante de su champú. Del hogar. Susurra tan suave que apenas puedo escucharla.

—Estoy orgullosa de ti —dice y da un paso atrás.

Me ofrece una tenue sonrisa, una sonrisa real, el regalo más preciado, y entonces quiero acercarla y abrazarla con fuerza.

—Supongo que el año que viene estaremos de visita en Boston —añade.

Tiene razón. La escuela de leyes de Harvard comienza en septiembre. Pasaré por este proceso nuevamente, volveré a comenzar, pero lo haré de manera muy diferente. Nada digo sobre mi nueva trayectoria profesional y mis prospectiva para convertirme en juez. Me aseguraré de que personas como John y Levi no campen a sus anchas.

—Malin —me llama una voz. Me giro. Amanda se aleja de quienes asumo que son sus padres. Parecen agradables, no dejan de sonreír a su hija. Me detengo y espero a que me alcance.

—Hola —digo mientras se empareja a mi paso.

—Hey, sé que no hemos hablado desde esa noche de karaoke en el Pub… Dios, se siente como si eso hubiera pasado hace una eternidad… pero quería decirte que lo lamento, antes de que nos vayamos. Sobre lo que pasó con Max. No soy buena con estas cosas, así que… Lo lamento. Sé que ustedes eran muy unidos. Él era un poco *peculiar*, pero…

Comienza a divagar, y continúa, así que la interrumpo.

—Lo sé. Está bien, gracias.

Dejamos de caminar y la miro. Sé que está tratando de hacer lo correcto, que alberga buenas intenciones. Pero yo no puedo hablar de él. No lo he hecho, y no lo haré.

Amanda se quita el birrete y la toga, sacudiéndose el calor. Noto que tiene algo más que decir, así que espero a que hable.

—Es una especie de fastidio —dice—, que no se nos haya permitido ser amigas. Creo que podría haber sido divertido.

Todavía me pregunto cómo habrían sido las cosas si no hubiera conocido a Gemma aquel día en la orientación. Tal vez si hubiera conocido a Amanda primero, todavía estaría participando en el juego. Tal vez me lo hubiera hecho más fácil, quizás habría resultado más fácil ser yo misma.

—Posdata —dice. De pronto parece cohibida. Baja la voz—. Yo lo predije, desde que estábamos en primer año. Lo de Hale.

No he hablado con Hale en meses. Ella debe leer la expresión de confusión en mi rostro.

—Los vi una vez, en el salón de Asesoría Educativa. Imaginé que era un secreto, así que lo archivé. Sólo quería decírtelo. Porque yo tenía razón.

Le ofrezco una sonrisa.

—Sí, Amanda, tenías razón.

—Bueno —dice, suspirando y buscando entre la multitud—, tengo que encontrar a Becca y a Abigail. Que tengas

461

un buen verano. O una buena vida, quiero decir. Ten una buena vida.

—Tú también —le digo, y la observo mientras se aleja, llena de seguridad y soltura.


Me encuentro con Ruby, John, Khaled y Gemma junto al árbol.

Khaled me envuelve en un abrazo, Gemma está a su lado.

—¿Listos? —dice Ruby. Todos la miramos. De alguna manera, se ha vuelto fuerte otra vez. Como si la muerte de Max la hubiera regresado al mundo y le hubiera recordado vivir. Saca la foto enmarcada de su bolso y la coloca entre las raíces.

Todos miramos la imagen, la que tomamos el Día de los Graduados. El rostro de Max congelado para siempre como estudiante de último año.

—Es buena —dice Khaled—. Estoy realmente contento de que Denise no esté ahí. Tenías razón, Gems.

Gemma sacude la cabeza.

—No lo sé. Yo la echo de menos.

Khaled la desechó el día que hallaron el cuerpo de Max. Como si ya no hubiera lugar para las bromas y la diversión. La casa estaría desprovista de cualquier cosa boba, feliz, hasta la graduación. Ya no podríamos ser felices sin Max, no nos lo permitiríamos. Y así, todos cerraron sus puertas y lloraron solos, en silencio.

Estamos parados en un semicírculo. Khaled es el primero en dar un paso al frente. La noche anterior, nos reunimos en la cocina y pintamos en silencio las iniciales de Max en la parte superior de nuestros birretes. La pintura blanca brilló contra el fondo negro. Todos nos quitamos los birretes y los colocamos en la base del árbol. Nuestra culpa es un peso sobre los hombros.

Después de unos momentos, Khaled habla.

—Si ustedes, chicos, alguna vez visitan Nueva York, llámenme —dice—. Quédense conmigo, en mi casa. En cualquier momento. Por favor.

Sus palabras casi parecen desesperadas, como si no pudiera soportar la idea de vivir solo en su rascacielos. Todos prometemos visitarlo, aunque dudo que alguno lo haga alguna vez. Cada vez nos vemos menos. La pérdida de Max ha humedecido una parte de la chispa que alguna vez nos mantuvo unidos.

Hace unas semanas, Khaled me apartó en la biblioteca. Todos nos habíamos estado evitando. Me miró con ojos salvajes y tristes. "Estoy durmiendo mejor", dijo. Lo soltó como si se tratara de una confesión. Lo malo había sucedido. Yo le aseguré que estaba lidiando con el dolor y que estaría bien. Sacudió la cabeza y se alejó, todavía aturdido. No había hablado con él desde entonces.

Gemma se aclara la garganta y mira a Khaled.

—Yo iré contigo —dice—. Mi vuelo.

Gemma me abraza, me aprieta más fuerte y presiona un beso en mi mejilla.

—Adiós, amor.

Les dirige una mirada a Ruby y John, y luego comienza a caminar con Khaled de regreso a nuestra residencia. Gemma volará a casa, en Londres, donde ingresará a un seminario de teatro. Desde el Día de los Graduados, había pasado todo su tiempo en el Departamento de Teatro, y sólo la veía cuando nos cruzábamos en el Palacio. Siempre estaba con los estudiantes de drama, manteniendo su distancia.

John guarda silencio. No ha hablado sobre Max desde el accidente. Se fue a casa por un par de semanas después de eso, para estar con su familia. La familia de Max. Yo ya no podía imaginar lo que estaba pensando.

Ruby lo mira.

—¿Nos puedes dar un momento?

John me observa, con el rostro tenso. Hay algo en la forma en que lo hace, algo en sus ojos. Sostengo su mirada hasta que él cambia de objetivo.

—Claro —dice mientras da media vuelta para irse.

Ruby y yo estamos solas. Nuestros cuellos se inclinan hacia el árbol, mirando la nueva placa brillante en el tronco.

Ella habla primero.

—¿Recuerdas cómo solía molestarlo tanto porque estaba sentado siempre aquí, incluso cuando estábamos a treinta grados?

Acomoda un mechón de su cabello detrás de la oreja.

—No te había contado esto —continúa—, pero me lo encontré cuando ya me iba del baile. Y pensé que todavía estaría enojado conmigo, pero no lo estaba. Me miró y me preguntó si quería bailar.

Miro la placa, esa sensación de asfixia en mi garganta.

—Yo le dije que debía marcharme —continúa Ruby—. Esa noche ya no podía estar cerca de la gente, fingiendo ser feliz cuando no lo era. Yo quería decirle... pero no lo hice.

—¿Decirle qué? —pregunto.

—Que yo también lo amaba. Y que lo sentía.

Aprieto los dientes tan fuerte como puedo, la sangre escapa de mis encías y corre por mi garganta. Ruby cruza los brazos sobre su pecho y levanta la barbilla.

Max era demasiado bueno. John odiaba eso de él, odiaba que él tuviera esa brújula moral. Max había tenido una vida feliz en su hogar, padres que lo apoyaban, una hermana amorosa. Un talento artístico. La atención de Ruby. Mi atención. John quería ser Max, quería ser apreciado y reverenciado, pero no estaba en su naturaleza. Intentó encubrir su verdadero ser, e hizo un buen trabajo con todos los demás, pero yo pude verlo desde el primer día. No puedes ocultar la maldad. No de mí.

Lo que yo creo es que el potencial de John para ser un humano decente fue arruinado por su padre. Sé que una mala infancia puede joder en verdad las cosas. Algunos de nosotros escapamos, otros no. John estaba arruinado. Max no. Cuanto más fuerte se volvía Max a lo largo de nuestros años en Hawthorne, y cuanto más se distanciaba de John, más confianza y seguridad ganaba. John ya no podía controlarlo, y eso a él lo volvía loco. La ira y el resentimiento fueron transferidos entonces a Ruby. Hería a los que estaban más cerca porque sabía que lo perdonarían.

Ojalá a Max no le hubiera importado tanto. Esa brújula se convirtió en una debilidad, y lo mató. Yo no necesitaba protección, pero él no lo sabía. No había sido su culpa. Max vivía en las sombras, como yo. Prosperábamos lejos de los reflectores, donde podíamos ser nosotros mismos. Nuestra amistad estaba tras bambalinas.

Max había sido mi único amigo, la persona que se preocupaba por mí, incluso cuando me encontraba en el peor momento. Siempre pensé que Ruby era la persona que buscaba. Mi mejor amiga. Sí, yo siempre había estado ahí para ella. Pero ella no había estado allí para mí. Max sí. Él había sido mi verdadero amigo.

Los otros que han muerto por mi intervención, lo merecían, como John. No cometí errores después de él. He aprendido. He mejorado.

Ya he terminado de sentir. Después de un minuto o dos, me dirijo a casa, con mis padres, para empacar mi vieja vida y mudarme a la nueva. Y no siento nada, más allá, quizá, del fastidio por todas esas personas que piensan que me conocen, que siempre me dicen quién soy y por qué debería importarme lo que piensan.

Nadie sabe quién soy, salvo yo.

# Agradecimientos

ROSS: mi mejor amigo, mi amor, mi hogar. Por animarme a *escribir el libro*, por celebrar cada uno de mis pasos en el camino y, lo más importante, por asegurarse siempre de que estoy comiendo bien.

MAMÁ Y PAPÁ: por las aventuras, por animarme a continuar. Por escuchar mis ansiedades y mis miedos, y por decirme que debía darle *un buen uso a esa imaginación activa*. Finalmente, seguí su consejo. Los amo a ambos, mucho.

LORI: mi superagente, por leer y releer, por ayudar a hacer de este libro lo que es ahora. Y por traer a LANE para ayudar a que este libro llegara a buenas manos. Gracias.

KARA: mi brillante y reflexiva editora. Me encanta trabajar contigo. Gracias por tener fe en Malin y su grupo.

LAUREN W: por estar siempre allí, no importa desde qué país.

JANICE: la mejor suegra. Puedes leer el libro ahora. Por favor, omite las escenas eróticas.

Mis primeros lectores: CHAR, COREY, CHLOE. Charlotte, quien me puso en contacto con Lori. Corey, quien proporcionó una gran visión reflexiva. Y Chloe, por siempre estar gustosamente dispuesta a hablar de libros, y por tu argot terapéutico y consejo.

HANNAH L: por cuidar de Warren y Olive mientras yo terminaba de escribir.

BATES COLLEGE: por tu inspiración. Qué dulces fueron esos cuatro años.

A TODOS los que preguntaron cómo iba el libro, gracias.

WARREN: tenías sólo cinco semanas de edad cuando este libro fue aceptado. Te envolvía en una mantita mientras recibía las llamadas del editor (roncaste en más de alguna) y te alimenté mientras pensaba en la trama. Sólo te conozco desde hace nueve meses, pero siento que siempre has estado conmigo. Te amo, corazón.

Por último, LO, LAUREN MCALLISTER: mi amiga fuerte, hermosa, hilarante, inteligente y amable; una verdadera joya en esta Tierra. Gracias por creer en esto incluso antes de que existiera, por decir siempre: *algún día lo pondrás en tu libro*. Bien, éste es para ti.

# Sobre la tipografía

Este libro fue formado mayormente en caracteres de la familia Bodoni, cuyo diseño está inspirado en el trabajo del conocido impresor y tipógrafo italiano Giambattista Bodoni (1740-1813). Su forma original se inspiró mucho en el trabajo de John Baskerville, un afamado tipógrafo inglés a quien admiraba. Tal fue la obra de Bodoni, que muchas de sus aportaciones al arte tipográfico continúan utilizándose en libros y revistas (en particular, de moda) hoy día; sin embargo, quizá su nombre sea más conocido por haber impreso, en su propio taller, el que sería considerado como el tratado de la especialidad más importante e influyente de la época, su *Manuale tipografico*. En él, Bodoni enlista cuatro principios inherentes a la belleza tipográfica: uniformidad o regularidad, elegancia y nitidez, buen gusto, y encanto, pues para Bodoni, todo arte de imprenta debía verse como un acto de amor.

Esta obra se imprimió y encuadernó
en el mes de agosto de 2019, en los talleres
de Impregráfica Digital, S.A. de C.V.
Av. Coyoacán 100-D, Col. Del Valle Norte,
C.P. 03103, Benito Juárez,Ciudad de México.